JN389490

카라마조프가의 형제들 1

카라마조프가의 형제들 1

표도르 도스토옙스키 지음 | 장한 옮김

더클래식

차례

지은이로부터   11

제1부

제1편 | 어느 집안의 역사

1. 표도르 파블로비치 카라마조프   19
2. 맏아들을 내쫓다   26
3. 재혼과 두 아들   32
4. 셋째 아들 알료샤   42
5. 장로들   56

제2편 | 부적절한 모임

1. 수도원에 도착하다   75
2. 늙은 어릿광대   85
3. 믿음이 깊은 시골 아낙네들   102
4. 믿음이 약한 귀부인   116
5. 아멘, 아멘!   131
6. 어떻게 저런 사람이 있을 수 있을까!   147
7. 야심이 강한 신학생   167
8. 추문   184

제3편 | 음탕한 사람들

 1. 하인 방에서   203

 2. 리자베타 스메르자시차야   213

 3. 뜨거운 마음의 고백, 시의 형식으로   220

 4. 뜨거운 마음의 고백, 일화의 형식으로   237

 5. 뜨거운 마음의 고백, 나락으로 떨어지다   253

 6. 스메르자코프   270

 7. 논쟁   280

 8. 코냑을 마시며   291

 9. 음탕한 사람들   307

 10. 두 여자가 한자리에   320

 11. 또 하나의 짓밟힌 명예   344

주요 등장인물

표도르 파블로비치
카라마조프가의 아버지. 떠돌이에서 소지주로 성장하여 육체적 쾌락과 돈을 늘리는 것만을 인생의 목적으로 하는 호색한. 결국 비극적인 죽음을 맞는다.

아젤라이다 이바노브나
표도르의 첫 번째 아내. 윤택한 집안의 딸이었으나 표도르를 잘못 파악하여 그와 결혼함. 아들을 하나 낳았으나 계속되는 남편의 파렴치한 행각에 질려 결국 다른 남자와 가출을 감행한다.

소피아 이바노브나
표도르의 두 번째 아내. 아들 둘을 세상에 남기고 죽는다.

드미트리 표도로비치(미차)
표도르의 맏아들. 퇴역 장교 출신으로 충동적이고 반항적인 기질을 가진 청년. 방종한 생활에 빠졌으나 내면적으로는 공명정대한 성품을 지녔다. 28세.

이반 표도로비치
표도르의 둘째 아들. 드미트리의 이복동생으로 뛰어난 지성과 천재적인 두뇌를 지닌 철저한 무신론자이다. 24세.

알렉세이 표도로비치(알료샤)
표도르의 셋째 아들. 이반의 친동생으로 천사와 같이 순진무구한 청년. 학업까지 중단하고 수도원에 들어간다. 21세.

스메르쟈코프
표도르의 사생아. 카라마조프가에서 요리사로 일한다. 간질병을 앓고 있으며 비열하고 오만한 성격을 가졌다.

조시마 장로
알료샤의 스승이자 정신적 지주. 러시아 수도사의 이상형을 대변하는 인물이다.

라키친
신학교를 나온 학생. 자신의 재능을 과신하여 자만에 빠진 세속적 청년. 알료샤와 같은 수도원에 거주한다.

카체리나 이바노브나(카챠)
중령의 딸. 미챠와 약혼했으나 후에 이반을 사랑하고 있음을 깨닫게 된다.

그루셴카(아그라페나 알렉산드로브나)
첫사랑이었던 남자에게 버림받고 늙은 상인의 아내가 되었다. 자유분방한 성격으로 뒤에 미챠와 사랑에 빠지게 된다.

무샤로비치
비열한 성격의 폴란드인으로 그루셴카의 첫사랑이다.

호흘라코바 부인
부유한 지주의 미망인이다.

리즈
호흘라코바 부인의 딸. 알료샤의 어린 시절 친구로 서로 사랑하는 사이다.

그리고리
카라마조프가의 하인. 표도르의 세 아들을 맡아 기른다.

안나 그리고리예브나 도스토예프스카야에게 바친다.

내가 진실로 너희에게 말하노니,
밀알 하나가 땅에 떨어져 죽지 않으면
한 알 그대로 남아 있고
죽으면 수많은 열매를 맺느니라.
_〈요한복음〉 12장 24절

지은이로부터

  나는 이 작품의 주인공 알렉세이 표도로비치 카라마조프의 전기를 쓰기 시작하면서 다소의 의혹을 떨쳐버리지 못하고 있다. 다름 아니라 그것은 내가 알렉세이 표도로비치를 이 책의 주인공이라고 부르기는 하지만 그가 조금도 뛰어난 인물이 아니라는 것을 나 스스로도 잘 알고 있기 때문이다. 따라서 독자들로부터 다음과 같은 질문이 빗발칠 것을 예견할 수 있다.
  "당신은 소설의 주인공으로 알렉세이 표도로비치를 선택했는데, 도대체 그가 어떤 점에서 뛰어나단 말이오? 그가 남긴 훌륭한 업적은 무엇이고, 그가 누구에게 무엇으로 이름이 널리 알려졌단 말이오? 그리고 무슨 이유로 우리가 그의 생애를 연구하느라고 시간을 할애해야 한단 말이오?"

그중에서도 마지막 질문은 가장 치명적인 한 방을 날린다. 왜냐하면 나는 이 질문에 대해서 그저 "소설을 읽어보시면 자연히 알게 될 겁니다"라고밖에 대답할 수 없기 때문이다. 그런데 혹시라도 이 소설을 다 읽고 나서도 독자가 여전히 알렉세이 표도로비치의 뛰어난 점을 인정할 수도 없고 그것에 동의할 수도 없다고 한다면 어떻게 해야 할 것인가? 솔직히 말하면 바로 이와 같은 일이 생기리라는 것을 빤히 예상하기 때문에 나는 이런 말을 늘어놓고 있는 것이다. 그는 내게 분명히 뛰어난 인물이기는 하지만 과연 이점을 독자에게 증명할 수 있을지는 아직 자신이 없다. 문제는 그가 분명히 주인공이기는 한데 어딘가 애매하기 그지없는 인물이라는 것이다.

요즈음 같은 시대에 작품 속 인물에게 분명함을 요구하는 것 자체가 오히려 이상한 일일지도 모른다. 다만 한 가지 자신 있게 말할 수 있는 것은 그가 몹시 이상한 데다 괴짜라고까지 할 수 있는 사람이라는 것이다. 그러나 이상하다느니 괴짜니 하는 것은 세상의 주목을 받기보다 해를 입는 일이 많다. 특히 요즘처럼 부분적인 것을 통일하여 어떤 보편적인 의의를 발견하려고 노력하는 시대에는 더욱 그렇다. 본래 괴짜란 대부분의 경우 사회의 일부이면서도 고립된 존재이다. 그렇지 않은가?

그런데 만일 독자가 이 마지막 명제에 이의를 제기하면서 "그렇지 않다"든지 "항상 그렇다고 할 수는 없다"고 답한다면, 아마 나는 나의 주인공 알렉세이의 가치에 대해 확신을 가질 수도 있을 것이다. 왜냐하면 괴짜라고 해서 '반드시' 특수한 존재로 한 부분에만 국한되지 않고 오히려 전체의 핵심을 형성하고 있기 때문이다. 그리고 그와 동시대의 다른 사람들은 어떤 이유인지는 몰라도 세찬 바람에 휩쓸려 일시적으로 그에게서 떨어져나간 것에 지나지 않다…….

그건 그렇다 치고 이렇게 따분하고 막연한 설명을 늘어놓을 것이 아니라 머리말은 빼고 바로 본론으로 들어가는 편이 더 나았을지도 모른다. 이 책이 마음에 드는 독자라면 끝까지 다 읽어줄 테니까. 그러나 한 가지 곤란한 점은 내가 쓰려는 전기는 하나인데 글은 두 부분으로 나뉘어 있다는 사실이다. 그리고 중요한 부분이 바로 두 번째 부분에 속해 있는데, 내 주인공은 우리가 살아가는 바로 이 시대의 행동, 즉 다시 말해 지금 우리가 경험하고 있는 현대의 모습을 그리고 있다.

반면 첫 번째 이야기는 이미 13년 전의 사건이라서 소설이라기보다는 차라리 주인공의 젊은 시절의 한순간을 그린 것에 지나지 않는다. 그렇지만 이 첫 번째 부분이 없으면 두 번째 이야기에서 이해할 수 없는 부분이 많이 나오기 때문에 빼놓고 넘어갈 수가 없다. 하여 초반 이야기에서부터 더더욱 복잡성을 피할 수가 없다. 만약에 전기 작가인 내가 그처럼 평범하고 대수롭지 않은 인물을 위해 한 가지 이야기만으로도 충분하다고 생각한다면, 두 번째 이야기를 꾸며냈을 때는 과연 어떤 결과가 나올 것인가? 또 나의 이런 오만불손한 태도를 과연 무엇이라 설명해야 할 것인가?

일단 나는 모든 문제를 해결하려고 여러모로 고심했으나 끝내는 답을 생략하고 그대로 넘어가기로 결정했다. 물론 명민한 독자라면 애초부터 내가 이렇게 나오리라는 것을 이미 오래전에 알아차리고, 무엇 때문에 별것 아닌 이야기로 시간을 낭비했느냐고 나를 질책할 것이다. 하지만 나는 이것에 대해 분명히 대답하련다. 내가 이런 쓸데없는 말을 늘어놓으면서 귀중한 시간을 낭비하는 것은, 첫째는 독자에 대한 예의 때문이고 둘째는 '그래도 역시 독자에게 어떤 선입견을 남길 수 있지 않을까?' 하는 교활한 의도에서 비롯되었다. 그러나 나는 이 소설이 '전체적으로 완전한 통일을 유지하면서' 자연스럽게 두 개의 이야기로 나누어진 것을 오히려 기쁘게 생각한다. 첫 번째 이야기를 다 읽고 나면, 이미 독자는 두 번째 이야기가 과연 읽을 만한 가치가 있는지 스스로 판단할 수 있으리라. 물론 누구에게 어떤 속박을 받는 것도 아니니까 첫 번째 이야기를 두어 쪽쯤 읽다가 책을 팽개쳐버리고 다시는 들춰보지 않아도 상관없다.

그러나 세상에는 공정한 판단을 그르치지 않기 위해서 반드시 끝까지 책을 읽는 세심한 독자도 있을 것이다. 이를테면 우리 러시아의 모든 비평가들이 대개 그러하다. 이런 독자들에 대해서는 아무튼 마음이 한결 가볍다. 왜냐하면 이런 사람들이 성실하고도 진지한 태도를 유지하고는 있지만 나는 이 소설의 첫 이야기에서 책을 내던져버릴 수 있는 합당한 구실을 그들에게 제공하고 있기 때문이다. 자, 여기까지가 나의 머리말이다. 나는 이런 머리말이 정말 불필요하다는 데 전적으로 동의하지만 이미 여기까지 쓴 것이니 그대로 두기로 한다.

  자, 그럼 이제 본문으로 들어가기로 하자.

제1부

제1편 | 어느 집안의 역사

1. 표도르 파블로비치 카라마조프

알렉세이 카라마조프는 우리 고장의 지주 표도르 카라마조프의 셋째 아들이다. 그의 아버지 표도르는 지금으로부터 13년 전에 기괴하고도 비극적인 죽음을 당하여 그 당시에는 이름이 꽤 알려진 인물이었다(하긴 그의 이야기는 지금도 가끔 우리 고장에서 회자되고는 한다). 그러나 이 사건에 대해서는 나중에 다시 이야기하기로 하고, 지금은 다만 이 '지주'(그는 평생 자기 영지에서 산 적이 거의 없었지만 어쨌든 우리 고장에서는 그를 이렇게 부른다)가 우리 주변에서 쉽게 찾아볼 수 있는 아주 괴팍한 유형의 인간이었다는 것만 짚고 넘어가기로 하자. 다시 말해 비굴하고도 음탕한 난봉꾼에다가 말도 통하지 않는 우둔한 인간이었다. 그나마 재주가 하나 있다면 자기 영지에 대한 금전적인 일만은 철저하게 처리할 줄 아는 위인이었던 것이다. 표도르는 명색이 지주라고는 하지만, 사실 거의 무일푼으로 시작하여 남의 집 식사 때를 부지런히 찾아다니며 부잣집 식객노릇이나 하면서 살아왔다. 그래도 정작 죽을 때는 현금으로 무려 10만 루블이나 가지고 있었다. 그런데도 그는 여전히 우리 마을 일대에서 가장 분별없고 몰상식한 인물로 살아왔다. 다시 한번 말하지만 그는 결코 바보는 아니다. 오히려 이런 비상식적인 사람들 대다수가 제법 영리하고 치밀한 자들로 그들이 분별심이 없어 보이는 이유는 러시아적인 그 어떤 특유의 기질 때문이다.

그는 두 번 결혼해서 아들 셋을 두었다. 맏아들 드미트리 표도로비치는 전처소생이고 나머지 두 아들인 이반과 알렉세이는 후처에게서 얻었다. 표도르의 전처는 우리 마을에서 상당한 자산가이자 명문 귀족인 미우소프 가문 출신이었다. 딸린 지참금이 상당했고 미인에다가 똑똑하기까지 했다. 그런 아가씨가 (요즘에는 이런 처녀들이 꽤 많아졌지만 그 당시에는 찾아보기 힘들었다) 그때만 해도 '건달'로 불리던 보잘것없는 사내와 어쩌다가 결혼까지 하게 되었는지는 이 자리에서 굳이 설명하지 않겠다.

나는 지난 시절인 '낭만주의적 기풍이 잔존하던 시대'에 태어난 한 처녀를 알고 있다. 이 처녀는 몇 년 동안 어떤 남자에게 수수께끼 같은 사랑을 품어와서 어느 때라도 마음만 먹으면 결혼식을 올릴 수 있었는데도 결국 자기 스스로 넘을 수 없는 장벽을 생각해 내서는 어느 폭풍우가 몰아치던 밤, 절벽과 같이 높은 강 언덕에서 꽤 깊은 급류 속으로 몸을 던져 죽고 말았다. 이것은 어디까지나 그녀의 변덕스러운 기분, 그저 셰익스피어의 오필리아를 닮고 싶은 충동 때문이었다. 만일 그녀가 그전부터 점찍어두었던 그 절벽이 그림처럼 아름답지 못하고 평범하고 평탄한 언덕이었다면 자살 소동 같은 것은 결코 일어나지 않았을 것이다. 그러나 이것은 어디까지나 거짓 없는 실화이다. 그리고 러시아의 생활 속에서 최근 두서너 세대 사이에 이와 유사한, 아니면 비슷한 성질의 사건들이 적지 않게 발생해왔다.

이와 마찬가지로 아젤라이다 이바노브나 미우소바의 행동도 의심할 여지 없이 남의 사상에 대한 맹목적인 추종이자, 다른 사람들을 사로잡은 매혹적인 사상의 결과라 할 수 있다. 아마도 그녀는 여자의 자립을 선언하고 사회의 모든 구속과 제약 그리고 자기 친척과 가족의 강압에 대항하여 반기를 들고 싶었을 것이다. 그래서 희망이 넘치는 공상의 포로가 되어서 남의 집 식객에 불과한 표도르를 발전을 향해 나아가는 과도기적 인간이자 가장 용감하고 냉소적인 인간 중 하나라고 한순간이나마 확신했는지도 모른다. 그러나 실제로 그는 음흉한 광대 그 이상도 이하도 아니었다. 게다가 이 결혼의 흥미를 더욱 돋운 것은 '뺑소니 결혼'이라는 데 있었다. 바로 이것이 아젤라이다의 마음을 완전히 사로잡고 만 것이다. 한편 표도르는 본래 수단과 방법을 가리지 않는 사람이었고 당시의 사회적 지위로 보아 이런 돌발적인 사건쯤은 오히려 기다렸다는 듯이 냉큼 붙잡고도 남았다. 그는 방법이야 어떻든 출세하기만을 열망하고 있었다. 때문에 명문가와 인연을 맺고 결혼 지참금까지 손에 넣을 수 있다니 구미가 당길 수밖에 없었다.

두 사람 사이에 애정이라고는 전혀 없었던 것 같다. 여자 쪽에서도 없었고, 표도르 역시 아젤라이다가 뛰어난 미인이었는데도 그랬던 모양이다. 여자라면 눈짓 한 번에도 금방 넘어가는 호색한이었던 그의 삶에서 단 한 번밖에 없는 특수한 경우였다. 이상하게도 아젤라이다는 그에게 성적인 면에서 어떠한 충동도 일으키지 못한 유일한 여자였다.

아젤라이다는 '뺑소니 결혼' 후 자신에게 남편을 경멸하는 감정 외에 다른 감정이라고는 아무것도 없다는 것을 깨달았다. 그리하여 두 사람의 결혼 생활은 너무나도 이례적인 속도로 본색을 드러내고야 말았다. 여자 집안에서는 제법 빨리 이 결혼을 받아들이고 집을 나간 딸자식에게 재산까지 나눠주었지만 부부 사이에는 걷잡을 수 없는 무질서한 생활과 끊임없는 싸움이 시작되었다. 사람들 이야기로는, 그때 젊은 아내는 남편 표도르보다 훨씬 품위 있고 고결하게 행동했다고 한다.

지금은 모두가 다 아는 이야기지만, 표도르는 아젤라이다가 처가의 재산을 받기 무섭게 2만 5000루블을 송두리째 가로채버렸다. 아젤라이다 입장에서 이것은 그 많은 돈을 시궁창에 던져버린 것이나 다름없었다. 또한 그녀의 지참금 속에는 조그만 영지와 시내에 있는 제법 근사한 집 한 채가 포함되어 있었는데, 표도르는 문서를 위조하여 그 건물을 자신의 소유로 등기하려고 많은 시간을 기를 쓰고 달려들었다. 사실 그는 끊임없이 뻔뻔스럽게 강요하고 협박하면서 아내로 하여금 오로지 남편을 떠나고 싶게끔 만들었고, 그 한 가지만으로도 그는 충분히 목적을 달성했다고 볼 수 있다. 그러나 다행히도 아젤라이다의 친정에서 개입하여 이 강탈을 막아낼 수 있었다. 이들 부부 사이에 폭력 사태가 자주 있었고 이는 널리 알려진 사실이었다. 하지만 소문에 따르면 주먹질을 한 것은 남편이 아니라 아내 쪽이었다는 것이다. 그녀는 까무잡잡한 피부에 성질이 급하고 대담했는데 힘 또한 장사였다.

　마침내 그녀는 세 살 난 아들 미챠*를 남편에게 맡기고 신학교를 겨우 졸업한 어느 가난뱅이 선생과 떠나버렸다. 그러자 표도르는 곧 자기 집에 온갖 추잡한 여인네들을 끌어들여 주색으로 방탕하게 세월을 보내는 한편, 온 마을을 돌아다니며 만나는 사람마다 붙잡고는 자기를 버린 아내에 대해 눈물로 하소연했다. 그뿐만 아니라 남편으로서 입에 담기조차 부끄러운 부부 생활의 은밀한 내막까지 뻔뻔스럽게 전하고 돌아다녔다. 많은 사람들 앞에서 바람난 아내를 둔 남편이라는 우스꽝스러운 역할을 연출하면서 자신의 불행에 대해 갖가지 수식어를 동원하여 상세히 묘사했고, 이를 자못 유쾌해했을 뿐만 아니라 무슨 자랑거리처럼 여겼다.

　빈정대기 좋아하는 이들은 "이봐, 표도르, 온갖 힘든 일을 겪었으면서도 엄청 기뻐하는 게 무슨 벼슬이라도 한 거 같군그래" 하고 말했다. 게다가 많은 사람들의 말에 따르면 그는 자신의 어릿광

---

* 드미트리의 애칭이다.

대짓을 좀 더 새롭게 꾸며서 나타나기를 즐거워했고, 그 효과를 더욱 극대화하기 위해 일부러 자신의 희극적인 상태를 미처 깨닫지 못한 것처럼 행동하곤 했다. 어쩌면 그는 그저 순진했을 뿐인지도 모른다. 마침내 그는 가출한 아내의 행방을 알아내는 데 성공했다. 아내는 신학교 출신 선생과 함께 페테르부르크로 가서 아무런 구속도 없는 완전히 자유분방한 생활을 즐기고 있었다. 표도르는 황급히 페테르부르크로 떠날 준비를 했다. 하지만 무엇 때문에 페테르부르크로 가려고 하는지 자신도 알지 못했다.

사실 그때 그는 당장에라도 떠날 기세였다. 그런데 정작 떠날 결심을 하고 나니 출발하기 전에 기운을 차리려고 다시 한번 실컷 곤드레만드레 술을 마시는 것도 그리 나쁘지 않을 거라는 생각이 들었다. 바로 그때, 아젤라이다가 페테르부르크에서 사망했다는 소식이 아내의 친정으로 날아들었다. 정확한 이유는 알 수 없지만 다락방에서 갑자기 죽음을 맞이한 모양으로, 어떤 이는 장티푸스 때문이라고도 하고 또 어떤 이는 굶어 죽은 것 같다고도 했다. 표도르 파블로비치는 얼큰하게 취해 있다가 아내의 사망 소식을 접하고는 갑자기 한길로 달려 나가 두 손을 하늘로 치켜들고 기쁨에 겨운 목소리로 외쳤다.

"주님, 이제야 해방이군요!"

그러나 또 다른 이들의 말에 따르면 철없는 어린애처럼 엉엉 울어대는 모습이 평소에 그를 몹시 혐오하던 사람들마저 측은해할 정도였다고 한다. 어쩌면 양쪽의 이야기가 모두 사실일지도 모른다. 다시 말해 자신이 해방된 것을 기뻐하면서 동시에 해방시켜준 아내를 서러워하며 우는 것은, 사실 똑같은 일이었던 것이다. 대부분의 경우, 인간은 아무리 악당이라도 우리가 일반적으로 알고 있는 것보다 훨씬 더 순진하고 소박한 마음을 가지고 있다. 우리 자신이 그런 것처럼.

2. 맏아들을 내쫓다

 물론 이러한 인간이 아버지로서, 양육자로서 어떤 모습이었을지 상상하기는 어렵지 않다. 결국 모두가 짐작한 대로였다. 아젤라이다의 소생인 자기 자식을 완전히 내쫓아버린 것이다. 그러나 그것은 아들에 대한 증오나 바람난 부인에 대한 악감정 때문이 아니라 그저 자기 자식의 존재를 완전히 잊어버려서였다. 그가 눈물로 호소하며 만나는 사람마다 귀찮게 하면서 자기 집을 음탕한 소굴로 만들고 있는 동안, 세 살짜리 미차를 맡아서 키워준 것은 이 집의 충직한 하인 그리고리였다. 만일 그때 그리고리마저 그 아이를 돌보지 않았다면, 아마 아이의 속옷을 갈아입혀줄 사람조차 없었을 것이다. 게다가 있을 수 없는 일이지만 처음 한동안은 외가 쪽에서도 아이의 존재를 아주 잊고 있는 듯했다. 아젤라이다의 아버지인 미우소프 씨, 즉 아이의 외할아버지는 이미 세상을 떠났고 외할머니도 모스크바로 이사 간 후 병상에 누워 있었다. 이모들 역시 모두 시집을 갔기 때문에 미챠는 거의 만 1년 동안을 하인 그리고리의 문간방에서 지내야 했다. 그러나 혹 아버지가 미챠를 떠올렸다 해도(표도르도 자기 자식의 존재를 완전히 잊고 있었을 리는 없다), 그가 먼저 아이를 하인 방으로 내쫓았을 것이다. 방탕한 생활을 하는 데 아무래도 어린애는 방해가 될 테니까.

그런데 갑자기 죽은 아젤라이다의 사촌 오빠인 표트르 미우소프가 파리에서 돌아왔다. 그는 여러 해 동안 외국에서 살았는데 귀국 당시만 해도 무척 젊은 나이였다. 그러나 외국이나 도시에서 교육받은 교양인으로 마치 자신이 유럽 사람인 것처럼 행동했고, 나이가 들어서는 1840~50년대의 자유주의 인사로 사람들에게 알려지는 등 미우소프 가문에서도 제법 특이한 인물이었다.

미우소프는 일생 동안 국내외를 가리지 않고 자유주의자들과 많은 교류를 했고 프루동*이나 바쿠닌**과도 친분을 쌓았다. 그리고 이런 방랑이 끝나갈 무렵, 1848년 파리 2월 혁명에 대한 추억을 이야기하기 좋아해서 자신도 시가전에 참여할 뻔했다고 은근히 자랑하고는 했다. 그 이야기는 그의 젊은 시절 가장 즐거운 추

---

* 프랑스의 무정부주의 사상가이자 사회주의자이다. 《재산이란 무엇인가》에서 자본가의 사적 소유를 부정하며 힘 대신 정의를 가치의 척도로 삼아야 한다고 주장하였다. 그의 사상은 제1인터내셔널 조직, 파리코뮌에 큰 영향을 끼쳤다

** 러시아의 무정부주의자로 프루동의 영향을 받아 무성무주의를 주장했다. 1868년 제1인터내셔널에 참가하여 마르크스파와 대립하다가 제명당했다.

억 중 하나였다. 농노 해방 전으로 따지면 그에게도 농노 1000명 쯤에 달하는 재산이 있었다. 그가 가진 비옥한 영지는 바로 우리 읍내 길목에 있었고 유명한 수도원의 땅과 맞닿아 있었다. 당시 젊은 나이였던 미우소프는 이 토지를 상속받는 즉시 하천 어업권이나 산림 벌채권과 같은, 나로서는 잘 알 수 없는 권리 문제로 수도원과 끝나지 않는 긴 소송을 벌였다. 그는 교회 권력과 싸우는 것이 시민이자 지성인의 당연한 의무라고 생각했다.

　그는 자신이 잘 기억하고 있는, 한때 특별히 관심을 가졌던 사촌 누이 아젤라이다에 대해 모두 전해 들었고 드미트리라는 아이도 있다는 것을 알게 되었다. 그는 표도르 파블로비치를 경멸하고 있었지만 청년의 기개와 분노로 이 문제를 해결하기로 마음먹었다. 그리고 표도르를 만나 자신이 아이를 기르겠다고 선언하기에 이르렀다. 그가 처음 표도르에게 미챠에 대한 이야기를 하자, 아이 아버지는 어떤 아이에 대한 이야기인지, 자기에게 그런 아들이 있었는지도 몰랐다는 듯이 어리둥절하게 바라보았다고 한다. 이것은 표트르가 후에 표도르의 성격을 단적으로 말하기 위해 이야기한 것으로, 물론 다소 과장이 섞여 있었겠지만 어느 정도는 사실이었을 것이다. 표도르는 실제로 평생을 사람들을 놀라게 하려고 연극을 했고, 자신에게 불리하거나 그럴 필요가 없는데도 자주 그런 짓을 해왔다. 그러나 이런 성향은 표도르뿐만 아니라 그와 전혀 딴판인 대다수의 많은 사람들과 현명한 사람들에게서도 흔히 나타나는 모습이다. 미우소프는 열심히 일을 진척시켜서 (표도르도 함께) 어린아이의 후견인이 되었다. 아이에게는 어머니가 죽으면서 남긴 작은 영지와 집 한 채가 있었기 때문이다.

드미트리는 이렇게 외당숙의 집에서 살게 되었다. 그러나 미우소프는 가족이 없었고 영지의 수입을 안전하게 정리하고 난 뒤 다시 파리로 떠났기 때문에, 아이는 미우소프의 누이들 중 모스크바에 살고 있던 한 누님에게 맡겨졌다. 미우소프는 파리에 살면서 아이는 잊어버렸다. 그의 평생에 가장 깊은 인상을 남긴 파리 2월 혁명이 일어난 것도 이때였다. 미차는 돌봐주던 미우소프의 누님이 죽자, 그녀의 결혼한 딸네 집으로 옮겨야 했고 그 뒤에도 한 번 더 다른 곳으로 옮겼다고 한다. 그러나 그 내용은 길게 다루지 않겠다. 이 표도르의 맏아들에 대해서는 앞으로 자세히 다루게 될 것이고, 지금은 다만 이 소설을 시작하는 데 필요한 필수적인 정보만 다루겠다.

먼저 드미트리는 표도르 카라마조프의 세 아들 중에서 유일하게 재산이 조금 있어서 어른이 되면 독립할 수 있을 거라고 생각하고 있었다. 그의 청소년 시기는 무질서했다. 드미트리는 중학교를 그만두고 군사 학교에 진학했다. 그 뒤 장교가 되어서 카프카스 지방에서 근무를 했는데 싸움을 벌여서 강등되었다가 다시 장교로 복직하기도 했다. 그러는 동안 신분에 걸맞지 않게 방탕한 생활을 일삼아서 많은 돈을 탕진했다. 표도르로부터 돈을 받은 것은 성인이 된 다음부터라서 그때까지 빚이 꽤 있었다. 그는 성인이 된 다음 표도르의 존재를 알고 자신의 재산 문제를 마무리하려고 우리 고장에 찾아왔다. 그와 표도르가 만난 것은 이때가 처음이었다. 그는 아버지가 마음에 들지 않아서 오래 지체하지도 않았고, 자신의 영지에서 생기는 수입에 대해 아버지와 마무리를 지은 다음 얼마간의 돈을 받고 서둘러 떠났다. 그런데 주목할 것은 그가 자신의 영지에서 나오는 수입이 얼마이고 시세가 어느 정도인지는 알아내지 못했다는 것이다.

기억해둘 것은, 표도르는 처음 만났을 때부터 그의 아들 드미트리가 자신의 재산에 대해 과장된 생각을 가지고 있음을 알았다. 그는 나름의 꿍꿍이가 있어서 그런 생각을 오히려 흡족하게 여겼다. 그는 아들이 경솔하고 난폭한 데다 무모하며 여자와 술을 좋아하고 성미가 급하다고 생각해서 돈을 조금씩 보내주면 아무 문제도 없을 거라고 생각했다. 바로 이 점을 표도르는 이용하기 시작했다. 아들이 보챌 때마다 돈을 조금씩 보내주면서 속인 것이다. 결국 새로운 사건이 터졌다. 4년 후, 드미트리가 더는 참지 못하고 재산 문제를 완전히 해결하기 위해 이 고장을 다시 찾아온 것이다. 그런데 남은 재산이 하나도 없고 계산도 하기 힘든 상황이라는 것을 알게 되었다. 이제 돈을 더 달라고 할 수도 없었고 그동안 자신의 재산을 현금으로 받아서 써왔기 때문에 어쩌면 오히려 빚이 있을지도 몰랐다. 이 모든 것은 그동안 자신이 아버지와 맺은 이런저런 협상의 결과였다.

그는 이것이 거짓말이나 속임수는 아닌지 의심을 하다가 엄청난 분노에 휩싸였다. 바로 이런 상황이 내 소설의 도입에 해당하는 첫 번째 이야기의 주제를, 더 정확히 말하면 소설의 뼈대이자 비극적 결말의 시작이다. 하지만 이 소설로 넘어가기 전에 표도르 카라마조프의 두 아들인 드미트리의 이복동생들에 대해서도 설명해둘 필요가 있다.

3. 재혼과 두 아들

 표도르는 네 살짜리 미차를 남의 손에 넘겨주고 곧바로 재혼했다. 이 두 번째 결혼은 8년 동안 지속되었다. 그는 다른 지방 출신인 나이 어린 소피아 이바노브나와 결혼했는데, 사업상의 사소한 일을 처리하기 위해 유대인과 그곳에 갔다가 만나게 되었다.
 표도르는 방탕을 일삼고 온갖 나쁜 짓은 다했지만 재산을 다루는 일만은 부지런을 떨었다. 물론 떳떳하지 못한 방법을 썼지만 그래도 사업 솜씨는 꽤 훌륭했다. 소피아 이바노브나는 보좌 신부의 딸로 태어나서 부모가 죽고 고아가 된 뒤 부유한 미망인의 집에서 성장했다. 장군의 미망인이었던 보르호프 부인은 그녀에게는 은인이었고 보호자였지만 학대를 일삼기도 했다. 자세한 사정은 모르지만, 이 착하고 온순하고 얌전한 처녀가 헛간에 들어가 목을 매는 것을 사람들이 구한 적이 있다고 들었다. 보르호프 부인은 천성이 나쁜 사람은 아니었지만 따분하고 안일한 생활을 하면서 심술궂은 고집쟁이로 변했다. 죽음을 선택할 만큼 이 처녀는 노파의 변덕과 잔소리를 견뎌낼 수 없었던 것이다.

표도르가 이 처녀에게 청혼을 하자, 미망인은 뒷조사를 한 다음 거절했다. 그러자 그는 첫 결혼 때처럼 이 고아 처녀에게 함께 도망가자고 제안했다. 만약 소피아가 표도르를 조금만 더 잘 알았어도 분명 그를 따라나서지 않았을 것이다. 그러나 표도르의 집은 다른 지방이었고, 장군 부인의 집에 있느니 강물에 뛰어드는 편이 낫다고 생각하던 시기였다. 열여섯 살짜리 소녀가 이 험한 세상을 어찌 알 수 있었겠는가! 그래서 이 불쌍한 처녀는 자선가 노파에게서 벗어나 가난한 남자를 선택했다.

장군 부인은 이 사실을 알고 화가 나서 지참금도 주지 않고 악담과 저주를 퍼부었다. 그래서 표도르는 결혼했지만 한 푼도 받을 수 없었다. 하지만 그는 재산을 탐낸 것이 아니라 처녀의 아름다움에 반한 것이었고, 더 중요한 것은 문란한 여자들만 상대하던 음탕한 호색한이 이 처녀의 청순함에 완전히 반해버렸다는 것이다.

"영롱하고 순수한 두 눈망울이 마치 면도칼처럼 내 영혼을 베어버렸다네."

후에 그는 천박하게 킬킬대면서 이렇게 말하곤 했다. 하지만 음탕한 사람에게는 이것마저도 성적인 매력이었을 것이다. 표도르는 그녀가 아무것도 가져오지 않았기 때문에 업신여겼다. 아내는

'죄인'이며 자신은 '구원자'라고 생각했기 때문에 그녀가 수줍어 하며 얌전한 것을 이용해서 부부간의 예의조차 아예 지키지 않았다. 다시 말하면 그녀가 집 안에 있어도 고약한 여자들을 불러들여서 지저분한 술자리를 벌였던 것이다.

여기서 우울하고 우직하며 고집이 센 하인 그리고리의 태도도 주목해야 한다. 그는 전 마님이었던 아젤라이다는 미워했지만 이번에는 새 마님인 소피아의 편에 섰다. 그녀를 보호하기 위해 하인으로서는 건방지게도 표도르에게 대들었고, 술판을 벌이는 계집들을 강제로 쫓아내기까지 했다. 이런 가운데 평생 겁을 먹고 살았던 이 불행한 젊은 여인은 마침내 '소리 지르는 병'이라고 불리는 신경병에 걸리고 말았다. 이 병은 농촌 여인들에게서 흔히 볼 수 있는 신경증이었는데, 이 병에 걸리면 히스테리 발작과 함께 정신을 잃기도 했다.

그렇지만 그녀는 표도르의 두 아들인 이반과 알렉세이를 낳았다. 첫아들인 이반은 결혼하고 1년 만에 낳았고 3년 뒤에 둘째 알렉세이를 낳았다. 알렉세이가 겨우 네 살 되던 해, 그녀가 죽었는데 알렉세이는 평생 꿈에서 어머니를 기억하고 있었다고 한다. 어머니가 죽은 뒤 두 아들은 이복형인 드미트리가 겪은 것과 같은 운명을 거쳤다. 그들도 아버지에게 버림받고 잊힌 채, 하인 그리고리에 의해 문간방으로 옮겨졌다. 어머니의 은인이며 보호자였던 장군 부인이 이 아이들을 처음 발견한 곳도 이 하인의 집에서였다. 장군 부인은 그때까지도 건강했고, 양녀에게서 받은 모멸감을

8년 동안 잊지 않은 채 소피아에 대한 정보를 정확하게 듣고 있었다. 소피아가 병에 걸리고 비참하게 지낸다는 소문을 들을 때마다 손님들에게 여러 번 큰 소리로 이렇게 말했다.

"그년은 혼나야 해. 배은망덕해서 천벌을 받은 거야!"

소피아가 죽고 석 달이 지난 뒤 장군 부인이 갑자기 우리 읍내에 나타났다. 그녀는 표도르의 집에 찾아가서 30분 만에 많은 일을 해결했다. 저녁 무렵, 8년 동안 한 번도 모습을 보이지 않았던 표도르가 술에 취해 부인 앞에 나타났다. 소문에 따르면 부인은 그의 뺨을 두어 번 때리고 머리카락을 잡고 서너 번 넘어뜨렸다고 한다. 그런 뒤 입을 다물고 두 아이가 있는 하인 집으로 향했다. 부인은 씻지 않아서 더러운 얼굴에 꾀죄죄한 옷을 입은 아이들을 보고 그리고리의 뺨을 때린 뒤 두 아이를 데리고 가겠다고 선언했다. 그리고 두 아이를 그대로 담요에 말아서 마차에 싣고 데려가버렸다.

그리고리는 충실한 하인답게 그 봉변을 당하고도 불평하지 않았다. 오히려 부인을 마차까지 모셔다드리고, 허리 굽혀 인사하며 감격스러운 듯 말했다.

"고아들을 거두셨으니 신의 은총이 있을 겁니다."

"아무튼 넌 바보야!"

장군 부인은 마차 안에서 이렇게 외쳤다.

표도르는 깊이 생각한 뒤 오히려 잘된 일이라고 여겼다. 얼마 뒤 부인이 아이들의 양육에 대한 동의서를 보내자, 부인의 조건을 모두 수락했다. 그리고 온 읍내에 따귀를 맞은 일을 떠들어댔다.

얼마 후 장군 부인이 갑자기 세상을 떠났는데 유언장에는 두 아이의 교육비로 각각 1000루블씩 주라고 되어 있었다. '반드시 두 아이를 위해 쓸 것, 이 아이들에겐 이 돈이면 충분하니까. 성인이 될 때까지 이 돈으로 쓸 것. 하지만 누군가 독지가가 나타나면, 이 아이들에게 자선을 베풀어주길 바란다.' 이런 내용도 있었다. 나는 직접 읽지 못했지만, 들리는 소문에 이 유언장은 어딘가 기이한 내용에 꽤 특이한 문체로 쓰여 있었다고 한다. 부인의 재산 대부분을 받은 상속자는 정직한 사람으로 소문난 그 지방의 귀족회장 예핌 폴레노프였다. 그는 표도르와 편지를 몇 번 주고받은 뒤, 아이들의 양육비를 받을 수 없을 거라는 것을 깨달았다(표도르는 노골적으로 거절하지는 않았지만 늘 질질 끌면서 우는 소리를 늘어놓았다). 그래서 폴레노프는 이 아이들을 몹시 불쌍히 여겼고, 특히 알렉세이를 귀여워해서 한동안 자기 집에서 키우기까지 했다.

나는 독자들이 처음부터 이 점에 주목하기를 부탁드린다. 만일 지금은 청년이 된 이 아이들이 양육과 교육에 대해 고마워해야 할 사람이 있다면, 세상에서 찾기 힘들 정도로 점잖고 인정 많은 예핌 폴레노프라는 것이다. 그는 장군 부인이 아이들 각각에게 남긴 1000루블의 돈에는 손도 대지 않고 모두 저축했다. 그래서 아이들이 성년이 되었을 때는 이자가 붙어서 돈이 두 배가 되었다. 또 폴레노프는 자기 돈으로 아이들의 양육비를 부담했는데 한 아이만 따져도 1000루블보다 훨씬 더 많이 쓴 것은 당연하다.

나는 그들의 유소년기에 대해서는 잠시 미뤄두고 가장 중요한 몇 가지를 얘기하겠다. 형인 이반에 대해서는 반드시 언급하고 넘어가야 할 것이 있다. 이반은 겁쟁이는 아니지만 신경질적이고 내성적인 소년이었다. 열 살 무렵부터 자신과 동생이 남의 집에 얹혀사는 것과 아버지가 어디다 얘기하기 부끄러운 사람이라는 것을 깨달았다. 이 아이는 아주 어린 시절부터 (소문에 따르면) 공부를 잘했다. 정확히는 모르지만 열세 살 무렵에 모스크바의 어느 중학교에 입학했고, 폴레노프의 옛 친구이자 꽤 이름이 알려진 어느 교육자가 운영하는 기숙사에 들어갔다. 후에 이반은 이러한 모든 일은 천재는 천재에게 교육을 받아야 한다는 폴레노프의 '선행에 대한 열의' 때문이었다고 말했다고 한다.

그러나 이반이 대학교에 입학했을 때는, 폴레노프와 천재적인 교육자도 죽고 없었다. 고집쟁이였던 장군 부인이 아이들에게 남겨둔 돈은 이자가 붙어서 2000루블씩이 되었다. 하지만 폴레노프가 미숙하게 처리한 데다가 형식적인 절차상의 문제로 그 돈을 타기까지는 오랜 시간이 걸렸다. 그래서 이반은 대학교에 입학하고 2년 동안 학비를 버느라 고생을 해야만 했다. 하지만 어려운 상황에서도 아버지에게 한 번도 편지를 보내지 않았다는 사실은 눈여겨볼 만하다. 아마도 자존심과 아버지에 대한 모멸감도 이유겠지만, 냉정하게 생각해봤을 때 아버지에게서 아무런 도움을 받을 수 없다는 것을 깨달았기 때문이다.

이반은 절망하지 않고 일자리를 찾았다. 20코페이카를 받고 가정교사를 했고, 갖가지 사건을 소재로 한 '목격자'라는 열 줄의 기사도 신문사에 보냈다. 소문에 따르면 그의 기사는 호기심을 불러일으키고 흥미로워서 신문이 금방 매진되었다고 한다. 이것만으로도 이반이 같은 처지의 가난한 학생들보다 실생활이나 지성 면에서 훨씬 뛰어나다는 것을 알 수 있다. 페테르부르크나 모스크바의 학생들은 신문사나 잡지사를 찾아다니면서 프랑스어 번역이나 원고 정서(政書)를 부탁하는 게 고작이었다.

　이반은 편집인들과 안면을 트고 난 후 대학을 졸업할 때까지 그들과 관계를 지속하면서 여러 분야의 평론을 발표해서 나중에는 문단에까지 이름을 알렸다. 그러다가 최근 우연한 기회로 광범위한 독자층의 관심을 받고 많은 사람들로부터 인정을 받을 만한 일이 생겼다. 이것은 매우 흥미로운 일이었다. 이반은 대학을 졸업한 뒤 2000루블의 돈으로 외국 여행을 준비 중이었는데, 그 무렵 어느 유명한 신문에 기발한 논문을 발표했다. 이과를 졸업한 그와는 거리가 먼 주제로 그 논문 때문에 전문가들과 독자의 관심까지 받게 되었다. 그 논문은 그 무렵 화제가 되던 교회 재판에 대한 것이었다. 그는 이 문제에 대한 기존의 몇몇 입장들을 꼼꼼히 분석한 뒤 자기 나름의 독자적 입장을 펼쳤다. 그런데 그가 말한 전체의 논조와 결론이 놀라울 정도로 의외였다. 이 논문이 신문에 연재되는 동안 교회 관계자들은 필자가 자신들을 옹호한다고 믿었다. 그런데 이번에는 민권론자뿐 아니라 무신론자들까지 필자에게 박수를 보냈다. 결국 통찰력 있는 사람들은 이 논문이 모욕적이고 냉소적인 조롱이라고 단정을 지었다.

내가 이 사건을 지금 언급하는 것은, 당시 말이 많았던 교회 재판 문제에 관심을 기울이던 우리 고장의 유명한 수도원에서도 이 논문을 입수하여 큰 파문이 일었기 때문이다. 사람들은 논문에 나온 이름을 보고 그가 우리 고장 출신이고 '바로 그' 표도르의 아들이라는 것에 더 큰 관심을 보였다. 바로 그때, 당사자인 필자가 우리 마을에 불현듯 모습을 드러냈다.

  나는 이반이 왜 이곳으로 돌아왔는지 불안감 속에서 혼자 곰곰이 생각했던 것을 지금도 기억한다. 많은 사건의 실마리가 된 이 운명적인 귀향은 나에게 오랫동안 불투명한 문제로 남아 있었다. 교양 있고 자존심 세며 신중한 이 청년이 추악한 집안의 그런 아버지 앞에 갑자기 나타난 것은 무척 기묘한 일이었다. 그 아버지는 아들을 생각하기는커녕, 아들에 대해 아는 것도 없었고 기억하는 것도 없었다. 또한 아들이 아무리 애원해도 어떤 이유나 경우를 막론하고 돈을 보내지 않을 사람이었다. 오히려 이반과 알렉세이가 돈을 내놓으라고 할까 봐 겁을 먹고 있었다. 그런데 이반은 그런 아버지 집에 온 지 두 달이 넘도록 아버지와 사이좋게 지냈다. 그래서 나뿐만 아니라 모든 사람들이 놀랐다.

  그런데 누구보다 놀라워했던 사람은 표트르 미우소프였던 것으로 기억한다. 이미 언급한 바 있는 표도르의 먼 친척 미우소프는 오랫동안 파리에서 살다가 돌아와서 교외에 있는 자신의 영지에서 살고 있었다. 그는 전부터 관심이 있었던 이 청년과 만나 토론을 벌이면서 자신의 배움이 그보다 짧다고 확신했다.

그는 우리에게 이런 말을 한 적이 있었다.

"자부심이 대단한 청년이야. 돈도 벌 수 있고, 외국에 갈 돈도 있는데 도대체 여긴 왜 왔을까? 아버지에게 돈을 받으러 온 게 아니라는 건 모두 알 거야. 그 작자는 절대로 돈을 내주지 않을 테니까. 근데 그 청년은 주색을 좋아하지도 않는데, 그 노인은 아들과 사이가 좋거든!"

이 말은 진짜였다. 청년은 노인에게 눈에 보이는 영향력을 행사하고 있었다. 표도르는 심술궂고 제멋대로였지만 때로 아들의 말에 복종했고 행동도 전에 비해 훨씬 점잖아졌다.

형 드미트리의 부탁으로 이반이 우리 고장에 왔다는 것은 나중에 밝혀진 사실이다. 이반은 형 드미트리가 관련된 중요한 일로 고향에 오기 전부터 모스크바에서 형과 편지를 주고받기는 했지만 형을 보는 것은 처음이었다. 중요한 일이 무엇인지는 앞으로 때가 되면 독자들도 자세히 알게 될 것이다. 후에 내가 그 특별한 상황을 알고 난 뒤에도 이반은 여전히 수수께끼 같은 사람이었고, 그가 고향에 왜 돌아왔는지도 명확하게 밝혀지지 않았다. 그 무렵 드미트리는 아버지와 결판을 짓기 위해 정식 소송 준비를 하고 있었는데, 이반이 두 사람 사이에서 중재자나 조정자처럼 보이기도 했다.

다시 말하지만, 이 카라마조프 가족은 이번에 처음으로 한자리에 모였고 처음 얼굴을 보게 된 식구들도 있었다. 막내 알렉세이만 형제들 중에서 제일 먼저 고향에 돌아와 1년 전부터 이곳에 살고 있었다. 소설의 무대에 알렉세이를 본격적으로 등장시키기 전에 그에 대해 설명하는 것은 굉장히 어려운 일이다. 하지만 그에 대한 서문을 통해 그에게 있는 한 가지 기이한 점에 대해 미리 설명해두겠다. 소설의 처음부터 주인공에게 수도사의 수도복을 입혀서 독자들에게 소개해야 하기 때문이다. 그렇다, 그는 수도원에서 1년 정도 살았고 앞으로도 평생 수행할 각오를 하고 있는 것 같았다.

4. 셋째 아들 알료샤

 그때 그는 고작 스무 살(작은형 이반은 스물네 살, 큰형 드미트리는 스물여덟 살)이었다. 먼저 밝혀둘 것은, 알료샤*는 광신도가 아니며 내 생각에는 신비주의자도 아니라는 것이다. 미리 내 의견을 말해두자면, 그는 나이 어린 박애주의자에 지나지 않았다. 그가 수도원에 들어간 것은 단지 그 길에 깊이 빠져 있었기 때문이었다. 속세의 악의에 찬 어둠으로부터 사랑의 빛 속으로 벗어나려고 애쓰는 그에게는 그것이 이상적인 출구였다. 그에게 그런 놀라움을 안겨준 것은 당시 그가 가장 뛰어나다고 생각하던 유명한 조시마 장로를 만나서였는데, 그는 첫사랑처럼 자신의 마음을 통째로 그

---
* 알렉세이의 애칭이다.

장로에게 빼앗기고 말았다.

 그 무렵의 그는, 또는 더 어릴 때부터 몹시 특별한 아이였다는 것에는 이의가 없다. 이미 말한 대로 겨우 네 살 때, 어머니를 여의고 평생 어머니의 얼굴과 사랑을 '어머니가 눈앞에 있는 것처럼' 선명하게 기억하고 있었다. 아주 어릴 적부터, 예를 들어 겨우 두어 살 무렵부터 이런 기억을 간직할 수 있는데(모두가 다 알다시피), 이런 기억은 마치 어둠 속에 비치는 몇 가닥의 빛처럼, 또는 낡고 남루한 커다란 화폭에 선명하게 남아 있는 일부분처럼 평생 동안 마음속에서 지워지지 않는다.

 알료샤의 경우도 이와 같았다. 그는 어느 조용한 여름날 저녁에 있었던 일을 분명히 기억하고 있었다. 열린 창문으로 비치는 저녁 햇살(저녁 햇살을 가장 선명하게 기억했다)과 방 한쪽에 있던 성상, 성상 앞의 등불 그리고 두 팔로 그를 안고 성상 앞에 무릎 꿇은 채 히스테리라도 부리듯이 날카롭게 소리 지르며 흐느끼던 어머니, 어머니는 그를 으스러질 정도로 껴안고, 아들을 위해 성모 마리아에게 기도하기도 하고, 때로는 성모님께 아이를 안은 두 팔을 내밀기도 했다. 그러면 유모가 뛰어 들어와 놀란 얼굴을 한 어머니 품에서 아이를 낚아챘다. 바로 이런 광경이다.

 알료샤는 그때의 어머니 얼굴도 분명히 기억하고 있었다. 그의 기억 속에서 어머니의 얼굴은 광기에 사로잡혀 있었지만 무척 아름다웠다고 한다. 그러나 그는 이런 추억을 말하려고 하지 않았다. 그는 어린 시절과 소년 시절에도 감정을 토로하는 일이 없었고 말수가 적었다. 이것은 인간에 대한 불신, 수줍은 태도, 사람들과 사귀기 싫어하는 우울한 성격 때문이 아니었다. 그것과는 반대로 그에게는 남들과 아무런 상관없이 자신의 내면에 숨은 중대한 문제들이 있었고, 그것에 대한 걱정이 가장 중요해서 남에게는 자연스럽게 관심을 가질 수가 없었던 것이다.

하지만 그는 사람들을 사랑했다. 그는 평생 동안 사람들을 믿었지만 그렇다고 사람들이 그를 바보로 여기거나 유치하다고 생각하지 않았다. 그는 남을 판단하거나 잘잘못을 따져 묻거나 하는 성격이 아니었다(평생 그랬지만). 그는 가끔 어떤 일에는 깊이 슬퍼했지만 남을 원망하지 않고 모든 것을 용서하는 듯했다. 그뿐 아니라 아주 어릴 때부터 어느 누구도 그를 놀라게 하거나 동요시킬 수 없었다. 그가 스무 살이 되었을 무렵 음탕한 아버지의 집에 돌아와서도 이것은 변하지 않았다. 깨끗하고 순결한 그는 차마 눈뜨고 볼 수 없는 풍경 앞에서도 그저 묵묵히 자리를 피할 뿐이었다. 결코 누구를 비난하거나 경멸하지 않았다.

남의 눈치를 많이 보고 살아왔던 아버지는 모욕과 멸시에 민감해서 처음에는 아들을 믿지 않았다. 그래서 "속으로는 별의별 생각을 다하면서 겉으로는 내색을 하지 않는단 말이지" 하면서 투덜댔다. 하지만 2주일이 채 못 되어 아들을 끌어안고 입을 맞추게 되었다. 물론 술에 취해서 한 행동이기는 했지만 눈물을 흘리며 다른 사람에게서는 느끼지 못했던 따스하고 진실한 애정을 비로소 아들에게서 깊이 느끼게 된 것 같았다.

이 청년은 어디를 가든 누구에게든 사랑받았다. 어린 시절에도 은인인 예핌 폴레노프의 집에서 모든 가족에게서 친자식처럼 사랑을 받았다. 매우 어렸을 때였으므로 그가 남에게 귀여움을 받기 위해 계산하거나 간사하게 꾀를 부렸다거나 억지로 자신을 사랑하게 만드는 능력을 가지고 있었던 것은 결코 아니다. 그는 선천적으로 모든 사람에게 사랑을 받을 수 있는 재능과 본성을 타고났던 것이다.

학창 시절에도 마찬가지였다. 언뜻 알료샤는 친구들에게 불신과 비웃음, 증오를 불러일으키는 아이처럼 보였다. 그는 자주 생각에 빠져 자기만의 세계에 고립되는 성향이 있었고 아주 어릴 때부터 방에서 혼자 책 읽는 것을 즐겼다. 그렇지만 그는 학교를 다니면서 모든 학생들의 절대적인 믿음과 사랑을 받았다. 요란하게 장난을 치고 친구들과 재미있게 노는 일은 별로 없었지만, 그를 한번 보면 누구든 그가 우울하고 무뚝뚝한 사람이 아니라 따뜻하고 해맑은 심성을 가진 아이라는 것을 알 수 있었다.

그는 친구들 사이에서 결코 으스대거나 자기를 내세우려고 하지 않았다. 이러한 성격 때문에 지금껏 그 누구도 두려워해본 적이 없었지만 자기를 과시하려고도 하지 않았다. 하지만 친구들은 그가 자신을 지나치게 믿어서 조용한 것이 아니고 자신이 대담한 사람인지 전혀 모르고 있기 때문이라는 것을 곧 알게 되었다. 그는 누가 자신을 모욕해도 반발심을 갖지 않고 1시간이 지나면 자기를 모욕한 그 학생과 태연스레 얘기를 나누었고, 스스로 먼저 말을 걸 때도 있었다. 자신이 모욕당한 것을 잊어버린 것도 아니고 상대를 용서해준 것도 아니었으며 그저 모욕을 조금도 느끼지 않는 태도였다. 때문에 친구들은 그에게 완전히 굴복하고 말았다.

하지만 그에게는 한 가지 이상한 특징이 있었다. 학교에 입학하여 졸업할 때까지 다른 아이들의 놀림감이 될 수밖에 없는 독특한 점이 있었다. (그래봐야 그것도 악의가 있어서가 아니라 단순히 재미에서 비롯된 놀림이었다. 알료샤의 독특한 점은 바로 지나치다 싶을 정도의 수치심과 결벽증이었다). 예를 들어, 그는 여자에 대해 안 좋은 이야기나 대화를 듣는 것마저 괴로워했다. 하지만 불행히도 '안 좋은 이야기나 대화'는 어떤 학교에서든 없앨 수가 없다. 정신적으로나 육체적으로 어린아이처럼 순진하기만 한 소년들은 때로 군인들도 입에 잘 담지 않는 '특정' 모습이나 행위를 교실에서 소곤대거나 떠들어댔다. 군인들도 잘 모르는 그런 분야에 대해 상류 지식 계급의 어린 자식들이 벌써 자세히 알고 있는 경우도 많았다. 하지만 이런 소년들에게 정신적 타락이나 타락한 내면의 냉소 같은 것은 없었다. 있다 하더라도 껍데기에 불과하고 이들에게 냉소는 일종의 품위 있고 세련된, 또는 남자다운 것이어서 흉내 내고 싶은 충동을 느끼게 했다.

아이들은 그런 이야기를 할 때마다 '알료샤 도련님'이 급하게 귀를 막는 것을 보고, 가끔 그의 두 손을 억지로 떼고는 신이 나서 더러운 얘기를 마구 지껄여댔다. 그는 아무런 비난도 하지 않고 입술을 다문 채 아이들을 뿌리치고 교실 바닥을 뒹굴면서 얼굴을 감싸고 견뎌냈다. 결국 악동들도 더는 그를 귀찮게 하지 않았고 '계집애'라고도 놀리지 않았으며, 한편으론 동정을 느끼기까지 했다. 덧붙이자면 그는 늘 우등생이었지만 1등을 한 적은 없었다.

폴레노프 씨가 죽은 뒤에도 알료샤는 2년 더 이 중학교에 다녔다. 폴레노프의 미망인은 남편이 죽자 상심에 빠져서, 장례식이 끝나고 여자만 남은 가족을 모두 데리고 이탈리아로 여행을 떠났다. 당분간 돌아오지 않을 작정이었다. 그래서 알료샤는 폴레노프의 먼 친척이지만 한 번도 본 적이 없는 두 부인 집으로 가서 살게 되었다. 하지만 무슨 이유 때문에 그렇게 되었는지는 정확히 알 수 없었다. 누구의 돈으로 살고 있는지 전혀 관심이 없었던 것도 특이한 점 중 하나였다. 이런 점은 그의 형 이반이 2년 동안 대학에 다니면서 여러 가지 고생을 한 일이나, 어린 시절부터 남에게 신세를 져야 했던 자기 상황을 항상 처절하게 의식한 것과는 아주 상반된 것이었다.

그러나 알료샤에 대해 조금이라도 아는 사람이라면 그의 이런 특이한 성격을 비난할 수 없을 것이다. 알료샤는 유로지비* 같다고 누구나 생각했기 때문이다. 막대한 재산이 그에게 생긴다고 해도 누군가 손을 내밀면 주저하지 않고 몽땅 주거나, 그게 아니면 자선 사업을 벌이거나 상대가 사기꾼이라고 하더라도 순순히 큰돈을 내주었을 것이다. 물론 비유적인 의미겠지만 그는 돈의 가치를 전

---

* 바보 같은 행동이나 기괴한 행위를 하면서 광인처럼 돌아다니며 예언을 하고 신의 뜻을 전하는 성자들을 가리킨다.

혀 알지 못했다. 자신이 먼저 용돈을 달라고 한 것도 아닌데 누가 돈을 주면 어디에 쓸지 몰라서 몇 주일씩 가지고 있거나, 엄청나게 낭비해버려서 금방 돈을 다 써버릴 때도 있었다.

표트르 미우소프는 평상시 돈과 시민의 공덕심에 대하여 몹시 예민했지만 언젠가 알료샤를 본 뒤 이런 명언을 했다.

"저런 사람은 세상에 없을 거야. 인구가 100만쯤 되는 도시에 돈 한 푼 없이 버려져도 굶어 죽거나 얼어 죽지 않을 사람이야. 누군가 그에게 곧 먹을 것과 잠자리를 마련해줄 테니까 말이야. 잠자리를 제공하는 사람이 없어도 스스로 잘 곳을 찾겠지. 그에게는 그런 일들이 힘들거나 굴욕적인 일이 아니니까. 그리고 그를 돌봐주는 사람도 귀찮아하지 않고 기쁘게 생각할 거야."

그는 중학교를 졸업하지 못했다. 졸업하기 1년 전 어느 날, 알료샤는 불현듯 어떤 생각에 사로잡혀 돌봐주던 부인들에게 말하길 지금 곧장 아버지에게 가봐야 한다고 했다. 부인들은 무척 서운해하며 그를 보내려고 하지 않았다. 여비가 많이 필요하지 않아서 그는 폴레노프 씨 가족이 외국 여행을 떠날 때 선물한 시계를 전당포에 맡기려고 했다. 하지만 부인들이 말렸고 넉넉하게 여비도 주고 새 옷과 속옷까지 사주었다. 그러나 그는 기어이 삼등차로 가겠다고 하면서 받은 돈의 절반을 다시 부인들에게 돌려주었다.

그가 우리 읍에 도착한 뒤 아버지가 "왜 학교를 안 마치고 온 거냐?"라고 묻자, 대답을 하지 않고 평소보다 더 깊이 생각에 빠진 듯했다고 한다. 얼마 후에 그가 어머니의 무덤을 찾고 있는 것이 밝혀졌다. 알료샤도 그때 자신이 여기 온 이유는 오직 그것 때문이라고 말했다. 그러나 정말 그것 때문에 고향에 왔는지는 도무지 알 수 없었다. 분명한 것은 그의 영혼 속에서 무엇이 떠올라서 그를 신비로운 운명의 길로 이끌었는지 그때는 자신도 몰랐고 설명할 수도 없었을 것이다. 표도르는 자신의 두 번째 아내가 어디에 묻혔는지 아들에게 가르쳐줄 수 없었다. 그는 아내의 관에 흙을 뿌린 뒤로 그 무덤에 한 번도 찾아가지 않았고 시간이 흐르면서 그곳을 완전히 잊어버렸기 때문이다.

표도르 얘기로 넘어가면 그는 그때까지 오랜 기간 우리 마을을 떠나 있었다. 두 번째 아내가 죽고 3, 4년이 지난 뒤에 그는 러시아 남부로 떠났고 그 뒤에는 오데사에서 몇 년을 살았다. 그의 말을 빌리면 처음에 그는 '남녀노소, 노인에서 꼬맹이까지 수상한 유대인'들과 상종했지만 그 후에는 이 수상한 유대인들뿐만 아니라 '정상적인 히브리인 가정'에도 드나들게 되었다. 그가 돈을 모으는 데 특별한 재능을 얻게 된 것도 아마 오데사에서 지냈던 시절이었을 것이다. 그가 이 고장에 다시 돌아온 것은 알료샤가 오기 3년 전이었다. 옛 친척들은 그가 무척 늙었다고 생각했지만 실제로는 그다지 나이를 먹은 것은 아니었다. 그는 전에 비해 점잖아졌지만 어딘가 거만한 구석이 있었다. 예를 들면 예전에는 혼자서 어릿광대짓을 하며 좋아했는데, 이제는 뻔뻔하게 어릿광대짓을 다른 사람에게 시키려 들었다. 추잡한 여자 버릇은 예전과 다름없는 게 아니라 오히려 더 구역질이 날 정도가 되었다.

얼마 후 그는 우리 군 여러 곳에 새 술집을 열었다. 그는 10만 루블이나 아니면 그보다 적은 돈을 가지고 있는 것 같았다. 우리 고장의 많은 사람들이 마치 기다린 것처럼 그에게 돈을 빌렸는데, 그러기 위해서는 물론 확실한 저당이 있어야 했다. 그러나 최근 들어 그는 후줄근해져서 냉정함을 잃고 경솔한 실수를 저지르기까지 했다. 일을 시작해도 제대로 마무리하지 못했고 그러면서도 여러 가지 일에 손을 댔다. 날이 갈수록 취하는 일이 잦아졌는데 이제는 나이가 꽤 든 하인 그리고리가 가정교사처럼 한결같이 쫓아다니며 돌보지 않았다면, 그는 모든 일을 엉망으로 만들고 돌아다녔을 것이다.

알료샤의 귀향은 정신적인 측면에서도 아버지에게 영향을 미친 게 분명했다. 나이보다 훨씬 늙은 이 남자의 영혼 속에 오랫동안 잠들어 있던 무언가가 깨어난 것 같았다.

그는 알료샤를 바라보면서 가끔씩 이렇게 말했다.

"얘야, 네가 그 미친 여자를 닮은 걸 알고 있느냐?"

그는 알료샤의 어머니이자 죽은 자신의 아내를 이렇게 불렀다.

결국 알료샤에게 '미친 여자'의 무덤을 알려준 사람은 하인 그리고리였다. 그는 알료샤를 우리 읍 공동묘지로 데려가 구석에 있는 싸구려지만 주철로 만들어져 제법 단정한 묘비를 보여주었다. 거기에는 죽은 어머니의 이름, 나이, 신분, 사망한 날짜가 쓰여 있었다. 그 아래에는 중류 계급의 무덤에서 흔히 볼 수 있는 네 줄 정도의 추도시도 새겨져 있었다. 이 묘비를 세운 사람은 놀랍게도 그리고리였다. 그리고리는 주인 표도르에게 죽은 마님의 무덤을 잘 돌봐달라고 귀찮을 정도로 몇 번씩이나 당부했지만, 표도르는 모두 버려둔 채 오데사로 떠나버렸다. 그래서 결국 자신의 돈으로 이 불쌍한 '미친 여자'의 무덤 앞에 묘비를 세웠던 것이다.

알료샤는 어머니의 무덤 앞에서 특별히 감정을 드러내지는 않았다. 그는 묘비가 세워진 배경에 대해 그리고리가 엄숙하게 설명하는 것을 머리를 숙인 채 조용히 듣다가 아무런 말도 없이 무덤을 떠났다. 그 후 거의 1년 동안 그는 어머니의 무덤에 가지 않았다. 하지만 이 작은 에피소드는 아버지 표도르에게 어떤 영향을, 그것도 아주 독특한 영향을 미쳤다. 갑자기 표도르가 죽은 아내의 영혼을 위로하려고 1000루블을 들고 수도원을 찾아간 것이다. 다만 알료샤의 어머니인 두 번째 아내 '미친 여자'를 위해서가 아니라 자기를 구박했던 전처 아젤라이다를 위한 것이었다. 그는 그날 저녁 술에 취해 알료샤 앞에서 수도사들에게 욕설을 내뱉었다. 그는 신앙과는 거리가 멀었다. 단 5코페이카짜리 양초도 바친 적이 없을 것이다. 그러나 때로는 이런 인간들에게서도 즉흥적인 감성과 충동이 밖으로 터져 나올 때가 있다.

앞에서 나는 이미 표도르가 후줄근해졌다고 말했다. 그의 외모는 요즘 들어서 지금까지 그가 살아온 인생의 특징과 본성을 뚜렷이 보여주고 있었다. 늘 거만하고 사람을 의심하는 듯한 작은 눈 밑에는 기다란 살들이 흐물흐물하게 늘어졌고, 작고 살찐 얼굴에는 주름살이 깊게 파였다. 뾰족한 턱 밑으로는 돈주머니처럼 생긴

길쭉하고 큰 살이 늘어져 있었는데, 바로 이 부분이 흉측하고 음탕한 인상을 주었다. 뿐만 아니라 탐욕에 가득 찬 큰 입의 호색적인 두꺼운 입술이 옆으로 찢어져 있었고 그 입술 사이로 거의 썩은 까만 이들이 보였는데, 그가 말을 할 때마다 침이 사방으로 튀었다. 그는 자신의 얼굴 생김을 두고 농담하는 것을 즐겼는데 자신의 용모를 싫어하는 것 같지는 않았다. 그는 크지는 않지만 매우 높고 특이하게 꼬부라진 매부리코를 가리키며 이렇게 말했다.

"이게 진짜 로마인의 코란 말이지. 이 코가 내 목덜미에 난 혹하고 한 쌍으로 어울리거든. 몰락한 고대 로마 귀족의 코가 꼭 이렇게 생겼다니까."

그는 자신의 코를 자랑스러워하는 것 같았다.

어머니의 무덤에 다녀온 얼마 뒤에 알료샤는 갑자기 수도원에 들어가고 싶다고 하면서 수도원에서도 견습 수사로 받아들여주기로 했다고 아버지에게 알렸다. 그리고 간절하게 소망하니 아버지도 기쁜 마음으로 보내주었으면 좋겠다고 말했다. 노인은 이미 그 수도원의 조시마 장로가 '얌전한 아이'인 자신의 아들에게 깊은 인상을 남겼다는 것을 알고 있었다.

"그 장로는 누구보다 성실한 수도사지."

그는 생각에 잠긴 표정으로 조용히 알료샤의 말을 듣고 난 뒤 이렇게 말했다.

"흠, 이제 우리 '얌전한 아이'가 거길 들어가고 싶단 말이지!"

그는 술에 취해 갑자기 웃기 시작했다. 주정뱅이처럼 느슨하면서도 어딘가 비열하고 능청스러운 웃음이었다.

"흠, 결국은 네가 이렇게 될 거라고 짐작했다. 너는 안 믿을지 모르지만 내가 생각했던 길을 넌 가려고 하는 거야. 아무렴 어떠냐. 너는 2000루블이 있으니 그걸 지참금으로 가져가면 될 거다. 하지만 나도 사랑하는 아들을 그냥 그렇게 보낼 수는 없지. 거기서 뭘 요구하면 돈이라도 기부하마. 하지만 요구하지 않으면 내가 먼저 기부할 필요는 없겠지, 안 그래? 게다가 너는 돈을 새가 먹는 모이 정도로 쓰니까, 겨우 일주일에 낟알 두 개쯤이면 될 거야……. 음, 그런데 어느 수도원 근처 산기슭에 마을이 하나 있는 건 알고 있냐? 모두가 아는 거지만, 거기는 '수도원의 마누라'들만 살고 있지. 대략 30명 정도 될 거다. 나도 거기 한 번 가본 적이 있는데, 나름대로의 재미가 있었지. 다양한 여자들이 있었단 말이야. 그런데 그놈의 국수주의가 흠이야. 프랑스 여인네가 하나도 없거든. 수사들은 돈이 많으니까 프랑스 여자쯤은 쉽게 부를 수 있을 텐데. 소문이 나면 금세 모일걸. 하지만 여기 수도원에는 아무것도 없다! 수사 마누라는 아직 한 명도 없어. 그런데 수사들은 200명쯤 있으니 그들은 참 깨끗한 사람들이야. 금욕주의자들이지. 그건 나도…….

음, 그래, 네가 수도원에 들어가겠다는 거지? 하지만 알료샤, 나는 서운할 것 같구나. 넌 믿지 않겠지만 그래도 난 너를 사랑한단다……. 하여간 좋은 기회야. 넌 우리 같은 죄인들을 위해 기도도 할 테지? 우린 정말 이 세상에서 죄를 많이 지었으니. 언젠가는 누가 나를 위해 기도해줄까? 이 세상에 그렇게 해줄 사람이 있을까?

난 늘 생각해왔지. 얘야, 난 이런 쪽으로는 아무것도 모른단다. 믿기지 않는 거냐? 하지만 진짜야. 내가 아무리 천치라도 생각하는 건 있단다. 물론 밤낮으로 생각한 건 아니니까, 가끔 생각한다는 게 더 맞겠지만. 어쨌든 내가 죽으면 악마들이 나를 갈고리로 꿰어 지옥불로 끌고 갈 거야.

그래서 궁금한데 악마들은 어디서 갈고리를 구했을까? 뭘로 만들었지? 쇠로 만든 건가? 그럼 어디서 그것을 만들었을까? 지옥에도 대장간이 있는 건가? 수도원의 수도사들은 지옥에도 천장 같은 게 있다고 믿는 모양이야. 하지만 난 지옥이 있다는 것은 믿지만 천장은 없는 게 낫다고 생각한단다. 천장이 없는 편이 더 우아하고 지적이니까. 그러니까 루터파 같은 느낌이 들잖아. 천장이 있으나 없으나 뭐가 다르냐고? 하지만 바로 그 점이 문제지! 천장이 없으면 갈고리도 없을 테니까. 그리고 갈고리도 없다면 모든 게 엉망진창이 되지. 그렇게 되면 누가 나를 갈고리에 꿰어 지옥으로 끌고 가겠니? 나를 지옥으로 끌고 가지 않으면 진실은 어디에 있는 거냐? 갈고리를 만들어내야 해(Il faudrait les inventer).* 나를 위해서라도 특별히 만들어야 해. 단지 나를 위해서 말이야. 알료샤, 넌 잘 모르겠지만 난 구원받을 수 없는 인간이다!"

"하지만 지옥에 갈고리는 없어요."

알료샤는 아버지를 바라보며 조용하고 진지하게 말했다.

---

* 볼테르가 한 말을 아이러니하게 인용하고 있다.

"암, 물론이지. 오직 갈고리의 그림자만 있겠지. 나도 잘 안다. 어떤 프랑스 사람이 지옥을 이렇게 묘사했지. '나는 솔 그림자로 마차의 그림자를 청소하는 마부의 그림자를 보았다(J'ai vu l'ombre d'un cocher, qui avec l'ombre d'une brosse frottait l'ombre d'une carrosse)'라고 말이야. 그런데 애야, 너는 갈고리가 없다는 걸 어떻게 알지? 수도사들과 같이 살게 되면 너도 달리 생각하게 될 거다. 어쨌든 빨리 그곳에 가서 진리를 찾아봐라! 그리고 나에게 얘기를 해다오. 저세상이 어떤 곳인지 자세히 알게 되면 그곳에 가는 것도 수월해질 게 아니냐. 그리고 여기서 주정뱅이 아버지나 못된 여자들과 있는 것보다 수도원에서 지내는 게 너한테도 더 좋을 거다……. 하긴 순결하고 천사 같은 너를 유혹할 수도 없겠지. 거기서도 너는 건드리지 못할 거다. 그래서 나도 마음 놓고 허락하마. 아직까지 너의 영혼이 악마한테 잡아먹히지 않았고, 잠시 들떠 있다가 열기가 식으면 다시 본래의 너로 돌아오겠지. 그러면 집으로 다시 오너라. 나는 너를 기다리겠다. 이 세상에서 나를 비난하지 않은 사람은 오직 너뿐이다. 귀여운 나의 아들, 난 정말 그렇게 생각해. 어떻게 내가 그걸 느끼지 못할 수가 있겠니!"

말을 마친 표도르는 흐느끼며 울음을 터뜨렸다. 그는 어느덧 감상에 빠져 있었다. 그는 말은 험했지만 감상적인 면이 있었다.

5. 장로들

 독자들은 알료샤가 병적이고, 광신적이며, 발육이 미약한 몽상가에 보잘것없이 허약한 남자라고 생각할지도 모른다. 그러나 그렇지 않았다. 알료샤는 늘씬한 몸에 붉은 뺨과 눈동자가 맑은, 건강한 열아홉 살의 청년이었다. 꽤 잘생긴 얼굴, 적당한 키에 균형 잡힌 몸, 갈색 머리카락과 갸름한 계란형 얼굴, 간격이 먼 두 눈은 짙은 잿빛으로 반짝이고 있어서 무척 생각이 깊고 온화해 보였다. 어떤 사람들은 그의 뺨이 붉은 것이 광신도나 신비주의자가 아니냐며 반문할 수도 있지만 나는 오히려 알료샤는 누구보다 현실주의자였다고 생각한다. 물론 그가 수도원에 들어간 뒤 종교적 기적을 믿었지만 본디 현실주의자는 기적에 현혹되지 않는다는 게 나의 생각이다.

현실주의자가 신앙이 깊어지는 것은 기적 때문이 아니다. 진실로 현실주의자면서 종교를 믿지 않는 사람은, 자신에게 기적을 믿지 않는 힘과 능력이 있다고 여긴다. 그래서 현실주의자는 실제로 기적이 눈앞에 부정하지 못할 현실로 나타나도 그것을 인정하지 않고 자신의 눈부터 의심한다. 설사 그 사실을 인정하더라도 그는 자신이 아직 모르던 자연계의 한 현상이라고 믿을 뿐이다. 현실주의자에게는 기적에서 신앙이 나오는 것이 아니라 신앙에서 기적이 나온다. 현실주의자가 일단 믿음을 갖게 되면 현실주의 때문에 눈앞에서 일어나는 기적을 부정하지 못한다. 사도 도마도 제 눈으로 보기 전에는 그리스도의 부활을 믿지 않았지만 예수를 직접 보고 나서는 감격에 겨워 "주여, 오오 하느님!" 하고 울부짖었다. 그를 믿게 한 것은 기적이었는가? 아니, 기적이 아니다. 스스로 원해서 믿음을 갖게 된 것이다. "제 눈으로 보기 전에는 믿지 않겠다"고 말했을 때, 이미 마음속에서는 부활을 믿고 있었을지도 모른다.

혹여 어떤 사람들은 알료샤가 덜 떨어지고 성장이 늦은 청년이고, 중학교도 마치지 못했다고 험담할지도 모른다. 그가 중학교를 졸업하지 못한 것은 맞지만, 우둔하다고 말하는 것은 그를 잘 모르고 하는 소리일 뿐이다. 다만 나는 앞에서 한 말을 다시 되풀이할 뿐이다. 그가 수도의 세계에 들어선 것은 그 길이 그의 마음에 깊은 감동을 주어서이며, 암흑에서 빛으로 탈출을 원하는 그의 영혼에 그것은 이상적인 결과였기 때문이다. 한 가지 덧붙이면 그는 어떤 면으로는 우리나라의 근대적 청년, 즉 부정을 싫어하고 진실이 존재한다고 믿으며 그 진실을 추구하는 청년이었고, 진실을 믿기만 하면 마음을 다해 그 진리를 섬기고 그것을 실천하려고 자신의 모든 것, 마침내 생명까지 바치겠다는 소망을 가진 청년이라는 것이다. 하지만 불행히도 이런 청년들은 생명을 버리는 것이 대체로 다른 어떤 희생보다 쉽다는 것을 이해하지 못한다. 예를 들어 그들이 자신의 목표인 진리와 그것을 실천하기 위해 스스로 선택한 것이기는 하지만(설사 그것으로 자신의 능력을 열 배 이상 늘린다 하더라도), 패기 넘치는 청년 시절의 5~6년을 어렵고 지루한 공부나 연구에 바치는 것은 대부분의 청년들에게는 감당하기 힘든 희생이라는 것을 모르고 있는 것이다.

알료샤도 다른 청년들처럼 자신의 진리를 빨리 성취하고 싶은 열망을 가지고 있었지만, 그는 모든 사람들과는 반대되는 길을 택했다. 그는 진중하고 깊이 있는 사색으로 불멸과 신이 존재한다는 확신을 얻자마자 본능적으로 자신에게 말했다.

"나는 불멸을 위해 살고 싶다. 어중간하게 타협하는 일은 없을 것이다!"

이와 마찬가지로 만약 그가 불멸과 신이 없다고 판단했다면, 그는 곧 무신론자나 사회주의자가 되었을 것이다(사회주의는 단순하게 노동 문제나 제4계급의 문제뿐만 아니라, 무신론의 현대적 해석에 대한 문제이고 땅에서 하늘에 다다르기 위해서가 아닌 하늘을 땅으로 끌어내리기 위해 쌓은 바벨탑의 문제이기 때문이다).

알료샤는 이제 예전처럼 사는 게 낯설었고 불가능하다고 생각했다. 성경에 이르길 '네가 완전한 사람이 되려거든, 너희가 가진 모든 것을 가난한 자에게 나누어주고 나를 따르라'*라고 했다. 알료샤는 속으로 이렇게 생각했다.

'나는 모든 것 대신에 달랑 2루블만 내고, 예수도 따르지 않은 채 미사에만 참석하며 살아가는 삶을 살 수는 없다.'

아마 그가 어린 시절을 추억해보면 가끔 어머니가 그를 미사에 데리고 갔던 이곳 수도원에 대한 기억이 희미하게 남아 있을 것이다. 또 병든 어머니가 소리를 지르며 두 손으로 그를 안아서 성상 앞으로 내밀던 그때, 그를 비추던 저녁 햇살이 영향을 주었을 수도 있다. 사려 깊은 그가 그 당시 우리 고장으로 돌아온 것은 '전부인가, 아니면 결국 2루블인가'를 확인하고 싶었던 것일 수도 있다. 그리고 그는 이 수도원에서 그 장로를 만나게 되었다…….

앞에서 내가 말한 조시마 장로가 바로 그 장로다. 나는 우리나라 수도원에서 '장로'가 어떤 의미인지 간략하게 설명하려 한다. 유감스럽게도 나는 이 방면으로는 조예가 깊지 않지만 피상적으로나마 간단하게 설명해보겠다.

우선 전문가들과 학자들의 주장에 따르면 우리나라 수도원에 장로와 장로 제도가 나타난 것은 비교적 최근의 일로 아직 100년이 안 되었다. 하지만 동방의 정교국가들 중 특히 시나이와 아토스에서는 벌써 1000여 년 전부터 내려온 제도였다. 고대 러시아

---

* 〈마태복음〉 19:21, 〈마가복음〉 10:21, 〈루카복음〉 18:22

에도 장로 제도가 있었다고 보고 있다. 다만 타타르족의 침공이나 16~17세기의 내란, 콘스탄티노플 함락 뒤 동방과의 교류 단절로 이 제도가 사라지고 장로도 사라졌다는 주장이 있다.

이 제도는 위대한 고행자로 불린 파이시 벨리치코프스키와 그의 제자들이 노력해서 18세기 말에 우리나라에서 다시 부활했다. 그러나 100년이 지난 오늘에도 장로 제도는 소수의 수도원에서만 존재하고 가끔은 러시아에 전례가 없는 제도라는 이유로 박해를 받기도 했다. 러시아에서 이 제도가 특히 번성했던 것은 유명한 코젤리스카야 오프치나 수도원에서였다. 우리 마을의 수도원에는 언제, 누가 이 제도를 들여왔는지 확실히 알 수 없지만 이젠 장로가 이미 3대째나 이어져서 조시마 장로가 가장 마지막 장로였다. 하지만 그도 이미 늙어서 죽음이 코앞이었는데 그를 이을 만한 사람은 마땅히 나타나지 않았다.

수도원에서 이것은 매우 중요한 문제였다. 그 무렵 이 수도원에는 내세울 게 없었기 때문이다. 성자의 유체나 기적을 일으키는 성상도 없었고 찬란한 역사도 없었다. 또 역사적인 위업도, 조국에 대한 공훈을 세운 일도 없었다. 이 수도원이 러시아에서 유명해진 것은 오직 이 장로들 덕분이었다. 그들을 만나고 설교를 듣기 위해서 러시아의 방방곡곡에서 수많은 순례자들이 무리를 지어 몰려들었던 것이다.

그렇다면 장로란 무엇인가? 장로는 다른 사람의 영혼과 의지를 자신의 영혼과 의지 안에 받아들이는 사람이다. 일단 장로를 선출

하면 사람들은 자신의 의지는 버리고 그것을 장로에게 바치고, 장로의 가르침에 절대적으로 복종하고 모든 사심을 버려야 한다. 이 길에 들어선 사람은 극기와 자아를 정복하는 긴 시련의 과정을 거쳐서 이런 고행과 인생 수업을 스스로 받아들여야 하며, 복종하는 생활에서 결과적으로는 완전한 자유, 즉 자신으로부터 놓여날 수 있는 진정한 자유를 얻을 수 있다. 이렇게 하면 자신의 참모습을 발견하지 못하고 일생을 허비하는 수많은 다른 사람들과 다른 운명을 살게 되는 것이다.

  이러한 장로 제도는 이론으로부터 출발한 것이 아니고 이미 1000년 이상 시험을 거치며 동방정교회에서 만들어졌다. 장로에 대한 의무도 러시아 수도원에서 늘 보던 일반적인 '복종'과는 다르다. 이는 장로에게 복종하는 사람의 끝없는 참회이며 명령하는 자와 복종하는 자 사이에는 끊을 수 없는 유대가 형성된다.

  예를 들어보자. 기독교 초기, 어느 견습 수사가 장로의 명령을 어긴 채 시리아의 수도원에서 이집트로 떠났다. 그곳에서 그는 오랫동안 여러 가지 고난을 겪고 혹독한 고문 끝에 순교자로 죽었다. 교회에서는 곧 그를 성자로 받들어 장례식을 치렀는데, 장례식에서 보좌 신부가 '믿지 않는 자는 물러갈 것이다!'*라고 외치자 순교자의 관이 굴러떨어져서 교회 밖으로 튕겨져 나갔다. 이런 일은 세 번이나 반복되었다. 마침내 사람들은 순교자가 복종의 서약을 깨

---

* 정식으로 세례를 받지 못한 사람은 나가야 한다.

고 장로를 떠났기 때문에 그 장로가 용서하지 않는 한 위대한 공적을 쌓더라도 죄는 용서받을 수 없음을 깨달았다. 그래서 그 장로를 불러서 복종의 서약을 풀어주자 장례식을 계속할 수 있었다는 것이다.

물론 이 이야기는 전설일 뿐이다. 하지만 최근에도 이런 일이 있었다. 우리 시대를 살고 있는 한 수도사가 아토스에서 수행을 하고 있었다. 그는 그곳을 성지이며 조용한 은신처로 생각하고 마음 깊이 사랑했다. 그런데 그의 장로가 갑자기 아토스를 떠나서 예루살렘으로 성지 순례를 갔다가 다시 러시아로 돌아와서 북쪽에 있는 시베리아로 가라고 했다. '네가 있을 곳은 여기가 아닌 그곳'이라고 했다. 슬픔에 잠겼던 그 수도사는 콘스탄티노플의 대주교에게 달려가 그 명령을 취소시켜주기를 애원했다. 그러나 대주교는 장로가 그런 책무를 부여했다면 자신은 물론이고 이 세상에서 그것을 취소해줄 수 있는 사람은 오직 그 장로뿐이라고, 명령에서 제자를 풀어줄 수 있는 힘이 있는 사람은 이 세상에 단 한 사람, 그것을 명령한 장로뿐이라고 말했다.

이렇게 장로에게는 때로 상상을 초월하는 무한한 힘이 부여된다. 바로 이런 이유 때문에 우리나라의 많은 수도원에서 장로 제도가 처음에 박해를 받았던 것이다. 한편으로 장로들은 민중들에게 대단한 존경을 받았다. 예를 들어 평민이든 유명 인사든 모든 수도원의 장로에게 몰려가서 그 발 앞에 엎드려 마음속 의구심과 고민을 털어놓거나 죄를 참회하고 충고와 교훈의 말을 절절히 구했다.

장로 제도를 반대하는 사람들은 이것을 보고 장로들이 고해성사를 마음대로 더럽히고 있다고 비난을 퍼부었다. 하지만 수도사나 일반 신자가 장로에게 있는 그대로 마음을 털어놓는 것이 꼭 고해성사는 아니었다. 결국 장로 제도는 그대로 이어져서 러시아의 수도원에 뿌리를 내렸다. 하지만 이 제도는 노예 상태에서의 자유와 도덕적 자기완성을 위해 정신적으로 인간을 다시 태어나게 하는 수단으로 사용되었고, 이미 1000여 년 동안 시험을 거치면서 때에 따라 양날의 칼이 되기도 했다. 그리하여 누군가는 완전한 인내와 겸허가 아닌 가장 고약한 악마의 오만에 이끌려, 그 자신이 자유가 아닌 속박의 몸이 되는 경우도 있는 것이다.

조시마 장로는 예순다섯 살이었다. 그는 지주 집안에서 태어나 젊은 시절에는 군대에 들어가 카프카스에서 초급 장교로 지낸 적도 있었다. 그의 영혼이 지니고 있는 어떤 특별함이 알료샤에게 깊은 감동을 준 것은 분명한 일이다. 장로는 알료샤를 몹시 아껴서 자신의 암자에서 지낼 수 있게 해주었다. 그러나 알료샤가 수도원에서 지낸다고 해서 자유롭지 못한 것은 아니었음을 밝혀두어야겠다. 알료샤는 마음만 먹으면 어디든 나갈 수 있었고, 수도원에 며칠 돌아가지 않아도 괜찮았다. 그는 수도원에서 다른 옷을 입고 있는 것이 싫어서 자발적으로 수도복을 입었다. 물론 그 옷을 좋아했기 때문이기도 했다.

알료샤의 젊은 상상력에 강한 자극을 준 것은 장로의 주위에 감돌고 있는 힘과 영광이었다. 지난 몇 년 동안 자신의 심정을 고백하고, 위로와 충고를 들으려고 조시마 장로를 찾아온 사람은 수없이 많았다고 한다. 오랜 세월 동안 이런 사람들의 하소연을 낮이고 밤이고 들어왔기 때문에 장로는 이제 처음 찾아오는 사람일지라도 얼굴만 보면 그 사람이 무슨 일로 찾아왔고, 필요한 것이 무엇인지, 어떤 고뇌와 죄책감에 시달리는지 알 수 있을 정도로 예리한 통찰력을 가지게 되었다. 찾아온 사람이 미처 말을 시작하기도 전에 마음속 비밀을 말해서 상대방을 놀라게 하고 당혹스럽게 하여 두려움까지 느끼게 했다. 알료샤가 늘 느끼는 것이었지만 장로와 은밀하게 이야기를 나누려고 찾아오는 사람들은 처음에는 두려움과 불안감을 가지고 장로의 방으로 들어가지만, 다시 나올 때는 밝고 기쁜 표정으로 바뀌어 행복한 얼굴이었다. 장로가 엄숙한 표정을 하지 않고 늘 언제나 유쾌하게 사람들을 대하는 것에도 알료샤는 깊은 인상을 받았다.

수도사들이 전하는 말에 따르면 장로는 죄를 많이 지은 사람 중에서도 가장 죄가 많은 사람을 누구보다 사랑하고 진심으로 돌보았다. 장로가 나이가 든 뒤에도 그를 증오하고 시기하는 수도사들이 있었다. 그러나 지금은 그런 사람도 많이 줄어들었고 장로를 비난하는 목소리도 들리지 않았다. 하지만 장로를 싫어하는 그 소수의 사람들 중에는 수도원에서 제법 영향력을 가진 사람들, 예를 들면 최고령 수도사로서 곡기를 끊고 몸소 고행의 길을 걷고 있는 분도 있었다. 그러나 대부분은 조시마 장로를 지지했고 온 마음을 다해 진심으로 그를 사랑했다. 그중에는 거의 광신적으로 장로에게 매달리는 사람도 있었다. 이런 이들은 대놓고 말하지는 않았지만 장로가 성인이라고 단정 짓고 곧 장로가 세상을 뜨면 기적이 일어나 수도원에 위대한 영광이 깃들 거라며 기대감에 차 있었다.

 알료샤도 옛날 순교자의 관이 교회에서 튕겨 나갔다는 이야기를 굳게 믿는 것처럼 장로가 기적을 일으킬 수 있는 능력이 있다고 굳게 믿고 있었다. 그는 수많은 사람들이 장로에게 찾아와서 병든 자식과 친척들에게 안수 기도를 해달라고 애원하는 것을 보았다. 그들은 곧 (어떤 이는 바로 그다음 날) 다시 찾아와 엎드려 눈물을 흘리며 장로가 병을 고쳐준 것에 대해 감사했다. 알료샤는 장로가 진정 병을 고쳐준 것인지, 병이 자연적으로 나은 것인지 의문을 품지 않았다. 그는 스승의 영적인 힘을 무조건적으로 신뢰했다. 그는 스승의 명예가 곧 자신의 승리라고 여겼다. 알료샤는 마음이 설레고 온몸에서 빛이 나는 것 같은 느낌을 이런 상황에서 경험했다. 장로에게 축복을 받기 위해 전국에서 몰려든 순례자들이 암자 앞에서 무리지어 기다리고 있는데 장로가 나타나면 순례자들은 장로 앞에 몸을 던지고 눈물을 흘리며 장로의 발과 땅에 입을 맞추고 울부짖었다. 여인들은 자식을 그의 앞에 내밀었고 귀신 들린 병자를 끌고 다가오기도 했다. 장로는 그들과 이야기를 나눴고 기도를 간단하게 해주고 축복을 내린 뒤 돌려보냈다.

 최근 들이 장로의 병이 악화되어 암자 밖으로 나오기 힘들 정도로 몸이 쇠약해질 때가 이따금 있었다. 그런 때면 순례자들은 그가 밖으로 나올 때까지 며칠이고 수도원 안에서 기다리곤 했다. 무엇이 그들에게 장로를 그토록 사랑하게 하는지, 도대체 그 무엇이 그들에게 장로를 보자마자 기쁨의 눈물을 흘리며 그 앞에 엎드리게 만드는지 알료샤는 조금도 알려고 하지 않았다. 오, 그는 너무도 잘 이해하고 있었다. 노고와 슬픔, 변함없는 부정, 자신뿐만 아니라 온 인류의 끝없는 죄과에 고통 받는 영혼의 평화를 위해서 성인이나 성물의 모습을 직접 보고 그 앞에 엎드려 경배하는 것보다 더 큰 희망과 위안이 없다는 것을 말이다.

'설령 우리가 죄악과 거짓과 유혹에 괴로워할지라도 어디엔가 우리 곁에는 거룩하고 성스러운 분이 계신다. 바로 그분에게는 진리가 있고, 그분은 진리가 무엇인지 알고 계실 것이다. 그렇다면 진리는 세상에서 사라져가는 것이 아니라 언젠가는 우리에게도 찾아와서 하느님의 말씀대로 온 땅에 퍼지게 될 날이 반드시 올 것이다.'

알료샤는 민중이 이렇게 느끼고 믿는 것을 알았다. 그리고 조시마 장로는 그들이 생각하는 그 성인이며, 하느님의 진리의 수호자라고 굳게 믿었다. 감격해서 눈물을 흘리는 농부들이나 자식을 장로 앞으로 내미는 병든 여인들의 믿음과 같은 신앙이었다.

알료샤는 장로가 세상을 떠날 때 이 수도원에 큰 영광이 찾아오리라고 확신했다. 그러한 생각은 수도원의 다른 누구보다 더 강했을지 모른다. 최근 들어 그 어떤 심오하고 강렬한 환희의 예감이 더 강하게 그의 마음속에서 타올랐다. 장로도 결국 한낱 인간에 불과하다는 사실도 알료샤의 마음을 흔들지 못했다.

'그 누가 뭐래도 이분은 성인이야! 이분의 마음속에는 모든 사람을 갱생시킬 수 있는 비법이, 그리고 세상에 진리를 주는 힘이 깃들어 있어. 결국 누구나 성스러워져서 서로 사랑하게 될 것이고 부유한 사람도, 가난한 사람도, 높은 사람도, 낮은 사람도 모두 똑같은 하느님의 아이들이 될 것이니 결국 이 세상에 진정한 그리스도의 왕국이 세워지게 될 거야…….'

이런 꿈의 세계를 알료샤는 마음속으로 바라고 있었다.

그때까지 서로 전혀 모르고 있던 두 형의 귀향은 알료샤에게 강렬한 인상을 준 것 같다. 큰형 드미트리는 둘째 형 이반보다 늦게 돌아왔지만 그는 이복형인 드미트리와 먼저 친해졌다. 그는 둘째 형 이반이 어떤 사람인지 궁금했지만 이반이 돌아온 지 두 달 동안 여러 번 만났어도 어떤 이유인지 두 사람은 좀처럼 친해지지 않았다. 알료샤는 원래 말수가 적었고 뭔가 관심을 보이는 듯하면서도 수줍어하는 편이었다. 이반도 처음에는 알료샤의 얼굴을 흥미롭게 바라보았지만 그 이후에는 관심을 주지 않았다.

그러한 형의 태도에 알료샤는 당황했지만 나이차와 두 사람이 받은 교육 때문에 형이 차갑게 군다고 생각했다. 하지만 다른 한편으로 형이 호기심이나 흥미를 표현하지 않는 것은 어쩌면 알지 못하는 다른 이유가 있을 거라고 생각했다. 즉, 이반이 어떤 마음속 중요한 문제에 몰두했거나 아니면 어려운 목표를 향해 모든 정력을 쏟고 있어서 자신을 거들떠보지 않는 것이라고, 아마 그것이 자신을 무덤덤하게 대하는 유일한 원인이라고 생각했다. 또 알료샤는 형의 그런 태도는 자신처럼 아둔한 견습 수사에 대한 유식한 무신론자의 경멸이 내재되어 있지는 않은지 생각했다. 그는 이반이 무신론자라는 사실을 잘 알고 있었다. 그렇다고 해도 알료샤가 화를 내지는 않았지만 그는 막연하게나마 불안감을 느끼며 형이 자기에게 다가와주기를 기다렸다.

큰형 드미트리는 이반을 깊이 존경해서 이반에 대해서는 언제나 특별한 감동을 담은 목소리로 이야기했다. 알료샤는 드미트리를 통해 최근 두 형이 끈끈하게 친해지게 된 중대한 일에 대해 빠짐없이 들었다. 알료샤는 드미트리가 이반에 대해 열광적으로 평가하는 것을 특이하게 여겼는데, 여기에는 다른 이유도 있었다. 드미트리가 이반에 비해 거의 교육을 받지 못한 것도 있지만, 두 사람은 인품이나 성격이 그렇게 닮지 않은 경우도 찾아보기 힘들 정도로 극단적인 대조를 이루었기 때문이다.

알료샤는 바로 이런 시기에 조시마 장로의 암자에서 이 들쑥날쑥한 가족의 모임, 정확히 말하자면 가족회의가 열려서 정신적으로 큰 영향을 받게 되었다. 그러나 이 가족회의의 목적은 사실 무척 수상쩍은 데가 있었다. 그 무렵 재산 정리와 상속 문제에 대한 드미트리와 표도르 간의 불화는 이미 한계에 달해 있었다. 두 사람의 관계는 악화될 대로 악화된 상태였고, 그래서 먼저 표도르가 농담처럼 조시마 장로의 암자에서 같이 모이자고 말을 꺼냈다. 물론 장로에게 직접 중재를 부탁한 것은 아니었지만 좀 더 확실하게 타협점을 찾을 수도 있고, 또 장로의 지위와 품격이 화해 분위기를 만드는 데 효과가 있을 거라는 희망 때문이었다. 드미트리는 그때까지 장로를 만나거나 얼굴을 본 적이 없어서 아버지가 분명히 장로를 앞세워 자신을 위협하려는 음모를 꾸미고 있다고 생각했다. 하지만 그는 요즘 아버지에게 지나치게 과격한 언행을 한 것이 마음에 걸려서 아버지의 제안을 그냥 받아들였다. 미리 말해두자면, 그는 이반처럼 아버지의 집에서 사는 것이 아니라 우리 읍내의 반대쪽 끝에서 따로 살고 있었다.

그런데 그 무렵 우리 고장에 와 있던 표트르 미우소프가 이런 제안에 특별한 흥미를 보였다. 1840~50년대의 자유주의자이자 자유사상가였고 무신론자인 그는 일상생활이 따분해서인지, 심심풀이를 위해서인지 갑자기 이 일에 개입했던 것이다. 그는 갑자기 수도원과 '성인'을 보고 싶은 강렬한 마음이 들었다. 그는 아직까지 이 수도원과 소유지 경계선, 벌목권, 어업권 문제 등을 둘러싸고 오랜 시간 소송을 계속해오고 있기 때문에 이 싸움을 원만하게 해결할 방법은 없을지 직접 수도원장을 만나서 얘기하겠다는 핑계를 가지고 서둘러 이 모임에 참석하려고 했던 것이다. 물론 수도원 측에서도 그런 좋은 뜻을 가진 방문자라면 단순한 구경꾼보다는 훨씬 더 기쁘게 맞아줄 것이다. 이런 것들을 고려하여 최근 병이 들어서 일반 방문객의 면회를 사절하고 암자에서 나오지 않는 장로에게 수도원에서 무언의 압력을 주었을 수도 있다. 결국 장로도 만남을 허락했고 날짜도 결정되었다.

"누가 나를 그 사람들의 재판관으로 만든 거지?"

그는 알료샤에게 미소를 지으며 이렇게 말했다.

이 모임에 대한 사실을 알고 알료샤는 무척 당황했다. 알료샤는 이런 더러운 재산 싸움에 관련된 사람들 중에서 이번 모임을 진지하게 생각하는 사람은 맏형 드미트리뿐이고, 다른 사람들은 모두 장로를 재미삼아 모욕하겠다는 천박한 생각을 가지고 있을지 모른다고 생각했다. 작은형 이반과 미우소프는 무례한 구경꾼의 호기심을 가지고 이 모임에 참석할 것이고, 아버지는 어릿광대짓을 늘어놓을 심산인 게 확실했다. 알료샤는 아직 그런 말을 한 적은 없었지만 아버지의 성격을 너무 잘 파악하고 있었던 것이다. 다시 한번 반복하자면, 그는 남들이 생각하는 것처럼 단순하고 소박한 청년이 아니었다. 그는 무거운 마음으로 약속의 날을 기다렸다. 그는 가족 간의 갈등을 잠재울 묘안은 없을까 하고 계속 고민에 빠져 있었다.

하지만 그보다 장로에 대한 걱정이 더 앞섰다. 특히나 장로의 명예에 모욕을 주는 일이 생기지나 않을지 무척 걱정했다. 미우소프가 무례하게 조롱하거나, 유식한 이반이 멸시하는 태도로 중간에 이야기를 막는 일들이 눈앞에 생생하게 떠올랐다. 그는 장로에게 수도원에 오게 될 사람들에 대해 미리 경고할까 생각했지만, 이내 아무런 말을 하지 않는 것으로 마음을 바꾸었다. 이들이 만나기로 한 전날 맏형 드미트리에게 사람을 보내 자신은 형을 진정 사랑하고 있으며 약속한 일이 지켜지기를 바란다고만 전했다. 드미트리는 동생과 약속을 한 적이 없어서 의아해했지만 어쨌든 자신은 비열한 짓을 보게 되더라도 자신을 억누르는 데 최선을 다할 것이며, 장로와 이반을 깊이 존경하지만 이 모임은 자신에 대한 함정이나 나쁜 의도를 가진 어릿광대극이 분명하다고 답장을 보냈다.

하지만 나는 차라리 입을 다물어서 네가 존경하는 그 성스러운 분에게 무례한 짓은 하지 않겠다고 약속하겠다.

드미트리는 이렇게 편지를 끝맺었다. 그러나 이 편지도 알료샤를 안심시킬 수는 없었다.

제1부

제2편 | 부적절한 모임

1. 수도원에 도착하다

 따뜻하고 화창한 날씨가 아름다운 8월 말이었다. 장로와의 만남은 늦은 미사가 끝난 11시 반쯤으로 정해져 있었다. 그러나 이날 모이기로 한 사람들은 미사에는 참석하지 않고 미사가 다 끝날 시간이 되어서야 도착했다. 그들은 두 대의 마차에 나누어 타고 왔는데, 첫 번째 마차를 타고 먼저 표트르 미우소프가 도착했다. 그는 두 마리의 비싼 말이 끄는 멋진 마차를 타고 먼 친척인 표트르 칼가노프라는 스무 살 정도의 청년을 데려왔다. 이 청년은 대학교에 들어갈 준비 중이었는데, 사정이 생겨서 잠시 미우소프의 집에 머물고 있었다. 미우소프는 대학에 갈 마음이 있다면 자신과 함께 취리히나 예나로 가서 대학 과정을 마치라고 권유했다. 하지만 청년은 아직 결정을 내리지 못하고 있었다.

그는 깊은 생각에 빠질 때가 많았는데 어딘지 멍해 보였다. 산뜻한 용모에 체격이 좋은 편이었고 키도 컸는데, 가끔 이상하리만큼 오랫동안 한 군데를 바라볼 때가 있었다. 멍한 사람은 흔히 그렇게 하곤 하지만, 그는 다른 사람의 얼굴을 한참 바라보면서도 실제는 그 어느 것도 보지 않았다. 그는 말수가 적은 편이었고 사람을 대하는 것이 서툴렀지만 누군가와 단둘이 있으며 갑자기 말이 많아지고 흥분하기도 해서 이유 없이 크게 웃었다. 그러나 이런 활기찬 태도는 갑자기 나타났던 것처럼 순식간에 사라져버리곤 했다. 그는 멋쟁이로 불릴 만큼 항상 옷차림이 단정했다. 이미 상당한 재산을 보유하고 있었고 앞으로는 그보다 훨씬 더 많은 유산을 상속받을 터였다. 그는 알료샤와 친구였다.

　표도르 카라마조프는 아들 이반과 함께 늙은 두 마리 적갈색 말이 끄는 낡아빠진 커다란 짐마차를 타고 미우소프의 마차보다 훨씬 뒤에 처져서 나타났다. 드미트리는 전날 밤에 미리 시간을 알려주었음에도 아직 오지 않고 있었다. 방문객들은 수도원 울타리 옆의 여관집 빈터에 마차를 세우고 수도원 정문으로 걸어서 들어갔다. 표도르를 뺀 나머지 세 사람은 한 번도 수도원을 구경해본 적이 없었다. 특히 미우소프는 거의 30년 동안을 교회에 가지 않았다. 그는 거침없는 태도로 호기심을 가지고 주변을 둘러보았다. 하지만 수도원 안은 평범한 성당 건물과 그 부속 건물 외에는 볼 것이 없어서 관찰력이 좋은 그를 자극하지 못했다. 마지막으로 성당을 나온 신자 무리가 모자를 벗고 성호를 그으며 그들 곁을 스쳐

갔다. 이 사람들 중에는 다른 고장에서 온 상류층 부인 두어 명과 나이 든 장군 한 명이 있었는데, 이들은 모두 여관에 묵고 있었다.

곧 방문자들을 거지들이 둘러쌌지만 아무도 돈을 주지 않았다. 칼가노프만 10코페이카 은화 한 닢을 꺼냈지만, 무엇 때문인지 갑자기 허둥대면서 서둘러 한 여자에게 돈을 주며 급하게 말했다.

"똑같이 나누어 가져요."

방문객들은 돈을 주는 칼가노프의 행동에 대해 아무런 말도 하지 않았으므로 그가 당황할 이유는 없었다. 하지만 그는 자기 혼자 당황했다는 사실에 더 당황스러워했다.

그런데 이상한 일이었다. 사실 수도원 측에서 그들을 마중 나와서 어느 정도의 예의를 표해야만 했다. 왜냐하면 이들 중 한 사람이 얼마 전에 1000루블이나 되는 돈을 기부하기도 했고, 또 한 사람은 꽤 부유한 데다 교양까지 갖춘 지주였기 때문에 하천 어업권에 관한 소송 결과가 나오면 수도원에 있는 사람들은 그가 원하는 대로 따를 수밖에 없었기 때문이다. 그렇지만 그들을 정식으로 마중 나온 사람은 아무도 없었다. 미우소프는 성당 주변의 묘석을 바라보다가 "이런 성스러운 곳에 묻히려고 사람들이 바친 권리금이 꽤 될걸" 하고 말하고 싶었지만 입을 다물었다. 자유주의자인 그의 마음속에서는 냉소가 분노로 변하고 있었다.

"젠장, 누구한테 물어야 할지 도무지 모르겠네. 이러다 시간만 가겠어."

그는 혼잣말처럼 내뱉었다.

이때 갑자기 나이 든 대머리 남자가 헐렁한 여름 외투를 걸치고 눈웃음을 지으며 다가왔다. 그는 모자를 약간 위로 올리는 시늉을 하며 달짝지근하게 자신이 툴라현에서 온 막시모프라는 지주라고 모두에게 소개했다. 그리고 일행을 돕겠다고 나섰다.

"조시마 장로께서는 암자에서 조용히 지내십니다. 저기 작은 숲을 지나서…… 그 숲을 지나면……."

"숲을 지나는 건 나도 압니다. 그냥 길을 정확히 모르는 거뿐입니다. 여기 다녀간 지가 꽤 오래돼서."

표도르가 대답했다.

"저 문으로 나가서 숲을 가로지르면 됩니다. 바로 저 숲입니다. 전 사실은…… 괜찮다면 제가 안내해드리겠습니다……. 여기로 오세요, 여기로……."

그들은 문을 지나서 숲속을 걸어갔다. 막시모프는 나이가 예순 전후로 보였고, 호기심 어린 눈으로 일행을 관찰하면서 그들 옆에서 종종걸음을 치고 있었다. 그의 두 눈은 왠지 툭 튀어나온 퉁방울 같았다.

"우리는 개인적인 일로 장로를 찾아가는 겁니다. 우리는 '면회'를 허락받았습니다. 길을 안내해주시는 건 감사하지만 우리와 함께 들어갈 수는 없습니다."

미우소프가 위엄 있게 말했다.

"아닙니다. 전 벌써 다녀왔습니다. 이미 다녀왔다고요. '정말 완벽한 기사(Un chevalier parfait)!'였어요."

그는 그렇게 말하고 허공으로 손가락을 튕겨 보였다.

"누굴 말하는 겁니까?"

미우소프가 물었다.

"장로님, 그 성스러운 장로님 말입니다……. 그분은 이 수도원의 명예와 영광입니다. 조시마 장로님……. 이 장로님은 그러니까……."

그들을 뒤따라온 젊은 수도사 때문에 그의 횡설수설은 중단되었다. 수도사는 두건을 쓰고 있었고 얼굴이 몹시 여위고 창백해 보였으며 키가 작았다. 표도르와 미우소프는 가던 길을 멈추었다. 수도사는 허리를 깊숙이 숙여 정중하게 인사를 하고 이렇게 말했다.

"암자에서 장로님을 뵌 뒤, 원장님께서 점심 식사에 여러분을 초대하신다고 하셨습니다. 늦어도 1시까지는 원장님이 계신 곳으로 오시면 됩니다. 그리고 막시모프 씨도 함께……."

그는 막시모프를 돌아보았다.

"네, 가고말고요!"

초대받은 것을 기뻐하며 표도르가 외쳤다.

"꼭 가겠습니다. 우린 점잖게 행동하기로 약속했습니다……. 그런데 미우소프 씨, 가실 건가요?"

"왜 안 가겠습니까? 수도원의 모든 관습을 보려고 여기에 온 건데. 그런데 카라마조프 씨, 당신 같은 사람과 같이 다니니 곤란하군요."

"그런데 드미트리가 아직 안 왔네."

"그가 안 온다면 참 고마운 일일 거요. 이런 어색한 연극은 질색이오. 거기다 당신까지 함께라면. 어쨌든 점심 초대는 흔쾌히 응한다고 원장님께 전해주세요."

미우소프는 수도사를 돌아보며 말했다.

"아닙니다, 저에게 여러분을 장로님께 안내해드리라고 말씀하셨습니다."

수도사가 대답했다.

"그럼, 나는 원장님께 가보겠어요. 지금 바로 원장님께."

막시모프가 혀 짧은 소리로 말했다.

"원장님께서는 지금 바쁘십니다. 그렇지만 원한다면 그리하십시오."

수도사가 주저하며 말했다.

"정신 사나운 사람이군."

미우소프는 막시모프가 수도원 쪽으로 황급히 가는 것을 보고 큰 소리로 말했다.

"폰 존* 같은 사람이야."

갑자기 표도르가 말했다.

"겨우 한다는 말이 그거요? 저 사람이 어떻게 폰 존을 닮았다는 거요? 폰 존을 실제로 보기나 하고 하는 소리요?"

"사진을 봤어요. 얼굴이 닮은 건 아니고, 딱히 설명하긴 힘들지

---

* 창녀들에게 살해된 희생자이다.

만……. 분명히 폰 존 같소. 나는 얼굴만 보면 금방 알 수 있소."

"그렇기도 하겠지. 당신은 그런 쪽으로 전문가니까……. 그런데 카라마조프 씨, 방금 점잖게 행동하기로 약속했다고 한 말을 잊으면 안 되오. 다시 말하지만 부디 처신에 신중하시오. 이곳에서 당신이 그 광대짓을 한다고 해도 난 맞춰주지 않을 거니까……."

그는 수도사를 바라보며 덧붙였다.

"참 곤란한 사람이라오. 난 이 사람과 함께 점잖은 분들을 뵙기가 정말 민망합니다."

창백하고 핏기 없는 수도사의 입술에 잠시 의미 있는 교활한 미소가 지나갔다. 하지만 그는 아무런 대답도 하지 않았다. 아무런 말도 하지 않는 것은 자신의 위엄을 지키기 위해서라는 게 너무나 분명했다. 미우소프는 더욱 인상을 썼다.

'빌어먹을 놈들 같으니! 몇백 년을 갈고닦은 낯짝이라 멀쩡하구만. 속으론 위선과 거짓으로 가득 찬 꼴이라니…….'

이런 생각이 그의 머릿속에 떠올랐다.

"아, 드디어 암자다. 이제 다 왔어요!"

표도르가 외쳤다.

"그런데 울타리도 있고 문은 닫혔어."

그는 문 위와 문 옆에 그려진 성상을 향해 성호를 긋기 시작했다.

"로마에 가면 로마법을 따르는 법이지. 여기 암자에서는 25명의 성자들이 서로의 얼굴만 보면서 양배추만 먹는다고 들었소. 여자는 단 한 명도 이 문을 들어온 적이 없다고 하고. 생각해볼 문제요.

이건 사실인 것 같으니……. 그런데 들리는 얘기에 장로님은 부인들도 만난다고 하던데요."

그는 갑자기 수도사를 돌아보았다.

"평민 여성들은 저기 복도 옆에 누워서 기다리고 있습니다. 그리고 상류층 부인들을 위해서 담장 밖이기는 하지만 복도 옆으로 작은 방을 두 개 지었지요. 저기 보이는 것이 바로 그 창문들입니다. 장로님께서는 건강하실 때 암자에서 저 방으로 통하는 복도를 통해 부인들을 만나십니다. 즉, 면회는 담 너머로 하는 겁니다. 지금도 하리코프현의 지주 부인 호흘라코바 부인이 몸이 허약한 따님을 데리고 와서 기다리고 있습니다. 아마 장로님께서 만나겠다는 약속을 하셨겠지요. 하지만 장로님도 요즘 허약해지셔서 사람들 만나는 게 힘드신 상태입니다."

"암자에서 부인들 방으로 가는 비밀통로가 있다는 얘기군요. 신부님, 내가 나쁜 뜻으로 한 말은 아닙니다. 하지만 아토스산의 수도원에서는 여자는 고사하고 닭이나 칠면조, 송아지라도 여자, 즉 암컷 말입니다, 들은 적이 있는지 모르겠지만 암컷은 근처에도 못 오게 되어 있다고 들었는데요……."

"이보세요, 카라마조프 씨, 계속 이러면 당신을 두고 난 가겠소! 미리 말하지만 내가 없다면 당신은 여기서 당장 쫓겨날걸."

"내가 당신을 방해한 건 없잖소, 미우소프 씨. 저기 좀 보시구려."

표도르는 암자의 담장 안으로 들어가면서 외치며 말을 이었다.

"정말 여기 사람들은 장미꽃 동산에서 살고 있군요."

장미꽃이 필 시기는 아니었지만 아름다운 가을꽃들이 피어날 자리만 있으면 어디든 가득히 소담하게 피어 있었다. 솜씨가 뛰어난 사람이 꽃들을 가꾼 것처럼 보였다. 꽃밭은 교회 담장 안쪽과 무덤 사이에 가꾸어져 있었다. 장로가 사는, 정면에 복도가 있는 작은 단층 목조 건물 역시 가을꽃으로 둘러싸여 있었다.

"예전 바르소노피 장로님이 계실 때에도 이런 꽃밭들이 있었나요? 그분은 아름다운 것을 좋아하지 않았다고 들어서요. 심지어 부인들을 지팡이로 후려갈겼다는 얘기도 돌았으니까요……."

표도르는 현관 앞 계단을 오르며 떠들어댔다.

"바르소노피 장로님은 가끔 유로지비처럼 보이기도 했지만 터무니없는 이야기도 많습니다. 그분이 누구를 때리다니, 그게 있을 수 있는 일입니까."

수도사가 대답했다.

"그럼 여러분, 여기서 잠시 기다려주세요! 안에 가서 말씀드리고 오겠습니다."

"카라마조프 씨, 마지막이니 잘 들으시오. 제발 좀 점잖게 굽시다. 계속 그런다면 나도 다 생각이 있소."

미우소프는 그사이에 틈을 내어 다시 한번 중얼거렸다.

"도대체 이렇게 걱정하는 이유를 모르겠군요."

표도르가 빈정거리며 말했다.

"혹시 죄를 많이 지으시 무서워졌나요? 장로님은 한눈에 무슨 일로 왔는지 안다고들 하니까……. 그런데 당신 같은 진보파 파리

신사가 바보 같은 사람들의 말을 믿는다니 정말 놀랍군요!"

하지만 미우소프는 이 빈정거림에 대답할 겨를이 없었다. 곧 들어오라는 말이 들렸기 때문이었다. 그는 약간 화가 난 상태로 안으로 들어갔다.

'정말 계속 이러면 또 짜증을 내고 싸우게 될지도 모르겠군……. 사람들 시선도 신경 안 쓰면서 흥분하다가는 결국 망신만 당하게 될 거야.'

그의 머릿속에 이런 생각이 떠올랐다.

2. 늙은 어릿광대

    그들은 장로가 침실에서 나온 것과 거의 동시에 방 안으로 들어섰다. 암자에는 이미 두 수사 신부가 그들보다 먼저 와서 장로를 기다리고 있었다. 한 사람은 도서를 담당하는 신부였고, 또 한 사람은 매우 박식하다고 소문이 난 파이시 신부였는데 그는 늙지는 않았지만 건강이 좋지 않았다. 이 밖에도 스물두 살쯤 된 사복을 입은 청년 한 명이 구석에 서서(그는 계속 그렇게 서 있었다) 장로를 기다리고 있었는데, 신학자 지망생인 그가 수도원과 수도사들의 극진한 보호를 받는 이유는 무엇 때문인지 알 수 없었다. 그는 키가 꽤 크고 광대뼈가 튀어나와 있는 시원한 얼굴에 총명하고 진중한 갈색의 가는 눈을 가지고 있었다. 극히 공손하지만 아부라고는 찾을 수 없는 단정한 표정이었다. 그는 방 안으로 들어오는 손님에게 고개 숙여 인사도 하지 않았는데, 자신은 이곳에 종속된 입장이며 여기 온 다른 손님들과는 동등하게 어울리면 안 된다고 생각하는 것 같았다.

조시마 장로는 알료샤와 또 다른 견습 수사를 데리고 나타났다. 두 수사 신부는 빨리 일어나서 코가 땅에 닿을 정도로 인사를 하고 성호를 그은 뒤 장로의 손에 입을 맞추었다. 장로는 그들을 축복한 뒤 방금 그들처럼 경건하게 허리를 굽혀 답례를 하고 그들에게 자신을 위한 축복을 청했다. 이런 격식은 일상적인 관례가 아니라 감동이 느껴질 만큼 엄숙했다. 그러나 미우소프는 이런 짓들이 모두 엄숙한 척하려는 수작이라고 생각했다.

그는 일행 중에서도 가장 앞에 서 있었다. 그는 장로를 만나면 어떻게 해야 하는지 어제저녁에 미리 생각했었다. 자신의 생각이나 주의가 어떠하든지 단순하게 예절을 지키는 의미로(모두 그렇게 하는 것이 관습이므로) 장로에게 축복을 청하거나 장로의 손에 입을 맞출 것까지는 없지만, 성호를 긋는 것은 해야 한다고 생각했다. 그러나 수사 신부들이 절을 하고 입을 맞추는 것을 보고 난 뒤에 생각이 달라져버렸다. 그래서 그는 엄숙하고 진중한 표정으로 속세에서 하는 것처럼 정중하게 고개 숙여 인사하고 의자 있는 곳으로 물러났다.

표도르는 원숭이처럼 미우소프의 행동을 그대로 따라했다. 이반은 무척 정중하고 공손하게 절을 했지만 두 손을 바지 옆에 붙이는 정도일 뿐이었고 칼가노프는 많이 당황해서 그 절마저도 정식으로 하지 못했다. 장로는 축복을 하려고 위로 들었던 손을 내리고 다시 한번 절을 한 뒤에 모두에게 자리에 앉으라고 권했다. 알료샤는 수치스러워서 얼굴이 달아올랐다. 그의 불길한 예감대로 되어가고 있었던 것이다.

 조시마 장로는 가죽을 씌운 구식 마호가니 소파에 앉았고 두 신부를 제외한 나머지 손님들을 맞은편 벽 쪽에 놓인 가죽이 닳은 네 개의 마호가니 의자에 나란히 앉도록 했다. 두 신부 중에 한 사람은 문 옆에, 나머지 한 사람은 창문 옆에 앉았다. 신학생과 알료샤, 견습 수사는 여전히 서 있었다. 암자 안은 몹시 좁았고 어딘지 초라해 보였다. 가구며 집기도 모두 낡고 값싼 것들인데 그마저도 꼭 있어야 할 것들만 있었다. 창문턱에는 두 개의 화분이 있었고 방 한쪽 벽에는 여러 폭의 성화가 걸려 있었다. 그중 하나는 정교회가 분리되기 훨씬 이전에 그려진 그림으로 보이는 커다란 성모상이었다. 성상 앞에는 작은 등불이 켜 있었다. 성모상 주위에는 번쩍번쩍 빛나는 금빛 성상화가 두 개 있었고 또 그 옆에는 누군가 만든 천사상과 사기로 만들어진 달걀, 가톨릭 십자가를 안은 비탄의 성모(Mater dolorosa)상 그리고 지난 수세기 동안 이탈리아 옛 거장들이 그린 몇 개의 판화가 장식되어 있었다. 세련되고 값비싼 판화의 옆에는 지극히 서민적인 러시아 석판화가 눈길을 끌었다. 성도나 순교자, 성인 등을 그린 판화였는데 단돈 몇 푼이면 어디서나 금방 살 수 있는 것들이었다. 그 외에도 맞은쪽에는 과거와 현대 러시아 대주교들의 초상화가 그려진 석판화가 나란히 걸려 있었다.

  미우소프는 이 모든 형식적 장식물들을 빠르게 훑어본 뒤 장로를 바라보았다. 그는 자신의 관찰력을 지나치게 믿는 약점이 있었다. 하지만 그가 이미 쉰 살이 넘은 것을 감안하면 그리 탓할 바는 아니었다. 사실 그만한 나이가 되고 분명한 생활 기반이 있는 속세의 명민한 신사들은 가끔 자기도 모르게 자신을 높이 평가하곤 하기 때문이다.

  그는 조시마 장로를 처음 본 순간부터 마음에 들지 않았다. 미우소프를 제외한 다른 사람들에게도 장로의 얼굴은 호감이 가는 점이 별로 없었다. 장로는 키가 작았고 등은 굽었으며, 특히 두 다리에는 힘이 없어서 나이가 예순다섯이었지만 10년은 더 들어 보였다. 여윈 얼굴에는 그물 같은 잔주름이 퍼져 있었고, 눈가는 특히 심했다. 눈은 크지 않고 밝은 색이었는데 마치 구슬처럼 생기발랄하게 반짝이고 있었다. 머리카락은 희게 셌는데 관자놀이 옆에 조금 남아 있고 턱에는 수염이 세모꼴을 이루며 듬성듬성하게 나 있었다. 때로 미소를 엷게 짓는 두 입술은 마치 가는 두 개의 끈처럼 얇았다. 코는 높지 않았지만 끝이 새처럼 뾰족했다.

  미우소프는 머릿속으로 문득 생각했다.

  '여러 가지로 볼 때 고약하고 얄팍하며 오만한 늙은이가 틀림없어!'

  대체로 그는 이 모든 것이 마음에 들지 않았다.

  벽에 걸린 괘종시계가 울려서 이야기가 시작되었다. 작고 값싼

벽시계는 출렁대듯 '땡땡땡' 열두 번 정확하게 울렸다.

"약속한 시간이에요."

표도르가 갑자기 말했다.

"그런데 아들 녀석인 드미트리가 아직 도착하지 않았네요. 거룩하신 장로님(알료샤는 이 '거룩하신 장로님'이란 말에 온몸이 오싹해졌다), 제가 아들을 대신해서 사과드리겠습니다! 저는 항상 시계처럼 정확한 편이어서 1분 1초도 어긴 적이 없습니다. 저는 시간을 지키는 것이 왕이 갖춰야 할 예의라고 생각합니다……."

"설마 당신이 제왕이라는 건 아니겠지!"

견디다 못한 미우소프가 얼른 말을 잘랐다.

"당연하죠. 난 왕이 아닙니다. 미우소프 씨, 당신이 그렇게 말 안 해도 그 정도는 나도 알고 있어요. 장로님, 전 늘 이런 엉뚱한 소리를 하는 버릇이 있습니다!"

그는 갑자기 감정이 치솟는 듯 외쳤다.

"전 진짜 어릿광대입니다. 저는 늘 이런 식으로 저를 소개합니다. 정말 한심한 버릇이죠! 하지만 이런 바보 같은 짓을 하는 것도 제 딴에는 목적이 있어서랍니다. 제 목적은 닥치는 대로 사람들을 웃게 만들어서 호감을 얻는 것입니다. 사람이 즐거워야 하지 않을까요? 안 그렇습니까?

한 7년 전쯤에 장사꾼 몇 명과 먼 곳의 작은 도시에 갔었습니다. 사업 때문이었습니다 우리는 그곳의 경찰서장을 찾아갔습니다. 부탁할 일이 있었고 한턱내려고 했습니다. 그런데 그 경찰서장은 뚱뚱하고 머리털이 노란 것이 깐깐하고 거칠어 보이더군요. 이런 류가 가장 위험한 남자입니다. 하나같이 신경질적이거든요. 그래서 세상 풍파 다 겪은 사람답게 허물없이 이렇게 말했습니다.

'서장님, 저희에게 나프라브니크가 되어주십시오.'

'나프라브니크가 무슨 말이오?'

그가 이렇게 물었습니다. 엄격한 표정으로 우리를 쳐다보는 걸 보고 '일이 잘되긴 틀렸구나' 하고 생각했습니다.

'전 그냥 분위기가 좋아지라고 농담을 한 겁니다. 전국에 유명한 오케스트라 지휘자인 나프라브니크 말입니다. 우리의 사업이 잘되기 위해서는 그런 지휘자가 필요하다는 말씀을 드리려고 한 얘기입니다.'

이렇게 설명을 하고 살살 달래려고 했습니다. 괜찮지 않습니까? 그런데 서장은 '미안하지만 나는 이스프라브니크*일 뿐이오. 경찰서장의 관직명을 웃음거리에 사용하는 건 싫습니다!' 하더니 돌아서 나가버렸습니다. 저는 뒤를 쫓으며 외쳤습니다. '그래요, 그래! 당신은 나프라브니크가 아닌 이스프라브니크예요!'라고 말하자 '아닙니다, 당신이 그렇게 말한 이상 난 나프라브니크요' 하고 고집하더군요. 그래서 우리의 일은 엉망이 되고 말았습니다. 저는 늘 이런 꼴이랍니다. 잘 보이려다가 항상 손해를 본다니까요. 꽤 오래된 얘기이지만 제법 힘 있는 인물에게 '사모님께서 간지러움을 잘

---

* 러시아어로 '경찰서장'을 뜻한다.

타시는 편이지요?'라고 말해버렸습니다. 말하자면 저는 정조 관념에 대한 것을 말한 건데, 도덕적으로 예민하다는 말의 다른 표현이었습니다. 그런데 그분은 갑자기 이렇게 말했습니다. '그럼 자네가 우리 마누라를 간질여본 적이 있단 말이오?'라고 하더군요. 저는 놀려주고 싶어서 거기서 그만두지 못하고 '네, 그랬습니다'라고 했더니, 그분이 저를 간질이더군요……. 정말 오래전의 일이어서 지금은 창피한 것도 없어졌지만, 전 늘 이런 어리석은 짓을 저지르곤 합니다!"

"당신은 지금도 그러고 있소."

미우소프가 화를 내듯 중얼거렸다.

"그런 것 같군요! 그런데 미우소프 씨, 나도 알고 있습니다. 말을 한 순간 느꼈습니다. 그리고 당신이 끼어들 거라는 것도 알고 있었습니다. 그런데 장로님, 저는 제 농담이 별로 효과가 없다는 것이 느껴지면 양쪽 뺨이 바싹 마르고 잇몸에 달라붙어서 경련이 일 것 같습니다. 젊었을 때, 귀족 댁에서 눈칫밥을 먹을 때 생긴 버릇입니다. 저는 태어나면서부터 늘 어릿광대였습니다. 유로지비와 비슷합니다. 장로님, 제 몸에는 마귀가 들어 있는 것 같습니다. 하지만 그리 대단한 마귀는 아닌 것 같습니다. 대단한 마귀라면 저한테 오지는 않았을 테니까요. 미우소프 씨, 내 생각에 당신도 마귀가 들어와 있을 만큼 대단한 사람은 아닌 것 같소. 하지만 장로님, 저는 믿고 있습니다, 하느님을 믿고 있어요! 조금 전까지 의심했지만 지금은 조용히 앉아서 위대한 말씀을 기다립니다.

장로님, 저는 프랑스 철학자 디드로와 같습니다. 성스러운 장로님은 예카테리나 여왕 폐하 시대에 디드로가 플라톤 대주교를 찾아간 일화를 알고 계시죠? 그는 '하느님은 없다'고 선언했습니다. 그의 말을 들은 대주교는 손가락으로 하늘을 가리키며 말했습니다.

'미친 사람이 마음속에 하느님이 없다고 한다!'

디드로는 대주교의 발 앞에 엎드려 말했습니다.

'믿습니다, 세례도 받겠습니다!'

그래서 그는 바로 세례를 받았습니다. 그때 다쉬코바 공작부인이 대모였고, 포툠킨이 대부였는데……."

"카라마조프 씨, 거짓말 좀 그만하세요! 당신이 허튼짓을 벌이고 있고, 지금 하는 말이 엉터리에 거짓말이라는 건 당신이 더 잘 알 텐데, 왜 그런 바보 같은 짓을 하는 거요?"

미우소프가 흥분해서 떨리는 목소리로 이렇게 말했다.

"저도 엉터리라는 건 알고 있습니다!"

표도르는 흥분해서 외쳤다.

"그러나 여러분, 이번엔 진실을 말씀드리겠습니다. 위대하신 장로님, 저의 거짓말을 용서해주십시오. 마지막에 디드로가 세례를 받은 건 머릿속에 없던 얘기였는데 방금 꾸며냈습니다. 재미있는 이야기를 하려고 그렇게 되었습니다. 미우소프 씨, 내가 바보 같은 짓을 하는 건 잘 보이고 싶기 때문입니다. 하지만 잘 모르고 그러는 경우도 있긴 해요. 하지만 디드로 얘기에 나오는 '미친 사람이 마음속에……' 이 부분은 젊은 시절에 여기저기 떠돌 때 여러 지주들한테 수십 번도 더 들은 얘기입니다. 미우소프 씨, 당신의 숙모인 마브라 포미쉬나도 어떤 얘기를 하다가 이렇게 말했습니다. 그들은 모두 무신론자 디드로가 플라톤 대주교를 찾아가서 하느님이 존재하는지에 대해 논쟁을 벌였다고 지금도 믿습니다."

미우소프는 더는 견딜 수가 없어서 자신도 모르게 벌떡 일어났다. 그는 화가 난 자신이 우스꽝스럽다는 것을 알고 있었다. 하지만 지금 일어나는 일은 이 암자에서는 있을 수 없는 일이었다. 40~50년 동안 대대로 이어지며 많은 방문객이 날마다 몰려들었지만 그들은 모두 신앙심이 깊고 경건한 사람들이었다. 장로와 면담을 하게 된 사람들은 늘 자신이 큰 은혜를 입은 것에 대해 무릎을 꿇고 앉아서 일어나지를 않았다. 왕후 귀족들, 학자 그리고 단순히 호기심으로 또는 어떤 목적으로 찾아오는 자유사상가들도 (여러 명이 한꺼번에 만나든지 홀로 만나든) 장로에 대한 깊은 존경과 예의를 갖추는 것을 무엇보다 중요하게 생각하고 있었다. 게다가 이곳에서는 돈을 받지 않았고, 한쪽에는 사랑과 자비가, 한쪽에서는 회개가 그리고 영혼의 어려운 문제나 인생의 난관을 극복하려는 간절한 갈망이 있을 뿐이었다. 그러한 까닭에 지금 상황 판단을 못하고 무의식적으로 표도르가 지껄인 농지거리 광대짓은 그곳에 있는 일부 사람들에게는 충격과 경악을 주기에 충분했다. 두 신부는 표정도 비끼지 않고 장로의 말을 기다리고 있었지만 미우소프처럼 당장 자리에서 일어나고 싶은 기색이었다.

알료샤는 금방이라도 울음이 터질 것 같은 얼굴로 고개를 숙이고 서 있었다. 그는 무엇보다 형 이반의 태도를 이해할 수 없었다. 이반이 아버지를 말릴 수 있는 영향력을 가진 유일한 사람이어서, 알료샤는 형이 아버지의 어릿광대짓을 말려줄 거라고 기대했다. 그러나 이반은 눈을 아래로 깔고 움직이지 않은 채 의자에 앉아서 자신과는 아무런 상관도 없는 것처럼, 오히려 흥미를 느끼며 사태를 관조하고 있었다. 알료샤는 친구처럼 친하게 지내는 라키친(신학생)까지 볼 엄두가 나지 않았다. 이 수도원에서 라키친의 속마음을 잘 아는 사람은 알료샤뿐이었다.

"죄송합니다."

미우소프가 장로에게 말했다.

"장로님께서는 이 수치스러운 연극을 벌인 것에 제가 동조했다고 생각하실지 모르지만, 카라마조프 씨 같은 사람이 이런 위대한 분을 방문할 때는 최소한의 예의를 알고 있을 거라고 믿었던 것이 제 잘못입니다. 정말 이런 사람과 함께 찾아온 것을 사과드리게 되리라곤 생각도 못했습니다."

미우소프는 말을 끝맺지 못한 채 어쩔 줄 몰라 하며 밖으로 나가려고 했다.

"걱정 마세요."

허약한 다리로 몸을 일으키며 장로는 미우소프의 두 손을 잡고 다시 의자에 앉혔다.

"진정하세요. 특히 당신께 내 손님이 되어주길 부탁드립니다."

그는 고개를 숙이고 다시 자신의 자리에 앉았다.

"위대한 장로님, 말씀해주세요. 제가 지나치게 흥분해서 기분을 상하게 해드렸나요?"

표도르는 의자의 양쪽 손잡이를 잡은 채 대답에 따라서 나갈 것처럼 갑자기 외쳤다.

"당신도 마음을 가라앉히시고 어렵게 생각하지 않으셨으면 합니다."

장로는 그를 달래는 것처럼 말했다.

"어렵게 생각하지 마시고 내 집처럼 편안하게 생각하세요. 가장 중요한 것은 자신을 부끄럽게 여기지 않는 것입니다. 수치심은 모든 것의 원인입니다."

"내 집처럼요? 그럼 제 원래 모습으로 돌아가라는 뜻인가요? 그건 정말 황송한 말씀입니다. 하지만 정 그러시면 기꺼이 따르겠습니다. 하지만 장로님, 저에게 본모습으로 돌아가라고 하지는 말아주세요, 위험합니다! 저는 절대로 그럴 수 없습니다. 장로님의 안전이 걱정돼서 그럽니다. 다른 사람들이 저를 아무리 욕해도 사실 어떻게 될지 아무도 아직은 모르니까요. 미우소프 씨, 바로 당신에게 하는 말입니다. 장로님, 주제넘지만, 저는 장로님께 환희를 느낄 뿐입니다."

그는 일어나서 두 손을 위로 들고 이렇게 외쳤다.

"'그대를 밴 배에 복이 있도다. 특히 그 젖꼭지는 복되도다. 모든 원인이 다 그 때문이다'라고 저에게 말씀하셨지만, 그 말씀은 저의 뱃속을 꿰뚫어보신 말씀입니다. 바로 그렇습니다. 저는 사람들과 어울리면 항상 제가 저속하고, 모든 사람이 저를 어릿광대로 취급한다는 생각을 합니다. 그래서 저는 그럼 정말 어릿광대가 되어야겠다고, 두렵지 않다고, 너희는 나보다 더 저속하니까! 하고 생각해왔습니다. 그래서 저는 진짜 어릿광대가 되었습니다. 장로님, 저는 수치심에서 태어난 어릿광대입니다. 제가 이렇게 말을 거칠게 하는 것도 모두 의심이 많기 때문입니다. 지금이라도 사람들이 저를 친절하고 명석한 사람으로 생각한다면, 그걸 제가 믿을 수 있다면, 아아, 그땐 저도 선량한 사람이 될 수 있을 텐데! 아아, 스승님."

그는 갑자기 무릎을 꿇었다.

"영생을 얻으려면 저는 어떻게 해야 할까요?"

그가 연극을 하고 있는 것인지, 정말 감동을 느껴서 그렇게 말하는지 알 수 없었다.

장로가 그를 올려다보며 미소를 짓더니 말했다.

"예전부터 어떻게 해야 하는지 스스로 알고 있었을 텐데요. 당신에게 그 정도 지혜는 있습니다. 술에 취하지 않고, 언행을 조심하세요. 음탕에 빠지지 말고, 특히 돈을 숭배하지 마십시오. 일단 당신의 술집부터 닫으세요. 모두 닫지 못하겠으면 일단 서너 곳이라도 닫아야 합니다. 하지만 가장 중요한 것은 절대 거짓말을 하지 않는 것이지요."

"디드로 얘기 말씀이십니까?"

"디드로 얘기를 하는 게 아닙니다. 자신에게 거짓말을 하지 않는 게 중요합니다. 자신에게 거짓말을 하면 자신의 거짓말을 듣는 자신도, 다른 사람도 진실을 구별할 수 없습니다. 결국 자신에게도, 남에게도 존중심을 잃게 됩니다. 아무도 존경하지 않으면 사랑을 잃어버리게 되고, 사랑이 없어지면 자신을 기쁘게 하고 기분을 달래기 위해서 쾌락과 음욕에 빠지게 됩니다. 마침내 짐승 같은 못된 짓을 하게 되지요. 이 모든 원인은 자신과 남들에게 거짓말을 하기 때문입니다. 자신에게 거짓말을 하는 사람은 화를 잘 냅니다. 화를 내는 것은 어떨 때는 유쾌하니까요. 그렇지요? 그런 사람은 누군가 자신을 모욕하는 것이 아닌데 스스로 모욕을 생각해내고, 그런 생각을 합리화하려고 거짓말을 하고 또 과장한다는 걸 이미 알고 있습니다. 상대에게 트집을 잡고, 작은 일을 크게 과장하기도 합니다. 하지만 자신이 버럭 화를 내지요. 마음이 시원해질 때까지, 더 큰 만족을 느낄 때까지 화를 냅니다. 그러다가 이윽고 상대에게 적개심을 가지게 됩니다. 자, 일어나 앉으세요. 그것 역시 거짓된 몸짓이니까."

"오오, 성스러운 분이시여! 제발 손에 입 맞출 수 있도록 허락해주세요."

표도르는 일어나서 장로의 여윈 손등에 재빨리 입을 맞추었다.

"정말 옳은 말씀입니다. 화를 내면 확실히 기분이 좋아집니다. 정말 맞는 말씀입니다. 저는 아직까지 그런 얘기를 들어본 적이 없어서요. 저는 정말 평생 화내는 것을 재미있어 했습니다. 이를테면

겉모습을 위해 화를 냈던 것입니다. 화를 내면 기분이 좋아지고 때로는 멋있기까지 합니다! 장로님께서도 '멋있다'는 건 잊으셨더군요. 이건 제 수첩에 써야겠습니다! 저는 정말 거짓말만 했습니다. 지금까지 날이면 날마다 한시도 거짓말을 안 한 적이 없습니다. 진실로 거짓은 거짓의 아버지로다! 아니, '거짓의 아버지'는 아니었던 것 같기도 합니다. 전 늘 성경 구절이 헷갈려서……. 거짓의 아들이라고 해서 이상할 건 없지만요. 천사님, 디드로 얘기는 용서해줄 수 있으시겠지요? 디드로는 그리 나쁘지 않으니까요. 하지만 다른 거짓말은 모두 나쁜 것이겠지요. 거룩하신 장로님, 깜빡 잊었는데 한 가지 여쭙겠습니다. 재작년부터 꼭 묻고 싶었던 것이 있습니다. 미우소프 씨, 이번엔 가만히 있어요! 저 사람을 말려주세요. 위대하신 장로님, 그럼 말씀드릴게요.《순교자 열전》*에 이런 이야기가 있나요? 어떤 성자가 신앙을 지키려고 갖은 박해를 받고 결국 목이 잘렸는데, 그때 그 성자가 벌떡 일어나서 머리를 주워 들고 '경건하게 입 맞췄다'고 합니다. 두 손으로 안고 오래 걸으면서 말입니다. '경건하게 입을 맞췄다'는 것이 사실일까요? 장로님 생각은 어떠십니까?"

"아니요, 그건 사실이 아닙니다."

장로가 대답했다.

"《순교자 열전》에는 그런 이야기가 없습니다. 혹시 어느 성인 이

---

* 성자들과 순례자들의 생애가 담긴 일종의 달력이다.

야기에서 그런 내용이 나오는지 아시나요?"

도서를 맡고 있는 신부가 물었다.

"저도 모르겠습니다. 정말 모르겠습니다. 저도 꼼짝없이 속은 얘기입니다! 이건 다른 사람에게 들은 얘기입니다. 도대체 누가 그런 말을 했는지 아십니까? 여기 미우소프 씨가 한 얘기입니다. 아까 디드로 얘기에 그렇게 화를 냈던 이분이 바로 그 얘기를 한 장본인입니다!"

"나는 당신한테 그런 얘길 한 적이 없소. 나는 당신하고 이야기를 나눠본 적이 없잖소."

"정확하게 나에게 그 이야기를 한 건 아닙니다. 하지만 당신이 여러 사람에게 그 얘기를 할 때 나도 거기 있었어요. 4년이 좀 안 되었을 겁니다. 내가 이 말을 꺼낸 건 당신이 한 그 맹랑한 이야기 때문에 내 신앙이 송두리째 흔들렸기 때문입니다. 미우소프 씨는 몰랐겠지만, 나는 그 얘기를 듣고 큰 충격에 빠져 집으로 왔어요. 그 뒤로 나는 신앙에 의심을 품었어요. 맞아요, 미우소프 씨, 당신이 나를 이렇게 타락하게 만든 장본인입니다. 그런 것에 비하면 디드로 얘기는 아무것도 아닙니다!"

표도르는 씩씩거리며 비장한 표정을 지었지만 누가 봐도 그의 광대짓이 다시 시작된 것 같았다. 미우소프는 기분이 몹시 상했다.

"가당치 않은 소리……. 말 같지 않은 소리……."

그는 중얼거렸다.

"내가 어쩌다 그런 소리를 했는지는 모르지만……. 어쨌든 내가 당신에게 한 얘기는 아니오. 나도 들은 얘기란 말이오. 파리에서 어느 프랑스 사람에게 들었는데, 러시아에서는 《순교자 열전》의 그 부분을 낭독한다고 들었다는 거요. 그는 유명한 학자이고 러시아에 대한 여러 통계 연구 전문가이며 러시아에서도 오랫동안 살았다고 했소. 나는 《순교자 열전》을 읽은 적이 없습니다. 또 읽을 생각도 없지만 어쨌든 식사할 때 그런 시시콜콜한 이야기를 잠시 할 수도 있는 거 아닙니까? 그때 우린 식사 중이었으니까……."

"흥, 당신은 그때 식사 중이었는지 몰라도 난 그 때문에 신앙을 잃었습니다!"

표도르가 조롱하는 것처럼 말했다.

"당신 신앙이 나한테 무슨 상관이란 말이오."

미우소프는 이렇게 소리치다가 문득 자신을 억누르며 경멸하듯이 덧붙였다.

"당신은 아무나 걸리는 대로 시비를 걸고 있는 거요."

장로가 갑자기 자리에서 일어났다.

"여러분, 잠시 실례하겠습니다."

그는 모두를 바라보았다.

"여러분보다 먼저 오신 손님들에게 잠시 나갔다 오겠습니다. 그런데 카라마조프 씨는 거짓말을 하지 마세요."

장로는 웃으면서 표도르를 향해 말했다.

그는 밖으로 나갔고 알료샤와 신학생이 그를 부축하려고 뒤쫓아 나갔다. 알료샤는 숨을 몰아쉬고 있었다. 그는 그 자리를 벗어나게 된 것이 기뻤고, 장로가 언짢아하지 않고 유쾌한 것도 기뻤다. 장로는 자신을 기다리는 사람들을 축복하기 위해 복도로 걸어 나갔다. 그러나 암자 문턱에 이르자 표도르가 그를 멈추게 했다.

"성스러운 분이시여!"

그는 감동에 겨운 목소리로 외쳤다.

"장로님의 손에 다시 입을 맞출 수 있도록 해주세요! 아닙니다, 장로님과는 이야기를 더 나눌 수 있고, 같이 지낼 수도 있을 것 같습니다! 장로님께서는 제가 항상 거짓말만 하고 우스꽝스러운 짓만 한다고 생각하세요? 아닙니다. 조금 전에는 장로님을 시험하기 위해서 일부러 그랬습니다. 장로님과 친해질 방법이 없을까 하고요! 장로님의 자존심 옆에 저의 이 겸손한 마음이 자리할 여유가 있으신가요? 당신이 모든 사람과 이야기를 나눌 수 있는 분이라는 증명서를 드리겠습니다! 그리고 이젠 입을 다물겠습니다. 끝까지 입을 다물고 있겠습니다. 제자리에 앉아서 조용히 있겠습니다. 미우소프 씨, 이제 당신이 말해보세요! 이제 당신이 주인공입니다. 단 10분 동안입니다."

3. 믿음이 깊은 시골 아낙네들

 수도원을 둘러싼 바깥쪽 벽에 붙어 있는 회랑 계단 아래쪽에는 대략 20명의 시골 아낙네들이 몰려와 있었다. 곧 장로가 나온다는 소식을 듣고 두근거리는 마음으로 기다리고 있었다. 여지주 호흘라코바 부인 일행도 상류 부인들만 사용하는 별채에서 장로를 기다리고 있다가 회랑으로 나와 있었다. 그들은 모녀 두 사람뿐이었는데, 어머니인 호흘라코바 부인은 아직 젊었고 부유해서 항상 옷차림이 우아했다. 약간 창백한 얼굴은 사랑스러워 보였고, 까만 눈동자는 생기 있게 반짝였다. 이제 겨우 서른세 살 정도 되었지만 5년 전쯤 과부가 되었다. 딸은 열네 살이었는데 안타깝게도 소아마비에 걸려서 반 년 동안 걷지 못하고 바퀴 달린 좁고 긴 의자를 타고 여기저기 실려 다녔다. 얼굴은 귀엽게 생겼고 병 때문에 약간 창백했지만 무척 쾌활한 표정이었으며, 속눈썹이 긴 큰 눈은 까만 눈동자가 장난꾸러기처럼 반짝거리며 빛났다.

어머니는 봄부터 딸을 외국으로 데리고 휴양을 갈 계획이었지만 영지가 정리되지 않아서 한여름이 지나도 출발하지 못했다. 이 고장에 이 모녀가 온 것은 벌써 일주일이나 되었는데 처음에는 순례를 하러 온 것이 아니라 다른 볼 일이 있어서 여기에 온 것이었다. 그들은 사흘 전에 장로를 만났지만 이날 또 갑자기 찾아왔다. 장로가 아무것도 바꿀 수 없다는 것을 알지만 불쑥 찾아와 다시 한번 '거룩하신 치유자를 뵐 수 있는 영광'을 베풀어주기를 애원했다. 어머니는 장로가 나오기를 기다리면서 딸의 바퀴 달린 의자 옆에 놓인 의자에 앉아 있었다. 그녀에게서 두어 걸음 떨어진 곳에는 늙은 수도사가 서 있었다. 그는 수도원에 있는 사람이 아니고 먼 북방의 이름이 알려지지 않은 수도원에서 찾아온 수도사였다. 그 역시 조시마 장로에게 축복을 받기 위해 찾아온 길이었다.

하지만 장로는 밖으로 나와서 이 별채를 그대로 지나더니 곧바로 시골 아낙네들이 기다리는 회랑 쪽으로 나갔다. 아낙네들은 회랑에서 마당으로 내려가는 낮은 계단 아래쪽으로 몰려들었다. 계단 꼭대기에서 걸음을 멈춘 장로는 어깨에 영대(領帶)를 걸친 채 여인들을 축복했다. 한 미친 여자가 사람들에게 두 손을 붙들린 채 앞으로 끌려나왔다. 이 여자는 장로를 보자마자 갑자기 발작을 일으키는 것처럼 딸꾹질을 하고 온몸을 비틀며 괴상한 비명을 질렀다. 장로가 여인의 머리 위에 영대 자락을 얹고 몸을 구부려서 간단한 기도문을 외우자 여자는 금세 조용해졌다.

　요즘같은 세상에서는 잘 모르겠지만, 내가 어린 시절에는 마을이나 수도원에서 이따금 미친 여인을 보거나 그런 사람들이 있다는 이야기를 듣고는 했다. 미사 때 그녀들을 데리고 오면 처음에는 교회가 떠나가라고 시끄러운 비명을 지르거나 개처럼 울부짖었으나, 성체가 오고 빵과 포도주가 있는 곳에 끌려나오면 금세 발작은 멎고 병자는 잠시 평온을 찾곤 했다. 이러한 풍경은 어린 시절의 나에게 감동과 놀라움을 주었다. 그러나 이미 그 시절 내가 이 문제를 물어보자, 마을의 지주나 특히 학교 선생님들은 그것이 꾀병 같은 것이라고 했다. 즉, 시골 아낙네들이 일을 하기 싫으면 곧잘 그런 흉내를 내곤 하는데 적절하게 엄격한 조치를 취하면 당장 고칠 수 있다고 확신하며 그런 사례들을 이야기해주었다.

　그러나 나는 그 뒤에 의학자들에게 그것이 꾀병이 아니라 러시아에서만 볼 수 있는 무서운 부인병이라는 얘기를 듣고 놀라움을 금치 못했다. 이것은 러시아 시골 여성들의 처참한 운명을 그대로 보여주는 것으로, 의료 혜택을 받지 못하고 잘못된 방법으로 아이를 낳은 산모가 쉬지 못하고 과격하고 힘든 노동에 시달리게 되면 생기는 병이었다. 이 외에도 연약한 여자가 견디기 힘든 일반적인 것들, 즉 어디 얘기하지도 못할 슬픔과 폭력으로 인해 이 병에 걸리기도 했다.

　소리를 치고 날뛰는 병자를 신부가 있는 곳으로 끌고 가면 미친 짓이 가라앉는 신비로운 일도(꾀병이 아니면 '교권파'들이 지어낸

속임수라고 설명해준 사람들도 있지만) 자연스럽게 일어나는 현상이라고 보는 것이 타당하다. 신부 앞으로 병자를 끌고 가는 아낙네들은 물론 그 환자도 이렇게 성체성사(聖體聖事)를 받으러 나가서 성체 앞에 몸을 숙이면 병자를 사로잡는 마귀는 도저히 견딜 수가 없어서 도망친다고 확고한 진리처럼 굳게 믿어왔던 것이다. 그래서 병이 나을 것이라는 신념과 기적이 일어날 것이라는 기대감이, 성체 앞에 몸을 숙이는 순간, 그 환자의 몸 여기저기에서 경련 같은 작용을 일으키고(당연히 일어났을 것이다), 이렇게 기적은 순식간에 일어나게 되는 것이다. 지금 이곳에도 기적은, 장로가 환자의 머리에 영대 자락을 얹는 순간에 일어났던 것이다.

장로 앞에 몰려든 여인들 중 대부분은 한순간의 효과가 불러온 감동과 기쁨으로 눈물을 흘렸다. 또 어떤 여자들은 장로의 옷에 입을 맞추려고 서로 다투며 앞으로 나가고, 다른 여인들은 울면서 넋두리를 늘어놓았다. 장로는 이 모든 여인들을 축복해주고 그중 몇 사람과는 이야기를 나누었다. 장로는 미친 여자를 예전부터 알고 있었다. 수도원에서 6km 정도 떨어진 마을에 살고 있는 여자로 예전에도 이곳에 온 적이 한 번 있었다.

"저기 먼 곳에서 온 사람이 있군!"

장로가 어떤 중년 여인을 가리켰다. 많이 늙지는 않았지만 마르고, 햇볕에 그을린 게 아니라 얼굴이 검게 타버린 여자였다. 그 여인은 무릎을 꿇고 움직이지 않은 채 장로를 바라보고 있었다. 그녀의 시선에는 뭔가 황홀함이 담겨 있었다.

"네, 멀리서 왔습니다, 장로님, 멀리서요. 300km나 떨어진 곳이랍니다. 장로님, 정말 멀리서 왔답니다."

여인은 한 손으로 턱을 괴고 머리를 흔들면서 노래하는 것처럼 큰 목소리로 대답했다. 마치 눈물로 하소연하는 것 같았다.

민중에게는 말없이 끝까지 참는 슬픔이 있다. 그러나 밖으로 터져 나오는 슬픔도 있어서 이 슬픔이 눈물과 함께 밖으로 터져 나오면 금세 통곡으로 변한다. 특히 이것은 여자들에게 그렇다. 하지만 이 괴로움이 말없는 슬픔보다 견디기 쉬운 것은 아니다. 통곡으로 치유받을 수 있는 것은 더 큰 고통으로 가슴이 찢어지는 슬픔을 느낄 때다. 이런 슬픔은 더 이상 위로를 바라지 않고, 치유될 수 없다는 생각에서 생긴다. 통곡은 마음의 상처를 끊임없이 찌르고자 하는 욕망에 불과한 것이다.

"상인 출신인가요?"

장로가 여인을 살펴보는 눈길로 바라보았다.

"예, 읍내에 삽니다. 처음엔 농사를 지었는데 읍내로 이사를 갔습니다. 장로님, 소문을 듣고 장로님을 뵙기 위해 이곳까지 왔습니다. 어린 아들이 죽고 순례길에 올랐습니다. 세 군데의 수도원을 가봤지만 모두 '나스타샤, 그곳에 가도록 해요.' 이렇게 말하더군요. 이곳의 장로님에게 말이에요. 어제는 여관에서 자고 그래서 오늘 이렇게 찾아왔습니다."

"왜 울고 있나요?"

"죽은 아들이 불쌍합니다, 장로님. 그 아이는 세 살 된 사내아이입니다, 세 살에서 석 달이 모자라는. 그 아이 때문에 괴롭습니다. 장로님, 바로 그 아이 때문에 말이에요. 그 아이는 한 명 남은 아들이었습니다. 저와 니키타 사이에는 아이가 넷 있었는데 모두 걸음마를 떼기 전에 죽었습니다. 장로님, 이제 아무도 없습니다. 세 아이를 묻을 때는 그렇게 불쌍하지 않았는데 막내를 묻은 뒤에는 잊을 수가 없습니다. 전 아직도 그 애가 제 앞에서 놀고 있는 것 같습니다. 한시도 그 아이가 제 마음을 떠나지 않아요. 그 애가 입던 속옷을 봐도, 윗옷을 봐도, 신발을 봐도 금세 눈물이 납니다. 저는 그 애가 남긴 물건들을 늘어놓고 한바탕 통곡한답니다. 그래서 제 남편 니키타에게 순례를 떠나게 해달라고 했어요. 남편은 마부이지만 저희는 그리 가난하지 않답니다. 마차가 저희 거니까요. 말과 마차 모두 우리 것입니다. 그렇지만 그게 다 무슨 소용인가요? 니키타는 제가 없으면 술을 마십니다. 전부터 그랬어요. 지금도 아마 마시고 있을 거예요. 제가 한눈을 팔면 그 사람은 금방 무너집니다. 하지만 남편이 어찌 되든 지금은 신경 쓰지 않아요. 벌써 집을 떠난 지 석 달째거든요. 이젠 모든 걸 다 잊었습니다, 생각하기도 싫습니다. 그 사람하고 같이 사는 것이 무슨 의미가 있겠습니까? 이제 저는 남편과 끝났습니다, 모든 것과 인연을 끊었습니다. 전 우리 집과 재산도 생각하기 싫습니다. 제 마음속엔 이제 아무것도 남지 않았어요!"

"그런데, 아기 엄마."

장로가 말했다.

"옛날에 어느 위대한 성자께서 당신처럼 아들 때문에 성당에 와서 우는 한 어머니를 보았어요. 그 어머니 역시 하느님이 데려가신 아들 생각에 슬퍼서 울었지요. 성자께서는 여인에게 말씀하셨어요. '너는 아이들이 하느님 앞에서 얼마나 귀엽게 노는지 아느냐? 하늘나라에서는 어린아이들만큼 대담한 사람도 없느니라. 아이들은 하느님께 이런 말까지 한단다. '하느님께서 우리에게 삶을 주시고 우리가 세상을 구경도 하기 전에 다시 부르셨으니, 우리가 천사가 되게 하옵소서' 이렇게 떼를 써서 그들은 천사가 되었느니라. 그러니 울지 말고 기뻐하라. 그대의 아들도 지금 하느님 곁에서 수많은 천사들과 함께할 테니.' 성자께서는 이렇게 슬퍼하는 어머니를 달래셨다오. 그분은 위대한 성자시니까 거짓말은 결코 하지 않으셨을 거요. 그러므로 당신의 아이도 지금 하느님 앞에서 즐겁게 뛰놀며 어머니를 위한 기도를 하고 있을 거요. 자, 이제 기쁨의 눈물을 흘려야 할 때요."

여인은 한 손으로 턱을 괴고 고개를 숙인 채 장로의 말을 들었다. 그녀는 한숨을 깊이 내쉬었다.

"니키타도 똑같은 말을 하면서 저를 위로했어요. '바보처럼 왜 울어! 그 애는 지금 하느님 옆에서 천사들과 노래를 부르고 있을 거야.' 하지만 남편도 이렇게 말하면서 저처럼 울고 있었어요. 제가 우는 것과 똑같이 말이에요. '여보, 나도 그건 알아요. 하느님 옆이 아니면 또 어디에 있겠어요? 하지만 지금 우리 곁에 그 아이는 없잖아요? 전에는 우리 옆에 그 아이가 있었잖아요!' 저는 이렇게 말했습니다. 그 애를 한 번이라도, 단 한 번만이라도 볼 수 있다면! 아니, 옆에서 보지 않아도 좋아요. 구석에 숨어서, 아무 말도 하지 않고, 그저 얼굴만 잠시 볼 수 있다면 여한이 없을 거예요. 마당에서 놀다가 그 가녀린 목소리로 '엄마, 어디 있어?' 하던 그 목소리를 꼭 한 번 다시 듣고 싶습니다, 그저 단 한 번만. 정말 단 한 번만 그 작고 귀여운 발로 통통 뛰어다니는 걸 들을 수 있으면 좋겠습니다. 그전에는 달려 들어와 엄마를 놀라게 하고 깔깔대며 웃곤 했습니다. 발소리라도 한번 들을 수 있다면. 정말 듣고 싶어서 미칠 것 같습니다. 하지만 장로님, 그 애는 갔습니다. 이제는 없어요, 이제 영원히 그 애의 목소리를 들을 수 없습니다! 이 허리띠만 남았고 소중한 그 아이는 이제 없어요. 앞으로도 그 아이를 결코 볼 수도, 들을 수도 없답니다."

여인은 품에서 아이가 쓰던 술 장식이 달린 작은 허리띠를 꺼냈다. 그리고 그 허리띠를 보고 손으로 얼굴을 가리고 떨면서 흐느꼈다. 손가락 사이로 샘처럼 눈물이 흘러내렸다.

장로는 다시 말했다.

"그렇지만, 옛날에 '라헬이 그 자식들 생각에 슬프게 울었지만 결국 위안을 얻지 못했으니 이는 오직 그들이 죽고 없음이니라'라고 한 것과 같소. 어머니가 이 세상에서 겪어야 하는 시련입니다. 그러니 위안을 얻으려고 해서는 안 되고 위안을 얻어서도 안 됩니다. 위안을 얻으려 하지 말고 그냥 우시오. 그리고 울면서 아들이 하느님의 천사가 되어 당신을 보고 있다고 생각하시오. 당신의 눈물을 보고 기뻐하며 하느님께 그것을 손가락으로 가리킬 것이오. 앞으로 오랫동안 어머니로서의 슬픔을 느끼겠지만 결국 이것이 고요한 기쁨이 될 것이오. 그때는 쓴 눈물도 마음을 깨끗이 하고 죄를 씻는 고요한 감동과 정화의 눈물로 바뀔 것이오. 아들의 영혼을 위해 기도하겠소. 이름이 무엇이오?"

"알렉세이입니다, 장로님."

"귀여운 이름이오. 하느님의 사도 알렉세이 님의 이름에서 따온 것이오?"

"네, 장로님, 하느님의 사도 알렉세이 님에게서 따왔습니다."

"귀한 아이군요! 기도하겠소. 그리고 기도를 할 때마다 당신이 슬퍼한다는 말도 잊지 않으리다. 남편의 건강을 위해서도 기도하겠소. 난, 당신이 남편을 홀로 두는 건 좋지 않소. 집으로 돌아가서 남편을 위로하시오. 당신 아들도 당신이 아버지를 떠난 줄 알면 아주 슬퍼할 것이오. 당신은 왜 아들의 행복을 망치려고 합니까? 그 애는 살아 있습니다. 영혼은 영원히 살아 숨 쉽니다. 집에는 없지만 눈에 보이지 않지만 항상 당신 옆에 있습니다. 그런데 당신이 집을 나와 있으면 그 애가 집에 찾아올 이유가 없잖소? 아버지, 어머니가 같이 살지 않으면 그 애는 누구를 찾아가야 한단 말이오? 당신은 지금 아들 때문에 괴로워하지만, 집으로 돌아가면 아이가 안식의 꿈을 보낼 것이오. 남편에게 가세요. 바로 지금 가세요."

"가겠습니다, 장로님. 지금 당장 가겠어요. 장로님은 제 마음을 완전히 이해하셨습니다. 아아, 니키타, 당신은 지금도 나를 기다리고 있겠죠!"

여인은 다시 하소연을 하려고 했지만 장로는 이미 순례자의 차림이 아닌 평상복을 입은 한 노파에게 다가가고 있었다. 노파의 눈을 보면 고민이 있어서 왔다는 것을 알 수 있었다. 하사관의 과부이며 읍내 가까운 곳에 살고 있는 노파였다. 노파의 아들 바센카는 육군 병참 부대 소속으로 시베리아의 이르쿠츠크로 전출되어 간 뒤 편지가 두 번 왔고, 그 후 1년이 지나도록 소식이 끊어졌다고 했다. 노파는 아들의 소식을 수소문하고 싶었지만 어디서, 어떻게 해야 할지 몰랐다.

"얼마 전에 부유한 상인의 부인인 스테파니다 베드랴기나가 이렇게 말했어요. '프로호로브나 할머니, 차라리 아들 이름을 써서 성당에서 기도를 드려요. 그러면 아들의 영혼이 고향을 그리워하다가 편지가 올 거예요. 여러 번 이런 일이 있었으니 분명히 효과가 있을 거예요.' 하지만 어쩐지 저는 석연치 않아서……. 장로님, 정말일까요, 거짓일까요? 그렇게 하는 게 좋을까요?"

"당치 않는 소리요. 그런 걸 물어보는 것조차 부끄러워해야 하오. 살아 있는 사람의 영혼에 그 어머니가 기도를 드린다니, 있을 법한 얘긴가! 그것은 미신을 섬기는 것처럼 큰 죄에 속하오! 하지만 몰라서 그런 생각을 했다면 용서받을 수는 있어요. 우리를 항상 돌보시고 보호해주시는 성모님께 아들을 위해 기도하시오. 그리고 당신의 어리석음을 용서해달라고 함께 비시오. 프로호로브나 할머니, 아들은 곧 돌아오거나 소식을 전해올 것이오. 그렇게 알고 이제

안심하고 돌아가시오. 당신의 아들은 살아 있어요, 틀림없이."

"친절하신 장로님, 당신에게 신의 축복이 내리기를! 우리를 위해 우리가 지은 죄를 위해 기도하시는 우리의 은인이신 장로님!"

그러나 장로는 사람들 틈에서 자신을 바라보는 젊은 여인을 보았다. 결핵이라도 앓고 있는 듯 완전히 병든 모습으로 여인은 무언가를 바라는 듯한 눈빛으로 장로를 말없이 바라보고 있었지만, 막상 장로 앞에 나서기는 두려운 듯했다.

"무슨 일로 왔나요?"

"장로님, 제 영혼을 구원해주세요."

젊은 여인은 침착하고 낮은 목소리로 말했고 장로의 발 아래에 무릎을 꿇고 엎드렸다.

"저는 죄인입니다, 장로님, 제 죄가 무섭습니다."

장로가 층계 가장 아래 계단에 앉자, 여인은 무릎을 꿇고 장로 앞으로 다가섰다.

"3년 전에 저는 과부가 되었습니다."

여인은 떨리는 목소리로 속삭였다.

"결혼 생활은 힘들었습니다. 남편은 늙었는데 저를 몹시 구박했습니다. 그러다 남편이 병이 나서 몸져눕자, 갑자기 저 사람이 병이 나아서 일어나면 어떡하지, 하는 생각이 들었습니다. 그때 제 마음에 끔찍한 생각이 떠올랐어요."

"잠깐!"

장로는 그녀의 말을 멈추고 여인의 입에 귀를 가져다댔다. 여인이 작게 말해서 거의 알아들을 수가 없었기 때문이다. 이야기는 금세 끝났다.

"3년 되었다고?"

"네, 3년째입니다. 처음엔 잘 몰랐는데 병이 든 후부터 자꾸 그 생각이 나서 괴롭습니다."

"멀리서 왔나요?"

"여기서 500km 떨어진 곳에서 왔습니다."

"참회에서 이야기했나요?"

"네, 두 번이나 했습니다."

"성체성사는 받았지요?"

"네, 받았어요. 무서워요. 전 죽는 게 무섭습니다."

"아무것도 무서워하지 마세요. 두려워하지 말고 상심하지도 마세요. 속죄하는 마음을 잃지 않으면 하느님은 전부 용서해주십니다. 진심을 다해 회개하는데 용서받지 못할 죄는 이 세상에 없습니다. 끝이 없는 하느님의 사랑을 마르게 할 만큼 큰 죄를 인간이 짓게 하실 리가 없습니다. 하느님의 사랑을 뛰어넘는 죄가 과연 있을까요? 그러니 두려워하지 말고 쉼 없이 회개하는 데 마음을 쓰세요. 믿으세요. 하느님께서는 상상하지 못할 만큼 당신을 사랑하십니다. 당신이 죄에 물들고 죄악에 빠지더라도 하느님은 사랑해주십니다. 예로부터 10명의 올바른 사람보다 1명의 회개하는 죄인을 천국에서는 빈긴다는 말이 있잖소. 두려움은 내려놓고 돌아가시오. 사람들의 말로 상처받지 말고 모욕을 느껴도 참으시오. 죽은 남편이 당신을 학대한 것을 진심으로 용서하고 그 사람과 화해하시오. 진심으로 회개하면 사랑이 생기고, 사랑이 생기면 당신은 이미 하느님의 자녀라오. 모든 것을 감싸고 구원하는 것이 바로 사랑이오. 당신과 똑같은 죄인인 나도 당신에게 감동하고 당신을 가여이 여기는데 하느님께서는 어떠시겠소? 끝없이 값지고 이 세상 전부를 살 수 있는 것이 사랑이오. 자신의 죄뿐만 아니라 다른 사람의 죄까지 보상할 수 있는 게 사랑이오. 그러니 이제 두려워 말고 돌아가시오."

장로는 여인에게 세 번 성호를 긋고 자신의 목에 걸렸던 작은 성상을 여인의 목에 걸어주었다. 여인은 조용히 머리가 땅에 닿을 정도로 절을 했다. 장로는 가볍게 자리에서 일어나서 아기를 안은 어떤 건강한 아낙네를 기쁘게 바라보았다.

"브이세고리예에서 왔습니다, 장로님."

"여기서 6km가 넘는 곳이죠? 아기를 데리고 오느라 고생했소. 무슨 일로 왔지요?"

"장로님을 뵙고 싶어서요. 전에도 몇 번 왔는데 기억하세요? 저를 잊으셨으면 기억력이 좋지 않으신 거예요. 장로님께서 아프시다고 하셔서 직접 뵈러 왔어요. 하지만 직접 뵈니 20년은 더 사실 것 같아요, 진심입니다. 부디 건강하세요. 장로님을 위해 기도하는 사람들이 많은데 장로님이 편찮으시면 되나요?"

"고마운 말이오."

"그런데 부탁이 있습니다. 60코페이카가 있는데 장로님께서 이 돈을 저보다 가난한 사람에게 전해주세요. 이 돈이 필요한 사람을 장로님께서 알고 계실 테니 부탁드려야겠다고 생각했어요."

"고맙고 기특하구려. 친절하고 좋은 분입니다. 당신을 사랑합니다. 원하는 대로 하겠소. 그런데 아기는 딸인가요?"

"네, 딸입니다. 리자베타라고 부릅니다."

"하느님께서 모녀를, 당신과 어린 딸 리자베타를 함께 축복하시길 빌겠소. 당신은 내게 기쁨을 줬어요. 여러분, 모두 안녕히 가세요. 사랑하는 형제들, 안녕히 가십시오!"

4. 믿음이 약한 귀부인

 이곳에 찾아온 여지주는 장로와 평민의 대화와 장로가 축복하는 모습을 조용히 지켜보다가 소리 없이 눈물을 흘리며 손수건으로 눈물을 닦았다. 감상적인 사람인 데다가 여러 가지 점에서 진실로 선량한 성격을 가진 상류층의 부인이었다. 장로가 드디어 부인 쪽으로 돌아서자 귀부인은 감격에 겨워 그를 맞았다.
 "방금 전의 그 감동적인 광경을 보고 도저히 감정을 억누를 수 없어서……."
 흥분한 그녀는 말을 다 끝맺지 못했다.
 "아아, 사람들이 장로님을 얼마나 사랑하는지 이제야 알 것 같아요. 저 또한 그들을 사랑하고 있고, 사랑하고 싶습니다. 그래요, 사랑하지 않을 수 없어요. 이처럼 순박하고 믿음이 깊은 우리 러시아 사람들을 어떻게 사랑하지 않을 수 있나요!"

"따님은 건강한가요? 다시 한번 나와 이야기를 나누고 싶다면서요?"

"네, 집요하게 부탁하고 떼를 썼답니다. 장로님께서 만나주실 때까지 며칠이고 창문 아래에 무릎을 꿇고 기다릴 각오가 되어 있었어요. 하지만 오늘은 장로님께 무한한 감사를 드리러 온 거랍니다. 리자의 병을 완전히 고쳐주셨어요. 지난주 목요일 장로님께서 저 아이의 머리에 손을 얹고 기도해주신 뒤, 병이 완전히 나았어요. 그래서 저희는 장로님의 손에 입 맞추고 감사를 드리기 위해서 이렇게 달려왔습니다."

"병이 나았다고요? 따님은 의자에 누워 있지 않습니까?"

"하지만 밤에 경련이 나는 것은 완전히 나았습니다. 벌써 이틀째입니다."

귀부인은 들떠서 빨리 말했다.

"뿐만 아니라 다리도 튼튼해졌어요. 오늘 아침에 일어났을 때는 아주 상쾌해 보였어요. 밤에 잠을 푹 잤기 때문이지요. 저 붉은 뺨과 빛나는 눈을 보세요! 언제나 투정만 부리던 애가 지금은 행복하게 웃고 있지요? 오늘 아침에는 일어나게 해달라고 졸라대서 혼났지요. 혼자서 1분간 아무것도 잡지 않고 서 있었어요! 보름 뒤에는 카드리유*를 출 거라고 저에게 내기를 걸었습니다. 정말 신기해

---

* 프랑스의 사교댄스로 18세기 후반과 19세기에 유행했다.

서 읍내 의사인 게르첸슈투베 선생께 갔더니 그분은 어깨를 으쓱하면서 이렇게 말했어요. '정말 놀라워요. 믿어지지 않는군요.' 이런 상황인데도 장로님은 저희의 감사 인사가 귀찮으신가요? 리즈*야, 어서 감사 인사를 드려야지!"

장난스러운 귀여운 얼굴의 리즈는 갑자기 정색을 하더니 의자에서 할 수 있는 한 몸을 일으켜 세우고 장로를 향해 손을 모았다. 그러나 견딜 수 없다는 듯 갑자기 크게 웃기 시작했다.

"저 사람 때문이에요, 저 사람!"

리즈는 웃는 이유에 대해 자못 어린아이다운 표정을 지으며 장로 뒤에 서 있는 알료샤를 지목했다. 이때 알료샤의 얼굴을 본 사람이라면 그의 얼굴이 붉어진 것을 모두 알았을 것이다. 그의 두 눈이 만짝이며 빛났지만 그는 바로 눈을 아래로 떨궜다.

"이 아이가 당신에게 편지를 전하고 싶다네요, 알렉세이 카라마조프 씨. 요즘은 어떻게 지내시나요?"

화려한 장갑을 낀 손을 앞으로 내밀며 부인이 말했다. 장로는 몸을 돌리고 알료샤의 얼굴을 유심히 바라보았다. 알료샤는 리즈에게 가까이 다가가서 어딘가 모르게 어색하게 웃으면서 손을 내밀었다.

리즈는 갑자기 새침해져서 말했다.

"카체리나 씨가 이걸 전해달라고 하셨어요."

---

* '리자'의 프랑스식 발음이다.

아이는 그에게 작은 쪽지를 내밀었다.

"가능하면 빨리 와달라고 하셨어요, 꼭 들러달라고요."

"내가 가야 한다고? 그분이 나를 왜……. 도대체 무슨 일이지?"

알료샤는 어리둥절한 표정으로 중얼거렸다. 그는 근심 어린 표정이었다.

"드미트리 씨와 관련 있는 일일 거예요. 요즘 일어난 여러 가지 일들 말이에요."

어머니가 빠르게 말을 이어받았다.

"카체리나는 중요한 결심을 한 것 같아요. 그런데 그전에 먼저 당신을 만나보고 싶어 해요. 왜 그러냐고요? 왜인지는 나도 잘 모르겠어요. 하지만 빨리 당신을 만나고 싶어 하는 건 알지요. 물론 가시겠지요? 이건 기독교적 신앙이 내리는 명령이니까요."

"저는 그분을 한번 만났을 뿐입니다."

여전히 당황한 표정으로 알료샤가 말했다.

"누구와도 견줄 수 없이 고결한 성품을 지닌 여인입니다! 그 사람이 겪은 고통을 보면……. 그 여자가 지금까지 얼마나 많은 고통을 겪었는지, 그리고 얼마나 큰 고통을 견디고 있는지 생각해보세요! 그리고 앞으로 그 여자를 기다리고 있는 게 무엇인지 생각해보세요. 정말 생각만으로도 끔찍하고 무서운 일이에요."

"좋아요. 제가 가보겠습니다."

알료샤는 수수께끼처럼 짧은 편지를 읽고 난 뒤 말했다. 편지에는 그저 꼭 와달라는 간절한 부탁 외에는 다른 내용이 없었다.

"오, 정말 훌륭하고 친절하세요!"

리즈는 갑자기 생기를 띠며 외쳤다.

"난 엄마에게 당신이 수도 중이니 절대로 그곳에 가지 않을 것 같다고 말했거든요. 당신은 정말 훌륭해요! 전부터 당신이 훌륭하다는 건 알았지만 이렇게 직접 확신하게 되니 정말 기쁘네요!"

"리즈야."

어머니는 꾸중하듯이 딸을 불렀지만 곧 미소를 지었다.

"카라마조프 씨, 당신은 우릴 아주 잊었군요. 요즘엔 우리 집에 전혀 오지 않으시는군요. 하지만 리즈는 당신하고 함께 있을 때가 가장 즐겁다고 두 번이나 말했답니다."

눈을 내리깔고 있던 알료샤는 고개를 들고 얼굴을 붉히며 갑자기 자신도 모르는 미소를 희미하게 지었다. 그러나 장로는 이미 그를 보지 않고 있었다. 앞서 말한 대로 리즈 옆에서 기다리던 다른 지방의 수도사와 이야기를 시작했던 것이다. 그는 평범한 수사, 즉 평민 출신의 수도자로 단순하고 분명한 세계관을 지녔으되 고집스러운 신자처럼 보였다. 그는 먼 북방 오브도르스크 지방의 성 실베스트르 수도원에서 왔다. 그 수도원은 수도사가 9명뿐이었다. 장로는 그를 축복해준 뒤 언제든지 암자에 와도 좋다고 했다.

"장로님께서는 어떻게 그런 일을 행하시는 겁니까?"

수도사는 리즈를 가리키며 질책을 하는 것처럼 엄숙하고 위엄 있는 태도로 물었다. 그것은 리즈의 치료에 대한 말이었다.

"그 일에 대해 말하기는 아직 이릅니다. 병세가 조금 좋아진 것이 완쾌한 것은 아니니까요. 다른 원인이 있는지 알아봐야 하지 않습니까? 조금 병이 호전되었다면 오직 하느님의 뜻일 뿐 어느 누구의 힘도 아닙니다. 하느님께서 모든 일을 행하시니까요. 그럼 또 오세요, 신부님."

그는 수도사에게 덧붙였다.

"하지만 늘 앓고 있어서 손님들을 전부 만날 수는 없습니다. 이젠 제 수명도 다해가고 있으니까요."

"오, 아니에요, 절대 아니에요. 하느님께선 우리에게서 결코 장로님을 빼앗지 않으실 거예요. 장로님은 오래 사실 거예요."

소녀의 어머니가 말했다.

"어디가 아프다는 거죠? 이렇게 건강하고 행복해 보이시는데!"

"실은 오늘은 무척 기분이 좋지만 이것도 잠시뿐입니다. 나는 내 병에 대해 잘 압니다. 내가 만약 행복해 보인다면 그것보다 기쁜 것은 없습니다. 사람은 행복하려고 태어난 존재이니까요. 그리고 진실로 행복하다면 '나는 하느님의 뜻대로 살았다'고 떳떳하게 말할 수 있습니다. 역사에 나오는 모든 의인, 성자, 순교자들은 모두 행복했지요."

"정말 훌륭한 말씀이세요! 얼마나 용감하고 귀한 말씀이신지!"

부인은 외쳤다.

"장로님의 말씀은 마치 폐부를 찌르는 것 같아요. 그런데 그 행복은 대체 어디에 있나요? 그리고 자신이 행복하다고 말할 수 있는 사람이 있을까요? 아, 장로님께서는 정말 친절하게도 우리를 다시 만나주셨어요. 그래서 지난번에는 용기가 없어서 차마 말씀드리지 못했던 걸 오늘 얘기하고 싶어요. 제 괴로움을 모두 들어주세요. 오랫동안 심각하게 고민하는 일이 있어요. 용서하세요, 저의 고민은……."

그녀는 말하면서 격한 감정에 휩싸여 두 손을 모아 장로에게 합장했다.

"어떤 고민이지요?"

"저의 고민은 불신(不信)입니다."

"하느님에 대한 불신입니까?"

"그건 아닙니다. 그런 건 감히 생각도 못했습니다. 제가 믿을 수 없는 건 내세입니다. 이 수수께끼에 대해 정확하게 대답해주는 사람이 없어요. 장로님, 들어보세요. 장로님께서는 병을 고치시고, 사람의 영혼을 잘 아시긴 하지만 제 말을 믿어달라고 하진 않겠습니다. 하지만 제가 지금 경솔하게 이런 말씀을 드리는 건 알아주세요. 솔직하게 저는 지금 내세에 대한 생각으로 공포에 빠져 있어요. 지금까지는 누구에게 이런 생각을 털어놔야겠다고 생각조차 못했어요. 겨우 이제 용기 내어 장로님께 여쭙습니다. 저는 걱정이 됩니다. 앞으로 저를 어떻게 생각할지요."

그녀는 찰싹 소리가 날 정도로 손뼉을 쳤다.

"내가 당신을 어떻게 생각하는지 걱정하지 마세요. 당신의 고민이 진실하다고 믿습니다."

"고마운 분! 저는 가끔 눈을 감고 이런 생각을 합니다. 인간의 신앙심은 과연 어디서 온 것일까 하는 생각을요. 어떤 이들은 신앙이 무서운 자연현상에 대한 공포에서 비롯된 것이라서 내세가 없다고 주장하지요. 저는 이런 생각이 들어요. 평생 믿음을 가지고 살았지만 죽으면 다 끝이 아닐까? 죽는 순간 모든 것이 전부 무(無)로 돌아가고 제가 어디선가 읽은 것처럼 '묘지에 잡초만 우거져 있는' 상태가 된다면 어떻게 해야 할까 하고요. 정말 무서워요. 믿음을 되찾으려면 어떻게 해야 할까요? 어린 시절 저는 멋모르고 기계적으로 믿었습니다. 그러니 무엇으로 그것을 확신할 수 있을까요? 저는 장로님 발밑에 엎드려 이 문제를 여쭈려고 왔습니다. 만일 이번 기회를 놓친다면 저는 죽을 때까지 답을 얻지 못할 거예요. 내세를 증명하려면 어떻게 해야 할까요? 확신을 가지려면 어떻게 해야 할까요? 아, 저는 몹시 불행해요. 주변을 둘러봐도 이런 문제로 괴로워하는 사람은 없습니다. 그런데 저만 이런 생각을 하면서 죽을 것처럼 괴롭다니요. 정말 괴로워요, 죽을 것처럼요!"

"물론 괴로우실 겁니다. 내세는 증명하지 못하니까요. 하지만 신념을 얻을 수는 있습니다."

"어떻게요? 어떤 방법으로요?"

"사랑을 실천에 옮기면서 얻을 수 있습니다. 당신의 이웃에게 사랑을 베풀도록 계속 노력하세요. 그러면 그 사랑의 노력이 열매를 맺어서 신이 존재하는 것도, 영혼이 불멸할 거라는 확신도 얻게 될 것입니다. 게다가 사람들을 사랑하면서 자신을 온전하게 희생할 수 있게 된다면 그때는 정말 확고한 믿음이 생겨서 어떤 의혹에도 흔들리지 않게 됩니다. 이것은 경험으로 이미 증명되었습니다."

"사랑을 실천하라고요? 그건 또 어려운 문제네요. 너무 어려워요. 저는 때로 재산을 전부 버리고 간호사가 되어볼까 생각합니다. 내 딸 리즈까지 버리고 말이에요. 그 정도로 저는 인류애에 휩싸여 있어요. 눈을 감고 그런 공상을 하면 억누를 수 없는 새로운 기운을 느낍니다. 끔찍한 상처나 종기도 두렵지 않아요. 저는 기꺼이 제 손으로 고름을 닦아내고 붕대를 갈아줄 거예요. 그리고 고통 속에서 신음하는 사람들 옆에서 그들을 정성껏 간호할 거예요. 그들의 상처에 얼마든지 입 맞출 준비가 되어 있어요."

"이미 당신이 그런 공상을 하는 것만으로도 충분히 훌륭합니다. 그러다 보면 진짜 참된 선행을 실천할 기회가 오게 되지요."

"그런데 제가 그런 생활을 얼마나 견뎌낼 수 있을지요?"

부인은 감정에 들떠 자신을 잊은 듯 말을 이었다.

"여기에 가장 큰 문제가 있어요. 이 문제가 여러 가지 생각 중에서도 저를 몹시 괴롭혀요. 눈을 감고 저는 저에게 이렇게 물어봅니다. 너는 과연 그런 생활을 오래 견뎌낼 수 있느냐? 네가 상처를 치료해준 그 환자가 감사해하지 않고 오히려 인류애에서 나온 너의 봉사 활동을 무시하면서 짜증을 내고 욕을 하고, 그것도 모자라서 더 많은 요구를 하고 너에 대한 불평들을 다른 사람에게 말한다면(많이 아픈 사람들은 때로 그럴 수 있으므로), 그럼 너는 어떻게 할 것인가? 그런 상황에서도 너의 사랑은 계속될 수 있을까? 그리고 결국 저는 온몸에 전율을 느끼며 결론에 도달했습니다. 만약 인류에 대한 저의 실천적인 열정을 싸늘하게 식혀버리는 것이 있다면 그것은 오직 배은망덕뿐입니다. 저는 보수를 바라고 일하는 노동자들과 마찬가지입니다. 저는 당장 보답을 바라고, 찬사와 사랑을 요구하고 있어요. 그러한 보답이 없다면 누구도 사랑할 수 없어요."

부인은 자신을 자책하며 말을 마치고 단호한 표정으로 장로를 바라보았다.

"어떤 의사가 그와 똑같은 얘기를 한 적이 있습니다. 꽤 오래전의 일이지요."

장로가 말했다.

"그는 이미 나이가 지긋한 누가 봐도 현명한 사람이었지만 지금과 비슷한 얘기를 솔직히 한 적이 있습니다. 농담으로 한 말이었지만 그냥 넘겨버릴 수 없는 얘기였지요. 그는 '나는 인류애에 사로잡혀 있지만 놀랍게도 인류를 사랑할수록 인간에 대한 사랑은 점점 더 사라져갔다. 공상 속에서는 열정을 다해 인류에 대한 봉사를 꿈꾸고, 또 필요하다면 인류를 위해 십자가에 못 박힐 수도 있을 것 같은데, 그러면서도 나는 그 어떤 사람과도 이틀 동안 같은 방에서 지낼 수 없다. 이건 실제로도 그랬는데 누군가 내 근처에 있으면 그 사람의 개성이 내 자존심을 짓누르고 자유를 속박한다. 나는 아무리 좋은 사람이어도 하루를 같이 보내면 그를 미워할 것 같다. 그의 식사 시간이 길다든가, 감기에 걸려서 코를 훌쩍거린다든가 하는 등의 사소한 이유 때문에'라고 말입니다. 또 이런 말도 했습니다. '누가 나를 조금이라도 건드리면 그 사람과 적이 된다. 하지만 인간을 미워하면 할수록 인류 전체에 대한 사랑은 더욱 뜨거워진다'는 이런 의미의 이야기였습니다."

"그럼 어떻게 해야 할까요? 그런 경우에는 어떻게 해야 하는 걸까요? 이제 절망에 빠질 수밖에 없는 건가요?"

"그렇지 않습니다. 그런 이유 때문에 당신이 가슴 아파한다는 사실만으로도 충분합니다. 단지 당신이 할 수 있는 일을 하면 됩니다. 그러면 보답이 돌아올 것입니다. 당신이 그만큼 진지하게 자신을 깨달은 것만으로도 이미 많은 일을 한 것과 같습니다. 하지만 지금 자신의 성실함에 대해 칭찬을 받으려고 말한 거라면 실천적인 사랑에 아무런 결과도 얻지 못할 수 있습니다. 당신의 사랑은 공상 속에서 살아 숨쉬기 때문에 인생이 마치 환상처럼 스쳐가겠지요. 그러면 내세에 대한 생각을 잊은 채 결국 자신도 모르게 스스로에게 만족하게 되겠지요."

"장로님은 제게 깨달음을 주셨어요. 장로님의 말씀을 듣는 순간, 제가 배은망덕은 견딜 수 없다고 한 말이 장로님의 말씀대로 오직 성실함을 내세우려고 한 말이라는 걸 알았습니다. 장로님은 제가 어떤 사람인지 일깨워주셨습니다. 저를 통찰하시고 저의 본질을 깨닫게 하셨어요!"

"진심인가요? 당신의 말이 진심이라면 나도 당신이 성실하고 선량한 사람이라는 걸 믿겠습니다. 당신은 진지하고 선량한 사람입니다. 당장은 행복하지 않더라도 언제나 자신이 옳은 길을 걷고 있다고 생각하며 일탈하지 않도록 신경 쓰십시오. 거짓을 피하는 것이 중요합니다. 모든 거짓 중에서도, 특히 자신에 대한 거짓을 저지르지 말아야 합니다. 자신이 지금 거짓을 행하는 것은 아닌지 매시간, 아니 1분마다 반성하십시오. 또 한 가지 주의해야 할 것은 증오심입니다. 자신에 대해서나 남에 대해서나 그것이 무엇이든 미워하지 마십시오. 스스로 추하다고 느껴져도 그것을 느끼는 것 자체만으로 정화가 되니까요. 두려움도 피해야 합니다. 물론 두려움은 온갖 거짓의 결과이긴 합니다.

그리고 사랑을 실천할 때 자신의 소심함을 탓하지 마세요. 비록 잘못한 게 있더라도 두려워할 건 없습니다. 위로를 해드리지 못해서 유감이지만 실천적인 사랑이란 사실 공상 속의 사랑과는 달라서 무척 잔혹하고 무서우니까요. 공상적인 사랑은 모든 이들의 칭찬을 받으려고 그 자리에서 만족스러운 결과가 나오기를 바라므로 조금이라도 빨리 성취하여 마치 무대 위의 연극처럼 사람들에게 관심을 끌려고 하는 것입니다. 그래서 남들의 주목과 찬사를 받고 싶다는 생각에 생명까지 내던지게 되는 거죠.

하지만 실천적인 사랑은 이와 다릅니다. 묵묵하게 일하고 말없이 견딜 뿐이며 어떤 사람들에게는 훌륭한 학문일 수도 있습니다. 미리 말하지만 실천적인 사랑이란 아무리 노력해도 좀처럼 목표에 이를 수 없고 반대로 목표에서 더 멀어지는 듯한 느낌도 주지요. 하지만 그런 사실을 깨닫고 놀라서 자신을 돌아보는 순간, 바로 그 순간, 다시 한번 말하지만 우리는 이미 목표에 도달한 자신을 발견하게 될 것입니다. 그때는 마침내 우리를 사랑하시고 남몰래 이끄신 하느님의 기적과 같은 힘을 자신 안에서 분명하게 알 수 있게 됩니다. 죄송합니다. 안에서 기다리는 분들이 계셔서 이야기할 시간이 더는 없군요. 조심해서 돌아가세요."

부인은 울고 있었다.

"리즈, 리즈, 제발 우리 리즈를 축복해주세요! 이 아이를 축복해주세요!"

그녀는 일어났다.

"이 아이는 축복받을 수 없어요. 아까부터 계속 장난만 했으니까요."

장로가 농담하듯 말했다.

"왜 계속 알렉세이를 놀려댔지?"

실제로 리즈는 장난에 몰두해 있었다. 그녀는 예전부터, 즉 지난번에 만났을 때부터 알료샤가 자신을 보고 당황하면서 눈을 마주치지 않으려고 애쓰는 것을 알고 있었다. 그녀는 다른 곳을 보는 척하다가 재빨리 그를 보기도 하고, 일부러 그의 얼굴을 바라보면서 기다렸다. 결국 알료샤가 그녀의 끈질긴 눈빛을 견디지 못하고 극복할 수 없는 힘에 굴복해서 그녀를 바라보면 리즈는 마치 승리한 것처럼 미소를 띠며 그를 똑바로 바라보았다. 알료샤는 더욱 당황해서 화가 났다. 결국 그녀에게서 얼굴을 돌리고 장로의 등 뒤에 숨었다. 하지만 이내 참을 수 없는 호기심 때문에 아직도 그녀가 자신을 보고 있는지 어떤지 다시 얼굴을 보였다. 그는 리즈가 의자에서 몸을 앞으로 내밀고 자신이 다시 쳐다보기만 기다리고 있는 것을 보았다. 리즈는 그와 시선이 마주치자 그만 큰 소리로 웃어댔다. 그래서 장로도 이번만큼은 그냥 지나칠 수 없었다.

"왜 이 사람을 부끄럽게 하는 거지, 응? 장난꾸러기 아가씨야!"

예상 밖으로 리즈는 얼굴이 붉어졌다. 눈을 빛내더니 갑자기 심각하고 진지한 표정을 지었다. 그녀는 화난 것처럼 신경질을 부리며 불평을 했다.

"저분은 왜 모든 걸 잊은 거죠? 내가 어렸을 때는 나를 안아주고 함께 놀기도 했잖아요. 우리 집에 와서 나에게 책을 어떻게 읽는지 가르쳐준 적 있는데, 장로님은 그거 알고 계세요? 2년 전에 여기 올 때만 해도 나를 언제까지나 잊지 않겠다고, 우리는 영원한 친구라고 했단 말이에요! 그런데 지금은 나를 저렇게 무서워하니 내가 자길 잡아먹는 줄 아나 보죠? 왜 나에게 가까이 오지 않는 거죠? 왜 나와 말도 안 하려고 하는 걸까요? 왜 우리 집에 놀러 오지 않는 걸까요? 장로님이 외출을 못하게 해서 그러는 건가요? 하지만 외출을 하는 걸 난 벌써 알고 있어요. 우리가 저분을 부르는 건 실례니까 먼저 찾아와야 하지 않나요? 우리를 아주 잊은 게 아니라면 말이에요. 아, 지금은 수도 생활 중이군요! 그런데 장로님은 왜 저 사람에게 긴 옷을 입히셨나요? 달려가다가 그냥 넘어지겠어요!"

그러면서 리즈는 참지 못하고 손으로 얼굴을 가리며 발작하듯 웃기 시작했다. 한동안 숨도 쉬지 않으며 경련이라도 일어난 듯 온

몸을 흔들면서 제대로 소리조차 내지 못하는 그런 웃음이었다. 장로는 리즈의 말을 다 듣고 나서 미소를 지은 채 인자하게 그녀를 축복해주었다. 그런데 장로의 손에 입을 맞추던 리즈가 갑자기 장로의 손에 얼굴을 파묻으며 울기 시작했다.

"제발 화내지 마세요! 전 정말 어리석고 하찮은 계집애예요. 알료샤가 옳아요. 저처럼 별 볼 일 없는 아이한테 오기 싫은 건 당연한걸요. 당연한 일 맞아요!"

"내가 꼭 들르라고 전하마."

장로가 단호하게 말했다.

5. 아멘, 아멘!

장로는 약 25분 동안 암자를 비운 셈이었다. 12시 반은 이미 지났지만 이 모임이 만들어지게 한 장본인인 드미트리는 아직 나타나지 않은 상태였다. 하지만 그에 대해서는 모두 잊었는지 장로가 다시 암자에 들어서자 매우 활기찬 대화가 오가고 있었다. 이반 카라마조프와 2명의 수사 신부가 대화를 주도했다. 미우소프도 이 대화에 끼어들기 위해 열심이었지만 그는 이번에도 운이 나빴다. 어느새 그는 대화에서 밀려나버렸고, 그의 말에 제대로 대꾸해주는 사람도 없는 형편이어서 이런 분위기는 그의 가슴속에 쌓인 울분을 더욱 부채질할 뿐이었다. 예전에도 그는 이반과 지식을 겨뤄봤지만 이반이 자신을 얕보는 듯이 대하는 것을 보자 아무래도 참을 수 없었던 것이다.

'나는 최소한 지금까지 유럽의 모든 진보적인 활동의 중심에 있었다. 그런데 이 새 세대의 신참이 감히 나를 무시하다니!'

그는 속으로 이렇게 생각했다.

한편 표도르는 조용히 있겠다고 약속한 것처럼 한동안은 가만히 있었다. 하지만 그는 미우소프가 안절부절못하자 무척 재미있다는 듯 입가에 드러난 비웃음을 숨기지 않은 채 관찰 중이었다. 그는 아까부터 미우소프에게 복수할 기회를 노리고 있었고 이런 기회를 놓치고 싶지 않았다. 결국 그는 참지 못하고 미우소프에게 얼굴을 가까이 가져가서 귓속말로 약을 올렸다.

"당신이 아까 그 예의 바른 작별을 하고 나서 돌아가지 않고 여기 이렇게 버릇없는 친구들과 함께 남은 이유는 뭘까요? 그건 당신이 아까 처참해졌다는 걸 스스로 인정했기 때문에 이들의 콧대를 어떻게 해서든지 한번 꺾으려고 하는 거 아닙니까? 이제는 당신의 뛰어난 지혜를 뽐내기 전에는 돌아가지 못하는 거지요."

"왜 또 이러는 거요? 농담하지 마시오. 난 금방 돌아갈 거니까."

"나쁜 사람이 다 가버린 뒤에 돌아간다는 말인가요?"

표도르는 다시 한번 급소를 찔렀다. 그 순간 장로가 돌아왔다.

논쟁은 잠시 중단되었다. 그러나 장로는 자리로 돌아가 앉더니 계속하라는 것처럼 너그러운 표정으로 사람들을 둘러보았다. 알료샤는 장로의 표정을 모두 알고 있었기 때문에 장로가 지금 피곤하지만 겨우 버티고 있다는 것을 분명하게 느꼈다. 최근 들어서 병 때문에 몸이 많이 쇠약해져서 기절을 할 때도 있었는데 지금 장로의 얼굴은 기절하기 직전처럼 창백했고 입술도 파리했다. 하지만 이 모임을 끝내고 싶지 않은 것은 분명했다. 오히려 어떤 목적이 있는 것처럼 보였다. 그 목적은 대체 무엇일까? 알료샤는 장로를 유심히 지켜보았다.

"이분이 쓰신 흥미로운 논문에 관해 얘기하고 있었습니다."

도서를 담당하는 이오시프 신부가 이반을 가리키면서 말했다.

"여러 가지 새로운 견해가 많지만 아무래도 애매한 점도 많습니다. 이분은 어느 성직자가 쓴 교회의 사회 재판과 그 권한의 범위에 대한 책에 대하여 잡지에 논문을 기고하여 반론을 펼쳤지요."

"유감스럽게도 그 논문을 읽지 못했지만 이야기는 들은 적이 있습니다."

장로는 이반을 노려보면서 대답했다.

"이분은 흥미로운 관점을 취하고 있습니다. 교회의 사회 재판에 대한 문제를, 교회를 국가로부터 분리하는 것을 완전히 부정하고 있는 듯합니다."

이오시프 신부가 말했다.

"흥미롭군요. 어떤 의미에서 그렇게 생각하는지요?"

장로가 이반에게 물었다.

장로의 질문에 이반은 대답을 했으나, 그의 태도는 알료샤가 어제저녁부터 걱정한 것처럼 상대를 무시하는 듯한 어조가 아니라 겸손하고 조심스럽게 상대를 배려하는 것이어서 다른 뜻이 있는 것처럼 보이지 않았다.

"저는 교회와 국가라는 다른 요소의 결합이 계속해서 이어질 것이라는 불합리한 주장에 반대하는 입장에서 출발했습니다. 이와 같은 결합은 이루어진다고 해도 정상적일 수 없고 만족스러운 상태로도 이끌 수가 없기 때문에 불가능합니다. 왜냐하면 그 밑바닥에는 허위가 숨어 있으니까요. 예를 들어, 제 생각에는 재판에서 국가와 교회의 타협이란 그 완벽하고 순수한 본질에서 보면 전혀 불가능합니다. 제가 반론을 제기한 그 성직자는 교회는 국가 안에서 확고한 지위를 가지고 있다고 주장했지만 저는 그 반대로 교회가 그 자체로 국가 전체를 포함해야 한다고 생각합니다. 즉, 교회가 국가의 일부분을 차지하는 게 아니라 스스로 국가 안에 뛰어들어 전체가 되어야 하는 거죠. 지금은 그것이 불가능해 보일지라도 본질적인 면에서 국가는 기독교 사회의 발전을 위한 직접적이고도 가장 중요한 목적이 되어야 한다고 반론을 펼쳤습니다."

"참 옳은 말씀입니다!"

박식하고 말이 별로 없는 편인 파이시 신부가 신경질적인 어조로 말했다.

"그건 교황 절대권론이군요!"

미우소프가 지루하다는 듯이 다리를 바꿔 꼬면서 끼어들었다.

"아니, 우리나라에는 교황이 없는걸요?"

이오시프 신부는 이렇게 말하고 다시 장로를 보며 말을 이었다.

"그런데 이분은 자신의 논적(論敵)인 성직자가 말하는 '기본적이고 본질적인 명제'에 대해 다음과 같이 대답하고 있음을 유의해야 합니다. 그 명제는 첫째, 사회의 그 어떤 단체의 구성원도 시민적, 정치적 권리가 없으며 있어서도 안 된다. 둘째, 형법과 민법상의 재판권은 교회에 속해서는 안 되는데, 이는 신의 장소 혹은 종교적 목적을 가진 인간 단체로서 교회의 본질과 조화를 이룰 수 없다. 셋째, 교회는 이 세상에 세워진 왕국이 아니다……."

"성직자 입장에서는 절대 수용하기 힘든 궤변입니다."

파이시 신부가 참지 못하고 이야기를 끊더니 이반을 돌아보며 말했다.

"당신이 논박한 그 책은 읽었습니다. '교회는 이 세상에 세워진 왕국이 아니다'라는 성직자의 말에 정말 깜짝 놀랐습니다. 만약 교회가 이 세상에 세워진 왕국이 아니라면 결국 지상에는 교회가 존재할 수 없다는 것입니까? 성경에 나오는 '이 세상 것이 아니다'라는 말은 그런 의미가 아닙니다. 정말 말도 안 되는 궤변이지요. 예수 그리스도께서는 바로 이 지상에 교회를 세우려고 오셨습니다. '이 세상의 것'이 아니라면 하늘을 가리키는 것이고 하늘에 임하기 위해서는 지상에 세워진 교회를 통할 수밖에 없습니다. 교회는 이 세상에 군림하기 위한 지상의 왕국이며, 또한 마지막에는 온 세계의 왕국으로 군림해야 합니다. 이것이 바로 하느님과의 약속입니다……."

그는 여기까지 말하고 스스로를 억누르는 듯 입을 다물었다. 이반은 겸손하게 그의 말을 끝까지 다 듣고 침착하고 솔직하게 장로에게 말했다.

"제 논문의 핵심은 이렇습니다. 고대, 즉 기독교 초창기 이후 3세기 동안 기독교는 이 지상에서 그저 하나의 교회로 나타났으며 그저 단순한 교회일 뿐이었습니다. 그러나 이교 국가인 로마 제국이 기독교 국가가 되기를 원하자, 이런 일이 일어날 수밖에 없었던 것입니다. 다시 말하면 로마는 비록 기독교 국가가 되었지만 그 국가 속에 교회를 포함시켰을 뿐, 국가는 여전히 이교도적으로 남아 있었습니다. 반드시 그렇게 될 수밖에 없었지요. 로마의 국가 목적이나 기초를 생각해보면, 로마에는 정말 많은 이교적인 문명과 학문의 유물이 그대로 남아 있었습니다. 한편 교회는 국가에 속하면서 자신의 기반을 양보할 수 없었습니다. 오로지 하느님에 의해 제시되고 지시받은 확고한 목적만을 추구했습니다. 그 목적 중에서도 가장 중요한 것은 고대 이교 국가들을 포함한 전 세계를 교회로 바꾸는 것이었습니다. 그렇다면 미래의 목적도 같은 것이어야 하겠지요? 즉, 제가 반박을 한 그 성직자의 말처럼 교회는 모든 사회단체나 종교적인 목적을 가진 사람들이 만든 단체로서 국가 안에서 지위를 가질 것이 아니라 반대로 지상의 모든 국가가 시간이 흐른 뒤 모두 교회로 바뀌어야 하고, 교회 자체로 바뀜으로써 결국은 교회와 일치하지 않는 목적들은 물리쳐야 합니다. 이 모든 것은 위대한 국가의 명예나 영광을 뺏는 것도 아니고, 국가의 위엄을 훼손시키는 것도 아닙니다. 국가를 이교적인 허위의 길에서 끌어내어 영원하고 바른 길로 인도하는 것입니다. 그렇기 때문에 《교회의 사회 재판 원리》를 쓴 저자가 이 원리를 탐구하고 제안하면서 지금처럼 불안하고 죄를 많이 짓는 시대에는 그것이 일시적인 타협이고, 그 이상의 것은 아니라고 했다면 타당했을 것입니다. 그러나 국가와 교회의 결합이 영원한 것이라는 원칙을 만든 그 저자가 이오시프 신부께서 말한 그런 명제를 확고하게 원칙이라고 주장한다면, 그것은 교회에 반기를 들고 교회의 확고하고 불변하는 거룩한 사명을 부정하는 것입니다. 이상이 제 논문의 핵심입니다."

"즉, 간추려 말하자면."

파이시 신부가 말 한 마디 한 마디에 힘을 주면서 다시 말했다.

"19세기에 들어 분명해진 다른 이론에 따르면 하등한 것이 고등한 것으로 진화하듯이 교회는 국가로 변질되어 마침내 그 안에서 사라지면서 과학이나 시대정신, 또는 문명에 자리를 내주어야 한다는 것입니다. 만일 교회가 그것을 거부하면 국가는 그 일부분의 땅을 교회에 떼어줄 수도 있지만 반드시 감시가 따르게 된다는 것이지요. 지금 유럽 어디서나 볼 수 있는 일입니다. 그러나 러시아 사람은 하등한 것이 고등한 것으로 진화하는 것처럼 교회가 국가로 변질해야 하는 것은 아니라고 기대합니다. 반대로 국가가 교회로 바뀌어야 한다고 생각하지요. 아멘, 아멘!"

"솔직히 그 말씀을 들으니 저도 안심이 되는군요."

미우소프가 다리를 다시 꼬면서 미소를 지었다.

"그건 먼 훗날 예를 들어 그리스도가 이 땅에 재림하실 무렵에 이루어질 공상 같군요. 하지만 아무려면 어떻습니까. 어쨌든 전쟁, 외교관, 은행, 이런 것들이 세상에서 없어질 날을 꿈꾸는 아름다운 공상입니다. 유토피아를 꿈꾸는 것은 사회주의와 비슷하지만, 제가 너무 진지하게 받아들여 이제부터 교회가 형사 사건의 재판권을 맡아서 태형이나 유형은 물론 사형까지 선고하는 건 아닌가 생각했어요."

"하지만 교회가 사회 재판을 맡는다고 해서 사형이나 유형을 선고하지는 않을 겁니다. 왜냐하면 범죄에 대한 생각이 바뀌게 될 테니까요. 물론 바로 변하는 것은 아니지만 조금씩 변해간다는 겁니다. 하지만 그리 오래 걸리지는 않겠지요."

이반이 눈도 깜빡이지 않고 침착하게 말했다.

"그거 진담입니까?"

미우소프는 이반을 유심히 바라보았다.

"만일 모든 것이 교회가 되어버린다면, 교회는 범죄자나 반항적인 자들을 파문하겠지만 목을 자르지는 않을 겁니다. 그런데 파문을 당한 사람들은 어디로 가야 할까요? 그 사람은 오늘날과 마찬가지로 인간 세계에서 버려질 뿐 아니라, 그리스도에게서도 떠나야 하는 것 아니겠습니까? 그들이 죄를 저지름으로써 인간 사회뿐 아니라 교회에도 반기를 든 것과 같지요. 물론 현재도 엄격한 의미에서는 그렇습니다만 아직 명백하게 밝혀진 사실은 아닙니다. 그래서 오늘날 범죄자들의 양심은 쉽게 자신과 타협합니다. 그들은 '내가 물건을 훔친 건 사실이지만 교회를 반대하거나 그리스도의 적이 된 건 아니지', 이렇게 생각합니다. 하지만 교회가 국가를 대신한다면 그때는 이 지상의 모든 교회를 부정하지 않는 한 결코 그런 말은 할 수 없게 되겠지요. '이 세상 사람들은 모두 악당이야, 전부 잘못된 길을 가고 있고 모든 교회는 가짜다. 살인자이자 도둑인 나만이 올바른 기독교 교회다', 이런 식으로 쉽게 말하지 못할 것입니다. 이건 특별한 상황이나 무슨 특별한 조건이 있어야만 말할 수 있을 테니까요. 다른 한편으로 범죄에 대한 교회 자체의 견해도 지금처럼 이교적인 태도를 버려야 하지 않을까요? 오늘날 사회를 보호하려고 취하는 방법들, 그러니까 병든 사람을 기계적으로 잘라내고 있는데 이는 한 치의 거짓도 없이 다시 한번 인간의 재생, 부활, 구원에 대한 숭고한 이상을 실현시킬 방향으로 바뀌어야 하지 않을까요?"

"그게 대체 무슨 말이오? 도무지 이해할 수 없군요."

미우소프가 끼어들며 말했다.

"무슨 꿈같은 이야기만 늘어놓으니 당최 이해가 되지를 않소. 파문이라니, 그래서 파문이 어떻게 되었다는 건가요? 카라마조프 씨, 내 생각에 당신은 지금 농담을 하고 있는 것만 같소이다."

"지금도 마찬가지라고 생각합니다."

갑자기 장로가 말했다. 모든 사람들이 전부 장로를 바라보았다.

"만약 지금 기독교가 없다면 범죄자들의 범행을 막을 수 없고 죄인에게 주는 형벌도 사라지게 됩니다. 방금 이분이 말씀한 대로 대부분 인간의 공포심만 자극할 뿐 효과도 없는 기계적인 형벌을 말하는 것은 아닙니다. 내가 말하는 것은 진정한 형벌입니다. 즉, 효과가 있을뿐더러 범죄자에게 두려움과 뉘우침을 줘서 양심을 일깨우는 그런 형벌을 말하는 겁니다."

"죄송하지만 그게 무슨 말이지요? 좀 더 설명해주시겠습니까?"

호기심을 누르지 못하고 미우소프가 이렇게 물었다.

"설명하면 이렇습니다."

장로가 설명을 시작했다.

"전에는 징역형이 채찍을 때리는 것이었지만 그런 방법을 써서는 누구도 올바른 길로 이끌지 못합니다. 이런 방법은 범죄자를 두렵게 만들지 못해서 범죄자를 더욱 늘리는 결과만 초래합니다. 무엇보다 중요한 사실은, 아마 당신도 이 점에는 동의할 수밖에 없을 겁니다. 사회에 해를 끼치는 자를 기계적으로 분리하여 멀리 보낸다고 해도 다른 범죄자가, 두 배가 넘는 새로운 범죄자가 다시 나타나게 됩니다. 그래서 이런 방법으로는 사회를 보호할 수 없는 것이지요. 만일 현대에도 사회를 보호하고 범죄자를 교화하여 새로운 인간으로 태어나게 할 수 있는 것이 있다면 그것은 죄인의 양심 안에 살아 있는 그리스도의 계율뿐입니다. 범죄자는 자신이 기독교 사회의 아들이며 교회의 자식임을 깨달을 때 비로소 사회와 교회에 대한 자신의 죄를 알게 될 것입니다. 그래서 현대의 범죄자는 오직 교회에 대해서만 자신의 죄를 알 수 있지 자신에게 형벌을 내린 국가에 대해 죄책감을 느끼지 않습니다.

그런데 만일 기독교 사회에 재판의 권한이 교회에 있다면 국가가 어떤 사람을 풀어주고 어떤 사람을 교회가 받아들여야 할지 분명히 잘 알고 있을 것입니다. 하지만 지금 교회는 어떤 재판권도

가지고 있지 않으며 도의적으로 비판을 가할 권리만 가지고 있으므로 범죄자에게 효력이 있는 징벌로부터 스스로 멀어져 있는 형국입니다. 교회는 그들을 파문하지 않고 설교를 할 뿐이며 단순하게 감시할 뿐이니까요. 더불어 죄를 저지른 사람에게는 기독교와의 관계를 끊지 않도록 노력할 뿐입니다. 범죄자를 교회의 의식이나 성찬식 같은 데 참석할 수 있도록 하며, 희사금과 물품도 나눠주면서 죄인보다는 포로로 취급하고 있습니다.

기독교 사회인 교회마저 그들을 밀어내고 외면한다면 그들은 과연 어떻게 될까요? 생각만으로도 끔찍한 일입니다. 만약 우리 교회가 법에 따라서 죄인이 벌을 받을 때마다 그에게 즉시 파문을 선고한다면 그는 어떻게 될까요? 적어도 러시아의 죄인에게 그보다 큰 절망은 없을 것입니다. 러시아의 죄인들은 신앙을 간직하고 있을 테니까요. 그런데도 교회가 그들을 파문한다면 그땐 무슨 일이 생길지 아무도 알 수 없습니다. 마지막 희망마저 잃어버린 죄인의 마음에서 신앙이 아주 없어질지도 모릅니다. 그러면 어떻게 하는 것이 좋을까요? 그렇지만 다행스럽게도 교회는 너그러운 어머니처럼 효력이 있는 형벌을 회피하고 있습니다. 법에 따라 죄인은 이미 가혹한 벌을 받았으니까요. 죄인이라 하더라도 의지할 구석이 한 군데는 있어야 하지 않을까요? 교회가 처벌을 하지 않는 것은 바로 교회의 심판이야말로 진실을 담은 유일한 재판이자 최후의 재판이기 때문이지요. 비록 잠시의 타협이라도 그 결과는 본질적, 정신적으로 다른 재판과도 도저히 결합할 수 없습니다. 다른 나라의 범죄자들은 잘못을 뉘우치는 경우가 드물다고 들었는데, 범죄를 범죄라고 가르치지 않고 부당한 압박에 대한 항거라는 생각을 강조한 게 원인이라고 생각합니다.

사회는 절대 권력으로 범죄자를 기계적으로 사회 밖으로 추방합니다. 그리고 추방하면서 증오까지 더합니다(유럽에서는 모두 그렇게 말합니다). 동포였던 사람에게 증오와 무관심을 주고 망각이 뒤따릅니다. 그러므로 결국 모든 과정이 교회로부터 동정도 받지 못하고 이뤄집니다. 유럽에 참된 교회는 남아 있지 않고 성직자와 웅장한 교회 건물만 남아 있기 때문입니다. 교회 자체가 이미 오래전부터 교회라는 하등한 것에서 고등한 것으로 변해서 그 속에서 완전히 사라져버리려고 노력하는 것 같습니다. 적어도 루터파 교회에서는 그렇습니다. 이미 로마는 1000여 년 이상 교회보다 국가를 더 높이 내세웠기 때문에 범죄자들도 교회의 자식이란 생각이 없었고, 그래서 추방당하면 절망에 빠지고 맙니다. 사회에 복귀하더라도 대부분 증오만 가득한 채 돌아오기 때문에 사회로부터 멀어질 수밖에 없습니다. 그 결과가 무엇일지 우리는 쉽게 짐작할 수 있습니다.

우리나라도 마찬가지라고 사람들은 생각할지 모르지만 문제가 바로 이것입니다. 러시아에는 재판 제도 외에 교회가 있고 교회는 범죄자를 자식으로 생각해서 무슨 일이 있어도 그들과의 관계를 끊지 않습니다. 더불어 아직은 단순한 생각에 불과할 뿐이라 실행한 것이 없지만 비록 마음속에서나마 이상적인 미래의 교회 재판이라는 관념이 훌륭하게 이어지고 있고, 범죄자들도 영혼이 이끄는 대로 분명하게 알고 있습니다. 여러분이 지금까지 한 말도 틀리지 않습니다. 만일 교회 재판이 정말 이루어져서 능력을 발휘하게 된다면, 즉 사회가 교회만 바라보게 될 때가 오면 교회 재판이 범죄자를 회개시키는 것은 예전과 비교되지 않을 정도로 큰 힘을 얻게 될 것이고 범죄의 수도 줄어들지 모릅니다. 또 교회도 범죄의 미래나 미래의 범죄에 대해 지금과는 다른 생각을 갖게 될 것이 확실합니다. 추방된 자는 다시 불러오고 나쁜 생각을 하는 자에게 미리 경고하고, 타락한 자는 다시 새 삶을 살 수 있도록 이끌 수 있을 것입니다."

장로는 가벼운 미소를 지었다.

"현재 기독교 사회는 아직 준비를 하지 못해서 정의로운 일곱 사람들 위에 서 있을 뿐입니다. 그러나 아주 쇠락한 것은 아니라 아직도 이교적인 집단인 사회가 전 세계를 통치하는 유일한 교회로 변할 거라는 기대를 가지고 굳건하게 존재하는 것입니다. 이것은 반드시 이루어지도록 정해져 있으므로 비록 종말이 오더라도 반드시 실현될 것입니다. 오오, 그렇게 될지어다. 아멘! 그리고 그것이 이루어지는 시간이나 기한에 대해서는 걱정하지 않아도 됩니다. 시간이나 기한의 비밀은 하느님의 예지, 선견, 사랑 속에 숨어 있습니다. 인간의 생각으로는 먼 훗날의 일이 될지도 모르지만 히느님이 정하신 대로라면 이루어지는 코앞에 와 있을 수도 있습니다. 오오, 그렇게 될지어다. 아멘, 아멘!"

"아멘, 아멘!"

엄숙하고 경건하게 파이시 신부가 따라서 말했다.

"기이하군, 정말 기이해!"

미우소프는 흥분한 기색은 아니었지만 분노를 억누르지 못하는 듯 중얼거렸다.

"뭐가 기이하다는 건가요?"

이오시프 신부가 조심스럽게 물었다.

"하지만 이건 도대체 뭐죠?"

미우소프가 폭발하는 것처럼 외쳤다.

"이 땅의 국가를 제외하고 교회가 국가의 위치에 선다니 이건 교황 절대권론이 아니라 초(超) 교황 절대권론이잖습니까? 교황 그리고리 7세조차도 생각하지 못한 일일 겁니다."

"당신은 반대로 이해하고 있군요!"

파이시 신부가 엄한 목소리로 대답했다.

"교회가 국가가 되는 것이 아닙니다. 이 점을 명심하세요. 그것은 로마이고 로마의 꿈입니다. 이것이 바로 악마의 세 번째 유혹입니다. 국가가 교회로 변해야 한다는 것입니다. 정반대의 뜻입니다. 국가가 교회의 위치에 올라서 온 세계의 교회가 되는 것이지요. 그래서 교황 절대권론도, 로마도, 당신의 해석도 정반대 것이고, 이것은 이 땅의 러시아 정교의 거룩한 사명입니다. 그리고 이 별은 동방에서부터 빛날 것입니다."

미우소프는 당당하게 침묵을 지켰다. 자존심이 넘치는 듯했고,

상대를 얕보는 듯한 미소를 짓고 있었다. 알료샤는 심장이 크게 뛰는 것을 느끼며 이 광경을 지켜보았다. 그들의 대화에 완전히 동요되었던 것이다. 그는 갑자기 라키친을 바라보았다. 라키친은 아직도 방문 옆에 서서 움직이지 않으며 눈을 아래로 내리깔고 주의 깊게 관찰하며 귀를 기울이는 중이었다. 하지만 두 뺨이 발개진 것으로 볼 때 그도 몹시 흥분해 있다는 것을 알 수 있었다. 그가 왜 흥분했는지 알료샤는 잘 알고 있었다.

"죄송하지만 여러분께 작은 일화를 소개하고 싶습니다."

갑자기 엄숙하고 의미심장하게 미우소프가 말했다.

"12월 혁명 이후 파리에서 있었던 일입니다. 어느 날 저는 중요한 위치에 있는 정치가인 친척에게 갔습니다. 그곳에서 우연히 매우 재미있는 사람을 만나게 되었지요. 그는 경찰이었는데 그냥 하급 형사가 아니라 비밀경찰의 수장으로 높은 지위에 있는 사람이었습니다. 저는 호기심이 생겨서 기회를 보다가 그 사람과 이야기를 나누었습니다. 그런데 그는 그 집에 손님으로 온 것이 아니었고 보고를 드리러 온 것이었습니다. 정치가가 저를 대하는 걸 보더니 호감을 가지고 진솔하게 저를 상대해주었습니다(물론 어느 정도였습니다). 예의 바르다고 하는 게 더 맞겠군요. 프랑스 사람들은 워낙 친절하고 더구나 제가 외국인이라는 걸 알고 더 그렇게 대한 것이겠지요. 하지만 저는 그의 말을 아주 잘 이해했습니다. 그 당시 경찰의 박해를 받던 사회주의 혁명가들에 대한 이야기를 나눌 때 갑자기 그가 재미있는 말을 했습니다. 가장 흥미 있는 부분만 말씀드리겠습니다. 그는 이렇게 말했습니다. '사실 우리는 사회주의적 무정부주의자나 무신론자나 혁명가 같은 사람들을 대수롭지 않게 생각합니다. 우리는 그들을 줄곧 감시하고 있어서 그들이 무엇을 하는지 전부 알고 있습니다. 그런데 그들 중에 비록 소수이지만 조금 특이한 사람이 있습니다. 그것은 기독교도이면서 사회주의를 믿는 사람들입니다. 우리가 가장 경계하는 것이 바로 이런 사람들입니다. 그들은 정말 무섭습니다. 기독교를 믿는 사회주의자는 무신론자 사회주의자보다 훨씬 더 무서운 사람입니다.' 저는 그때 이 말을 듣고 충격을 받았는데 지금 여러분이 하는 말씀을 들으니 그때 생각이 났습니다."

"결국 당신은 그들을 우리와 연결시켜서 우리가 사회주의자라는 건가요?"

파이시 신부가 단도직입적으로 말했다. 그런데 미우소프가 대답하려는 사이에 갑자기 방문이 열렸고 엄청나게 늦은 드미트리 표도로비치가 들어왔다. 사람들은 그를 잊고 있었으므로 그의 갑작스러운 등장에 놀랐다.

6. 어떻게 저런 사람이 있을 수 있을까!

드미트리 카라마조프는 보통 키에 호감이 가는 외모를 지니고 있었다. 그는 스물여덟 살이었지만 나이보다 훨씬 늙어 보였다. 그는 한눈에 보기에도 근육질이었지만 얼굴에는 어딘지 모를 병마의 기운이 감돌았다. 얼굴은 야위었고 두 뺨이 움푹하게 들어가 있었으며 안색도 누런빛이라 좋지 않았다. 약간 튀어나온 크고 검은 두 눈은 강철처럼 완고하게 보였으나 침착한 구석은 없었다. 흥분해서 열띤 어조로 이야기할 때도 그의 시선은 마음과 달리 그 순간에 어울리지 않는 이상한 표정이었다.

"그는 도대체 무슨 생각을 하고 있는지 모르겠어."

그와 대화를 나눈 사람들은 이따금 이렇게 말하곤 했다. 그의 눈은 어딘가에 골몰해 있는 것처럼 음울한 기운이 어리다가 별안간 큰 소리로 웃음을 터트렸고 그럴 때면 사람들은 흠칫 놀라곤 했다. 그 웃음은 그의 눈이 가장 우울해 보이는 순간에도 머릿속에서는 재미있고 장난스러운 생각을 하고 있다는 것을 말해주었다.

그러나 그의 약간 병적인 기운은 그의 방탕한 생활을 알면 이해할 수 있다. 사실 그를 불안하게 만드는 무절제한 생활은 모든 사람이 직접 보거나 들은 바가 있어서 잘 알고 있었고, 최근 들어서는 그런 생활에 더 푹 빠져 있었다. 또한 아버지와 재산 문제로 싸우기 시작한 후부터 그가 자주 화를 내는 것도 모두 알고 있어서 그에 대한 소문이 마을에 퍼져 있었다. 타고나기를 신경질적이고 성급한 편이어서 우리 지역의 치안판사인 세묜 카찰니코프가 어떤 모임에서 평가한 것처럼 그는 '즉흥적이고 비뚤어진 머리'를 가진 자였다.

방 안에 들어선 그는 단정하게 단추를 채운 프록코트를 입고 검은 장갑을 낀 채 손에는 실크 모자를 든 완벽하고 깔끔한 복장이었다. 전역한 지 얼마 되지 않는 군인이어서 콧수염만 기른 채 턱수염은 깨끗하게 면도된 상태였다. 갈색 머리카락은 짧게 깎았고 관자놀이 주변은 정돈되어 있었으며 군대식으로 걷는 걸음은 무척 절도 있어 보였다. 그는 문턱에 들어서자 걸음을 멈추고 사람들을 모두 돌아본 뒤 장로 앞으로 걸어갔다. 그리고 장로에게 허리를 굽혀서 인사하고 나서 축복을 청했다. 장로는 자리에서 일어나 그를 축복해주었다. 드미트리는 엄숙하게 입을 맞춘 뒤 몹시 흥분해서 초조함을 감추지 않은 채 말했다.

"오래 기다리시게 해서 죄송합니다. 아버지가 저에게 보낸 하인 스메르자코프가 1시라고 말해서……. 두 번이나 확인했지만 1시라고 분명하게 말하기에 그만 늦었습니다. 이제야 늦은 걸 알았습니다."

"걱정하지 마세요."

장로가 그의 말을 가로막았다.

"조금 늦었으니 괜찮습니다."

"정말 고맙습니다. 짐작한 대로 친절하시군요."

드미트리는 퉁명스럽게 말한 뒤 다시 한번 허리를 굽혔다. 그리고 몸을 돌려서 아버지를 향해 장로에게 한 것처럼 공손하게 허리를 굽혔다. 그는 여러 가지로 생각해본 뒤 선량한 의도와 존경심을 드러낼 필요가 있다고 생각하여 인사한 것이 틀림없어 보였다. 표도르는 아들의 갑작스러운 행동에 잠시 당황하는 듯했으나 곧 자신도 의자에서 일어나서 아들과 같이 정중하게 인사했다. 표도르의 얼굴이 갑자기 엄숙해지고 뭔가를 생각하는 듯한 표정으로 변했지만 또 한편으로는 적대감을 품은 모습이 되었다. 드미트리는 다른 사람들에게도 눈인사를 보낸 뒤에 성큼성큼 창가로 걸어가서 파이시 신부 옆에 남아 있는 빈 의자에 앉았다. 그리고 의자에서 몸을 내밀며 자신의 등장으로 중단된 이야기를 들을 준비를 했다.

드미트리의 등장으로 소요된 시간은 채 2분이 되지 않았으므로 이야기는 다시 이어져야 했지만, 미우소프는 파이시 신부의 집요한 질문에 대답할 필요성을 느끼지 못했다.

"그 문제는 이제 그만 얘기해도 좋을 것 같습니다."

미우소프는 약간 거만하면서 능수능란하게 말했다.

"꽤 미묘한 문제입니다. 이반이 이쪽을 보며 웃는데, 좋은 의견이 있는 것 같으니 이야기를 들어보는 게 어떨까요?"

"특별한 건 없고 짧게 말씀드리겠습니다."

이반이 재빨리 대답했다.

"유럽의 자유주의, 심지어 러시아의 자유주의적 딜레탕티즘만 해도 오래전부터 사회주의의 최종 결론과 기독교의 그것을 자주 혼동해왔습니다. 물론 이런 괴상한 결론이 그 특징을 명백하게 보여주고 있지요. 그런데 지금 얘기를 듣고 보니 사회주의와 기독교를 헷갈리는 사람은 자유주의자나 딜레탕트뿐만 아니라 헌병도 그런 것 같네요. 외국의 헌병들에 한하는 얘기지만요. 미우소프 씨가 말씀하신 파리에서의 일화는 흥미로웠습니다."

"다시 한번 이 주제는 여기서 그만 얘기했으면 좋겠습니다."

미우소프가 반복해서 말했다.

"제가 이반에 대한 매우 흥미롭고 의미 있는 이야기를 한 가지 소개해드리려고 합니다. 바로 닷새쯤 전에 있었던 일입니다. 주로 이 고장 부인들이 모인 곳에서 이반이 당당하게 이런 말을 했지요. 이 세상에서 인간에 대한 사랑을 강요하는 것은 아무것도 없고 '사람이 사람을 사랑해야 한다'는 자연계의 규칙이 있는 것도 아니며, 만일 이 땅에 사랑이 존재해왔다면 그것은 자연계의 규칙에 의해서가 아니라 사람이 영생을 믿었기 때문이라고 말입니다.

또 이반은 덧붙여 말했는데 바로 여기에 자연의 모든 법칙이 있으며, 그래서 인류가 이 영생에 대한 신앙을 버리면 이 세상에서 사랑은 없어질 뿐만 아니라 이 세상을 살아가는 데 필요한 모든 생명력조차 사라진다고 했습니다. 또 그렇게 되면 부도덕이란 개념 자체가 사라져서 악행이 일어나고 심지어 사람을 잡아먹는 일까지 허용된다고 했습니다. 이것으로도 모자라 이반은 현대의 신앙심이 없는 사람들은 이미 신이나 영생을 믿지 않으므로 자연의 도덕률은 지금까지의 종교적인 규범과는 정반대로 즉각 바꿔야 한다고 결론을 내렸습니다. 악행을 저지르는 이기주의는 인간에게 허용될 뿐 아니라 그 입장에서는 가장 필요하고도 합리적인 그리고 가장 이상적인 결론으로 인정받아야 한다는 것입니다. 여러분, 이제까지의 역설로 볼 때 우리의 친애하는 역설가인 이반이 주장하는, 또한 앞으로 하려는 주장들이 어떤 것들인지 예상할 수 있으시겠지요."

"잠시만요!"

예상 밖으로 드미트리가 큰 목소리로 끼어들었다.

"제가 잘못 들었나 해서 묻습니다만 '모든 무신론자들의 입장에서 악행은 허용되어야 하며, 가장 필요하고 합리적인 행위로 인정받아야 한다!'는 것인가요? 그런 뜻 맞습니까?"

"바로 그렇습니다."

파이시 신부가 대답했다.

"잘 알겠습니다."

이렇게 말한 드미트리는 입을 다물었다. 방금 대화에 끼어들 때처럼 예상치 못한 반응이어서 모두 호기심 어린 눈빛으로 그를 바라보았다.

"당신은 정말 인간이 영생에 대한 믿음을 잃게 되면 그런 결과가 올 거라고 생각하나요?"

장로가 갑자기 이반에게 물었다.

"네, 저는 그렇게 주장했습니다. 영생이 없어지면 선도 사라질 것입니다."

"그렇게 믿는다면 당신은 정말 행복하거나 아니면 아주 불행할 거요!"

"왜 불행하다는 것인지요?"

이반은 슬며시 미소를 지으며 물었다.

"당신은 영혼의 불멸은 물론 자신이 쓴 교회 문제에 대한 주장도 아마 전혀 믿지 않기 때문입니다."

"장로님 말씀이 옳을지도 모릅니다! 하지만 저는 처음부터 농담은 아니었습니다."

이반은 얼굴을 붉히며 이상한 고백을 했다.

"물론 농담이 아니라는 것은 진심이겠지요. 아직 당신이 그 사상에 대해 해결하지 못했으니까요. 그러나 재난을 겪은 사람은 크게 절망한 나머지 가끔은 그 절망에 위안을 느낄 때가 있습니다. 지금 당신도 마찬가지입니다. 자신의 변증법을 스스로 믿지 못하고 절망한 나머지 잡지에 논문을 쓰고 사교계에 나가 토론을 하면서 그것으로 위안을 삼는 거지요. 당신의 마음속에서 이 문제를 해결하지 못한 것이 바로 당신의 큰 비극입니다. 이 문제가 끝없이 해결을 강요하며 당신을 괴롭힐 테니까요."

"그러나 과연 제 마음속에서 그 문제를 해결할 수 있을까요? 그것도 긍정적인 쪽으로요."

이반은 야릇한 미소를 지은 채 장로를 바라보며 기이한 질문을 계속했다.

"긍정적으로 해결할 수 없으면 부정적인 쪽으로도 해결되지 않을 겁니다! 당신의 마음이 이런 속성을 지녔다는 건 스스로 잘 알겠지요. 당신의 고뇌가 바로 거기에 있지요. 그러나 이런 고뇌를 할 수 있는 고귀한 영혼을 주신 신께 감사해야 할 거요. '높은 것에 마음을 두고 높은 것을 원하라. 우리의 모든 것은 하늘 위에 있을지어다.' 당신이 이 세상에 있는 동안 마음속 고뇌를 해결할 수 있도록 하느님께서 당신에게 축복을 내려주시기를!"

장로는 한 손을 들어 이반을 향해 성호를 그으려고 했다. 하지만 이반이 먼저 일어나서 장로 앞으로 가서 축복을 받았다. 그리고 그 손에 입을 맞춘 뒤 아무런 말없이 다시 자신의 자리로 돌아갔다. 이반의 얼굴은 단호하고 진지했다. 그의 이런 행동과 이반의 예상이 빗나간 장로와의 대화는 신비스러우면서도 엄숙한 그 무언가가 있어서 모든 사람에게 큰 놀라움을 주었고 모두 한동안 조용히 입을 다물었다. 알료샤는 거의 두려움에 가까운 표정을 지었다. 미우소프는 불현듯 어깨를 움찔거렸고 동시에 표도르가 갑자기 의자에서 일어났다.

"가장 거룩하고 거룩하신 장로님!"

그는 이반을 가리키며 외쳤다.

"이 아이는 제 아들입니다. 제 피와 살을 나눈 아들이자 가장 사랑하는 제 육신이지요! 이 아이는 제가 가장 존경하는 카를 모어라고 할 수 있습니다. 그리고 드미트리는 장로님께 공정한 판결을 의뢰하기도 했지만 가장 존경할 수 없는 인물인 프란츠 모어입니다! 두 사람 다 실러의 《군도(群盜)》에 나오는 인물이지만, 이렇게 되니 저는 자연스럽게 영주인 모르 백작이 되겠네요. 잘 생각하셔서 우릴 구원해주세요. 우리에겐 기도뿐만 아니라 장로님의 예언도 필요합니다!"

"이리석은 소리는 하지 마세요. 자신의 가족을 모욕하는 건 안 됩니다."

장로는 기운이 없는 듯 희미하게 말했다. 그는 시간이 흐름에 따라서 더 큰 피로를 느끼고 눈에 보일 정도로 기운을 잃어가고 있었다.

"가당치 않은 어릿광대 놀음입니다! 이곳에 오기 전부터 이럴 거라고 예상했지요!"

드미트리는 이렇게 외치며 자리에서 일어났다.

"장로님, 용서하세요. 저는 제대로 된 교육을 받지 못해서 당신을 어떻게 불러야 할지도 모르지만, 어쨌든 당신은 속으셨습니다. 이곳에 우리가 모이도록 허락해주시다니 정말 너무나 선한 분이

시군요. 아버지에게 필요한 것은 추문뿐입니다. 아마 자신만이 무엇을 위한 추문인지 알겠지요. 아버지는 나름대로 속셈이 있으니까요. 하지만 이번에는 저도 그 속셈을 대충 알 것 같습니다."

드미트리가 장로를 보며 말했다.

"모두가 하나같이 나만 나쁜 사람을 만들고 있군. 전부!"

표도르가 질 수 없다는 듯 외쳤다.

"이 미우소프 씨도 마찬가지입니다. 그도 나를 비난했어요! 미우소프 씨, 당신도 나를 비난했지요?"

표도르는 갑자기 끼어들 생각도 하지 않는 미우소프에게 말했다.

"당신은 내가 아이들의 돈을 장화에 감추고 가로챘다고 욕하지만, 뭐 여기엔 재판소도 없는 줄 아시오? 재판소에 가면 드미트리가 쓴 영수증, 편지, 계약서 등을 조사해서 원금이 얼마였는지, 그가 돈을 얼마나 썼는지, 그래서 얼마나 남았는지 분명하게 계산해 줄 것이오! 그런데 미우소프 씨는 그러고 다니면서도 재판은 싫어하거든요. 왜 그러는지 아십니까? 그건 미우소프 씨가 드미트리와 친척이기 때문입니다. 그래서 모두 한통속이 되어 나한테 덤비지만 모든 것을 따지면 오히려 드미트리가 나한테 빚진 겁니다. 적은 돈도 아니고 수천 루블이나 되는 엄청난 금액이지요. 난 모든 증거 서류를 가지고 있습니다! 저 녀석은 온 동네에 방탕하다고 소문이 났지요. 전에 일하던 고장에서는 어떤 참한 아가씨를 꼬셔내느라 일이천 루블을 아무렇지도 않게 쓴 적도 있고요. 드미트리, 난 네가 비밀로 하려는 일을 전부 알고 있어! 증거도 준비되어 있고. 거룩하신 장로님, 믿지 않으실지도 모르지만 저 녀석이 반했던 여자는 지체 높고, 재산도 많은 양가집 아가씨였습니다. 그녀는 여러 해 군대에서 공훈을 세우고 성(聖) 안나 십자훈장까지 받은 대령의 딸로서, 저 녀석은 자기 상관의 딸인 그 아가씨에게 청혼을 해서 명예를 더럽혔습니다. 그 아가씨는 후에 고아가 돼서 결국은 저 녀석과 약혼하고 지금은 여기에 와서 삽니다. 그런데 저 녀석은 그런 과분한 약혼녀가 있는데도 이 고장의 어떤 매력적인 여자를 쫓아다니는 중입니다. 그 여자는 어느 높은 분과 내연 관계에 있는데 실은 부인이나 다름없습니다. 독립심이 매우 강해서 누가 꼬드긴다 해도 넘어가지 않는, 지조 있는 여자입니다. 암, 그렇고말고요! 신부님들, 그 여잔 정말 지조 있는 여자예요. 그런데 드미트리가 이 지조 있는 여자를 황금 열쇠로 열어보려고 내게 돈을 빼앗으려고 애쓰는 거랍니다. 그동안 저 녀석이 그 여자에게 가져다준 돈만 해도 수천 루블이지요. 그 때문에 계속 빚을 지고 있는데 저 녀석이 누구에게서 그 돈을 얻는지 아십니까? 드미트리, 어떠냐, 말해도 되냐?"

"가만히 계세요!"

드미트리가 소리를 질렀다.

"내가 여기서 나갈 때까지 기다리세요. 내 앞에서 그 성스러운 아가씨를 더럽히지 마세요. 아버지 같은 사람이 그 아가씨를 입에 올린 것만 해도 씻을 수 없는 모욕입니다. 난 절대 용서하지 않을 거예요!"

그는 숨을 헐떡였다.

"미챠, 미챠야!"

표도르는 억지로 눈물을 빼면서 가냘프게 외쳤다.

"널 낳아준 아버지가 너를 축복해주는 것도 안 되느냐? 내가 만일 너를 저주한다면 그땐 어떻겠니?"

"뻔뻔한 위선자!"

드미트리가 미친 듯이 울부짖었다.

"이놈이 애비한테, 애비한테 저런 말을 합니다! 그러니 내가 아버지가 아니었다면 무슨 짓을 당했을지 모릅니다! 여러분, 제 이야기를 들어보세요. 비록 가난하지만 존경을 받아야 하는 퇴역 대위가 있습니다. 사고를 당해서 군에서 물러났지만 군법회의 같은 곳에 회부된 적도 없는, 명예를 지켜온 사람입니다. 지금은 부양가족이 많아서 고생을 많이 하기는 하지만요. 그런데 바로 이 드미트리가 3주일 전, 어느 술집에서 이 사람의 턱수염을 잡아당겨서 길에 넘어뜨리고 사람들이 보는 데서 두들겨 팼지요. 그 사람이 어떤 사소한 사건으로 비밀스럽게 내 대리인 노릇을 했기 때문입니다."

"거짓말이에요! 사실인 것도 있지만 대부분 다 거짓말입니다!"

드미트리는 분노가 끓어올라서 온몸을 떨었다.

"아버지, 내가 한 짓에 대해 변명은 안 하겠습니다. 여기 계신 분들 앞에서 모두 말하겠습니다. 내가 그때 그 대위에게 짐승 같은 행동을 한 것은 맞지만 지금은 후회가 됩니다. 왜 내가 야수처럼 분노를 표출했는지 몹시 유감스럽습니다. 그러나 그 대위는 아버지의 대리인으로 아버지가 매력 있는 여자라고 말한 그 여인을 찾아가서 당신이 부탁했다며 이런 말을 했습니다. 내가 앞으로 재산을 가지고 계속 문제를 일으키면 아버지에게 쓴 어음을 그 여자한테 넘겨줄 테니 소송을 벌여서 나를 감옥에 보내라고 말입니다. 아버지는 내가 그 여자에게 반했다고 비난했지만 실은 바로 아버지가 그 여자에게 나를 유혹하라고 한 거 아닙니까! 그 여자가 내게 직접 그 얘기를 해줬습니다. 아버지를 비웃으면서. 왜 아버지가 아들을 감옥에 보내려고 할까요? 모두 질투 때문입니다. 자신이 그 여자에게 흑심을 품었으니까요. 저는 전부 알고 있습니다. 그 여자가 웃으면서 모두 얘기해주었습니다, 아시겠어요? 아버지를 비웃으면서 그 얘기를 했습니다.

신부님들, 어떠세요? 이것이 방탕한 아들을 질책하는 아버지의 본모습입니다! 여러분, 제가 방금 화낸 것은 용서해주십시오. 저는 저 사악한 노인이 여러분을 이 자리에 부른 것이 추문을 일으키려고 한 의도임을 예측하고 있었습니다. 하지만 저는 혹여 아버지가 제게 용서를 빌지도 모른다는 생각으로 이곳에 왔습니다. 아버지가 만일 그렇게 하면 저도 모두 포기하고 깨끗이 용서를 빌어야겠다는 마음이었어요. 하지만 아버지는 나뿐만 아니라 내가 너무나 존경해서 감히 입에 올리지조차 못하는 숭고한 아가씨까지 모욕했습니다. 그래서 저는 아버지라고 할지라도 그 교활한 짓을 폭로하기로 결심했습니다."

드미트리는 더 말을 하지 못했다. 두 눈은 불타올랐고 숨 쉬는 것도 힘들어 보였다. 그 자리에 모인 사람들은 모두 동요하기 시작했다. 장로를 제외하고 모두가 불안해하면서 자리에서 일어났다. 두 신부는 준엄한 눈으로 쳐다보며 장로가 말을 꺼내기를 기다렸다. 장로는 이미 창백해진 채로 앉아 있었는데 흥분해서가 아니라 병 때문에 쇠약해진 탓이었다. 애원하는 듯한 미소가 그의 입가에 걸려 있었다. 그는 때로 분노하는 사람들을 만류하려는 듯이 한쪽 손을 들어올렸다. 물론 이런 손짓 하나만으로도 소란을 가라앉히기는 충분했다. 하지만 장로는 스스로 아직 납득이 가지 않는 것이 있는 듯이, 무언가를 기다리는 것처럼 가만히 한곳을 바라보았다. 결국 미우소프는 자신이 모욕당하고 무시받았다고 느끼는 듯했다.

"이런 사태가 일어난 것은 우리 모두의 책임입니다!"

그는 다소 들뜬 목소리로 말했다.

"저는 사실 이곳에 오면서 이 정도일 줄은 몰랐지요. 물론 저와 같이 온 사람이 어떤 사람들인지는 잘 알고 있었지만요. 어쨌든 이런 일은 당장 끝내야 합니다! 장로님, 제가 지금 이 사건에 대해 자세히 모르고 있었음을 믿어주세요. 저는 정말 그런 소문은 믿고 싶지 않습니다. 지금 여기에서 처음 알게 됐습니다. 아버지가 더러운 여자 때문에 아들을 질투하고, 또 그런 여자와 어울려 아들을 감옥에 넣으려 했다니, 저는 정말 이런 내용도 모르는 채 따라왔습니다. 저는 속았습니다. 여기서 여러분께 확실히 말하지만, 저 역시 여러분처럼 속았습니다!"

"드미트리!"

갑자기 표도르는 자신의 목소리답지 않은 소리로 외쳤다.

"만약 네가 내 아들만 아니라면 나는 당장 이 자리에서 결투를 신청했을 것이다! 권총을 가지고 세 걸음 떨어져서, 눈은 손수건으로 가리고……. 눈을 가린 채 하는 결투 말이다!"

그는 두 발을 구르면서 외쳤다. 평생을 어릿광대로 지낸 늙은 거짓말쟁이에게도 흥분하면 몸이 떨리고 분노한 채 눈물을 흘리는 참된 순간이 있다. 물론 그 순간마저(아니면 고작 1초 뒤에) 속으로 이런 말을 되뇔지도 모른다. '이 거짓으로 뭉친 치사한 늙은이, 넌 또 거짓말을 하고 있어. 네가 거룩한 분노나 거룩한 분노의 순간을 지껄여도 너는 여전히 광대짓을 하고 있는 거잖아.'

드미트리는 경멸이 담긴 눈으로 아버지를 노려보면서 얼굴을 찌푸리고 침착하게 낮은 목소리로 말했다.

"나는, 그러니까 나는, 천사 같은 약혼녀와 같이 고향으로 돌아와서 아버지를 모시려고 했습니다. 그러나 돌아오니 아버지는 방탕한 호색가에 야비한 희극배우였어요!"

"결투다, 결투!"

노인은 또 숨을 몰아쉬며, 말을 할 때마다 침을 튀겨가며 소리를 질러댔다.

"이보시오 미우소프 씨, 내 말 잘 들으시오. 당신이 지금 대범하게 창녀라고 부른 그 여자보다 더 고상하고 품격 있는, 듣고 있소? 그보다 더 거룩하고 신성한 여자는 당신네 가문을 아무리 뒤져도 없을 거요. 예전에도 없었지만 지금도 역시 없을 것이오! 그리고 드미트리, 네놈이 약혼녀에게서 그 '창녀'한테 간 걸 보니, 약혼녀가 그 여자 발가락의 때만도 못하다고 인정한 게 아니냐! 그러고 보면 그 창녀도 여간 매력이 큰 게 아닌가 보구나, 안 그래?"

"창피한 줄 아시오!"

갑자기 이오시프 신부가 고함을 질렀다.

"부끄럽고 치욕스럽소!"

지금까지 한 마디도 하지 않았던 칼가노프까지 얼굴이 벌개져서 소년처럼 떨리는 목소리로 소리쳤다.

"어떻게 저런 사람이 있을 수 있을까!"

드미트리는 분노를 이기지 못해서 어깨를 추켜올리고 등은 구부린 채 허탈하게 중얼거렸다.

"저 사람이 이렇게 대지를 더럽히는 말을 해도 되는지 말씀해주세요."

그는 노인을 가리키며 모두를 바라보았다. 느리지만 분명한 말투였다.

"보셨습니까? 신부님들, 저 말 들으셨습니까? 아버지를 죽이려고 하는 저놈의 말을?"

표도르는 이오시프 신부에게 달려들었다.

"이것이 바로 창피한 줄 알라는 당신의 말에 대한 대답입니다! 뭐가 부끄럽단 말입니까? 그 창녀는, 그 더러운 여자는 여기 있는 수도사들보다 더 성스러운 사람일지도 모릅니다! 물론 그 여자가 어린 시절에 환경 때문에 잠시 타락했을 수도 있지만, 대신 '많은 사람'을 사랑했습니다. 많은 사람을 사랑한 사람은 그리스도께서도 용서했습니다."

"그리스도께서 용서하신 건 그런 사랑 때문이 아닙니다!"

온화하기로 정평이 난 이오시프 신부도 더는 참지 못하고 외쳤다.

"천만에요! 그런 사랑 때문에 용서하신 겁니다. 바로 그런 사랑! 신부님들, 그리스도께서는 그런 사랑을 기특하게 여기셨습니다. 당신들이 날마다 양배추만 먹으면서 도를 닦으니 스스로 바른 인간이라는 생각이 들겠지요! 하루에 겨우 민물고기 한 마리 정도밖에 안 먹으면서 그 민물고기로 하느님을 매수할 수 있다고 생각하는 겁니까!"

"망측한 말을! 어떻게 하느님을 매수한다는 말을 하는 건지!"

암자의 이곳저곳에서 동시에 이런 소리가 들려왔다. 하지만 추악한 연극으로 치달은 이 연극은 전혀 예상 밖의 일로 중단되었다. 갑자기 장로가 자리에서 일어난 것이다. 알료샤는 장로의 건강을 걱정하면서 사람들에 대한 공포감 때문에 정신이 나갈 지경이었다가 무의식중에 장로의 손을 잡고 간신히 부축했다. 장로는 드미트리 쪽으로 걷다가 그 앞에 다다르자 갑자기 무릎을 꿇고 엎드렸다. 알료샤는 장로가 기운이 없어서 쓰러진 거라고 생각했지만 그런 것이 아니었다. 장로는 무릎을 꿇더니 드미트리의 발을 향해서 공손하게 절을 했다. 그것은 이마가 방바닥에 닿을 정도로 예의 바르고 정중한 절이었다. 알료샤는 너무 놀라 장로가 다시 몸을 일으킬 때 그를 부축할 생각도 못했다. 장로의 입가에는 희미한 미소가 보일 듯 말 듯 걸려 있었다.

"용서하십시오. 전부 용서하십시오!"

그는 거듭 이렇게 말하면서 주위의 모든 손님에게 절을 했다. 드미트리는 세게 머리를 얻어맞은 것처럼 한동안 움직이지 않고 서 있었다. 자신의 발 앞에 장로가 절을 하다니 무슨 일일까? 갑자기 그는 "오, 하느님!" 하고 소리를 지르며 두 손으로 얼굴을 가린 채 밖으로 달려 나갔다. 남은 손님들도 당황하여 주인에게 인사하는 것도 잊은 듯 드미트리의 뒤를 쫓아서 한꺼번에 나가버렸다. 다시 장로에게 다가간 사람은 축복을 받으려는 두 수사 신부뿐이었다.

"도대체 왜 발에 절을 했을까요? 분명히 깊은 뜻이 있을 것 같은데."

갑자기 얌전해진 표도르는 다시 이야기를 꺼냈지만 누군가에게 말을 걸 엄두는 나지 않았다. 그 순간 그들은 암자 울타리를 벗어나고 있었다.

"나는 정신병원이나 정신병자들에 대해서는 할 말이 없소."

미우소프가 갑자기 화를 내며 말했다.

"난 당신을 상대하지 않을 테니 그리 아시오. 카라마조프 씨, 앞으로 영원히! 그런데 아까 그 수도사는 어디 있소?"

수도원장의 점심 초대를 알려주었던 그 수도사는 사람들을 기다리게 하지 않았다. 암자 앞 계단으로 그들이 내려서자 그 수도사가 계속 그 자리에서 기다리고 있었던 것처럼 그들 앞에 모습을 드러냈다.

"수사님, 죄송하지만 원장님께 부름에 응하지 못하겠다고 전해 주시겠습니까? 갑자기 예기치 못한 사정이 생겼지 뭡니까. 더불어서 이 미우소프를 대신해서 원장님께 깊이 존경한다고도 전해주십시오. 물론 저는 초대에 가고 싶은 생각이 간절하지만……."

미우소프는 어쩔 줄 몰라 하며 수도사에게 말했다.

"그 예기치 못한 사정이 바로 접니다."

표도르가 재빨리 그의 말을 가로챘다.

"수사님, 들어보세요. 미우소프 씨는 나와 같이 있지 않으려고 저렇게 말하는 거랍니다. 내가 없다면 흔쾌히 초대에 응했을 거예요. 그렇지만 미우소프 씨, 그럴 필요 없으니 빨리 가보도록 하세요. 원장님에게 가서 배불리 얻어먹으라니까요. 정말 거절해야 할 사람은 당신이 아니라 나요. 난 돌아가겠소. 빨리 사라져드리지요. 집에서 식사하겠소. 나도 여기서는 별 볼 일 없을 테니까. 맞지요? 내 정다운 친척 미우소프 씨?"

"나는 당신 친척도 아니고 지금까지 당신을 친척이라고 생각한 적도 없소. 비열한 인간!"

"당신이 친척이라는 말을 가장 싫어하니까 약 올리려고 일부러 한 말이오. 하지만 당신이 아무리 아니라고 해도 당신은 분명히 내 친척인데 어쩌겠소? 교회의 달력을 펼쳐놓고 언제 어디서 어떻게 당신이 내 친척이 되었는지 확인해드려야 하오? 그런데 이반, 원한다면 너도 남아도 된다. 내가 나중에 마차를 보내주마. 하지만 미우소프 씨, 다른 사람은 몰라도 당신은 원장님께 가는 게 예의라고 생각합니다. 아까 나와 소란을 피운 것을 사과해야 하니까요."

"아니, 정말로 돌아가는 거요? 거짓말은 아니겠죠?"

"미우소프 씨, 내가 방금 그런 짓을 저지르고 무슨 염치가 있어서 식사를 할 수 있겠소? 너무 흥분해서 실수했습니다. 여러분, 용서하세요, 많이 흥분해서 일어난 일입니다. 저도 충격입니다, 많이 창피합니다. 이 세상에는 마케도니아의 알렉산드로스 대왕 같은 마음을 지닌 사람도 있고 반대로 피델코의 강아지 같은 심장을 가진 사람도 있습니다. 많이 겁먹어서 아주 작아졌습니다. 내가 소동을 벌이고 어떻게 수도원의 음식을 먹을 수 있겠습니까? 부끄러워서 차마 그럴 수 없습니다. 자, 이제 난 실례하겠습니다."

'지겨운 놈! 또 속임수를 쓰는 건 아니겠지?'

미우소프는 멀어지는 어릿광대의 뒷모습을 의심의 눈초리로 보면서 곰곰이 생각에 잠겨 걸음을 멈추었다. 표도르가 뒤돌아보고 미우소프가 자신을 바라보고 있는 것을 알아채고는 손으로 키스를 보냈다.

"자네도 원장에게 갈 건가?"

미우소프가 더듬거리며 이반에게 물었다.

"왜 안 가겠어요? 나는 어제 원장님께 특별히 와달라는 초대를 받았습니다."

"유감스럽지만 나도 어쩔 수 없이 그 지겨운 오찬에 참석해야 힌디네."

미우소프는 수도사가 옆에서 듣고 있는데도 상관하지 않고 씁

쓸하게 투덜대며 말을 이었다.

"우선 우리가 소동을 벌인 것에 대해 용서를 구하고, 우리가 그 소동을 벌인 것이 아니란 것을 설명해야 하지 않을까?"

"맞아요, 우리가 한 짓이 아니라고 해명해야 해요. 이제 아버지도 안 계시니까……."

"아버지 얘기는 왜 또 꺼내는 건가? 그자가 오면 만찬은 엉망이 될걸!"

그들은 만찬에 참석하기 위해 계속 걸었다. 수도사는 조용히 이야기를 듣고 있었다. 그저 작은 숲속을 거의 지나오자 원장님이 오래전부터 기다렸고 이미 30분이나 늦었다고만 말했다. 이 말에는 아무도 대답하지 않았다. 미우소프는 이반의 얼굴을 증오스럽다는 듯 노려보았다.

"아무 일 없었다는 듯이 천연덕스럽게 식사를 하러 간다고?"

그는 생각했다.

"뻔뻔한 철면피가 과연 카라마조프 양심답군."

7. 야심이 강한 신학생

 알료샤는 장로를 부축해서 침실의 침대 위에 앉혔다. 그곳은 꼭 필요한 가구만 있는 작은 방이었고, 좁은 철제 침대 위에는 이불대신 모포 한 장이 깔려 있었다. 방 한쪽의 구석 성상화 앞에 있는 독경대 위에는 십자가와 성경책이 있었다. 장로는 기운 없이 침대에 앉았는데 눈은 빛났지만 몹시 숨차 보였다. 그는 무엇인가 깊게 생각하는 것처럼 알료샤를 바라보았다.
 "이제 그만 가보거라. 내 옆에는 포르피리만 있으면 되니까 어서 그리 가보거라. 너는 거기에 있어야 한다. 원장님에게 가서 식사가 끝날 때까지 시중을 들거라."
 "여기 있게 허락해주세요."
 알료샤는 애원하는 듯 말했다.

"너는 그곳에서 더 필요한 사람이란다. 그곳에는 평화가 없거든. 시중을 들다 보면 도움이 될 거야. 소동이 일어나면 기도문을 외우거라. 아들아(장로는 그를 이렇게 부르기를 좋아했다), 앞으로도 네가 있어야 할 곳은 이곳이 아니란다. 이 점을 잘 기억해두어라. 내가 하느님의 부름을 받으면 너는 곧 이 수도원을 떠나거라. 영원히 떠나야 한다."

알료샤는 깜짝 놀랐다.

"왜 그러느냐? 여기는 결코 네가 있을 곳이 아니다. 세속에서 큰 수행을 할 수 있도록 축복을 내리겠다. 너는 앞으로 경험을 많이 해야 하고, 아마 결혼도 해야 할 것이다. 네가 다시 이곳으로 돌아오기까지는 많은 고난을 겪어야 하고, 할 일도 많을 것이다. 나는 너를 믿기 때문에 속세로 보내는 것이다. 너는 언제나 그리스도와 함께 있으니 네가 그리스도를 지키면 그리스도께서도 너를 지켜주실 것이다. 물론 큰 슬픔을 겪게 될 때도 있겠지만 그 슬픔 안에서 너는 행복해질 것이다. 슬픔 속에서 행복을 찾아라. 이것이 너에게 주는 나의 마지막 유언이다. 열심히 일하고, 내가 한 말을 마음속 깊이 새기거라. 앞으로 이야기를 나눌 기회가 또 있겠지만 내 생명이 며칠은커녕 몇 시간도 견디지 못할 것 같구나."

알료샤의 얼굴에는 다시 동요가 일었다. 입 근처가 떨렸다.

"왜 그러느냐?"

장로는 인자하게 미소를 지었다.

"세속의 사람들은 눈물을 흘리며 죽은 자를 보내지만 이곳에 있는 우리는 하느님의 부름을 받은 사람을 기뻐하며 보내야 하느니라. 기쁨의 기도를 드려야 한다. 자, 이제 그만 혼자 있고 싶구나. 기도를 드리려고 하니, 가보아라. 형님들 곁에 있거라. 한쪽에만 있지 말고 두 형님 모두에게 붙어 있거라."

장로는 알료샤에게 성호를 그었다. 알료샤는 그곳에 남아 있고 싶었지만 장로의 말을 거역할 수 없었다. 왜 드미트리 앞에 무릎을 꿇고 절을 했는지 장로에게 물어보고 싶었지만(그 말을 입 밖에 꺼낼 뻔했지만) 감히 물을 용기가 생기지 않았다. 만일 장로가 이야기할 것이라면 그가 묻기 전에 설명해주었으리라는 것을 잘 알고 있었다. 하지만 그러지 않았기 때문에 장로는 말해줄 뜻이 없는 것 같았다. 장로가 절을 한 것은 알료샤에게 무섭도록 충격적인 일이었다. 그는 장로의 절에 뭔가 신비롭고 무서운 뜻이 담겨 있을 것이라고 믿었다.

알료샤는 수도원장의 오찬에 늦지 않으려고(시중을 들러 가는 것이지만) 급하게 암자 울타리까지 달려 나오다가 문득 가슴이 조이는 듯한 통증을 느끼고 그 자리에 멈출 수밖에 없었다. 갑자기 장로가 자신의 죽음을 예언하던 것이 다시 그의 귓가에 들려오는 것만 같았다. 장로가 예언했으니, 특히나 정확하게 말한 예언은 반드시 일어날 것이라고 알료샤는 굳건히 믿고 있었다. 장로님이 돌아가시면 자신은 어떻게 될 것인가? 이제 그분의 얼굴을 보지 못하고 그분의 목소리도 들을 수 없다면 어떻게 해야 한단 말인가? 장로는 울지 말고 수도원을 떠나라고 하시지 않았는가? 알료샤는 일찍이 이런 슬픈 우수를 느껴보지 못했다. 그는 수도원과 암자 사이의 작은 숲길을 급히 가로질러가면서도 무서운 생각들이 떠올라서 가슴이 터질 것 같았다.

그는 길 양쪽에 우거진 수백 년 된 소나무 숲을 바라보았다. 숲 속에 난 길은 짧아서 겨우 500걸음 정도였다. 이 시간에는 길에서 사람을 마주치는 경우가 거의 없었다. 그런데 길모퉁이를 돌자 갑자기 라키친이 나타났다. 그는 누군가를 기다리고 있었다.

"나를 기다리고 있었나?"

알료샤가 그와 나란히 걸으며 물었다.

"그래 맞아."

라키친은 쑥스러운 듯이 웃었다.

"원장님께 가는 길이지? 원장님이 손님들에게 점심을 대접한다는 걸 이미 알고 있었어. 대주교님과 파하토프 장군 일행이 다녀가신 뒤로 이처럼 성대한 오찬은 처음일 거야. 나는 그곳에 가지 않지만 자네는 가서 소스라도 부어드리게. 알렉세이, 한 가지만 말해 주게. 아까 그 예언은 무슨 뜻인가? 난 그게 궁금했네."

"어떤 예언?"

"자네 형인 드미트리에게 절하신 거 말이야. 이마가 마루에 부딪쳤잖은가!"

"조시마 장로님 말하는 건가?"

"그래, 장로님 말이야."

"이마를 부딪쳤다고?"

"아, 내가 말실수를 했군. 하지만 뭐 큰일이야 나진 않겠지. 그런데 예언은 대체 무슨 뜻인가?"

"미샤,* 나도 잘 모르겠네."

"자네에게도 설명을 해주지 않으셨군. 내가 그럴 줄 알았다니까! 하나도 이상할 건 없네. 평소처럼 하던 허세 같은 거였네. 그것도 장로님이 꾸민 연극인 거야! 두고 보게, 이제 읍내의 광신자들이 이러쿵저러쿵 떠들어대기 시작할 거야. 곧 읍내에 소문이 날 거야. '그건 무슨 뜻일까?' 하고 말이야. 하지만 내가 생각해도 장로님은 정말 사물을 꿰뚫어본다네. 범죄의 냄새를 맡는다네. 자네 집안에선 냄새가 난단 말이야."

"범죄라고?"

라키친은 전부 말하고 싶은 기색이었다.

"앞으로 자네 집안에 생길 범죄 말이야. 형들과 부자인 아버지 사이에서 반드시 생길 걸세. 그래서 조시마 장로는 그런 일이 생길까 봐 바닥에 이마를 부딪친 거야. 나중에 정말 무슨 일이 생기면 사람들은 '위대하신 장로님이 예언한 일이 일어났구나' 하고 놀라게 하려고. 사실 이마를 마루에 부딪치는 것이 무슨 예언인가! 그래도 사람들은 상징이나 비유가 숨어 있다면서 떠들어댈 뿐 아니라, 범죄를 미리 알았고 범인도 사전에 지목했다고 요란하게 장로를 숭배하며 기억할 거라고 미리 계획한 거지. 유로지비들이 하는

---

* 라키친의 애칭이다.

짓들이 다 그 모양이야. 예를 들어 술집을 향해 성호를 긋고 성당에 돌을 던지는 짓들처럼 장로도 신앙심이 깊은 사람에게는 몽둥이를 휘두르고, 범죄자들에게는 절을 하는 거지."

"범죄? 살인자? 도대체 누구에게 하는 말인가? 무슨 소리야?"

알료샤가 못 박힌 것처럼 멈춰 서자 라키친도 걸음을 멈추었다.

"누구에게 하는 말이냐고? 정말 모르나? 내기를 걸어도 좋지만 자네도 알지 않나. 점점 재미있는 얘기가 되는군. 알료샤, 자넨 태도가 분명하지 않지만 거짓말은 하지 않는 사람이니까 한 가지만 묻겠네. 자네는 그런 생각을 하지 않았나?"

"생각해봤지."

알료샤가 조그맣게 대답했다. 이 말에 라키친도 당황했다.

"세상에! 자네 정말로 그런 생각을 했었나?"

라키친이 외쳤다.

"내가 꼭 그런 생각을 했다는 건 아니고."

알료샤가 중얼거렸다.

"지금 자네가 이상한 얘기를 하니까 나도 그런 생각을 했던 것처럼 느꼈을 뿐이네."

"그것 보게, 내가 얘기하지 않았나! 자넨 정말 분명히 말했네. 오늘 아버지와 미차를 보고 범죄를 생각한 거지? 그럼 내가 잘못 본 건 아닌가 보군."

"잠깐 기다려보게."

알료샤는 불안해하며 말을 가로챘다.

"그런데 자네는 무슨 근거로 그런 생각을 하는 건가? 아니, 자네가 왜 여기에 이렇게 관심이 많은지 그것부터 말해주게."

"서로 상관없어 보이긴 하지만 그 두 가지는 당연히 물어볼 수 있는 질문이군. 하나하나 대답해주겠네. 우선 내가 무슨 근거로 그런 생각을 하게 되었느냐면, 오늘 자네의 형인 드미트리를 보고 한눈에 이해할 수 있었네. 딱 한 가지만 보고도 드미트리를 알 수 있더군. 자네 형처럼 그렇게 순결하면서도 여자를 좋아하는 남자는 넘어서는 안 되는 선이 있는 법이야. 만약 그렇지 않으면 아버지도 칼로 찌를 수 있거든. 자네의 아버지도 주정뱅이에 방탕한 사람이어서 자제할 줄 모르잖나. 그런데 이 두 사람이 자신을 억누르지 못한다면 시궁창에 빠져버리고 만다네."

"아니야, 미샤, 아니야. 단지 그런 이유라면 안심이 되네. 그렇게 되지는 않을 거야."

"그렇다면 왜 그렇게 몸을 떨고 있나? 자넨 이런 사실을 알고 있었던 건가? 그는 정직하지만, 미챠 말이야(그는 멍청하지만 정직한 사람이지), 호색한이기도 하잖아. 그에 대한 정의이자 그의 본질이기도 하지. 아버지로부터 비열하고 음탕한 성격을 그대로 이어받았네. 알료샤, 난 자네에게 정말 놀랐네. 자네는 어쩌면 그다지 순진한가? 자네도 카라마조프 집안사람이 분명한데! 자네 집안에는 호색이 염증처럼 퍼져 있잖나. 그 호색한 세 사람은 지금 서로 뒤를 쫓는 것 같네. 서로 장화 속에 칼을 숨긴 채로. 슥 세 사람이 서로 이마를 맞대고 화를 내기 시작했네. 어쩌면 네 번째는 자네가 될지도 모르네."

"그 여자에 대해서 자네는 잘못 알고 있군. 드미트리는 그 여자를 경멸해."

"그루센카 말인가? 아니야, 경멸하지 않는다네. 그가 약혼녀를 버리고 그 여자에게 가버린 걸 보면 경멸하는 게 아니라네. 지금 자네는 이해할 수 없는 그 무언가가 있단 말이야. 사내란, 어떤 아름다움이나 여자의 육체, 그 육체의 일부분에 반하면(호색한이라면 안다네), 그렇게 빠져버리면 그땐 부모나 자식도 버리고 결국 나라도 팔아먹게 된다네. 정직한 사람도 도둑질을 하게 되고, 온순한 사람도 살인을 하고, 성실한 사람도 배신을 하게 되는 걸세. 그래서 시인 푸시킨도 여자의 귀여운 발을 찬양하는 시를 썼네. 물론 찬양하지 않는 자들도 아름다운 발을 보게 되면 순식간에 온몸이 짜릿해지지. 사실 발만 그런 건 아니지만. 어쨌든 드미트리가 그루센카를 경멸한다고 해도 소용없는 일이야. 경멸하면서도 절대 그 여자를 떠날 수 없을지도 모르니까 말이야."

"나도 아네."

알료샤가 문득 중얼거렸다.

"안다고? 털어놓는 걸 보니 뭘 좀 아는 것 같군."

라키친은 장난스럽게 비아냥거렸다.

"무심코 중얼거린 말이기 때문에 더욱 진실한 거야. 그래서 그 고백은 더 가치가 있지. 자네는 그런 얘기를 이미 알고 있었고 그런 일을 생각해본 적이 있다는 거지? 정욕에 대해서 말이야. 난 그것도 모르고 자네를 그저 순수한 청년이라고 생각했군! 알료샤, 자네는 얌전하고 앞으로 성인군자가 될 거라고 생각하네. 하지만 점잖게 굴면서도 뭐든지 다 생각하고, 다 알고 있었군! 순진하면서도 그런 쪽에 조예가 깊단 말인가? 난 예전부터 자네를 지켜봤지만 자네는 역시 카라마조프, 완전한 카라마조프야. 혈통이나 유전을 결코 무시할 수가 없는 거지. 호색적인 성격은 아버지로부터, 유로지비의 소질은 어머니로부터 물려받았으니까. 그런데 왜 떨고 있나? 내가 정곡을 찔렀나? 그런데 그루센카가 나에게 어떤 부탁을 했는지 아나? '그 사람을 (즉, 자네를) 꼭 좀 데려와주세요. 내가 그의 답답한 법복을 벗길 테니까.' 이렇게 자네를 데려오라고 신신당부를 했다네. 그래서 생각해보았네. 그 여자가 왜 자네에게 그렇게 흥미를 느끼는 걸까? 어쨌든 그 여자도 예사롭지 않아."

"난 가지 않는다고 분명히 전해주게. 미샤, 하던 얘기를 계속해주게. 내 생각은 나중에 말하겠네."

알료샤는 쓴웃음을 가볍게 지으며 말했다.

"뻔한 얘긴데 하고 말 게 어디 있나. 만약 자네에게 호색한의 피가 흐른다면 같은 뱃속에서 나온 형 이반은 어떨까? 그 사람도 카라마조프의 아들 아닌가. 호색과 물욕과 유로지비로부터 카라마조프 집안의 모든 문제가 시작되거든. 이반은 무신론자이면서도 도저히 이해할 수 없는 멍청한 이유로 잡지에 신학에 대한 논문을 쓰고 있지. 그것이 야비한 짓이라는 것을 이반 자신이 누구보다 잘 알고 있어. 바로 자네 형인 이반 말일세. 또 형 드미트리의 약혼녀를 뺏으려고 하는데 아마 잘될 거야. 드미트리가 이걸 부추기고 있으니까 말이야. 드미트리는 하루라도 빨리 그루센카에게 가고 싶어서 자기 약혼녀를 이반에게 넘기려는 생각이지. 그런데 그 모든 게 자신의 고귀하고 욕심 없는 인품 때문이라고 하다니! 그래, 모두 파멸의 운명을 가진 인간들이네!

이런 상황이니 도무지 알 수 없네. 더 들어보게. 드미트리에게 훼방을 놓는 게 바로 그 영감, 자네의 아버지인데 그 영감은 요즘 그루센카에게 반해서 침을 흘리고 있다네! 아까 암자에서 추태를 보인 것도 사실은 그 여자 때문이지. 미우소프가 창녀라고 하면서 성질을 건드렸으니까. 하여간 발정난 수고양이 같아! 그루센카는 전에 그 영감이 운영하던 술집에서 돈을 받고 이런저런 수상한 일을 도와주기도 했는데, 이제 와서야 갑자기 그 외모에 반해 영감이 애간장을 태우고 있다네. 물론 말도 안 되는 일이지만 결국에는 아버지와 아들이 같은 길에서 부딪칠 수밖에 없는 거지.

그런데 그루센카는 분명하게 대답하지 않고 양쪽에 다 꼬리를 흔들어댄다네. 어느 쪽이 더 유리한지 아직은 지켜보고 있는 거지. 영감에게서 돈은 뜯어낼 수 있겠지만 본부인이 될 수는 없고, 또 앞으로는 구두쇠가 되어 돈을 주지 않을 수도 있으니까 말이야. 그렇게 생각하면 무일푼인 드미트리가 낫기도 하지. 비록 돈은 없지만 결혼을 정식으로 할 수 있으니 말이네. 결혼할 수 있고말고! 돈 많은 귀족인 데다가 대령의 딸인 카체리나를 버리고, 비열하고 방탕한 늙은 상인인 삼소노프의 첩이었던 그루센카와 정식으로 결혼을 하겠다니! 이런 여러 가지 상황으로 볼 때 범죄를 만들어낼 만한 충돌이 생길 수 있는 거지. 이반은 아마 이걸 기다리고 있을걸세. 모든 게 뜻대로 되면 자신이 좋아하는 카체리나뿐 아니라 6만 루블이나 되는 그녀의 지참금도 챙길 수 있으니 무일푼인 처지에 이런 횡재가 어디 있겠나!

그런데 그런 일은 드미트리에게 모욕을 주는 게 아니라 큰 은혜를 베푸는 거라는 것에 주목해야 하네. 분명한 사실은 지난주에 드미트리가 어떤 술집에서 술에 취해 여자들에게 말하길, 자신은 카체리나를 아내로 맞을 자격이 없지만 이반은 자격이 있다고 대놓고 말했다는 거야. 물론 카체리나도 매력 있는 이반을 끝까지 거절하지는 못하겠지. 이미 두 형제 사이에서 고민하고 있으니까. 그런데 이반이 도대체 자네 식구들에게 어떻게 했기에 모두가 그를 그렇게 떠받드는 건가? 하지만 그는 자네들을 비웃는다네. '그래, 어서 딸기를 사와라, 난 가만히 먹기만 할 테니까' 하고 말이야."

"자네는 그 모든 걸 어떻게 안 건가? 무슨 근거로 그렇게 자신 있게 말하는 건가?"

알료샤가 인상을 찌푸리며 신경질적으로 물었다.

"그럼 자네는 왜 그렇게 묻는 건가? 또 내가 대답도 안 했는데 두려워하는 이유는 뭔가? 그건 내 말이 맞다는 걸 증명하는 거 아닌가?"

"자네는 이반이 마음에 안 들겠지만 이반은 돈에 관심 있는 사람이 결코 아니네."

"그래? 하지만 카체리나의 아름다움은 어떤가? 6만 루블이나 되는 지참금이 크긴 하지만 꼭 돈이 중요한 것도 아니지."

"이반은 고귀한 뜻이 있어. 돈이 아무리 많아도 결코 그를 유혹할 수 없어. 이반이 원하는 것은 돈이나 평안이 아니라 고뇌 같아."

"또 무슨 꿈 같은 소리를 하는 건가? 정말 자네 식구들은…… 무슨 귀족같이 구는군!"

"미샤, 이반은 폭풍 같은 영혼을 지녔고 이성은 어떤 문제에 홀려 있어. 비록 아직 부족하지만 그의 사상은 위대하다네. 이반은 돈을 얻기보다는 사상의 완성을 추구하는 사람들 중 한 명이라네."

"그건 문학적 표절이야. 자네는 장로의 말을 그대로 인용하고 있어. 아무튼 이반이 자네들에게 큰 수수께끼를 준 건 사실이네!"

라키친은 악의를 품은 채 소리쳤다. 그의 얼굴은 창백했고 입술은 일그러져 있었다.

"하지만 수수께끼도 차분히 생각하면 더 생각할 것도 없다는 걸 알게 되네. 그가 쓴 논문도 하찮은 거라네. 최근에 그가 발표한 어리석은 이론은 들어보았나? 아까 그 사람이 '영생이 없다면 선도 없으므로, 어떤 것이든 다 허용된다'고 하더군. 그때 드미트리가 '잘 기억해두겠다'고 외쳤지. 야비한 사람에게는 귀가 솔깃해지는 이론이네. 내 말이 지나쳤네. 야비한 사람이 아니라 멍청한 사람, 즉 '설명할 길 없는 심각한 사상'에 빠진 떠버리 풋내기라고나 할까. 한마디로 허풍을 떤다는 거야. 하지만 그 본바탕은 마침내 한편으론 그것을 인정하지 않을 수 없고 다른 한편으로도 인정할 수밖에 없는 거지. 그러니까 그 이론은 '야비'라는 단어가 핵심이야! 인류는 영생을 믿지 않는다 해도 결국 선을 위해 살아갈 힘을 자신 안에서 스스로 발견하고 말 테니까! 자유, 평등 그리고 형제에 대한 사랑 안에서!"

라키친은 지나치게 흥분해서 자제심을 잃을 정도로 들떠 보였다. 그러나 다음에는 무슨 생각을 한 것인지 입을 다물었다.

"이제 이런 얘긴 그만하지."

그는 더욱 일그러진 미소를 지으며 말했다.

"아니, 그런데 자네는 왜 웃지? 날 속물이라고 비웃는 건가?"

"아니야. 나는 자네를 속물이라고 생각한 적 없어. 자네는 머리가 영리해, 그렇지만……. 아니네. 그만하기로 하지. 그저 난 무심코 웃은 것뿐이야. 미샤, 자네가 왜 그렇게 흥분하는지 나도 안다네. 자네 얘기를 들으면서 자네가 카체리나에게 마음이 있다고 생각했어. 실은 예전부터 혹시 그런 게 아닐까 생각했었네. 그래서 자네가 이반을 싫어한다고 생각했어. 자네는 그를 질투하는 게 아닌가?"

"왜 지참금에도 질투하고 있다고 하지 그러나?"

"아니, 난 돈 얘기를 한 게 아니야. 자네를 모욕할 생각은 없네."

"자네의 말이니 그대로 믿어보겠네. 하지만 자네나 자네의 형 이반이 어떻게 되려고도 난 관심 없네! 자네들은 모를 거야. 카체리나 문제뿐만 아니라 난 이반을 좋아할 수 없네. 내가 이반을 어떻게 좋아하겠나? 나는 그런 사람은 질색이네! 이반이 먼저 나를 욕하니까 나도 그를 욕할 권리가 있네."

"난 형이 자네에 대해 얘기하는 걸 들어본 적이 없네. 좋은 일도 나쁜 일도 자네에 대해서는 얘기한 적이 없어."

"하지만 내가 듣자니 그가 엊그제 카체리나의 집에서 나를 실컷 흉봤다고 하던데? 그래서 그의 말대로 하인 근성이 몸에 밴 나에게 관심이 많다는 걸 알 수 있었네. 도대체 누가 질투를 한단 말인가! 나에 대한 그의 생각 또한 기가 막힌다네. 만약 내가 곧 이 수도원 원장이 되겠다는 꿈을 버리고 수도사를 포기하면, 그때는 페테르부르크에 가서 큰 잡지사에 취직할 거라고 했다네. 한 10년 정도 평론을 쓰다가 결국 그 잡지사를 내가 가질 거라고 하더군. 그 뒤에는 잡지 발행인이 될 거고, 거기서 나오는 잡지는 분명히 자유주의에 무신론이 섞인 성격이 될 거라고 했다네. 어리석은 대중을 유혹하려고 사회주의적 성격을 가진 잡지를 만들되 그 대신 귀는 곤추세우고 적이나 자기편을 가리지 않고 늘 경계 태세일 거라는 거야. 그러니까 내 출세의 마지막은 자네 형이 예언한 대로라면 다음과 같네. 잡지 신청금을 받아서 내 은행 계좌에 입금하고, 유대인이나 누군가의 지도를 받아서 그것을 능력껏 굴려서 재산을 늘린다는 거야. 그렇게 하는 건 잡지가 가진 사회주의적 성격과는 상관없을 테니까. 그래서 페테르부르크에 큰 건물을 짓고, 편집부를 거기로 옮긴 뒤에 나머지 방은 모두 세를 놓을 거라고 했네. 그 건물이 어디에 있을지도 예언했는데 현재 도시 계획 중인 네바강 새 다리를 가로질러서 리테이나야 거리와 비보르그스카야 거리를 잇는 노브이 카멘느이 다리 바로 옆이라고 했네."

"아! 미샤, 그건 정말 그대로 실현될 거야."

알료샤는 유쾌함을 억누르지 못하고 웃으며 말했다.

"알렉세이, 이제 자네까지 나를 놀리나?"

"아니, 농담이네. 용서해주게. 나는 전혀 다른 생각을 하고 있었어. 도대체 누가 자네에게 그렇게 자세하게 말해줬는지 말이야. 누구에게 그런 소리를 들었나? 이반이 그런 말을 할 때 자네가 그 자리에 있었던 것도 아니잖나."

"나는 없었지만 드미트리가 있었네. 드미트리가 그 얘기를 들었으니 그가 나에게 얘기해준 것과 같아. 다른 사람에게 말하는 걸 우연히 엿들은 거긴 하지만 말이야. 실은 그루센카 집에 갔다가 드미트리가 찾아와 옆방에서 얘기하는 걸 전부 듣게 됐다네. 그동안 난 그 여자의 침실에 숨어 있었네."

"아, 그랬군! 자네가 그루센카의 친척인 걸 잊고 있었네."

"친척? 그루센카와 내가 친척이라고?"

라키친은 갑자기 얼굴이 빨개지면서 소리를 질렀다.

"이봐, 자네 제정신인가? 머리가 어떻게 되지 않고서야 어떻게 그런 말을 하는가?"

"아닌가? 친척이 아니었나? 난 그렇게 들었네."

"누가 그런 소릴 했나? 이런, 카라마조프 집 사람들은 자기네 집안이 전통 있는 귀족의 자손이나 되는 것처럼 굴지만, 자네 아버지는 다른 집 부엌에서 찬밥을 얻어먹으려고 어릿광대짓을 한 사람이 아닌가! 자네 같은 귀족들 생각에 사제의 아들인 나는 아주 하찮은 존재겠지만, 재미로 사람을 놀리는 건 그만하게. 알렉세이, 나에게도 명예가 있어! 내가 그루셴카와 친척이라니, 내가 그런 창녀하고 친척 같은가? 사람을 너무 무시하지 말게!"

라키친은 몹시 화가 난 것 같았다.

"용서해주게. 난 자네가 이렇게 화를 낼 줄 몰랐네. 그런데 왜 그 여자가 창녀인가? 정말 그런 여자인가?"

알료샤는 갑자기 얼굴이 붉어졌다.

"또 얘길 꺼내서 미안한데 난 자네가 그 여자의 친척이라고 들었네. 또 자네는 그루셴카 집에 자주 가지만 연애는 하지 않았다고 했잖은가? 나는 자네가 그 여자를 그렇게 혐오하는 줄은 정말 몰랐네! 그루셴카가 정말 그런 여자란 말인가?"

"내가 그 여자에게 갈 때는 이유가 있었네. 하지만 자네에게 더 얘기하고 싶지 않군. 친척이라면 자네 아버지나 형이 그 여자와 자네를 친척으로 만들어주겠지. 내가 아니고 자네 말이야. 자, 이제 도착했군. 자네는 식당 쪽으로 들어가는 게 좋겠네. 이런! 무슨 일이지? 우리가 너무 늦었나? 오찬이 이렇게 일찍 끝날 리가 없는데? 카라마조프네 사람들이 또 소동을 피운 건 아닐까? 분명히 그럴 거야. 저기 자네 아버지 아니신가. 그 뒤를 이반이 따르는군. 수도원장님과 함께 있다가 뛰어나오는 것 같군. 계단 위에서 이오시프 신부가 외치고 있네. 자네 아버지도 손을 휘저으며 맞받아치고 있고. 아마 욕지거릴 하는 것 같군. 저런, 미우소프도 마차를 타고 가는군. 보이는가? 마차의 속도가 빨라지고 있네. 막시모프 지주도 뛰어가고 있군. 분명히 소동이 벌어진 거네! 식사도 못했을 것 같고, 수도원장님을 때린 건 아니겠지? 아니면 저 사람들이 맞았나? 그게 더 그럴듯하군!"

라키친이 수선을 피울 만했다. 정말 본 적도 없고 들은 적도 없는 추태가 벌어진 것이다. 어떤 '영감(靈感)'이 이 모든 것의 발단이었다.

8. 추문

 미우소프가 이반 카라마조프와 함께 수도원장의 방에 들어선 순간, 원래 성실하고 섬세한 편인 미우소프는 내면에서 갑자기 감정이 미묘하게 바뀌면서 자신이 화를 낸 게 창피해졌다. 장로의 암자에서 표도르 같은 인간 말종과 똑같이 화를 내고 이성을 잃다니 몹시 후회스러웠다.
 '신부들은 아무런 잘못이 없지. 만약 여기 있는 수도사들도 점잖다면 나도 그들에게 다정하고 친절하고 예의 바르게 행동하는 게 좋지 않을까? 게다가 수도원장인 니콜라이 신부는 귀족 출신이니까. 논쟁은 이제 그만두고 맞장구를 쳐주며 넘어가야겠다. 그리고 마지막에는 내가 그 이솝 영감의 어릿광대인 피에로와 한패가 아니라는 사실을, 나 역시 재수 없게 그에게 걸려들었다는 걸 알려줘

야지.'

 그는 수도원장이 있는 건물의 계단을 오르며 갑자기 이렇게 생각했다. 현재 소송 중인 벌목권과 어업권(그 자신도 그게 어디에 있는지 모르지만)을 지금 이 순간부터 깨끗하게 포기해야겠다고 생각했다. 그리고 사실 아무런 소득도 없는 이런 권리 때문에 수도원을 상대로 제기했던 소송 전부를 취하하기로 결심했다. 이런 대견한 결심은 그들이 수도원장의 식당 안으로 들어섰을 때 더 굳건해졌다. 건물 안에는 방이 두 개뿐이었으므로 식당이라고 부를 만한 것이 없었다. 장로의 암자와 비교하면 넓고 편리했지만 접대용 가구도 마호가니 나무에 가죽을 씌운 1820년대에 유행했던 오래된 것들이었다. 바닥은 칠이 되어 있지 않았는데 청결해서 은은하게 윤이 났고 창가에는 희귀한 꽃들이 한 다발 꽂혀 있었다. 물론 가장 화려한 것은 방 한가운데 차려진 호화로운 식탁이었다. 이런 경우에 상대적으로 그렇다는 얘기다. 식탁과 그릇은 모두 깨끗했고 반짝이며 빛났다. 세 가지 빵은 잘 구워져 있었고 포도주 두 병, 수도원에서 만드는 맛있는 꿀 두 병 그리고 이 수도원의 유명한 특산품인 크바스*를 담은 커다란 유리병이 놓여 있었다. 하지만 보드카는 없었다.

 라키친이 나중에 말한 것에 따르면 이날 오찬에는 다섯 가지의 요리가 준비되어 있었다. 철갑상어 수프에 생선을 곁들인 피로시

---

* 호밀, 보리 등으로 만들어 시큼한 맛이 나는 러시아식 발효 음료이다.

키,* 특별한 조리법으로 만든 생선찜, 연어 너비 튀김, 과일이 들어간 아이스크림과 설탕에 절인 과일, 블랑망제 등이었다. 궁금증을 참지 못한 라키친이 얼굴을 아는 수도원장의 요리사에게서 직접 물어봐서 알게 된 내용이었다. 그는 도처에 아는 사람이 많아 정보를 잘 얻어냈다. 하지만 질투가 많고 침착하지 못했다. 재능이 뛰어난 것을 자신도 알고 있었지만 자만심 때문에 그것을 신경질적으로 드러내는 경향이 있었다. 그는 자신이 나중에 경영자가 될 거라는 것을 잘 알고 있었지만 정직하지 않았다. 친한 친구인 알료샤는 그가 그 점을 전혀 인식하지 못하는 것이 괴로웠다. 라키친은 책상 위에 놓인 돈을 훔치지 않는 것만으로도 자신이 아주 정직하다고 생각했다. 알료샤뿐만 아니라 그 누구도 그런 그에게 속수무책이었다.

신분이 낮은 라키친은 끼어들 수 없었지만 오찬에는 수도원 측에서도 이오시프 신부, 파이시 신부 그리고 또 한 명의 수사 신부가 초대되었다. 그들은 미우소프와 칼가노프, 이반이 방으로 들어왔을 때 이미 수도원장의 식당에 먼저 도착해 기다리는 중이었다. 그 외에도 암자로 가는 길을 안내해주었던 지주 막시모프도 한쪽 구석에 있었다. 손님을 맞기 위해 수도원장이 방 한가운데로 걸어 나왔는데 그는 키가 컸고 말랐으면서도 아직 건강한 노인이었다. 그의 머리는 검었지만 흰머리가 섞여 있었고, 긴 얼굴은 우울하지

---

* 만두의 일종이다.

만 위엄이 가득했다. 그가 손님에게 일일이 머리를 숙이며 조용하게 인사를 건네자, 손님들은 축복을 받기 위해 그의 앞으로 다가섰다. 미우소프는 손에 입을 맞추려다가 원장이 손을 거두어들이는 바람에 실패했지만, 이반과 칼가노프는 서민들처럼 소박하게 손에 입을 맞춰서 축복을 받을 수 있었다.

"신부님, 먼저 깊은 사죄를 드리겠습니다."

미우소프는 하얀 이를 드러내며 친절하게 말문을 열었지만 어딘가 거만함이 배어 있는 정중한 어조였다.

"초대받은 표도르 카라마조프 씨와 함께 오지 못해서 몹시 유감입니다. 표도르 씨는 사정이 생겨서 원장님의 초대에 응할 수가 없었습니다. 사실은 좀 전에 조시마 장로님의 암자에서 자신의 아들과 집안싸움을 벌이고 그만 흥분해서 그곳에서는 해서는 안 되는……. 한마디로 점잖지 못한 말을 입 밖에 내버렸습니다. 그 일은 원장님께서도 이미(그는 두 신부를 슬며시 바라보았다) 들으신 줄로 압니다. 당사자는 자신의 잘못을 인정하고 뉘우치며 부끄러워했습니다. 진심으로 사죄드리며 유감과 참회의 뜻을 원장님께 전해달라고 저와 자신의 아들인 이반에게 부탁했습니다. 간단하게 설명하면 그 사람은 모든 것을 보상할 각오가 되어 있고, 원장님의 축복을 구하지만 그 사건에 대해서는 잊어주시길 바라고 있습니다."

미우소프는 입을 다물었다. 이 길고 긴 인사를 끝내사 그는 스스로 만족해서 조금 전까지 가슴속에 쌓인 울분이 모두 사라졌다. 그는 다시 진심으로 사람에 대한 사랑을 느꼈다. 수도원장은 위엄 있게 그의 말을 들은 뒤 고개를 숙이며 대답했다.

"이곳에 오지 못한 분에 대해서는 진심으로 유감입니다. 식사를 함께 나누면 우리가 그분을 사랑하듯이 그분도 우리를 사랑하게 될지도 모르는데 말입니다. 자, 여러분, 이제 식사를 시작합시다."

수도원장은 성상 앞에서 감사의 기도를 드렸다. 모두 엄숙하게 고개를 숙였다. 막시모프는 특별히 경건한 마음으로 두 손을 모으고 다른 사람보다 더 몸을 내밀었다.

마지막 어릿광대 극을 펼치기 위해서 표도르가 나타난 것은 바로 그 순간이었다. 미리 말해두자면, 그는 정말 집에 돌아갈 생각을 하고 있었다. 장로의 암자에서 그가 추악하게 소동을 벌인 이상 아무 일도 없었던 것처럼 수도원장의 오찬에 참석할 수 없다고 생각했기 때문이다. 그러나 그것은 자신의 행동을 창피하게 생각하고 진심으로 뉘우쳤기 때문이 아니었다. 아니, 심지어 정반대였을지도 모른다. 어쨌든 그는 오찬에 참석하는 것은 예의에 어긋난다고 생각해서 집으로 가려고 했다. 그러나 그의 오래된 마차가 여관 현관 앞에 도착하고 그 마차에 오르려고 하는 순간, 그는 갑자기 걸음을 멈췄다. 자신이 장로에게 했던 말이 갑자기 생각났기 때문이었다.

'사람들 앞에 나설 때 저는 제 자신을 야비하다고 생각합니다. 모두가 저를 어릿광대로 생각하지요. 그래서 저는 그래, 그렇다면 정말 어릿광대가 되겠다, 너희 생각 따위는 무섭지 않다. 모두가

나보다 더 야비하니까.'

　문득 그는 자신의 추태에 대해 반대로 그들에게 복수해야겠다고 생각했다. 언젠가 누군가 그에게 왜 그렇게 사람을 미워하는지 묻던 것도 떠올랐다. 그때 그는 어릿광대다운 파렴치한 태도로 이렇게 대답했다.

　"사실 그는 내게 나쁜 짓을 하지 않았지. 오히려 내가 그에게 야비한 짓을 했지."

　그때의 일이 떠오르자 표도르는 잠시 생각에 잠겨 짓궂게 웃었다. 그의 눈이 갑자기 빛나고 입술까지 파르르 떨렸다.

　'이왕 이렇게 된 거 갈 데까지 가보자!'

　그는 결심했다. 이 순간, 그의 마음속에 깊이 감춰져 있던 감정은 아마 이렇게 표현할 수 있을 것이다.

　'어차피 내 명예를 회복하기는 틀렸어. 그렇다면 저들의 얼굴에 침이나 실컷 뱉어야지. 그자들이 뭐라고 하든 내 알바 아니거든!'

　그는 마부에게 기다리라고 말한 뒤 서둘러 수도원으로 되돌아가서 수도원장이 있는 건물로 달렸다. 자신이 무슨 짓을 하려는 것인지 그 자신도 몰랐지만 중요한 건 누구도 자신을 말릴 수 없으며, 누가 조금이라도 건드리면 당장 최악의 상황을 만들어서 마지막 선을 넘어버릴 것을 스스로 잘 알고 있었다. 그렇지만 단지 추악한 행동일 뿐이고 법적인 처벌을 받을 수 있는 범죄는 아니었다. 그는 죄악의 경우에는 언제나 적당한 순간에 스스로 억눌렀고 이따금 그런 자신을 보며 감탄하기까지 했다.

수도원장의 기도가 끝나고 사람들이 식탁에 앉으려고 하던 그 순간, 그가 나타났다. 그는 문지방에 서서 사람들을 둘러보더니 뻔뻔하고 징그러운 웃음소리를 길게 내며 한 사람 한 사람의 눈을 노려보았다.

"모두 내가 떠난 걸로 알았겠지만, 난 여기 있소!"

그는 식당이 떠나갈 정도로 외쳤다. 한동안 사람들은 넋을 잃고 멍하니 그의 얼굴만 바라보았다. 그러나 금세 이제부터 추악한 사건이 벌어질 것이라는 것을 직감했다. 미우소프의 온화한 기분은 흉악하게 바뀌었다. 그의 가슴속에서 사라졌던 모든 것이 한꺼번에 되살아나기 시작했던 것이다.

"아니, 이건 정말 못 참겠군! 도저히 참을 수 없어! 절대로!"

미우소프가 외쳤다. 온몸의 피가 머리로 치솟는 듯했다. 혀가 마비되는 듯했으나 신경 쓰지 않았다. 그는 모자를 그러쥐었다.

"대체 뭐가 안 된다고 그러는 거요? 도저히 안 되는 건 무엇이고, 절대로 참을 수 없는 것은 무엇인가? 그런데 원장님, 들어가도 될까요? 저를 손님으로 맞으시겠습니까?"

표도르가 외쳤다.

"진심을 다해 환영합니다."

수도원장은 표도르에게 대답하고 이렇게 덧붙였다.

"여러분, 진심으로 말씀드립니다. 순간적인 감정은 잊고 준비한 건 별로 없지만 이 오찬을 함께 들면서 하느님께 기도해서 사랑과 가족 같은 즐거운 분위기 속에 하나가 되기를……."

"아니, 안 됩니다. 그건 절대 불가능합니다."

미우소프가 정신 나간 듯이 외쳤다.

"미우소프 씨가 불가능하다면 저 역시 불가능하니 전 가야겠습니다. 이제부터는 미우소프 씨를 그림자처럼 따라다니려고요. 미우소프 씨, 돌아가십시다. 나도 돌아가겠소. 만일 당신이 여기 있으면 나도 여기 있겠소. 원장님, 가족 같은 화목한 분위기라고 말씀하시니 저 사람이 찔리는 구석이 있나 봅니다. 저 사람은 본디 나를 친척으로 인정하지 않으니까요! 안 그렇소, 폰 존? 저기 서 있는 사람이 바로 폰 존입니다, 안녕하시오, 폰 존?"

"그건, 저에게 하는 말씀이신가요?"

어리둥절한 지주 막시모프가 말했다.

"물론이오! 당신이 아니면 대체 누구란 말이오? 설마 원장님께서 폰 존이겠소."

"하지만 저도 폰 존이 아닙니다. 막시모프입니다."

"아니, 당신은 폰 존이오. 신부님, 폰 존이 누구인지 아십니까? 살인 사건의 주인공인데 그 사람이 살해된 것은 어떤 타락한 곳이었습니다. 이곳에서는 그렇게 부르더군요. 어쨌든 그는 나이도 꽤 들었는데 그런 곳에서 돈도 빼앗기고 살해되어 상자 속에 담겨 페테르부르크에서 모스크바까지 화물 열차로 운송되었습니다. 그런데 상자에 못을 박을 때 방탕한 여자들이 노래를 부르고 구슬리*

---

* 러시아 악기이다.

도 연주했답니다. 바로 그 폰 존이 여기 이 사람입니다. 죽은 사람이 다시 살아난 거지요. 안 그렇습니까, 폰 존?"

"저게 도대체 무슨 말인 건지? 왜 저런 말을 하는 거지?"

신부들 사이에서 이런 소리가 들렸다.

"갑시다!"

미우소프가 칼가노프에게 외쳤다.

"잠시 기다리시오."

표도르는 방으로 들어가서 쇳소리가 섞인 목소리로 미우소프를 말렸다.

"할 말은 하고 가겠소. 암자에서는 내가 민물고기 얘기를 꺼내서 모두 나를 예의 없다고 질책하더군요. 내 친척인 미우소프 씨는 말할 때 '진실함보다 고상함(plus de noblesse que de sincérité)'을 더 좋아하는 것 같은데 난 반대로 '고상함보다는 진실함'이 있는 말을 더 좋아하니까 고상함(noblesse)은 개나 주라고 하시오! 그렇지요, 폰 존?

죄송하지만 원장님, 나는 어릿광대로서 광대놀음을 좋아하지만 그래도 명예를 존중하는 남자로서 확실하게 말씀드리겠습니다. 맞습니다. 명예를 존중하는 남자이지만, 미우소프 씨는 마음속에 억눌린 자존심밖에 없는 사람입니다. 어쨌든 내가 오늘 이곳에 온 것도 상황을 보고 한마디 하기 위해서였는지 모릅니다. 내 아들인 알렉세이가 이곳에서 지내고 있는데 아버지 되는 사람으로 아들의 미래가 무척 걱정됩니다. 걱정하는 것이 당연하지요!

내가 이곳에서 내내 광대 짓을 하며 조용히 살펴보았지만 이제부터는 내 광대 짓의 마지막 장면을 보여드릴까 합니다. 지금 우리나라의 사정은 어떠합니까? 망가질 것은 이미 전부 망가졌습니다. 한번 망가진 것은 영원히 다시 일어설 수 없습니다. 정말 한심한 상황이지요. 나는 다시 일어날 겁니다. 신부님들, 나는 여러분에게 분노합니다. 고해는 절대 비밀을 지켜야 하는 것임에도—그렇다면 나도 거룩하게 엎드려 감사드릴 것이지만—아까 암자에서 살펴보니 모두 무릎을 꿇고 자신의 죄를 크게 말하는 상황이니 도대체 이게 뭡니까! 그렇게 큰 소리로 고해를 하는 것이 과연 맞습니까? 고해는 귓속말로 하라고 옛 성인들이 정해주지 않았습니까. 그렇게 해야만 비밀을 지킬 수 있습니다. 예전부터 고해는 그런 방법으로 이어졌습니다. 그런데 어떻게 많은 사람들 앞에서 자신이 지은 죄를 말하는 겁니까? 아시겠지만, 이따금 부끄럽기 때문에 소리 내지 못할 말도 있는 법입니다. 이것이 추문이 아니고 무엇입니까! 이곳에서 신부님들과 같이 지내면 난 분명히 편신교도(鞭身教徒)*가 될 것입니다. 나는 기회가 오면 언제든지 종무원(宗務院)에 이를 고발하고 내 아들 알렉세이를 데려가겠습니다."

  여기서 지적해둘 것이 있다. 표도르는 세상의 소문을 누구보다 먼저 알고 있었다. 언젠가 장로에 대한(이 수도원뿐만 아니라 장로 제도를 선택한 다른 수도원도 마찬가지로) 나쁜 소문이 퍼져서 대

---

* 편신교는 신비주의적이고 종말론적 성격을 띠는 신비 종교로, 여기에서는 광신적인 고행자를 가리킨다.

주교까지 알게 된 일이 있었다. 장로가 지나친 존경을 받아서 수도원장의 위엄이 떨어졌으며 특히 장로들이 고해의 기밀을 악용하고 있다는 등의 내용이었다. 그러나 이런 소문들은 전혀 근거가 없어서 결국 이 고장을 비롯해서 다른 고장에서도 모두 사라졌다. 그런데 악마가 흥분한 표도르를 더러운 구렁텅이 속으로 끌고 들어가려고 이 오래된 소문을 그에게 속삭인 것이다. 표도르는 이 비난의 의미를 이해할 수도 없었고 그것을 논리적으로 표현하는 것도 불가능했다. 거기다 오늘 장로의 암자에서 크게 참회를 한 사람이 없었기 때문에 표도르가 그런 장면을 보는 건 불가능했다. 그는 옛날 소문이 기억나서 그저 아무렇게나 떠들어댄 것이었으므로 이야기를 끝내고 자신도 터무니없는 헛소리를 늘어놓았다는 사실을 잘 알고 있었다. 그러나 그는 자신의 말이 결코 엉터리가 아니라는 것을 상대보다 자신에게 보여주고 싶어 했다.

그는 말을 하면 할수록 이미 말한 헛소리에 다른 헛소리가 덧붙여질 뿐이라는 것을 훤히 알았지만, 이미 자제할 수 없는 지경이어서 마침내 절벽으로 뛰어내린 것이다.

"어찌 저런 망나니가 있을까!"

미우소프가 크게 소리를 질렀다.

"죄송합니다만."

수도원장이 갑자기 말했다.

"예전부터 이런 말이 전해오고 있습니다. '사람들이 나를 비난하고 나중에는 험한 악담까지 하는지라, 내가 이를 듣고 나 자신에게 말하기를, 이것은 허영에 들뜬 내 영혼을 치료하기 위해 그리스도께서 보내신 선물이도다.' 이처럼 지금 우리도 소중한 손님이신 당신에게 감사를 드리겠습니다!"

그는 표도르에게 공손하게 허리를 숙였다.

"쯧쯧쯧, 이미 알고 있었지. 위선적이고 고리타분해요! 고리타분한 문구에 고리타분한 몸짓! 냄새나는 거짓말에 형식적인 절이나 하다니! 그런 절은 나도 할 줄 안답니다! 실러의《군도》에서 '입술에는 입맞춤을, 심장에는 칼을'이라는 말이 나오지요. 신부님들, 나는 거짓말이 정말 싫소. 나는 진실을 원한다오. 하지만 진실은 민물고기를 먹는 곳에만 있지 않지요. 아까 암자에서도 분명히 밝혔습니다. 무엇을 위해 신부님들은 수행에 정진하십니까? 왜 정진을 하며 천국에서 보상을 바라는 건가요? 정말 보상이 있다면 나도 단식일에 수행을 하겠습니다. 그러면 안 됩니다, 안 돼요! 신부님들, 수도원에 처박혀서 남들이 주는 빵으로 배를 불리며 천당에 갈 궁리나 하지 말고, 세상에 나가서 착한 일을 하고 사회에 도움이 되는 일을 하셔야 합니다. 그러는 편이 훨씬 더 어렵지만 말입니다. 원장님, 어떠신가요? 나도 말을 꽤 잘하지요? 그런데 무슨 요리가 나왔을까나?"

표도르가 식탁으로 다가가며 말했다.

"오래된 포트와인에 옐리세예프 형제 가게에서 만든 벌꿀 술이군. 신부님들도 굉장한 미식가이시규! 민물고기만 드시는 줄 알았더니 아니었네요! 신부님들이 식탁에 술병을 올리다니, 하하하!

그런데 이런 걸 여기 가져다준 사람은 누구인가요? 러시아의 성실한 노동자와 농민들이 못이 박힌 손으로 일해서 얼마 되지 않는 돈을, 자신의 가족이나 나라의 요구는 뒤로 한 채 이곳에 가져왔습니다. 신부님들은 백성의 피를 빨아먹고 있어요!"

"그건 너무 지나친 말씀이오!"

이오시프 신부가 말했다. 파이시 신부는 굳은 표정으로 침묵하고 있었다. 미우소프는 방에서 나갔고 칼가노프가 뒤를 이었다.

"그럼 신부님들, 나도 미우소프 씨의 뒤를 따르겠습니다. 앞으로 이곳에 절대로 오지 않겠습니다. 제발 와달라고 애원을 해도 안 오겠습니다! 내가 1000루블을 기부했으니 돈을 또 주지 않을까 하고 눈에 불을 켜고 기다리겠지만, 하하하, 헛수고입니다. 이제는 한 푼도 주지 않겠소! 지나간 청춘과 내가 지금까지 받은 모든 굴욕에 대한 복수입니다!"

그는 스스로 꾸민 감정의 발작을 이기지 못하고 주먹으로 식탁을 쾅! 내리쳤다.

"내 평생에 이 수도원은 의미 있는 곳이오! 이 수도원 때문에 쓰디쓴 눈물도 많이 흘렸소! 마누라가 하느님에게 미쳐서 나를 돌보지 않게 된 것도 모두 당신들 탓이오. 일곱 번이나 교회 회의에서 나를 저주하고 나쁜 소문을 퍼뜨린 것도 당신들이었지. 신부님들, 이제 그만하시오! 지금은 자유주의 시대고, 증기선과 철도의 세기라오. 앞으로는 1000루블은 고사하고, 100루블, 아니 100코페이카도 주지 않을 거요!"

또 한 가지 사실을 지적해두겠다. 그의 평생에 이 수도원이 특별한 의미를 준 적은 한 번도 없었고, 그가 수도원 때문에 눈물을 흘린 적도 없었다. 그러나 그는 스스로 쥐어짠 눈물에 감동해서 스스로 사실인 것처럼 느꼈고, 실제로 감격해서 눈물을 흘릴 뻔했다. 그러나 그와 동시에 그는 이제 물러날 때가 되었음을 느꼈다. 수도원장은 그의 악의적인 거짓말을 듣고 머리를 숙였고 다시 훈계하듯 말했다.

"이런 말씀이 있습니다. '그대에게 가해지는 모욕을 기쁘게 참고, 그대를 모욕하는 자를 미워하지 말 것이며, 또한 헛된 증오에 사로잡히지 말지어다.' 그래서 우리도 그렇게 실천하고 있습니다."

"쯧쯧쯧, 또 형식적인 소리를 하는구려! 그건 다 헛소리요! 신부님들, 위선자인 나는 갈 테니까. 그리고 내 아들 알렉세이는 아버지의 권한으로 영원히 데려가겠소. 존경하는 아들 이반아, 너도 같이 돌아갈 거지? 그리고 폰 존, 그대도 여기 있을 필요 없소! 읍내에 있는 우리 집으로 당장 오시오. 우리 집이 더 재미있다오. 1km도 떨어지지 않은 곳이니까. 곰팡이 냄새 나는 수도원의 기름 대신 양념이 발라진 새끼 돼지를 대접할 것이니 같이 식사합시다. 코냑도 주고, 리큐어도 주겠소. 아껴둔 딸기술 말이오. 이보게, 폰 존, 이런 행운을 놓칠 건가?"

그는 요란하게 몸을 움직이며 큰 소리로 떠들면서 밖으로 나왔다. 그때 라키친이 표도르를 발견하고 일료샤에게 알려준 섯이었다.

"알렉세이!"

자신의 아들을 본 아버지는 멀리서 외쳐 불렀다.

"오늘 중으로 집에 당장 오거라. 베개와 이불을 몽땅 가지고 와! 이곳에 냄새를 조금이라도 남겨두면 안 된다!"

못 박힌 것처럼 알료샤는 그 자리에 서서 가만히 이 장면을 바라보았다. 결국 표도르는 마차를 탔고, 이반도 알료샤를 본척만척하며 말없이 마차에 타려고 했다. 그러나 이날의 사건에 종지부를 찍는 거의 믿지 못할 촌극은 또 생겼다. 어느새 마차의 발판 앞으로 지주 막시모프가 헐레벌떡 달려온 것이다. 그는 표도르를 놓치지 않기 위해 숨을 헐떡이며 달려온 모양이었다. 라키친과 알료샤는 그가 달려가는 것을 바라보았다. 그는 발판 앞에 도착하자 마차가 떠날까 봐 안절부절못하며 이반이 아직 한쪽 발을 걸치고 있는 발판 위에 자기 발을 올려놓았다. 금방이라도 마차 안으로 뛰어들 태세였다.

"나도 태워주시오!"

막시모프가 마차에 훌쩍 뛰어들면서 외쳤다. 밝게 웃으며 기쁜 표정이 가득한 그의 얼굴에는 행복감에 젖어 무슨 일이 있어도 따라가겠다는 결의가 드러나 있었다.

"그러니까 내가 아까 뭐라고 했소?"

표도르가 의기양양하게 외쳤다.

"폰 존! 당신은 무덤에서 부활한 진짜 폰 존이야! 그런데 어떻게 빠져나온 거요? 폰 존다운 솜씨를 어떻게 발휘했는지 모르겠지만,

차려진 음식을 두고 나오다니 당신도 여간 뻔뻔한 게 아니군! 내 얼굴도 꽤 두껍지만 당신에게는 도저히 못 당하겠어! 자, 안으로 들어오시오. 어서 들어오시오! 이반, 태워드려라, 재미있을 거다. 발밑에 쪼그리고 앉으라고 해. 그래도 되지요, 폰 존? 그게 싫으면 마부 옆자리에 타시오. 좋소, 마부석에 오르시오, 폰 존!"

그러나 이미 마차 안에 앉아 있던 이반이 갑자기 손으로 막시모프의 가슴을 힘껏 밀쳐냈다. 막시모프는 비틀거리며 2m가량 뒤로 튕겨져 나갔고, 넘어지지 않은 것이 다행이었다.

"가자."

이반이 지겹다는 듯이 마부에게 외쳤다.

"왜 그러니? 왜 저 사람을 밀친 거냐?"

표도르가 외쳤지만 마차는 이미 출발한 뒤였다. 이반은 대답하지 않았다.

"괴상한 녀석!"

표도르는 2분 정도 조용히 있다가 아들을 흘끔거리며 다시 말했다.

"오늘 수도원에 모이자고 계획한 것도 너고, 다른 사람을 부추겨서 동의를 얻어낸 것도 넌데 왜, 무엇 때문에 화를 내는 거냐?"

"실없는 소리 그만하세요. 이제 좀 쉬세요."

이반이 쏘아붙였다.

표도르는 다시 2분쯤 입을 다물었다.

"이럴 때는 코냑을 마시는 게 좋지."

그는 점잖게 말했다. 그러나 이반은 대꾸가 없었다.

"집에 가면 너도 한잔해라."

이반은 여전히 대답하지 않았다.

표도르는 다시 2분가량 기다렸다.

"그나저나 알료샤를 수도원에서 데려와야겠어. 너에게는 그리 유쾌하지 않겠지만. 존경해 마지않는 카를 폰 모어군!"

이반은 경멸하는 것처럼 어깨를 으쓱하더니 시선을 돌려 창밖을 바라보았다. 그렇게, 집에 도착할 때까지 두 사람은 아무 말도 하지 않았다.

제1부

제3편 | 음탕한 사람들

1. 하인 방에서

 표도르 카라마조프의 집은 읍내에서 꽤 멀리 떨어진 편이었지만 변두리는 아니었다. 건물은 낡았어도 산뜻한 느낌의 단층집으로 다락방이 있었다. 벽은 전부 회색이었고 함석지붕은 빨간색으로 칠해져 있었다. 아주 오래전에 지어졌지만 아직도 튼튼하고 아늑한 느낌의 집이었다. 집 안에는 광과 벽장이 있었고 계단이 예기치 못한 곳에 여기저기 있었다. 쥐도 꽤 많았다. 그러나 표도르는 별로 개의치 않았다. '밤에 혼자 있을 때 심심하지 않아서 좋다'고 했다. 실제로 그는 밤에 꼭 하인들을 바깥채로 보내고 혼자서 지내는 버릇이 있었다. 마당 건너에 있는 바깥채는 아주 튼튼하고 큰 건물이었다. 그런데 표도르는 안채에도 부엌이 있었지만 음식만큼은 바깥채에서 만들도록 했다. 그는 음식 만드는 냄새를 싫어해서 언제나 마당을 통해 음식을 안채로 운반해야 했다. 본래 이 집은 대가족이 살도록 설계되었기 때문에 안채나 바깥채 모두 지금보다 다섯 배가 많은 사람들이 살아도 충분할 만큼 넓었다. 그런데 이 이야기의 무대가 되었던 그 당시에는 표도르, 이반 그리고 바깥채에 3명의 하인이 살았을 뿐이었다. 하인들은 그리고리 영감과 그의 부인 마르파 할멈 그리고 젊은 스메르자코프라는 요리사였는데, 이 세 사람에 대해서는 자세히 소개하기로 하겠다.

  그리고리 쿠투조프 영감에 대해서는 앞서 설명해두었다. 그는 자신이 옳다고 생각한 것은(무턱대고 논리적이지 않을 때도 있지만) 무슨 일이 있어도 끝까지 해치우는 고집불통이었는데, 예를 들어 돈으로는 살 수 없는 매우 정직한 하인이었다. 그의 부인인 마르파 이그나치예브나도 평생 남편의 뜻을 따른 순박한 노파였지만 잔소리가 심했고 남편에게 바가지를 긁곤 했다. 농노 해방 때, 마르파는 카라마조프댁 하인을 그만두고 모스크바에 가서 작은 가게를 차리자고 남편을 무척 졸랐다(그들에게는 저축한 돈이 조금 있었다). 그러나 그리고리는 즉시 거절했다. '여자들은 부끄러움을 모르는 족속'들이라서 언제나 거짓말을 하기 때문이고, 하인은 주인이 어떻든지 간에 절대로 그 곁을 떠나지 않는 것이 '의무'라고 했다.

  "자네는 '의무'가 무엇인지는 알아?"

  그는 마르파에게 물었다.

  "나도 안다우, 하지만 영감, 이 집에 남는 것이 왜 우리의 의무인 거유?"

마르파 할멈도 지지 않았다.

"아무것도 모르면 조용히 해."

결국 이렇게 그들은 주인 곁에 남았다. 표도르는 이들에게 급료를 조금씩 지불했으나 그리고리는 급료보다 자신이 주인에게 영향력을 가진 사람이라는 것에 스스로 만족했다. 엄격하고 교활한 어릿광대인 주인 표도르는 자신의 말대로 인생의 '어느 면'에서는 확고한 의지가 있었지만 '다른 면'으로는 스스로 놀랄 정도로 우유부단했다. 그는 이 다른 면에 대해 잘 알고 있었고, 그래서 두려운 마음을 갖기도 했다. 이런 일은 엄밀한 경계가 필요한 법이므로 누구라도 충실한 사람이 옆에 붙어 있지 않으면 마음을 놓을 수가 없었다. 그런 점에서 그리고리는 더할 나위 없이 충직한 하인이었다. 표도르는 지금까지 살아오면서 남에게 맞은 적이 수없이 많았고 이따금씩 맞아죽을 뻔한 적도 여러 번이었다. 그럴 때마다 그를 위기에서 구해준 것은 그리고리였다. 물론 표도르를 구해준 다음에는 매번 장황하게 설교를 하기는 했지만 말이다.

단순히 얻어맞기만 했다면 표도르도 두려워하지는 않았을 것이다. 때로는 맞는 것 이외에도 섬세하고 숭고하며 그보다 복잡한 상황이 일어났고 그럴 때마다 표도르는 내심 자신의 주변에 충직한 사람이 있었으면 좋겠다고 생각해왔다. 이러한 마음은 거의 병적이어서, 바닥까지 디락하고 독벌레 같은 색욕을 지닌 표도르도 만취했을 때는 마음속 깊숙한 곳에서 생리적으로 전해지는 영적인 공포와 도덕적인 불안함을 강하게 느꼈다.

 그는 때로 "그런 때는 내 영혼이 목구멍 속에서 파르르 떠는 것 같아"라고 말했다. 바로 그 순간, 그는 자신의 옆에 충직하고 믿을 수 있는 사람이, 같은 공간이 아니라 바깥채라도 좋으니 가까운 곳에 있어주었으면 하고 원했다. 자신과는 다르게 타락하지 않은 사람, 자신의 온갖 추잡함과 비밀을 보고도 충성심으로 인자하게 묵인할 수 있는 사람, 또 자신을 비판하거나 매도하거나 협박하지 않고 필요하다면 자신을 보호해줄 수 있는 사람. 그렇다면 대체 누구한테서? 누구인지 알 수 없지만 무섭고 위험한 인간으로부터일 것이다. 쉽게 말하면 자신과 다른 인간이면서도 친근하게 대할 수 있는 오래된 친구가 필요했다. 견딜 수 없이 마음이 괴로울 때면 그 친구를 만나서 얼굴을 보거나 실없는 농담을 하는 것만으로도 충분할 것 같았다. 그가 자신에게 화를 내지 않으면 마음이 가벼워지고, 그가 화를 낸다면 그때는 실망하면 될 것이다.

 굉장히 드물기는 했지만 표도르는 한밤중에 바깥채로 나가서 그리고리를 깨우고 안으로 들어오라고 할 때도 몇 번 있었다. 그리고리가 안채에 들어오면 그는 허튼짓을 잠깐 하거나 엉뚱한 야유나 농담을 하고 돌려보냈다. 늙은 하인이 돌아가면 그는 침을 퉤 뱉고는 잠자리에 들었다. 그리고 눕자마자 마치 성자처럼 조용하고도 깊은 잠에 빠져들었다.

 알료샤가 집으로 돌아온 이후에도 표도르에게는 이와 비슷한 일이 일어났다. 같이 살기 때문에 알료샤는 모든 것을 보았지만

'비난하지 않는다'는 점이 그에게 깊은 감명을 주었다. 더욱이 알료샤는 자신이 그동안 누구에게도 받아보지 못했던 정다움을 주었다. 알료샤는 이 노인을 경멸하지 않았을 뿐 아니라 아버지의 자격이 없는 그에게 늘 친절하고 자연스럽게 소박한 애정을 표현했다. 이런 알료샤의 태도는 지금까지 가정다운 가정생활을 해본 적이 없는 늙은 한량이자 '추악한 것'만 좋아한 표도르에게 뜻밖의 선물과 같았다. 그래서 알료샤가 수도원으로 들어가자 그는 지금까지 관심도 없었던 것들을 이제야 조금은 이해하게 되었다고 인정했다.

이미 첫머리에서 늙은 하인 그리고리가 주인의 전처이며 드미트리의 생모인 아델라이다는 미워했지만 후처인 '미친 여자' 소피아는 끝까지 보호해주려고 했다고 언급했다. 그는 소피아에 대해 나쁘거나 경솔하게 말하는 사람들을 혼내주었고 표도르와 이 문제로 여러 번 싸우기도 했다. 그는 불행한 마님에게 동정심을 느꼈고 세월이 흘러서 20년이 지난 지금도 누군가 소피아에 대해 욕을 하면 당장 무안을 주었다. 그리고리는 무척 냉철하고 의젓하며 진중한 사람이었다. 그가 가끔 입을 열 때는 말 한 마디마다 무게감이 있었고 신중했다. 그래서 그가 순종적이고 얌전한 자신의 아내를 어떻게 생각하는지 겉으로는 알기 힘들었다. 그러나 그는 아내를 진심으로 사랑했고 아내도 물론 이 점을 잘 알고 있었다.

그의 아내인 마르파는 어리석지 않았을 뿐만 아니라 남편보다 현명했을 수도 있다. 그에 비하면 살림 솜씨가 무척 실속 있었다.

그녀는 그와 부부가 된 이후 불평이나 말대꾸를 하지 않고 남편이 정신적으로 자신보다 뛰어남을 인정하고 복종하며 존경했다. 그러나 이 부부는 일생을 함께하면서 피할 수 없는 일상을 빼고는 서로 대화를 나눈 일이 매우 드물었다. 그리고리는 자신의 일이나 걱정거리에 대해 늘 엄격하게 혼자서만 생각하는 성격이었고, 마르파는 남편이 충고나 간섭을 원하지 않는 것을 일찍 깨달았다. 그녀는 자신이 말을 하지 않으면 남편이 오히려 자신을 영리하게 생각한다는 것도 잘 알았다. 그리고리는 아내를 평생 때리지 않았지만 딱 한 번 가볍게 손을 댄 적이 있었다. 표도르가 아델라이다와 결혼하던 해에 그 시절 아직 농노였던 마을 처녀들과 부인들이 이 지주 댁에 불려 와서 노래를 부르고 춤을 춘 적이 있었다. '푸른 초원에서'라는 노래가 시작되자, 그때만 해도 새색시였던 마르파가 노래하는 여자들 앞으로 나가서 색다른 동작으로 '러시아 춤'을 추었다. 보통 아낙네들이 추는 시골 춤이 아니었고, 그녀가 미우소프 댁에 하녀로 있었을 무렵 모스크바에서 온 무용 선생에게 배운, 그 집의 사설 극장 무대에서 추었던 세련된 춤이었다. 그리고리는 아내가 춤을 추는 동안 말없이 바라보았다. 그러나 1시간쯤 뒤 아내가 집에 돌아오자 머리카락을 가볍게 잡아당기며 혼을 냈다. 그가 아내에게 손찌검을 한 것은 그것이 처음이자 마지막이었고 마르파는 그 이후 춤을 출 생각조차 하지 않았다.

  그들은 자식이 없었다. 아기가 한 번 생겼지만 곧 죽고 말았다. 그리고리는 어린애를 몹시 좋아했고 자신의 그런 점을 감추려 들지 않았다. 즉, 자기 입으로 그렇게 말했다. 아델라이다가 집을 나가자, 그는 세 살짜리 드미트리를 맡아서 코도 닦아주고 머리도 빗겨주면서 1년이 넘도록 돌봤다. 그 뒤에도 이반과 알료샤를 맡아서 길렀는데 이것 때문에 뺨을 맞은 것도 앞서 밝혔다. 본인 자식을 통해 즐거움을 느낀 것은 아내의 뱃속에 들어 있을 때뿐이었다. 막상 아이가 태어나자 그의 기대는 놀라움과 슬픔으로 변했다. 아들이었지만 육손이었기 때문이다. 그리고리는 실망해서 아기가 세례를 받을 때까지 말도 하지 않고 정원에만 머물렀다. 봄이어서 사흘 내내 말없이 정원의 채소밭을 일구기만 했다. 사흘째 되던 날 아기는 세례를 받을 예정이었고 그리고리는 속으로 결심한 것처럼 보였다. 신부가 세례 준비를 마치고 손님들도 모여서 마침내 대부가 될 표도르까지 나타났을 때, 그리고리는 갑자기 "이 아이에게는 세례가 필요 없다"고 말했다. 물론 소리친 것은 아니고 더듬거리며 겨우 말하고 나서 희미한 시선으로 신부를 물끄러미 쳐다보았다.

"왜 그러시오?"

신부가 놀라워하며 물었다.

"이 아이는 이무기니까요."

그리고리가 중얼거리듯이 말했다.

"이무기? 이무기가 도대체 뭐요?"

그리고리는 잠시 말이 없었다.

"천지신명의 실수로 나온 것입니다."

그는 몹시 모호한 말을 단호하게 중얼거린 뒤 이 일에 대해서는 더 말하고 싶어 하지 않았다. 모두 실컷 웃었지만 불쌍한 아기의 세례는 원래대로 진행되었다. 그리고리는 성수반(聖水盤) 옆에 서서 열심히 기도했다. 끝내 그는 아기에 대한 생각을 바꾸지 않았지만 다른 사람을 막으려고 하지도 않았다. 이 불완전한 아기는 2주일을 더 살았는데 그동안 그는 아기를 한 번도 들여다보지 않았고 내내 밖에 있었다. 하지만 보름 후 아기가 아구창으로 죽자 그제야 아기를 관 속에 누이고 몹시 슬퍼하며 그 관을 바라보았다. 얕은 흙구덩이에 관을 묻은 뒤, 무릎을 꿇은 채 아기의 무덤을 향해 머리가 땅에 닿을 정도로 절했다. 그 뒤로 세월이 많이 흐르는 동안 그는 죽은 아기에 대해 이야기를 꺼내지 않았다. 마르파도 남편에게 아기 이야기를 꺼내지 않았고 가끔 남편이 없을 때 '갓난아기'에 대한 말을 하려면 귓속말로 소곤거렸다. 마르파가 말하길 그리고리는 아기를 묻고 난 뒤 종교에 몰두해서 《순교자 열전》을 읽었다고 한다. 그는 크고 둥근 은테 안경을 쓰고 눈으로만 읽었는데, 사순절을 제외하고는 소리 내어 읽지 않았다. 그는 구약 성경의 〈욥기〉를 주로 읽었고, 어딘가에서 '하느님의 성스러운 사제'인 성 이삭 시린의 잠언집과 설교집 등을 구해서 여러 해 동안 꾸준히 읽었다. 하지만 내용은 제대로 이해하지 못했다. 그러나 이해하지 못했기 때문에 더욱 그 책을 소중하게 생각하고 사랑했는지도 모른다. 최근 들어서 편신교의 교리에 관심을 두고 심한 충격을 받은 것 같았지만 구태여 새로운 종교로 전향할 생각은 하지 않았다.

열심히 종교 서적을 읽어서 지식을 쌓은 덕분인지 그는 전보다 더 엄숙해 보였다.

그리고리에게는 아마도 본디 신비주의 경향이 있었을 것이다. 그런데 마치 주문을 외운 것처럼 육손이 아기의 출생 그리고 죽음과 동시에 해괴한 사건이 생기는 바람에 그가 훗날 말한 대로 그의 마음에 깊은 '자국'이 생긴 것이다. 그것은 육손이 아기를 묻은 바로 그날 밤에 생겼다. 깊은 밤, 마르파는 갓난쟁이의 울음소리를 듣고 문득 잠에서 일어났다. 그녀는 깜짝 놀라서 남편을 깨웠다. 그리고리는 오랫동안 가만히 들어보더니 갓난아기의 우는 소리가 아니라 사람의 신음소리, 그것도 '여자'의 신음소리 같다고 말했다. 그는 일어나서 옷을 입었다. 꽤 따뜻한 5월의 어느 밤이었다. 현관의 층계로 나와서 귀를 기울이니 신음소리는 분명히 정원에서 들려왔다. 밤이 되면 정원은 안에서 자물쇠를 채우지만 정원 둘레에는 높고 튼튼한 울타리가 둘러져 있어서 그 문을 열지 않으면 정원 안으로 들어갈 수 없게 되어 있었다. 그리고리는 일단 방으로 돌아온 뒤 초롱에 불을 켜고 정원을 열 수 있는 열쇠를 손에 쥐었다. 그리고 마르파가 겁에 질려서는 죽은 아기가 울면서 자신을 부르는 것 같다며 히스테리를 부려도 아랑곳하지 않고 말없이 정원으로 나갔다. 샛문 가까운 정원 한구석의 목욕탕에서 신음소리가 들렸고 그것은 분명히 여자의 신음소리였다. 목욕탕 문을 열자, 그리고리는 눈앞의 광경을 보고 말뚝처럼 그 자리에 서버렸다. 읍내를 돌아다니는, 리자베타 스메르자시차야*라고 불리는 백치 아가씨가 목욕탕에서 아기를 낳았기 때문이었다. 어머니 옆에 아기가 누워 있었고 산모는 아기 옆에서 죽어가고 있었다. 그녀는 아무런 말도 하지 못했다. 본디 말을 할 수 없었기 때문이다. 하지만 이 사건은 특별한 설명이 필요할 것이다.

---

* '악취가 나는 여자'라는 의미이다.

2. 리자베타 스메르자시차야

이 사건에는 그리고리를 깊숙하게 흔드는 특별한 사정이 있었다. 예전부터 그가 품고 있던 불쾌하고 추악한 의혹이 분명한 사실이라는 것을 확인시켜주었기 때문이다. 리자베타 스메르자시차야는 키가 몹시 작아서 그녀가 죽은 뒤에 이 읍내의 신앙심 깊은 노파들은 "키가 140cm도 안 되는 꼬마였어!" 하고 안쓰럽게 소곤거렸다. 그녀는 이제 스무 살이 되었고 얼굴빛도 좋았지만 항상 넋나간 표정이었다. 눈동자는 온순했지만 늘 한곳만 바라보고 있어서 어딘지 모르게 불쾌감이 들었다.

리자베타 스메르자시차야는 여름이나 겨울이나 언제나 삼베옷을 걸치고 밤이나 낮이나 맨발로 나다녔다. 그녀의 새카만 머리카락은 양털처럼 곱슬거렸는데 마치 큰 모자를 쓴 것처럼 보였고 언제나 진흙탕이나 맨땅 위에서 자는 바람에 가랑잎, 대팻밥, 나뭇가지, 검불 같은 것들이 붙어 있었다. 그녀의 아버지는 일리야라는 사람이었는데 재산을 탕진하고 병이 든 채 집도 없이 품팔이를 하며 돌아다녔다. 그는 몇 년 전부터 읍내의 부자 상인 집에 얹혀살았다. 그녀의 어머니는 오래전에 죽었고, 병 때문에 신경질적이던 일리야는 딸이 집에 돌아오면 막무가내로 때려서 쫓아냈다.

  하지만 그녀는 유로지비였고 어디를 가든 대접을 받았기 때문에 아버지에게 거의 들르지 않았다. 일리야의 주인과 아버지 일리야를 포함하여 읍내의 정 많은 상인과 부인들은 늘 속옷만 입은 리자베타에게 점잖은 옷을 입혀주려고 겨울이 오면 양털 외투를 입혀주고 장화도 신겨주었다. 그러나 리자베타는 그들이 입혀줄 때는 가만히 있다가 혼자 있게 되면 성당 문 앞 같은 곳에서 얻어 입은 모자와 외투, 치마, 장화 등을 전부 벗어던지고 전처럼 속옷만 입고 맨발로 가버렸다. 언젠가 현에 새로 부임한 지사가 순찰 차 읍에 왔다가 우연히 리자베타를 보고 크게 불쾌해했다. 지사는 보고를 받고 그녀가 유로지비라는 것을 알았으나 젊은 아가씨가 속옷 차림으로 거리를 돌아다니는 것은 풍기문란이므로 앞으로는 이런 일이 없도록 하라고 지시했다. 그러나 지사가 돌아가자 리자베타는 다시 전처럼 방치되었다.

  리자베타의 아버지가 죽자 사람들은 고아가 된 그녀를 더욱 친절히 대했다. 모든 사람이 그녀를 사랑하고 있었기 때문에 사내아이들이나 특히 장난꾸러기 초등학생들도 그녀를 못살게 굴지는 않았다. 그녀가 모르는 집에 불쑥 들어가도 아무도 내쫓지 않았고, 오히려 모두 귀여워하며 그녀에게 동전을 건네고는 했다. 그러나 그녀는 돈을 얻으면 성당이나 교도소에 가져가서 자선함에 넣었다. 시장에서 둥근 빵이나 흰 빵을 얻게 되어도 그냥 가지고 다니다가 처음 만나는 어린애에게 주거나 부잣집 부인에게 주어버렸다. 그러면 그들도 기뻐하며 그것을 받았다. 정작 리자베타 본인은 맹물에 검은 빵만 먹었다. 그녀는 거리낌 없이 큰 상점에 들어가 한참 앉아 있곤 했는데, 주인은 값비싼 상품과 돈이 있어도 그녀를 경계하지 않았다. 그녀 앞에 몇천 루블이 쌓여 있어도 단 1코페이카도 없어지지 않았기 때문이다. 교회는 거의 가지 않았고, 밤이면 성당 현관이나 남의 집 울타리를 넘어가서 채소밭에서 잤다(읍내에는 아직도 담장보다 생나무로 된 울타리를 두른 집이 많다). 그래도 겨울이 되면 일주일에 한 번 가던 자신의 집(더 정확하게 말하면 아버지의 주인집이지만)에 매일 밤늦게 들어가서 현관이나 마구간에서 잠을 자고 아침이면 또 사라졌다.

리자베타 스메르자시차야가 이런 생활을 탈 없이 해내는 것을 보고 사람들은 놀랐지만 그녀에게는 이미 습관이 되어서 아무렇지 않았다. 그녀는 키가 작았지만 몸은 굉장히 튼튼했다. 고장의 유지들 중 어떤 사람은 그녀가 자존심 때문에 이런 생활을 하는 것이라고 잘라 말하기도 했지만 그런 생각은 앞뒤가 맞지 않았다. 말도 제대로 못하고 가끔 혀를 굴리며 웅얼거리는 소리를 낼 뿐인 그녀에게 자존심이 있을 것 같지는 않았다.

꽤 오래전에는 이런 일도 있었다. 9월의 어느 날 보름달이 뜬 따뜻한 밤이었다. 너무 늦은 시간에 술집에서 만취한 사내 대여섯 명이 '뒷길'을 통해 집에 가고 있었다. 골목의 양 옆은 생나무 울타리로 이어졌고 울타리 너머에는 채소밭이 있었다. 그 골목길을 계속 걸어 나가면 시궁창 위에 있는 다리로 곧장 연결되었다. 그들은 그 생나무 울타리 옆의 쐐기풀과 우엉이 울창하게 자란 곳에서 리자베타가 잠든 것을 보았다. 술에 취한 이 사내들은 음담패설을 늘어놓았다. 그리고 갑자기 한 사람의 머릿속에 해괴한 생각이 떠올랐다.

"누가 이 짐승 같은 백치를 여자로 만들 수 있을까? 지금 이곳에서 당장."

꽤 이름난 놈팡이 사내들도 이 말을 듣고 모두 얼굴을 찌푸리고 고개를 저으며 불가능하다고 답했다. 그런데 일행 중에 끼어 있던 표도르가 앞으로 나오더니 얼마든지 가능하며 남다른 재미도 있을 거라고 말했다. 이 시절의 표도르는 어릿광대처럼 사람들을 웃기는 일을 취미로 즐기고 있었다. 겉으로 보기에는 이들과 잘 어울리는 것 같았지만 실상은 일종의 하인 같은 존재였다. 게다가 이 일이 있었던 때는 첫 번째 아내였던 아델라이다가 페테르부르크에서 사망했다는 소식이 들려왔을 무렵이었다. 표도르는 모자에 상장(喪章)을 달고 온갖 추태를 부렸기 때문에 그 지방의 이름난 난봉꾼들도 고개를 저을 정도였다.

표도르가 예기치 않은 주장을 펼치자 그들은 모두 크게 웃었다.

어떤 사람은 표도르에게 지금 당장 그것을 증명해 보이라고 부추겼다. 물론 다른 사람들은 생각만 해도 더러운 듯이 침을 뱉었지만 여전히 흥겨운 분위기였다. 오랫동안 그렇게 시시껄렁한 농담을 주고받다가 그들은 결국 각자의 집으로 돌아갔다. 표도르도 맹세코 나중에 그들과 함께 분명히 그곳을 떠났다고 성호까지 그었다. 표도르의 말이 사실일 수도 있지만, 그 일에 대해 정확하게 알고 있는 사람이 없었기 때문에 검증할 방법은 없었다. 대여섯 달이 흐른 뒤, 마을 사람들은 리자베타의 배가 불렀다며 격분하여 수군댔다. 범인을 찾아내려고도 했지만 누구인지 알아내지는 못했다. 그런데 별안간 리자베타의 배가 부르게 한 장본인이 표도르라는 소문이 떠돌았다. 도대체 이런 소문이 어디로부터 날아들었을까?

그날 밤 함께 있었던 난봉꾼 가운데 읍내에 살고 있는 사람은 단 하나로, 그는 다 자란 딸들을 둔 가장이었고 오등관(伍等官)이라는 사회적으로도 높은 지위에 있었기 때문에 그런 일이 있었다 해도 함부로 말할 사람은 아니었다. 그 외에 5명은 이미 오래전에 다른 지방으로 이사한 뒤였다. 소문은 곧바로 표도르를 향했고, 아직도 그에 대한 의심이 남아 있는 상태였다. 또한 표도르도 이런 소문에 대해 거세게 항의하지 않았다. 하찮은 장사꾼이나 마을 사람들에게 미주알고주알 변명할 필요를 못 느꼈기 때문이었다. 그 무렵이 그는 몹시 거드름을 피웠고 어릿광대짓을 하더라도 관리나 귀족들만을 대상으로 하고 있었다.

그때 그리고리가 주인을 위해 온 힘을 다해 편을 들었다. 그는 그저 비난으로부터 주인을 보호하려고 했을 뿐만 아니라 그 소문을 없애기 위해 싸움과 언쟁을 벌였다.

"그 난쟁이 여자가 잘못한 거야."

그는 자신만만하게 말했다. 그가 말하는 범인은 '집게손 카르프'였다. '집게손 카르프'는 이 고장에서는 모두 다 아는 흉악범이었고 감옥에서 탈출해서 숨어 지내던 사람이었다. 그의 추리는 꽤 그럴듯했다. 사람들은 그해 초가을 그날 밤 무렵, 카르프가 밤중에 행인 3명을 공격하고 강도짓을 벌인 것을 알고 있었다.

어쨌든 이런 일들은 불쌍한 유로지비에 대한 사람들의 동정심을 앗아가지 않았고 오히려 전보다 더욱 그녀를 보살피고 감싸주게 하였다. 부유한 상인의 미망인인 콘드라치예브나는 4월 말에 리자베타를 자신의 집으로 데려와서 아이를 낳을 때까지 밖에 나가지 못하게 했다. 그 집 사람들이 리자베타를 감시했지만, 아이를 낳기 바로 전날 밤에 리자베타는 콘드라치예브나의 집을 몰래 빠져나와서 표도르의 집에 나타났다. 그녀가 만삭으로 어떻게 높고 튼튼한 울타리를 넘었는지는 아직도 수수께끼였다. 누군가는 어떤 이가 그곳으로 '옮겼을' 거라고 했고 또 누군가는 '악마가 그곳으로 데려다주었을 것'이라고 주장했다. 어떻게 된 일인지 알 수 없는 것은 마찬가지이지만 가장 그럴 듯한 추측은 자연스럽게 그렇게 되었을 것이라는 주장이었다. 리자베타는 평소에도 채소밭에서 잠을 자려고 울타리를 잘 넘어 다녔으므로, 그날 밤에도 있는 힘을 다해 울타리로 올라가서 뛰어내렸으리라는 거였다.

그리고리는 마르파에게 가서 리자베타를 돌봐주라고 한 뒤 근방에 사는 늙은 산파를 부르러 달려갔다. 갓난아기는 목숨을 건졌으나 리자베타는 새벽에 결국 숨을 거두었다. 그리고리는 갓난아기를 안고 집으로 돌아와 아내의 무릎에 내려놓았다.

"고아는 하느님의 자식이기 때문에 누구에게나 친척이오. 우리 부부에게는 더욱 그렇소. 이 아기는 마귀와 천사 같은 어미 사이에서 태어났지만 죽은 우리 아기가 자신을 대신하여 보내준 거요. 그러니까 이 아기를 기르고 앞으로는 울지 마시구려."

그래서 마르파는 아기를 길렀다. 이름은 파벨이었는데 세례도 받고 누가 정한 것도 아닌데 자연스럽게 표도로비치라고 불렸다. 표도르는 리자베타의 일은 부정하면서도 아기에 대해서는 자못 재미있게 여기는 듯했다. 표도르가 어린애를 맡게 된 것을 사람들도 만족스럽게 여겼다. 후에 표도르는 어머니의 별명인 스메르쟈시차야에서 가져온 스메르쟈코프라는 성도 붙여주었다. 이 이야기의 시작 부분에 그리고리 부부와 별채에서 살고 있던 표도르의 두 번째 하인이 바로 그 스메르쟈코프였다. 그는 이 집의 요리사였다. 이 스메르쟈코프에 대해서 특별히 짚고 넘어갈 것이 있지만, 하찮은 하인들의 이야기로 독자를 괴롭히는 것은 미안한 일이므로 그에 대해서는 이야기 전개에 따라서 자연스럽게 언급하기로 하고 지금은 일단 다음의 이야기로 넘어가겠다.

3. 뜨거운 마음의 고백, 시의 형식으로

　알료샤는 아버지가 수도원을 떠나며 마차에서 큰 소리로 자신에게 한 말을 듣고 어리둥절한 표정으로 잠시 서 있었다. 그러나 마냥 그렇게 서 있을 수도 없어서 그는 불안한 마음을 억누르며 수도원장의 부엌으로 달려가서 아버지가 식당에서 무슨 일을 저질렀는지 알아보았다. 그런 뒤 지금까지 자신을 괴롭힌 문제들을 해결할 수 있을지 모른다는 막연한 기대를 가지고 읍내 쪽으로 걸어갔다. 미리 말해두자면, 그는 '베개와 이불을 몽땅 가지고 오라'는 아버지의 명령을 신경 쓰지 않고 있었다. 아버지가 그렇게 크게 외치며 명령을 한 것은 순간적인 '감정'일 뿐으로, 무대 효과를 더 극적으로 연출하기 위해서라는 것을 그는 잘 알고 있었다. 비슷한 사례로 이 고장의 상인이 자신의 명명일 잔치에서 만취하여 보드

카를 더 가져오지 않는다고 손님들이 있는 곳에서 물건을 마구 깨고 아내의 옷을 찢어버리고 유리창까지 깬 일이 있었다. 이런 일도 아버지의 사건처럼 과장된 연기였다. 다음 날 술에서 깬 상인이 깨진 접시와 찻잔을 몹시 아까워한 것은 당연한 일이다. 알료샤는 그래서 아버지도 내일이나 오늘 안으로 자신에게 다시 수도원으로 가라고 할 수도 있다고 생각했다. 알료샤는 아버지가 다른 사람도 아닌 자신을 모욕할 리가 없다고 굳게 믿었다. 그는 이 세상에서 자신을 모욕하려는 사람은 없으며, 그런 마음조차 가질 수 없다고 믿었다. 그에게 이것은 증명이 필요하지 않은 확실한 공리(公理)였고, 그는 이런 면에서는 목표를 향해 흔들리지 않고 나아갈 수 있었다.

  그렇지만 그때 그의 마음에는 전혀 다른 공포가 서렸으며, 그것이 무엇인지 스스로 설명할 수 없었기 때문에 더욱 두려웠다. 그것은 여자에 대한 두려움, 즉 호흘라코바 부인 편에 편지를 보내 이유는 모르지만 반드시 자신에게 와달라고 한 카체리나에 대한 공포심이었다. 그녀의 요구와 반드시 가야 한다는 상황이 그의 마음에는 엄청난 부담으로 다가왔다. 수도원과 수도원장의 식당에서 일어난 여러 가지 소동이 있었지만 아침 내내 두려움이 되어 그를 괴롭히고 시간이 지나면서 더욱 심하게 그를 조여 왔다. 그가 두려움을 느끼는 것은 그녀가 무슨 말을 할지, 또 자신이 어떻게 대답해야 할지 몰라서도 아니고, 그녀가 여자라서 그런 것도 아니었다. 그는 수도원에 들어오기 전까지 여자들 사이에서 자랐기 때문에 여자에 대해 무지하기는 했지만 여자를 무서워하지는 않았다. 그는 여자가 아니라 카체리나가 두려웠다. 처음 본 순간부터 그녀가 무서웠다. 그녀를 본 것은 한두 번으로 많아도 세 번이었고, 우연하게 몇 마디 대화를 나눈 것이 전부였다.

카체리나는 그의 기억 속에서 무척 미인이고, 자존심이 아주 강하며 위압적이었다. 하지만 그를 괴롭힌 것은 그녀의 아름다움이 아닌 다른 무엇이었다. 그래서 자신의 두려움을 설명할 수 없기 때문에 그가 느끼는 공포감은 더욱 커져만 갔다. 알료샤는 그녀의 목적이 더할 나위 없이 고귀하다는 것을 잘 알고 있었다. 그녀의 목적은 그녀의 정의감으로 자신에게 죄를 지은 드미트리를 구원하는 것이었다. 알료샤는 그녀의 아름답고 넓은 마음을 인정해야 한다고 생각하면서도 그녀의 집이 가까워지자 점점 더 공포 때문에 서늘해졌다. 알료샤는 카체리나와 가깝게 지내는 둘째 형 이반이 그녀의 집에 와 있지는 않을 거라고 생각했다. 이반은 아마 아버지와 함께 집에 있을 것이다. 그리고 드미트리도 분명히 거기에 없을 거라고 예상했다. 그렇다면 그와 카체리나 단 두 사람만 이야기를 나누게 될 것이다. 그는 이 운명적인 만남이 이뤄지기 전에 우선 큰형 드미트리를 잠시라도 만나고 싶었다. 그녀가 보낸 편지를 보여주지 않아도 짧게 이야기를 나누고 싶었다. 그러나 드미트리는 읍내의 저쪽 끝에 살고 있었고 지금은 집에도 없을 것 같았다. 그는 약 1분 정도 그 자리에서 망설이다가 마침내 결심하고, 습관처럼 빠르게 성호를 긋고 웃음을 머금은 채 당당한 태도로 무서운 그녀의 집으로 걸어갔다.

　알료샤는 카체리나의 집을 잘 알고 있었다. 볼쇼이 거리를 지나 광장을 거쳐서 가면 꽤 멀리 돌아가게 된다. 작은 읍내였지만 집들이 떨어져 있어서 잘못하면 아주 멀리 돌아가게 될지도 몰랐다. 또 아버지는 아까 한 말을 기억하면서 자신을 기다리고 있을지도 몰랐다. 아버지를 기다리게 하지 않으려면 가능한 한 빨리 다녀와야 했다. 알료샤는 고민을 하다가 결국 뒷길을 통해 질러가는 방법을 택했다. 그는 읍내의 지름길은 손바닥 보듯 훤히 꿰고 있었다. 그러나 뒷길이라고 해도 거의 길은 없고, 낡은 울타리를 따라 걷다가 이따금 남의 집 담을 넘고 마당을 가로질러야 했는데, 남의 집이기는 해도 모두 알고 있는 사람들이라 서로 인사를 나누는 사이였다.

　하여튼 이 지름길을 선택해서 볼쇼이 거리로 나오는 시간이 절반으로 줄어들었다. 하지만 중간에 아버지의 집 바로 옆을 지나야 하는 곳이 있었다. 아버지네 바로 옆집 정원이었는데 그 집은 창문이 네 개 있는 기울어가는 작은 집이었다. 그 집의 주인은 알료샤가 알기로는 읍내 사람이었고 다리가 불편한 노파로 딸과 둘이 살고 있었다. 노파의 딸은 페테르부르크에서 장군 댁 같은 곳에서 최근까지 하녀로 지낸 탓에 세련됐는데, 1년 전부터 어머니의 병간호 때문에 고향에 돌아왔고 세련된 옷차림을 한 멋쟁이였다. 그런데 이 모녀는 형편이 안 좋아져서 카라마조프네 집으로 날마다 수프와 빵을 얻으러 왔고, 마르파도 싫어하지 않고 이들에게 먹을 것을 나누어주었다. 하지만 딸은 음식을 얻으러 다니면서도 자신의 옷은 팔지 않았는데, 그녀의 옷 중에는 귀부인의 야회복처럼 치마가 긴 옷도 있었다. 물론 이 마지막 내용은 읍내에 관련된 것이면 훤히 알고 있는 라키친에게서 우연히 들은 것이다. 알료샤는 그 말을 듣고 곧 잊었지만 지금 그 집 정원에 오자 문득 그 긴 치마가 떠올라서 깊은 생각에 잠겼다가 머리를 갑자기 들었다. 그는 그곳에서 뜻하지 않았던 사람과 갑자기 마주쳤다.

맏형 드미트리가 옆집 정원의 울타리 안에서 무언가에 올라선 채 몸을 앞으로 내밀고 알료샤에게 필사적으로 손짓을 하고 있었다. 혹여 누가 들을세라 소리는커녕 말하는 것조차 두려워하는 눈치였다. 알료샤는 곧장 울타리 근처로 달려갔다.

"네가 마침 봐서 다행이다. 하마터면 소리내 부를 뻔했네."

드미트리가 반가워하며 빠르게 소곤거렸다.

"이쪽으로 넘어와! 빨리! 아, 난 네가 와서 무척 기쁘다. 방금 네 생각을 하던 참이었지."

알료샤도 마찬가지로 반가웠지만 울타리를 어떻게 넘을지 몰라서 잠시 망설였다. 그러자 미차가 굳센 팔로 알료샤의 팔꿈치를 잡았고 알료샤는 긴 수도복을 걸은 채 마을의 장난꾸러기들처럼 잽싸게 울타리를 뛰어넘었다.

"자, 됐다! 이제 가자!"

입가에 흡족한 미소를 띤 채 미차는 속삭였다.

"어디를요?"

주위를 둘러보며 알료샤도 속삭였다. 두 사람 이외에는 텅 빈 정원에 아무도 없었다. 정원은 무척 작았지만 그들이 있는 곳에서 노파의 집까지는 50보 이상 떨어져 있었다.

"아무도 없는데 왜 속삭이는 거예요?"

"왜 속삭이느냐고? 내가 그랬어? 빌어먹을."

드미트리가 갑자기 크게 외쳤다.

"그래, 속삭였느냔 말이지? 그런데 너도 알다시피 사람은 가끔 자신도 모르게 이상해질 때가 있지. 난 지금 여기 숨어서 다른 사람의 비밀을 감시 중이야. 나중에 자세한 건 말하겠지만 비밀이라는 생각을 하다 보니 바보 같은 짓을 하고 말았구나. 목소리를 죽일 필요까지는 없었는데. 이제, 저쪽으로 가자! 그때까지는 조용히 해라. 너에게 입이라도 맞추고 싶구나!

무한히 높은 곳에 영광,
내 마음 높은 곳에 영광!

네가 오기 전까지 여기에 앉아서 이 구절을 되풀이해서 읊고 있었지."

1헥타르 정도의 정원은 사과나무, 떡갈나무, 보리수, 자작나무 등의 나무들이 울타리를 따라 사방에 둘러져 있었다. 텅 빈 풀밭은 가운데에 있었는데, 여름에는 이 풀밭에서 200kg 정도의 건초를 얻을 수 있었다. 봄이 오면 노파는 이 정원을 몇 루블만 받고 남에게 빌려주었는데 자두나무, 살구나무, 딸기밭은 모두 울타리 옆에 있고 최근에 만든 채소밭만 주인집 옆에 있었다. 그 집에서 가장 멀리 떨어진 으슥한 곳으로 드미트리는 동생을 데려갔다. 그곳에는 울창한 보리수, 자두나무, 말오줌나무, 까치밥나무, 라일락 등의 고목이 있었고, 지붕은 기울어지고 녹색 칠도 검게 변한 부서진 낡은 정자도 보였다. 그 정자는 사방의 벽에 격자창이 있었고 지붕은 비를 겨우 막을 수 있을 정도였으며 검게 그을린 상태였다. 소문에 따르면 언제 정자가 세워졌는지는 알 수 없지만 약 50년 전에 알렉산드르 폰 슈미트라는 퇴역한 중령이 지었다고 했다. 하지만 지금은 마루는 썩어서 판자가 흔들리고 기둥에서는 곰팡이 냄새가 나는 등 건물 전체가 완전히 낡아 있었다. 정자의 바닥에는 고정된 녹색 나무 탁자가 한 개 있었고 사람이 앉을 만한 녹색 의자도 몇 개 있었다. 알료샤는 형이 몹시 들뜬 상태라는 것을 알고 있었는데 역시나 정자에 들어가니, 탁자 위에 반쯤 마시다 만 코냑과 유리잔이 있었다.

"코냑이야!"

미차가 소리 내어 웃었다.

"'또 술이야?' 하는 표정이구나. 하지만 환영을 믿지 마라.

허황되고 거짓된 무리를 믿지 말지어다,
그리고 마음속 의심을 버려야 할지어니⋯⋯.*

---

* 1800년대 러시아의 시인 네크라소프의 시이다.

나는 술타령을 하는 게 아니라 네 친구인 돼지 같은 라키친의 말처럼 술을 그저 '즐기는' 거란다. 그놈은 훗날 오등관이 되면 술을 즐기느니 어쩌니 하면서 떠들어댈 거다. 알료샤, 앉거라. 나는 너를 내 가슴에 안고 싶구나. 으스러질 정도로 내가 이 세상에서…… 정말…… 진심으로…… 잘 들어라, 알았니? 내가 정말 사랑하는 사람은 너뿐이야!"

드미트리는 마지막에는 정신을 잃은 것처럼 말했다.

"너 하나만…… 아니 한 명 더 있구나, 나는 '더러운 여자'한테 반했어. 그래서 신세를 망쳤지. 하지만 반한다는 게 꼭 사랑한다는 걸 의미하는 건 아니야. 미워하면서도 반할 수는 있으니까. 잘 들으렴! 이제 잠깐 즐겁게 얘기를 나누자. 어서 탁자 앞에 앉거라. 나는 네 옆에 앉아서 너를 바라보며 전부 얘기해주고 싶구나. 넌 그냥 가만히 앉아서 듣기만 하면 돼. 너에게 전부 얘기해줄 때가 되었지. 하지만 내 생각에 이곳에서는 작게 얘기해야 할 것 같다. 왜냐하면 이곳은…… 이곳은…… 혹시 누가 엿들을지도 모르니까. 어쨌든 모든 것을 전부 설명할게. 이제 일어날 일까지 전부 말이야. 그런데 너를 왜 이렇게 만나고 싶어 했는지 알고 있니? 내가 이곳에 닻을 내린 지 벌써 닷새나 되었어. 내가 그동안 너를 마냥 기다렸던 것은 무엇 때문일까? 왜냐하면 오직 너에게만 전부 털어놓으려고 했기 때문이야. 그래야 하니까, 네가 필요했으니까 말이야. 난 내일 구름 위에서 떨어져서 지금까지의 인생에 삭별을 고하고 동시에 새로운 인생을 시작하게 될 거야. 혹시 너는 꿈에서 산꼭

대기 분화구 안으로 떨어진 적이 있었니? 그런데 나는 지금 꿈속이 아니라 현실에서 생생하게 떨어지고 있단다. 하지만 난 두렵지 않으니 너도 두려워하지 마라. 아니, 두렵지만 그게 나에게는 기분 좋은 일이니까, 아니 기분 좋은 건 아니지. 이건 환희야……. 젠장, 어쨌든 마찬가지야. 강하거나, 약하거나, 여자 같거나, 그 정신은 같아! 그런데 자연을 정말 찬양해야겠다. 햇빛은 밝고, 하늘은 맑고, 나뭇잎들은 푸르고, 한여름 같은 이 조용한 날 오후 3시의 고요함이 어떠냐! 그런데 너는 지금 어디로 가던 참이냐?"

"아버지에게요. 하지만 그전에 카체리나 씨의 집에 먼저 갈 생각이었어요."

"아버지와 그 여자에게? 왜 너를 이곳에 불렀을 것 같니? 내가 너를 만나고 싶어 한 이유는 무엇 때문이겠냐? 지푸라기라도 잡는 마음으로 너를 원하고 너를 갈망했던 것은 너를 아버지와 카체리나에게 보내서 그 두 사람과 모두 인연을 끊으려고 했던 거야. 천사를 보내는 거지. 아무나 보내도 되지만 이런 일에는 천사가 적역이니까. 그런데 그 천사가 그 두 사람에게 가는 길이었다는 거지?"

"정말 나를 보내려고 했나요?"

갑자기 알료샤가 고통스러운 표정을 지었다.

"가만있으렴. 넌 벌써부터 그걸 알고 있었어. 너는 단박에 모든 걸 이해해버린 것처럼 보이는구나. 어쨌든 잠시만 입을 조용히 다물어라. 실망할 것도 없고 눈물을 흘릴 것도 없어!"

드미트리는 자리에서 일어나서 손가락을 이마에 짚고 잠시 생각에 잠겼다.

"그 여자가 너를 불렀구나! 편지가 와서 지금 그 여자에게 가는 거지? 네가 먼저 그 여자 집으로 갈 이유는 없을 테니까."

"여기 편지가 있어요."

알료샤가 주머니에서 편지를 꺼내자 미차는 재빨리 그 편지를 읽었다.

"그래서 너는 뒷길로 온 거였군! 오, 하느님! 동생을 뒷길로 향하게 해서 나를 만나게 해주신 것에 감사드립니다! 이건 흡사 늙고 멍청한 어부에게 황금 물고기가 걸린 옛날이야기와 비슷하구나. 알료샤, 이제 알겠다. 내가 너에게 전부 얘기할 테니 잘 들어라. 누구에게는 어차피 해야 할 얘기야. 하늘에 있는 천사에게는 미리 다 말했지만 땅 위의 천사에게도 얘기해야지. 이 땅에서 천사는 바로 너니까. 그러니까 내 얘기를 잘 듣고, 잘 생각한 다음에 나를 용서해라……. 나는 가장 고결한 사람에게 용서를 받고 싶다. 그런데 알료샤, 만약 어떤 두 사람이 갑자기 이 세상의 모든 것을 저버리고 전혀 모르는 미지의 세계로 가버린다면……. 아니면 최소한 그 중에 한 사람이 아주 날아가거나 죽기 전에 다른 한 사람에게 자신을 위해 어떤 일을 해달라고, 임종 전에나 하는 부탁을 한다면, 그 사람은 그 부탁을 들어줄까? 그들이 만약에 친구나 형제라면 말이다."

"나라면 들어줄 것 같아요. 하지만 그게 무엇인지 빨리 말해요."

알료샤가 말했다.

"빨리 말하라고? 음……, 그런데 알료샤, 서두르지 마라. 넌 지금 몹시 초조하고 불안하구나. 하지만 서두를 필요가 없단다. 이제 세상은 새 궤도에 접어들었어. 알료샤야, 이 황홀한 경지를 네가 못 느끼는 것이 유감스럽구나! 그런데 나는 동생에게 무슨 바보 같은 소리를 하는 건지! 너에게 아무것도 못 느낀다고 말하다니, 왜 이런 바보 같은 소리를 하는지 나도 모르겠다.

인간이여, 고결할지어다!*

이건 누구의 시였지?"
알료샤는 더 기다리기로 마음먹었다. 자신의 의무는 여기에 있는지도 모른다고 생각했기 때문이다. 미차는 탁자 위에 팔을 올리고 손으로 턱을 괸 채 잠시 생각에 빠졌다. 두 사람 모두 말을 하지 않았다.
"알료샤. 너는 비웃지 않을 거야! 나는 내 참회를…… 실러의《환희의 송가》로 시작하려고 했어……. '환희에 부치는 노래' 말이야! 하지만 난 그냥 '환희에 부치는 노래'만 알 뿐 독일어는 몰라. 내가 지금 취해서 술주정을 한다고 생각하지는 말아다오. 나는 멀쩡하니까. 코냑이 있긴 하지만 취하려면 두 병은 마셔야 하잖니…….

---

* 괴테의 시이다.

붉은 얼굴의 실레노스*는,

비틀거리는 나귀를 타고…….

하지만 난 반의 반 병도 안 마셨고 실레노스도 아니다. 실레노스가 아니라 아마 실론**이 맞을 거야. 내가 중요한 결정을 했으니까. 지금 헛소리는 용서하거라. 너는 오늘 헛소리뿐만 아니라 더 많은 것을 용서해줘야 할 테니까. 근데 너무 걱정하지는 마라. 난 실없는 말을 하려는 게 아니고 중요한 얘기를 하려고 하니까. 이제 곧 본론을 얘기하마. 빨리 시작해야지. 잠깐, 그런데 그 시는 어떻게 이어지지……?"

그는 고개를 들고 잠시 생각에 잠기더니 맹렬하게 시를 읊었다.

동굴에 사는 벌거벗은 야만인은

겁에 질려 바위 굴 안에 숨고

광야를 떠도는 유목민은

풍성한 들판을 황폐하게 만들더니

창과 활을 든 수많은 사냥꾼이

숲을 휩쓰는구나……

슬프구나, 파도에 여기저기 밀려서

쓸쓸한 바닷가에 버려진 죽음이여……!

---

* 술의 신 바커스의 양부이다.
** 굳건하고 강한 사람이라는 의미이다.

올림포스의 산정에서

어머니 데메테르가 땅으로 내려와

잃어버린 딸 페르세포네를 찾으려고 헤맬 때

험한 세상에는 반겨주는 이가 없고

여신은 갈 곳을 몰랐네

신들을 경배하는 신전은 없고

어디에도 성소를 지키는 이가 없구나

들판의 과일인 달콤한 포도도

잔치에 없고

피 묻은 제단에서

희생된 고깃덩이만이 연기처럼 사라지니

어디를 가고 어디를 봐도

여신의 슬픈 눈이 바라보는 곳에는

치욕에 빠진

죄 많은 인간의 참혹함뿐이라!

갑자기 미차는 가슴 깊이 흐느꼈다. 그는 알료샤의 손을 세게 잡았다.

"동생아, 들었느냐. 치욕, 끝없는 구렁텅이다. 난 지금 치욕의 진흙탕에 빠져 있어. 인간은 이 세상에서 수없이 많은 고통과 재앙을 겪어야 하지. 하지만 내가 장교 견장을 단 채 코냑을 마시고 방탕함에 빠져 수치심도 잊은 천한 놈이라고 생각하지는 말아라! 나는 요즘 늘 치욕에 빠진 인간에 대해 생각한단다. 내가 지금 거짓말을 하고 있지 않다면 말이야. 이제야 거짓말을 하거나 허풍을 치는 게 아니라면 말이다. 내가 치욕에 빠진 인간을 생각하는 이유는 내가 바로 그런 인간이기 때문이야.

   치욕의 구렁텅이에서
   굳건하게 일어나려면
   고대의 어머니인 대지와
   영원히 하나로 결합할지어다.

하지만 문제는 내가 어떻게 해야 대지가 하나가 될 수 있느냐는 거지. 나는 대지에 입을 맞추지도 않고 대지의 가슴을 두드리지도 않아. 내가 어떻게 하면 농부나 목동이 될 수 있을까? 나는 내가 악취나 오욕 속에 들어가고 있는 건 아닌지, 광명과 환희를 향해 가고 있는 게 맞는지, 이렇게 살면서도 도무지 모르겠어. 바로 이것이 나의 불행이야. 나에게는 이 세상 전부가 수수께끼니까! 나는 예전에 방탕하게 살면서 깊숙하게 치욕에 빠져 있을 때(물론 평생을 그렇게 살았지만) 늘 데메테르 여신과 인간을 노래한 이 시를 읽었지. 그렇다면 그 시가 나를 개과천선하게 해주었을까? 전혀! 그런 일은 절대 없었어. 왜냐하면 나는 카라마조프니까. 어차피 나락으로 떨어진다면 똑바로 떨어지는 것이 낫지. 또 창피하게 살면서 어떤 만족을 느끼기도 하고, 더 나아가 이런 삶이 아름답다고 느끼기도 했지.

바로 그런 치욕 속에서 갑자기 하느님을 찬양하기 시작했어……. '저는 저주받아 마땅한 야비한 놈이지만 하느님의 옷에 입 맞출 수 있게 허락해주세요, 제가 악마를 뒤따르고 있지만 그래도 하느님의 아들입니다, 저는 하느님을 사랑합니다, 이런 환희도 없으면 그때는 세상이 성립되지 못하고 존재하지도 못합니다……'라고 말이야.

하느님의 어린 양들의 영혼을
적시는 영원한 환희여!
그대는 신비스러운 발효의 힘으로
생명의 술잔을 불태운다
풀잎도 빛을 향하고
어둡던 카오스도 태양으로 키워서
점성가들도 알 수 없는
끝없는 우주에 가득 채우셨도다

풍요로운 자연의 품속에서, 환희여!
살아 숨 쉬는 모든 만물은 그대를 마시고
모든 창조물, 모든 사람들은
이끄는 그대의 뒤를 따른다

불행에 빠졌을 때 그대는 친구들을 주고
포도주와 꽃다발을 주었나니
벌레들에게는 정욕을 주고……
이윽고 천사는 하느님 앞에 서리라

하지만 시는 이제 지겹구나! 자꾸 눈물이 나는구나, 나를 그냥 울게 두렴, 이런 멍청한 짓을 하면 모두 나를 놀리겠지만 너는 그러지 않겠지. 그런데 너도 눈이 빨갛게 되었구나. 어쨌든 이제 시는 그만하자. 이제부터는 '벌레'에 대한 얘기를 하자. 하느님께서 정욕을 보내주신 그 벌레에 대한 얘기 말이야.

벌레들에게는 정욕을!

동생아, 알겠느냐? 내가 바로 벌레란다. 이 시는 특별히 나를 얘기한 거야. 그리고 카라마조프 집안사람들은 모두 이런 벌레야. 너 같은 천사의 마음속에도 벌레가 살 테고 그 벌레가 너의 피 안에서 폭풍우를 일으키는 거야. 그건 폭풍우야, 왜 그러냐고? 폭풍 같은 정욕이기 때문이지! 아니 폭풍보다 더하단다……. 아름다움은 진실로 무섭다! 무엇이라고 정의내릴 수 없기 때문에 무섭고, 정의를 내릴 수 없는 건 하느님이 던진 수수께끼이기 때문이다.

아름다움에는 반대의 것들이 하나로 뭉쳐져서 모든 모순이 한 덩어리가 된단다. 알료샤, 나는 배운 건 전혀 없지만 이 문제에 대해서는 다양하고 깊게 생각해봤지. 이 세상에는 셀 수 없는 많은 신비와 수수께끼가 널려 있어서 늘 우리를 괴롭힌단다. 이 수수께끼를 풀어보라는 건 흡사 옷을 젖게 하지 않고 물에 들어갔다가 나오는 것과 똑같지. 아름다움! 또 내가 참을 수 없는 건, 드높은 고귀한 마음과 위대한 지성을 지닌 인간이 마돈나의 이상을 가지고 출발했다가 끝내 소돔의 이상으로 끝나는 거야. 그러나 더 무서운 게 있어. 그건 이미 소돔의 마음을 품은 남자가 마음속에서는 마돈나의 이상을 부정하지 못한 채 순진한 개구쟁이였던 때처럼 그 이상에 마음을 불태우고 있는 거야. 아, 인간의 마음은 넓고 넓구나. 그래서 난 좁혔으면 좋겠다고 생각한다. 이래서야 뭐가 뭔지 도무지 모르겠으니까! 맞아, 이성으로 보면 치욕적인 것이라도 마음의 눈으로 보면 지극한 아름다움으로 보이니 말이다.

 소돔에도 아름다움이 있을까? 한번 믿어보렴. 소돔에 아름다움이 있다고 대부분의 인간은 생각하지. 이 비밀을 너는 알았니? 무서운 건 아름다움은 단지 무서울 뿐만 아니라 신비롭기까지 하다는 거야. 아름다움 안에서 악마와 신이 싸우고 그 싸움터는 바로 인간의 마음이야. 그렇지만 사람은 언제나 자신의 상처를 얘기하게 마련이지. 자, 이제 본론을 얘기하마.

4. 뜨거운 마음의 고백, 일화의 형식으로

"난 그곳에서 지낼 때 무척 방탕하게 살았어. 아버지는 내가 처녀들을 꼬드기려고 수천 루블을 썼다고 말했지만 그건 돼지 같은 망상이고, 나는 그런 적이 없어. 또 그렇다고 해도 '그런 일'을 위해서라면 한 푼도 필요 없지. 돈은 내게 장신구이고 영혼의 기운이며, 소도구일 뿐이니까. 오늘은 귀족의 딸이 애인이었지만 내일이 되면 거리의 천한 여자가 그 자리를 대신할 테지. 나는 양쪽 여자들 모두를 만족시켜줬어. 노래, 춤, 집시 처녀들에게 마구잡이로 돈을 썼어. 필요할 때는 돈을 주기도 했지. 돈을 받는 여자들이었으니까, 이거 진실이다. 여자들은 돈을 받으면 아주 좋아하고 감사함을 느낀단다. 나와 놀았던 여자들 중에는 귀부인들도 있었는데, 모두가 그런 건 아니지만 가끔은 그런 일들이 있었지.

하지만 내가 언제나 좋아한 것은 뒷골목이었다. 큰길 뒤에 있는 좁고, 꼬불거리고, 어둡고, 지저분한 곳 말이야. 그곳에는 늘 모험이 있었고, 예상 밖의 일들이 있었어. 그야말로 진흙탕 속에 있는 천연광(天然鑛)이었지. 이건 비유야, 알료샤. 내가 살던 그 읍내에는 진짜 '그런' 뒷골목이 있었던 건 아니고 도덕적인 뜻으로서의 뒷골목이 있었을 뿐이야. 하지만 네가 나와 같다면 그 뒷골목이 무엇을 뜻하는지 이해할 수 있겠지.

나는 방탕을 사랑하고, 방탕의 치욕을 사랑하고, 방탕의 잔인성마저 사랑했다. 이런데도 내가 빈대가 아니란 말이냐. 더러운 벌레가 아니란 말이냐. 아무래도 나는 카라마조프가 아니냐! 이런 적도 있었다. 어느 겨울 온 읍내 사람들이 마차 일곱 대에 나눠 타고 소풍을 갔었지. 나는 어두운 마차 안에서 옆에 앉은 처녀의 손을 잡고 강제로 입을 맞추었다. 아주 귀엽고 온순하고 가녀린 어떤 관리의 딸이었지. 그 아가씨는 내가 어둠 속에서 별짓을 다 하는데도 얌전히 있더구나. 아마 그다음 날이라도 당장 내가 집으로 찾아와서 청혼이라도 할 줄 알았던 모양이야. 나는 모두가 인정하는 좋은 신랑감이었으니까.

하지만 나는 그 뒤로 다섯 달이 지나도록 그 아가씨에게 말을 붙이기는커녕 아무것도 하지 않았어. 무도회에 가면—그곳에서는 무도회가 자주 열렸지—그 아가씨는 홀의 구석에서 나를 유심히 살펴보곤 했어. 그녀의 눈동자에는 조용한 분노가 끓어오르고 있었지. 이런 장난질은 내 안에 살고 있는 벌레의 더러운 욕정을 어느 정도 해결해줄 뿐이었어. 다섯 달 뒤에 그 아가씨는 어떤 관리와 결혼해서 그곳을 떠났어. 나를 원망하면서도 나를 사랑했던 것이 분명해. 지금 두 사람은 행복하게 잘 살고 있는 것 같더라.

여기서 분명히 말해두고 싶은 건 나는 그 아가씨에 대해서는 아무에게도 얘기하지 않았고 그 아가씨의 명예를 더럽힐 만한 소문도 낸 적이 없어. 야비한 욕망에 사로잡혔고 그 야비함을 사랑했지만 나는 결코 파렴치하진 않다. 그런데 너는 또 얼굴이 빨개졌구나? 눈빛도 이상하고? 너에게 이런 더러운 얘기는 그만해야겠다. 하찮은 얘기에 불과하니까. 폴 드 콕*의 서론에 불과할 뿐인 이야기 아니냐. 그런데 그 잔인한 벌레가 더 크게 자라서 내 마음을 완전히 지배하고 말았단다.

그때의 추억을 모으면 아마 멋진 사진첩이 될 거야. 오, 하느님, 그 귀여운 아가씨들을 축복하소서! 나는 여자들과 헤어질 때도 결코 다투지 않았다. 그 아가씨들의 비밀을 감싸고 이상한 소문도 전혀 내지 않았어. 맞아, 맞아, 이젠 이런 얘긴 그만하자. 내가 너에게 이런 쓸데없는 이야기를 하려고 너를 이리로 데려온 것은 아니니까! 그럼, 아니고말고! 이제부터는 더 진지한 이야기를 하마. 하지만 내가 이런 얘기를 하면서 부끄러워하기는커녕 오히려 신나는 표정을 짓는다고 이상하게 생각할 건 없다."

"내가 얼굴이 빨개져서 그러는 건가요?"

---

* 프랑스의 소설가로, 파리 하층민의 정욕 세계를 묘사하였다.

알료샤가 대답했다.

"형님이 그런 얘기를 하거나 과거가 그랬기 때문에 그랬던 건 아니에요. 나 역시 형님과 같은 사람이라고 느껴서 그런 거예요."

"네가? 그건 좀 지나친 표현이구나."

"아니요, 과장이 아니에요."

알료샤가 강하게 말했다. 그는 예전부터 그런 생각을 해온 것처럼 보였다.

"우리는 같은 계단 위에 서 있어요. 내가 가장 아래 계단에 서 있다면 형님은 더 위에 있는, 한 열세 계단 정도에 있는 게 다른 거죠. 나는 그냥 그렇게 생각해요. 결국은 모두 같다고……. 맨 아래에 있는 계단에 발을 놓으면 언젠가는 반드시 가장 위에 있는 계단까지 올라갈 수 있을 테니까요."

"그럼 처음부터 발을 내딛지 않으면 되겠네?"

"할 수 있으면요."

"그럼 너는 내딛지 않겠구나?"

"그럴 수는 없을 것 같아요."

"그만, 그만, 동생아, 아무 말도 하지 마라! 아, 난 지금 너의 손에 입을 맞추고 싶구나! 예를 들면 감격의 입맞춤 말이다. 그런데 악당 같은 그루센카는 사람을 제법 볼 줄 알아. 언젠가 나한테 너를 잡아먹겠다고 한 적이 있다. 자, 이제는 그만하자. 파리가 모이는 더러운 들판에서 나의 비극으로 무대를 옮기자. 이쪽 무대도 파리가 들끓고 온갖 더러운 것들이 모여 있긴 하지만, 어쨌든 얘기는 이렇다. 아까 아버지가 내가 순진한 아가씨를 꼬드겼다고 이러쿵저러쿵했지만 사실 나의 비극에는 그 비슷한 일이 있긴 했지. 하지만 단 한 번뿐이었고 제대로 되지도 않았다. 그 늙은이는 내 비밀에 대해 잘 알지도 못하면서 그저 짐작만으로 대충 얘기할 뿐이니까. 나는 한 번도 누구에게 이 얘기를 한 적이 없다. 지금 처음으로 너에게 말하는 거야. 이반을 빼고 말이다. 이반은 전부 알고 있어. 벌써 예전부터 알고 있지. 하지만 이반은 마치 무덤 같으니까."

"이반 형이 무덤이라고요?"

"응, 입이 무겁다는 뜻이야."

알료샤는 온 힘을 다해 듣고 있었다.

"그때 나는 포병 대대의 주력 부대에서 근무 중이었어. 신참 소위였지만 장교 취급을 못 받고 마치 유형수처럼 항상 감시를 받고 있었지. 하지만 그 고장 사람들은 나를 반갑게 맞아주었지. 내가 돈을 흥청망청 쓰니까 아마 나를 부잣집 아들로 생각했던 것 같아. 하긴 나도 내가 부자라고 생각하고 있었지만 말이야. 하지만 돈 이외에도 내가 사람들에게 호감을 사는 무언가가 있었을 거야. 모두 나에게 고개를 내저으면서도 실제로는 나를 좋아했으니까.

그런데 우리 대대장이었던 늙은 중령은 웬일인지 나를 마음에 들어 하지 않았어. 그래서 사사건건 나를 혼내주려고 했지만, 나는 뒷줄이 든든했고 그 고장 사람들이 모두 내 편을 들고 있었으니 함부로 하지 못했지. 나도 잘못한 점이 있긴 해. 당연히 해야 하는 존경의 표시조차 하지 않았으니까. 지나치게 오만하게 굴었던 거야.

그런데 이 완고한 늙은이가 나쁜 사람은 아니고 무척 사람이 좋아서 손님을 대접하는 걸 즐겼었지. 그는 두 번이나 결혼을 했다가 두 번 다 홀아비가 된 재수가 옴팡지게 없는 노인이었어. 평민 출신이었던 전처가 낳은 딸이 하나 있었지. 딸도 서민적이었는데 내가 있을 그 당시에 스물네댓 살이나 되었으면서 시집을 못 갔던지라, 죽은 어머니의 동생과 함께 아버지 집에서 살았어. 그 여자의 이모는 순박했고 말이 없는 편이었는데, 중령의 큰딸도 소박한 것 같았지만 성격은 무척 활발했어.

내가 추억에 대해서는 대부분 아름답게 말하긴 하지만 사실 그 아가씨만큼 성격이 좋은 사람은 아직까지 본 적이 없어. 이름은 아가피야 이바노브나였고 평범한 외모지만 러시아 여인의 얼굴에 키도 크고 통통했어. 무엇보다 눈이 아주 예뻤지. 혼담이 두어 번 들어왔지만 잘 안 돼서 노처녀가 되었지만 명랑한 건 여전했지. 나는 이 아가씨와 아주 가깝게 지냈는데 절대로 이상한 관계는 아니었어. 친구 사이로 지내면서 깨끗하게 만났으니까. 나는 가끔 여자들과 친구처럼 지내며 깨끗하게 만났거든. 내가 이 아가씨한테 지금 생각해도 후회될 만큼 노골적인 이야기를 했는데 이 아가씨는 그런 얘기를 듣고도 그저 크게 웃었어.

대부분 여자들은 그런 이야기를 즐기기도 하지만 아가피야는 진짜 숫처녀였으니 더욱 흥미로웠겠지. 그 여자의 흠은 좋은 집안에서 자란 규수 같은 느낌을 찾기 힘들다는 거였지. 아가피야는 이모와 함께 아버지 집에 살았지만 자신을 항상 낮추었고 사교계에 나가서 사람들을 사귀려고도 하지 않았어. 바느질을 잘해서 사람들에게 칭찬도 많이 받고 늘 일거리 부탁이 들어왔는데도 말이야. 재능이 뛰어났지만 부탁을 받아서 일을 하면서도 상대가 돈을 주지 않으면 굳이 대가를 달라고도 하지 않았어.

하지만 아버지인 중령은 딸과 전혀 달랐어. 그는 그곳에서 유명한 유력 인사였기 때문에 사치스러운 생활을 했고, 자주 만찬회나 무도회를 열어서 사람들을 초대했어. 내가 그곳에 도착해서 대대에 배속되었을 때, 마을 사람 모두가 만나기만 하면 중령의 둘째 딸이 곧 페테르부르크에서 돌아온다고 떠들어대더군. 굉장히 아름다운 아가씨로, 수도의 어느 귀족 여학교를 졸업하고 오는 거라고 했지. 이 둘째 딸이 카체리나 이바노브나였는데, 후처에게서 태어났지. 그 후처는 이미 죽었지만 어느 유명한 장군의 딸이었다고 들었어. 믿을 만한 사람한테 들은 바로는 중령과 결혼할 때 지참금은 전혀 가져오지 않았고, 명문가 출신이라는 것 외에는 아무것도 없었다고 하더군. 후에 유산을 상속받을 수도 있지만 시집을 올 때는 아무것도 가진 것이 없었다고 해. 그런데 그 여학교 출신의 아가씨가 돌아오자—실제로는 완전히 돌아온 것이 아니라 그저 잠깐 다니러 온 것뿐이지만—온 마을이 시끄러워져서 마치 죽음에서 부활한 것 같았어. 그 고장의 유명한 귀부인들—고작 장군 부인 둘에 대령 부인 하나였지만—을 비롯해서 모든 사교계 사람들이 이 아가씨에게 엄청난 관심을 가지고 떠받들었지. 무도회나 야유회가 열릴 때마다 아가씨를 환영한다는 의미로 여왕처럼 받들고, 가련한 여자 가정교사를 돕는다는 핑계를 만들어서 그녀를 연극 무대에 초대하는 등 요란법석이었지.

그 무렵 나는 그런 건 신경도 안 썼고 그저 방탕하게 지내면서 마을이 들썩일 정도로 큰 소동을 벌였어. 그래서 포병 대대장 집에서 모임이 있을 때 이 아가씨가 나를 무슨 감정이라도 하듯 유심히 쳐다본 적이 있었지. 나는 관심 없는 척하면서 그녀를 거들떠도 보지 않았고 다가가지도 않았어. 얼마 뒤, 어떤 파티에서 내가 아가씨에게 다가가서 슬며시 말을 걸었더니 입술을 깨물고 나를 쳐다보지도 않은 채 여간 무시하는 게 아니더군. 그래서 나는 '그래, 어디 한번 두고 봐라!' 하고 결심했어.

그때의 나는 누구도 말리지 못하는 망나니였고, 내가 그렇다는 건 나도 잘 알고 있었지. 하지만 여기서 중요한 것은 '카차'라는 이 아가씨가 순진한 여학교 출신이라는 것이 아니고 뚜렷한 개성과 자존심을 가진, 그래서 지성과 교양을 겸비한 여성인데 반해 나는 그런 것을 하나도 갖추지 못했다는 걸 나 스스로 절감한 거야. 내가 그 아가씨에게 청혼할 생각을 했을 것 같아? 전혀, 어림없는 소리지. 내가 두고 보자고 한 것은 나처럼 훌륭한 남자를 알아주지 않는 것에 대한 복수심이었지. 그렇지만 한동안은 여전히 술과 유흥을 즐겼고 결국 중령이 사흘 동안 나를 영창에 가두었어.

그 무렵 아버지가 6000루블을 보내주었어. 내가 정식으로 권리 포기증을 쓰겠다고, 앞으로 단 한 푼도 요구하지 않을 테니 모든 것을 청산하자고 했기 때문이야. 그때 나는 정말 아무것도 몰랐어.

알료샤, 알겠어? 난 이곳에 올 때까지도, 바로 며칠 전까지만 해도, 아니 오늘까지도 아버지와의 금전 관계에 대해서는 아는 게 없었다. 하지만 그런 문제는 상관없으니 나중에 다시 얘기하자.

그 6000루블을 받은 뒤, 나는 한 친구가 보낸 편지에서 아주 흥미로운 사실을 우연히 알았어. 우리 대대장인 중령이 공금을 횡령한 혐의로 상부의 감찰을 받는다는 거였지. 반대파 사람들이 중령을 해치려고 꾸민 계획이었는데, 사단장이 직접 검열까지 나와서 그를 심하게 압박했고 결국 제대 명령이 떨어졌어. 아주 당연한 얘기지만 그에게 적이 있었던 거지. 그런 일이 있고 난 뒤 중령과 그의 가족을 대하는 마을 사람들의 태도가 차갑게 변했고, 썰물이 빠져나간 것처럼 아무도 가까이하려고 하지 않았어.

바로 이때 나는 움직였지. 나는 친하게 지내던 아가피야에게 이런 말을 했어.

'아버님이 관리하던 공금 4500루블이 없어졌다고 하던데 사실인가요?'

'무슨 말씀인가요? 지난번에 장군님이 오셨을 때 전부 그대로였는데……'

'그때는 그랬지만 지금은 그렇지 않다는 말이지요.'

내 얘기를 들은 아가피야는 깜짝 놀랐어.

'사람을 놀라게 하시는군요. 누구에게 그런 얘기를 들었나요?'

'걱정 마세요! 아직 아무도 모르니 나만 입을 다물면 아무 일 없을 거예요. 당신도 알다시피 나는 이런 문제에 대해서는 입이 무거워요. 하지만 만일 상황이 나빠지면 군법 회의에 회부될 겁니다. 당신 아버지가 4500루블을 갚지 못하면 그 나이에 병졸로 강등될 수밖에 없다는 말이지요. 그러니 여학교를 졸업한 동생을 몰래 나에게 보내세요. 집에서 부쳐준 돈이 있어서 4000루블가량은 빌려줄 수 있어요. 신께 맹세하는데 비밀을 지켜드릴게요.'

'아, 당신은 정말 야비하군요!―정말 이렇게 말했어―야비하고 추잡한 악당이에요! 감히 어떻게 그런 말을!'

그녀는 엄청나게 화를 내며 가버렸어. 나는 짓궂게 그 뒤를 쫓아가서 비밀은 지켜준다고 다시 한번 외쳤지. 미리 말해두면 아가피야와 그 이모는 이 문제에 대해서는 천사처럼 순수했어. 그 두 여자는 자존심 강한 카챠를 진심을 다해 사랑해서 하녀처럼 자신을 낮추면서까지 아끼고 보살폈는데, 아가피야는 우리가 나눈 이야기를 곧 동생에게 말했어. 나중에서야 나는 이런 사정을 알았는데 아가피야는 숨김없이 다 말했던 것 같아. 내가 노린 게 바로 그 점이었다는 건 말 안 해도 알겠지.

그런데 갑자기 신임 대대장인 소령이 부임해서 인수인계가 시작됐어. 늙은 중령은 갑자기 쓰러져서 꼼짝도 못했기 때문에 이틀을 집에서 나오지도 않고 공금을 인계할 생각도 하지 않았지. 군의관인 크라프첸코까지 분명히 병에 걸렸다고 증언했어. 하지만 나는 그전부터 모든 걸 다 알고 있었지. 사령관의 검열이 끝나면 그 돈은 4년에 걸쳐서 계속 얼마씩 사라졌지. 중령이 믿을 만한 상인에게 이 돈을 빌려주고 이자를 받았던 거지. 상인은 우리 고장에 사는 트리포노프라는 홀아비 노인이었어. 금테 안경을 쓰고 수염이 난 이 노인은 중령이 빌려준 돈으로 장날에 장사를 하고 돌아와서 돈을 꼭 돌려주었는데 그 돈에는 물론 이자와 선물이 붙었지.

그런데 이번에는 이 상인이 장사가 끝났는데도 돈을 돌려주지 않았던 거야. 이건 트리포노프의 상속인인 망나니 아들에게서 우연히 들어서 알게 되었지. 아무튼 그래서 중령이 부리나케 달려가니까 돌아온 대답은 '당신에게서 받은 게 아무것도 없고, 받을 이유도 없습니다'였지. 닭 잡아먹고 오리발 내민다는 말이 딱 어울릴 거야. 그래서 중령은 드러눕게 된 거지. 어느 날, 여자 3명이 얼음찜질을 한다고 요란을 떨었는데 갑자기 연락병이 장부와 명령서를 가지고 들이닥쳤던 거야. 명령서에는 '귀관은 2시간 안에 반드시 공금을 반납할 것'이라고 쓰여 있었어. 그는 서명을 하고—나도 장부에 서명한 것을 나중에 봤어—군복을 입으려고 자기 방으로 가서, 2연발 엽총에 화약을 채우고 군용 총알을 채운 뒤, 오른쪽 장화를 벗고 가슴에 총구를 댄 채 방아쇠를 발가락으로 더듬거렸어. 그런데 때마침, 내가 말한 대로 아버지를 유심히 살피던 아가피야가 아버지의 침실에 갔다가 절묘하게 그걸 본 거야. 그녀는 재빨리 달려들어서 아버지를 뒤에서 힘껏 껴안았어. 천장을 향해서 총이 발사되었기 때문에 아무도 다치지 않았지만, 곧 사람들이 와서 중령에게서 총을 빼앗고 움직이지 못하게 하려고 두 손을 묶으려 하는 등 크게 소동을 벌였지. 하지만 이건 나중에 전부 알게 된 일이고, 나는 그때 집에서 외출 준비 중이었어. 해질 무렵이

어서 옷을 갈아입고, 머리를 빗고, 목도리를 두른 뒤, 코트를 들고 집을 막 나서려는데 갑자기 문이 열리고 내 앞에 카체리나가 나타난 거야!

세상에는 이상한 일도 있는 법이잖아. 내 집으로 그 아가씨가 들어오는 걸 이상하게도 아무도 못 보았어. 그래서 마을에서는 이 일을 아무도 몰랐지. 나는 미망인 둘이 운영하는 집에서 하숙을 했는데 둘 다 늙은 노파라서 내게 잘 대해주었어. 이 점잖은 할머니들은 내 말이라면 무엇이든 다 들어주기 때문에 이 일에 대해서도 내가 한 부탁을 지키기 위해서 입을 꾹 다물었어. 물론 나는 카체리나가 왜 찾아왔는지 단박에 알 수 있었어. 방 안에 들어서자마자 나를 똑바로 바라보았는데 그 까만 눈동자에는 대담하고 결연한 기운이 서려 있었어. 하지만 입술과 입가에는 망설이는 기색이 역력했지.

'내가 스스로 당신을 찾아오면 4500루블을 주실 거라고 언니한테 들었어요. 그래서 왔어요. 돈을 주세요!'

힘들었는지 간신히 그렇게 말하고 목이 메어 입을 다물었는데 겁을 먹은 것처럼 입술 부근이 희미하게 떨렸어. 알료샤, 듣고 있니, 아니면 잠이 든 거니?"

"미챠, 형이 지금 진실을 말한다는 건 알고 있어요."

알료샤는 흥분한 어조로 말했다.

"그럼, 진실이지. 진실을 말해야 한다면 있는 그대로 말해야 하니까 나를 감싸는 말은 하지 않겠다. 그런데 역시 카라마조프다운 생각이 머릿속에 떠올랐어. 알료샤, 난 예전에 지네에게 물려서 보름간 열이 나고 앓았었는데, 그때도 그 지네가 갑자기 내 심장을 물어뜯는 것 같은 느낌이 들었어. 알료샤, 넌 무시무시한 독충인 지네를 알아? 이제 내가 그 아가씨를 전부 훑어볼 차례였지. 너도 그 여자를 보았겠지만 정말 미인이야. 그렇지만 그때 그 여자가 가진 아름다움은 지금과는 달랐어. 그때 그토록 그녀가 아름다워 보였던 이유는 바로 이런 거였다.

그 아가씨는 지극히 고귀한 존재인데 나는 비열한 남자였어. 그 아가씨는 아버지를 위해서 자신을 희생하려는 너그러운 정신을 가지고 있는데, 나는 빈대나 다름없었지. 그런데 그 순간, 그 여자의 '모든 것'이, 정신과 육체, 이 모든 것이 비열한 빈대의 손아귀에 들어 있었어. 그녀의 몸매가 분명하게 눈에 보였어. 너에게는 전부 말하마. 그 비열하고 독충 같은 생각이 내 심장을 아프고 괴롭게 해서 심장이 금방이라도 터질 것 같았어. 갈등이나 동정심 같은 건 내던지고 빈대나 독거미가 된 것처럼 잔인하게 깨물어버리면 모든 게 끝난다는 생각에 숨이 콱 막히는 기분이 들었어. 그렇지만 나는 이 일을 공정하게 처리하고 비밀을 지키기 위해 그다음 날 청혼하러 가면 되었어. 나는 추악한 욕정에 사로잡혔지만 바탕은 성실한 사람이었으니까 말이야.

바로 그때, 누군가 내 귀에 갑자기 이렇게 속삭였어.

'네가 내일 청혼을 하러 간다고 해도 저런 여자는 분명히 나타나지도 않고 하인을 시켜서 너를 내쫓아버릴 거야. 소문을 얼마든지 내거라, 너 같은 걸 누가 겁낼 줄 아느냐' 하는 식으로 말이야.

나는 슬며시 아가씨를 바라보았어.

'마음은 거짓말을 하지 않는다. 분명히 그렇게 할 테지. 멱살이나 잡혀서 내쫓길 게 뻔해.'

눈앞의 얼굴을 보자니 그런 생각이 문득 떠오르더군. 그러자 마음속에서 독기에 가득찬 복수심이 끓어올라서 짐승보다 못한 장사꾼처럼 야비하게 장난치고 싶다는 생각이 치밀어올랐어. 나는 코웃음을 치면서 아가씨가 눈앞에 서 있는 동안 장사치 같은 말투로 아가씨를 가지고 놀고 싶은 충동이 솟아올랐어.

'4000루블요? 난 농담을 한 건데 그걸 그대로 믿었군요? 아가씨, 짐작을 잘못한 것 같은데, 단지 100루블이나 200루블이면 모르겠지만 4000루블 같은 거금을 이런 일에 내놓을 줄도 아셨다면 단단히 잘못 생각하신거요. 헛걸음하신 거라구요!'

이렇게 말하면 나는 당연히 모든 것을 잃고 말겠지. 아가씨는 분명히 도망칠 테니까. 하지만 그 대신 나는 속이 시원하게 복수를 할 수 있고, 내가 당한 모욕감에서 시원하게 벗어날 수 있지. 어찌 되었든 나는 평생을 가슴을 치며 후회한다 해도 그 순간에는 이 말을 하고 싶어서 참을 수가 없었어! 믿지 않겠지만 나는 상대가 어떤 여자라도 증오하는 눈빛으로 바라본 적이 없었는데, 그때는 그 여자를 3초, 아니 한 5초 정도 증오의 눈빛으로 쏘아보았어. 맹세할 수 있다.

그렇지만 증오는 사랑, 그 미칠 듯한 사랑과 실오라기 하나 정도의 차이잖니! 나는 창문에 다가가서 언 유리창에 이마를 붙였어. 그때 불덩어리 같던 이마가 지금도 기억나는구나. 그렇지만 오랫동안 아가씨를 데리고 있었던 것은 아니니까 걱정할 건 없다. 나는 이내 몸을 돌려서 책상으로 다가가 5부 이자가 딸린 액면가 5000루블짜리 무기명 채권을 꺼내들었지. 프랑스어 사전 안에 넣어두었거든. 그리고 조용히 채권을 아가씨에게 보여준 뒤 반으로 접어서 주고, 현관문을 직접 열어서 한 걸음 뒤로 물러나서 지극히 정중하게 허리를 굽혔어. 진짜로 그렇게 했어!

아가씨는 멈칫하더니 백지장처럼 하얗게 질려서 나를 뚫어져라 바라보더군. 그리고 조용히, 발작이 아니라 아주 조용하고 부드럽게 갑자기 허리를 깊숙이 숙이더니 그대로 내 발 앞에 무릎을 꿇고 이마가 바닥에 닿을 정도로 절을 했어. 여학생이 하는 절이 아니라 순러시아식 절 말이야! 그러고는 재빨리 일어나서 뛰어나갔어.

아가씨가 방을 나간 뒤, 나는 허리에 찬 군도(軍刀)를 뽑아들었어. 당장 자살을 하려고 했는데 내가 왜 그랬는지는 나도 모르겠어. 물론 그것은 어리석은 짓이었지만 어쨌든 나는 무척 기뻤어. 너는 사람이 감격하면 자살까지 할 수 있다는 걸 이해할 수 있니? 하지만 나는 자살하지 않았지. 그냥 칼날에 입을 맞추고 군도를 다시 칼집에 넣었어. 이런 얘기까지 너에게 할 필요는 없었는데 말이야. 내 마음속의 갈등을 이야기하면서 스스로를 미화시킨 대목도 있었으니 말이야. 그렇지만 뭐 어떠냐? 인간의 마음속에 있는 이런 사악한 무리들은 귀신이 전부 잡아가야 해! 지금까지 얘기한 것들이 나와 카체리나 사이에 있던 '사건'의 전부야. 이제 이 사실을 아는 사람은 이반과 너, 두 사람밖에 없어!"

갑자기 드미트리는 일어나서 흥분한 것처럼 두어 걸음을 걸었다. 그리고 손수건으로 이마의 땀을 닦은 뒤, 지금까지 앉았던 곳이 아니라 그 맞은편 벽 쪽에 있는 벤치에 다시 앉았다. 그 때문에 알료샤는 방향을 반대로 돌려서 앉아야 했다.

5. 뜨거운 마음의 고백, 나락으로 떨어지다

"이제 사건의 전반부를 알게 됐네요."

알료샤가 말했다.

"너도 이제 전반부는 알게 된 거네. 이건 하나의 드라마고 무대는 저쪽이었지. 그리고 후반부는 비극이고, 그 무대는 바로 여기야."

"하지만 그 후반부에 대해 나는 아는 게 아무것도 없어요."

"나는 어떨 것 같니? 나는 알고 있단 말이냐?"

"잠깐, 드미트리 형, 여기서 짚고 넘어갈 게 하나 있어요. 대답해 줘요. 형님은 정말 약혼한 건가요? 지금도 약혼 중인 게 맞나요?"

"그 일이 있고 난 직후 약혼한 게 아니라 석 달 뒤에 약혼했어. 그 일이 있은 다음 날, 사건은 깔끔하게 마무리되었고 더는 뒷이야기가 없을 거라고 확신했지. 나는 청혼을 하러 가는 건 저열한 짓이라고 생각했어. 그녀도 한 달 반이 넘게 그 도시에 살았지만 나에 대해서 어떤 말도 하지 않았지.

그런데 이런 일이 있었어. 그 여자가 나를 찾아왔던 그다음 날, 중령네 하녀가 아무도 모르게 나를 찾아와서 별다른 말없이 봉투를 주고 갔어. 겉봉투에는 누구에게 보낸다고 되어 있고 주소도 써 있었어. 열어보니 전날 가져간 5000루블짜리 채권의 거스름돈이 있었어. 그녀가 4500루블을 필요로 했으나 수수료로 200 몇십 루블을 쓴 것인지 내게 돌아온 거스름돈은 아마 260루블쯤 되었을 거야. 기억이 확실하진 않지만 그 정도 금액이었지. 봉투에 들어 있는 거라곤 돈뿐이었고 편지나 설명도 없었어. 난 혹시 연필 흔적이라도 있을까 해서 봉투를 전부 뒤졌지만 끝내 아무것도 없었어. 그래서 그 돈으로 술 마시고 여자와 실컷 놀아버렸지. 그랬더니 신임 대대장인 소령도 결국 나에게 견책 처분을 내렸어.

그리고 중령이 공금을 모두 내자 모두 깜짝 놀랐어. 중령에게 그 돈이 전부 남아 있을 거라고는 아무도 예상하지 못했으니까. 그런데 그는 돈을 고스란히 반납했지만 곧 병에 걸려서 20일쯤 앓다가 뇌출혈로 닷새 만에 죽었어. 정식 제대 신고도 하기 전의 일이라서 장례식은 부대장(部隊葬)으로 치러졌는데 카체리나는 이모와 언니와 함께 장례식이 끝나고 닷새 뒤에 모스크바로 떠났지. 그녀가 떠나기 직전에, 그러니까 출발하는 날에 작은 하늘색 봉투를 받았는데, 나는 그때까지 그들과 만난 적도 없었고 또 배웅할 생각도 안 하고 있었어. 그런데 봉투 안에는 얇은 종이가 있었고 '편지를 쓸 테니 기다려주세요. K'라고 연필로 단 한 줄이 씌어 있었어. 그게 전부였지.

그다음 일어난 일은 간단히 설명할게.《아라비안나이트》에 나오는 이야기처럼 모스크바에서 그녀들의 생활은 갑자기 꿈처럼 변했어. 그녀의 힘 있는 친척인 장군 부인이 가장 가까운 상속인인 두 조카딸을 한 번에 모두 잃어버린 거야. 천연두에 걸려서 일주일 동안 차례로 죽었다고 하더군. 그 일로 부인은 크게 상심했는데 마침 카체리나가 돌아오자 구세주를 만난 것처럼, 친딸을 만난 것처럼 반가워하며 유언장을 카차에게 유리하게 고쳐 쓰도록 했어. 이건 나중의 일이고 우선은 유언장에 적힌 유산 상속액과는 별도로 결혼 지참금으로 8만 루블을 주고 마음대로 쓰라고 했어. 내가 나중에 모스크바에 가서 만나보니 그 장군 부인은 히스테리가 심한 여자더군.

여하튼 나는 갑자기 4500루블을 받고 뭐에 홀린 기분이 들었어. 나는 사정을 전혀 알지 못했으니까. 그리고 사흘 뒤에 약속대로 편지가 왔어. 지금도 그 편지는 보관하고 있지만 내가 죽을 때도 관에 함께 가지고 갈 거야. 어때, 보고 싶니? 꼭 읽어봐. 청혼하는 편지야. 그녀가 내게 먼저 청혼을 하다니!

당신을 죽도록 사랑해요. 당신이 저를 사랑하지 않아도 괜찮아요. 제 남편이 되어주신다면 저는 더 바랄 게 없어요. 당신이 어떤 행동을 해도 속박하지 않을 테니 겁내지 마세요. 당신의 가구(家

具)가 되고 싶어요. 당신이 밟을 양탄자가 되겠어요! 당신을 영원히 사랑할게요. 또 당신을 당신으로부터 구해드릴게요.

아, 알료샤, 나의 이 남루하고 저열한 언어로는 그 편지를 그대로 옮길 수가 없구나! 이 천박한 말투를 고치기 힘드니까. 그 편지는 지금도 내 마음에 비수처럼 박혀 있어. 그러니 내가 지금 마음이 어떻게 편하겠니? 너는 내 마음이 지금 편할 거라고 생각해? 나는 당장 답장을 보냈어. 그때 나는 모스크바로 바로 달려갈 수 없었거든. 나는 줄곧 눈물을 흘리며 편지를 썼지. 나는 한 가지 일이 창피하다고. 당신은 많은 지참금이 있는 부자 아가씨이지만 나는 가난뱅이 장교에 불과하다는 돈 이야기를 쓴 거야! 그런 얘기는 안 해도 되는데 그런 얘기를 써버리고 만 거야. 그래서 모스크바의 이반에게 여섯 장이나 편지를 써서 상황을 설명하고 카차를 찾아가달라고 부탁했어.

그런데 알료샤, 왜 내 얼굴을 빤히 보는 거야? 그래서 이반은 그녀에게 반하고 말았지. 지금도 반해 있고. 나는 그걸 알아. 너처럼 보통 사람들에게는 내가 아주 멍청한 짓을 한 것처럼 보이겠지만, 이제 지금은 그 멍청함이 우리 모두를 구할 수 있을 거야! 너는 그녀가 이반을 얼마나 존경하는지, 얼마나 우러러 보는지 모르는 거냐? 누구든 이반과 나를 비교해보면 절대 나를 사랑하지 않을 테니까. 게다가 내가 여기에 온 뒤, 불미스러운 일까지 있었으니"

"하지만 그 여자가 사랑하는 사람은 형님이지 이반 형은 아닐 거예요."

"그녀는 날 사랑하는 게 아니라 자기 선행을 사랑하는 거야."

드미트리가 갑자기 내뱉은 말에는 증오가 느껴질 정도였다. 그는 곧 소리 내어 웃었지만 그 뒤, 그의 눈은 갑자기 이상하게 빛났다. 그는 얼굴이 붉어지며 주먹으로 탁자를 내리쳤다.

"알료샤, 이건 진실이야!"

그는 자신에 대해 지나치게 진지해져서 분노에 휩싸여 외쳤다.

"네가 믿든 믿지 않든 나는 거룩하신 하느님의 이름으로, 주 예수 그리스도의 이름으로 진실을 말한 것뿐이야. 나는 카차의 고결한 마음을 조롱했지만 실은 내가 카차보다 수백만 배는 하찮은 사람이라는 걸 잘 알아! 카차의 훌륭한 마음은 천사처럼 성실하지. 그런데 비극은 내가 이걸 분명히 깨닫고 있는 데 있어. 내가 연설하는 것처럼 얘기해도 괜찮겠지? 내 말투가 연설조 같아서 말이야. 하지만 나는 지금 진지해. 매우 진지해!

이반이 얼마나 저주스럽게 나를 보는지 나는 잘 알아! 그런 지성을 가진 남자라면 당연하지. 그렇지만 실제로 선택된 사람이 누구지? 바로 이 쓰레기 같은 인간, 이미 약혼했으면서도 모두 앞에서 더러운 짓을 하는 인간이 선택된 거잖니? 약혼녀가 보는데도 짐승 같은 짓을 저지르는 바로 이놈 말이다. 그럼에도 불구하고 나는 선택받았고 이반은 선택받지 못했지. 왜일 거 같냐? 그건 그녀가 단지 감사하는 마음으로 자신의 인생과 운명을 엉뚱하게 비틀려고 했기 때문이야! 정말 멍청한 짓이지! 물론 나는 지금까지 이런 얘기를 이반에게 한 번도 한 적이 없고 이반도 내게 이런 이야기는커녕 암시도 주지 않았지만, 결국은 자격 있는 자가 제자리를 찾고 자격 없는 자는 영원히 뒷골목으로 사라지는 것이 세상의 법칙 아니겠어? 더러운 뒷골목, 남자가 좋아하고 남자에게 어울리는 뒷골목 말이야. 그런 진흙탕과 악취 속의 뒷골목에서 쾌락을 즐기다가 스스로 파멸하는 거지. 내가 너무 지루한 얘기만 늘어놓았군. 거짓말 같은 얘기만 늘어놓아서 허풍처럼 들릴지도 모르겠지만, 정말 내가 말한 대로 이루어질 거야. 즉, 나는 뒷골목으로 사라지고 그녀는 이반과 결혼하게 될 거야."

"형님, 잠깐."

알료샤는 굉장히 불안한 얼굴로 다시 말을 막았다.

"아직도 중요한 걸 말하지 않았어요. 형님은 분명히 약혼을 했죠? 두 사람이 약혼한 것은 분명한 사실이잖아요? 그렇다면 상대가 원하지 않는데 한쪽에서 일방적으로 파혼해버릴 수는 없는 거 아닌가요?"

"물론 나는 정식으로 축복받은 약혼자야. 그 뒤 내가 모스크바에 갔을 때 성상 앞에서 제대로 된 약혼식을 엄숙하고 진지하게 치렀으니까. 장군 부인은 우리 둘을 축복해주었지. 그리고 카체리나에게도 축하를 건네더군. '너는 참 좋은 신랑을 얻었구나, 난 이 사람이 좋은 사람이란 걸 한눈에 알 수 있어' 하고 말했지. 그런데 이반은 장군 부인의 마음에 들지 않았던 것 같아. 그래서 이반에게는 축하를 건네지 않았어. 나는 모스크바에서 카체리나와 대화를 많이 나누었어. 나에 대한 전부를 모두 고백했지. 솔직하게 있는 그대로, 점잖게. 카체리나는 내 얘기를 끝까지 경청해주었어.

귀여운 당혹함이 얼굴에 보였네,
그러나 입에는 부드러운 위로가……

맞아, 좀 강하게 말하기도 했어. 그녀는 곧 내게 앞으로는 행동을 고쳤으면 좋겠다고 어려운 약속을 강요했거든. 나는 약속했지. 그런데…….”
"그런데요?"
"그런데 나는 이렇게 너를 여기로 데려왔지. 바로 오늘을 잘 기억해라. 오늘 나는 너를 카체리나에게 보낼 거야…….”
"왜요?"
"앞으로 내가 절대로 그 집에 가지 않겠다고 전해주렴.”
"어떻게 그런 말을?"
"그래서 너를 대신 보내는 거 아니냐? 내가 간다고 해도 어떻게 내가 직접 그런 말을 할 수 있겠어?"
"그럼, 형님은 어디로 갈 건가요?"
"뒷골목이지.”
"그루센카 집에?"
알료샤는 손뼉을 치며 슬픈 기색으로 말했다.
"이야기를 들으니 라키친의 말이 사실이었네요? 나는 형님이 그저 두어 번 찾다가 이제는 안 가는 줄 알고 있었는데."

"약혼하고도 그곳에 다녔는지 묻는 거냐? 그게 가능할 수 있다고 생각해? 게다가 카체리나와 같은 약혼녀가 있는데 모두가 보는 앞에서 나도 자존심이 있단 말이다. 내가 그루셴카를 만나러 갔다면 그때부터는 누구의 약혼자도 아니고, 자존심도 없는 인간이지. 그건 나도 잘 알아. 그런데 왜 나를 그렇게 바라보는 거냐? 사실 처음에는 그 여자를 한 대 때리려고 갔었어. 아버지의 대리인인 그 이등 대위가 내 어음을 그루셴카에게 주고는 나를 고소하라고 시켰다고 해서 간 거야. 나를 겁먹게 만들어 유산 문제에서 물러나게 하려는 속셈이었던 거지. 나중에야 그게 근거 있는 소문이라는 걸 확인했지만, 하여튼 나를 협박하겠다는 게 아니고 뭐냐?

그래서 나는 그루셴카를 때리려고 살기를 품은 채 달려갔어. 전에도 몇 번 그 여자를 봤지만 그때는 그냥 지나쳐버리고 말았거든. 나이 든 상인과 산 얘기도 이미 알고 있었지. 요즘엔 병이 들었지만 그루셴카에게 돈을 꽤 많이 남겨줄 거 같아. 그녀가 돈을 버는 재미를 알아서 고리대금을 하는 것도, 돈에 대해서는 사정을 봐주지 않는 악질이란 것도 알고 있고. 그래서 한번 손을 봐줘야 할 것 같아서 갔던 거야. 그런데 나는 결국 그 여자 집에 주저앉고 말았어. 벼락을 맞은 것처럼, 페스트에 걸린 것처럼, 그때 갑자기 걸린 병이 아직도 낫질 않았지. 물론 나도 이젠 모든 것이 끝났다는 걸 잘 알아. 되돌리기에는 너무 늦었어. 운명의 바퀴가 휘익 돌아버린 거지.

"이것이 내 사건의 자초지종이야. 그런데 그때, 거지나 다름없었던 나에게 3000루블이 갑자기 생긴 거야. 그래서 나는 그루센카를 이곳에서 25km 정도 떨어진 모크로예로 데려갔어. 그곳에서 집시들을 부르고 농부들에게 샴페인을 나눠주었지. 마을 농부들, 아낙네들, 여자아이들 모두를 실컷 먹여주고 수천 루블을 흥청망청 써버렸어. 사흘도 못 되어서 나는 다시 거지가 되었지만 그때 나는 마치 매가 된 것 같았어. 그래서 그 매가 얻은 게 뭐냐고? 전혀, 아무것도 주려고 하지 않았지! 너는 곡선미를 알아? 사기꾼 그루센카의 곡선미는 기가 막혔지. 그 여자의 다리에도, 발등에도, 왼쪽 새끼발가락에도 곡선이 있었어. 새끼발가락의 곡선을 보고 난 그곳에 입을 맞추었어. 그뿐이야. 정말 그것뿐이었어! 그 여자는 '당신은 빈털터리예요. 하지만 당신이 원하면 결혼할게요. 무슨 일이 있어도 나를 때리지 않고 내가 무슨 짓을 해도 상관하지 않는다고 맹세하면 결혼할게요' 하고 크게 웃었어. 지금도 웃고 있어!"

드미트리는 갑자기 흥분하여 자리에서 벌떡 일어났다. 그는 마치 술에 취한 것 같았다. 그의 눈에는 빨간 핏발이 섰다.

"그럼 형님은 정말 그 여자와 결혼할 건가요?"

"그녀가 원하면 당장이라도 할 수 있어. 하지만 원하지 않는다면 그냥 있을 거야. 나는 그 집의 문지기라도 할 테다. 그런데, 알료샤."

그는 갑자기 멈춰서 알료샤의 어깨를 잡고 흔들어댔다.

"순결한 네가 알 턱이 있겠냐만 이 모든 건 잠꼬대야, 상상도 못할 잠꼬대야. 바로 이것이 가장 큰 비극이야! 하지만 알료샤, 나는 저열하고 헛된 욕망에 빠진 인간이지만, 이 드미트리 카라마조프는 좀도둑이나 날치기나 사기꾼으로 타락하진 않을 거야. 내가 저지른 짓을 보면 그렇게 말할 수도 있겠지만. 나는 지금 역시 좀도둑이자 날치기이자 사기꾼이니까!

그루센카를 때리려고 찾아갔던 그날 아침에 말이야, 카체리나가 나를 부르더니 비밀을 지켜달라고, 지금 현청 소재지에 가서 모스크바의 이복 언니(아가피야)에게 3000루블을 보내달라고 부탁했어. 잘 모르지만 무슨 사정이 있었을 거야. 그렇게 멀리까지 가서 돈을 전달해주라는 건 아마 여기 사람들에게 알리고 싶지 않아서였겠지.

그런데 나는 3000루블을 가지고 그루센카를 먼저 찾아갔고 모크로예로 가버린 거야. 카체리나에게는 나중에 부탁대로 한 것처럼 말했지만 영수증은 보여주지 않았지. 돈은 분명히 보냈는데 영수증은 나중에 보여준다고 어영부영하고서는 아직도 안 보여줬어. 깜빡 잊은, 잠시 잊은 것처럼 말이야. 너는 어떻게 생각하니? 오늘 네가 카체리나를 찾아가서 이렇게 말해봐. '형님이 안부를 전하라고 했어요.' 그러면 그녀는 '돈은 어떻게 됐나요?' 하고 물을 거야. 그러면 이렇게 대답해라. '형은 형편없는 호색한이고 감정을 조절하지 못하는 저열한 인간입니다. 형은 그때 당신의 돈을 전부 써버렸답니다. 야비한 동물이라 자신을 억제하지 못한 거죠.'라고 말해. 또 이렇게 덧붙이거라. '하지만 형은 결코 도둑이 아닙니다. 당신의 3000루블이 여기 있습니다. 다시 돌려드린다고 했어요. 그러니 아가피야에게 직접 보내세요. 형이 내게 대신 사과해달라고 했어요'라고 해보렴. 아, 그 여자는 '그럼, 돈은 지금 어디에 있나요?' 하고 물어볼 거야!"

"형님, 형님은 정말 불행하군요. 하지만 형이 생각하는 것처럼 큰 불행은 아닐 거예요. 절망에 지지 마세요. 지면 안 돼요!"

"너는 내가 3000루블을 못 구해서 당장 권총으로 죽을 거라고 생각하니? 문제는 거기에 있어. 나는 자살하지 않아. 언젠가는 할 수도 있지만 지금은 아니야. 이제 그루센카에게 가봐야 해……. 일이 이렇게 된 이상 갈 데까지 가볼 거야!"

"그녀에게 가서 뭘 어떻게 하려고요?"

"그녀의 남편이 될 거야. 그래서 남편 역할을 할 거야. 애인이 찾아오면 다른 방으로 피해줄 거야. 남자 친구들 구두에 묻은 흙도 털고, 사모바르에 물도 끓이고 심부름도 하고……."

"카체리나는 모든 걸 이해할 거예요."

알료샤는 갑자기 엄숙하게 말했다.

"그녀는 형님의 불행을 모두 이해하고 모든 것을 용서할 거예요. 그녀는 뛰어난 지성을 가지고 있으니 이 세상에서 형님보다 불행한 사람이 없다는 것도 알 거예요."

"아니야, 용서해주지 않을 거야."

드미트리는 이를 보이며 웃었다.

"아무리 너그러운 여자라고 해도 도저히 용서할 수 없는 일이라는 게 있어. 그래서 어떻게 하는 게 가장 좋을 것 같니?"

"뭘 말이에요?"

"3000루블을 갚는 문제 말이야."

"돈을 어떻게 구하죠? 아, 이렇게 하면 어떨까요. 내게 2000루블이 있고, 이반 형도 1000루블은 줄 수 있을 테니 이렇게 돈을 갚으면 될 거예요."

"하지만 그 돈을 언제 구하니? 게다가 너는 아직 성인이 아니잖아. 여하튼, 오늘 너는 꼭 카체리나에게 나 대신 작별 인사를 전해 주렴. 돈을 갚든 빈손으로 가든 말이야. 이젠 이 문제를 더는 지체할 수 없어. 사정이 급해졌어. 내일은 너무 늦어, 늦는다고. 그래서 나는 먼저 너를 아버지에게 보내려고 해."

"아버지에게?"

"그래, 카체리나에게 가기 전에 먼저 아버지에게 가서 3000루블을 달라고 말해봐."

"하지만 형님, 아버지는 돈을 주지 않을 거예요."

"물론 주지 않을 거야. 하지만 알렉세이, 넌 절망이 뭔지 아니?"

"알아요."

"그래서 말인데, 아버지는 법적으로 나에게 빚진 게 없어. 내가 찾아서 모두 쓴 것으로 되어 있으니까. 나도 그건 잘 알아. 하지만 도덕적인 면에서 아버지는 내게 빚진 게 있어. 어머니의 돈 2만 8000루블을 종자돈으로 10만 루블 이상을 벌었잖아. 그러니까 그 본전 2만 8000루블에서 3000루블쯤은 나에게 줘도 상관없지 않을까? 3000루블이잖아. 큰아들을 지옥에서 구할 수 있고 자신이 저지른 죄도 함께 용서받을 수 있는 기회! 약속하는데 만약 그 3000루블만 준다면 나는 그걸로 모든 걸 청산하고 아버지에게 더는 나에 대한 말이 들리지 않게 할 거야. 그리고 마지막으로 아버지에게 아버지 역할을 할 수 있는 기회를 주는 거지. 그러니까 아버지에게 가서 하느님이 주시는 기회라고 확실하게 말해라."

"형님, 아버지는 절대 돈을 주지 않을 거예요."

"그렇겠지. 주지 않을 게 분명해. 게다가 지금은 더욱 그럴 테지. 나는 알지. 아버지는 최근, 아니 어제였나, 그루센카가 농담이 아니고 정말 나와 결혼할 수도 있다는 사실을 확실하게―'확실하게'란 말에 주목해라―알게 되었거든. 아버지도 이 암고양이 같은 여자의 성격을 잘 아니까 말이야. 게다가 아버지는 그녀에게 미칠 것처럼 열을 올리고 있는 판에 나한테 돈을 줘서 불에 기름을 끼얹는 짓을 할 리가 없겠지? 그리고 그것보다 더 굉장한 일이 있다. 벌써 4~5일 전부터 아버지가 3000루블을 은행에서 찾아서 100루블 뭉치로 바꾼 다음 큰 봉투에 넣어 봉인을 다섯 군데나 하고 그 위에 빨간 끈을 십자로 묶어서 가지고 있는 걸 알고 있어. 이 정도면 나도 꽤 자세하게 알고 있지 않냐? 봉투 위에는 '나의 천사 같은 그루센카에게, 내게 찾아올 마음이 있다면'이라고 적어놨더군. 하인 스메르자코프 말고는 아버지가 혼자 몰래 글을 쓴 것과 그런 돈이 아버지 방에 감춰져 있다는 걸 아무도 몰라. 그 녀석의 정직함에 대해 아버지는 자신만큼이나 굳게 믿고 있어. 아버지는 벌써 사나흘째 그루센카가 돈을 받으러 오지나 않을까 하고 기다리고 있어. 그루센카에게 그 봉투 이야기를 슬며시 했더니 '갈 수도 있을 것 같다'는 회답이 왔거든. 만약에 그루센카가 아버지를 찾아가면 나는 그녀와 결혼을 못하게 되겠지? 그러니 이제 너도 내가 왜 이런 곳에 진을 쳤는지, 또 무엇을 감시하는지 알겠니, 얘야?"

"그루센카를 지키고 있었군요."

"맞아. 포마라고 이 집 주인인 창녀들에게 세들어 사는 자가 있어. 그는 본디 이 고장 출신으로 예전에 내가 병졸로 근무할 때 알던 사이야. 그는 낮에는 주로 메추리를 사냥하고 밤에는 이 집의 보초를 서며 생계를 꾸려가고 있지. 나는 그의 방에 숨어 있는데 이 친구나 집주인은 아무것도 몰라. 내가 여기서 무엇을 감시하고 있는지 전혀 몰라."

"스메르자코프 말고는 이 일에 대해 아는 사람이 없는 거네요?"

"맞아. 그는 만일 그루센카가 영감을 찾아오면 내게 알려준다고 했어."

"스메르자코프가 돈 봉투에 대해서도 알려준 건가요?"

"그래. 하지만 이건 비밀을 꼭 지켜줘. 이반도 돈에 대해서나 그 외의 일에 대해서는 전혀 몰라. 영감은 지금 이반을 3, 4일간 체르마쉬냐에 보내려고 해. 그곳에 있는 영감의 숲을 8000루블쯤에 벌채하겠다는 사람이 나타났거든. 그래서 영감은 이반에게 '날 돕는다 생각하고 나 대신 다녀오거라' 하면서 열심히 설득하고 있어. 이반이 없는 그 2~3일 동안 그루센카를 집으로 데려오려고 수작을 부리는 거지."

"그렇다면 오늘도 아버지는 그루센카를 기다리고 있나요?"

"그렇지는 않아. 오늘은 아마 오지 않을 테니까. 짐작 가는 데가 있어. 오늘은 오지 않는 게 분명해!"

드미트리는 갑자기 크게 말했다.

"스메르자코프도 나와 생각이 같아. 지금 식당에서 아버지는 이반하고 술을 마시고 있어. 알료샤, 지금 거기로 가서 아버지에게 3000루블을 달라고 부탁하렴."

"형님, 흥분을 가라앉히세요."

알료샤는 극도의 흥분 상태인 드미트리를 바라보면서 자리에서 일어나 외쳤다. 갑자기 형이 미쳐버린 것은 아닌지 싶었던 것이다.

"왜 그래? 나 안 미쳤어."

드미트리는 차분하고 조용하게 동생을 바라보며 말했다.

"겁내지 마. 그저 너를 아버지에게 보내려는 거고, 내가 무슨 말을 하고 있는지도 잘 알고 있으니. 나는 단지 기적을 믿을 뿐이야."

"기적요?"

"그래, 하느님의 섭리 말이야. 하느님은 지금 내 마음을 잘 알고 계시고, 절망에 빠져 허우적거리는 나를 다 알고 계시거든. 그러니까 하느님께서 상황이 나빠질 때까지 그냥 바라만 보실 리는 없잖아? 알료샤, 나는 기적을 믿는다. 이제 어서 다녀오렴!"

"그럼 다녀올게요. 형님은 여기서 기다릴 건가요?"

"그럼, 기다려야지. 이야기를 나누다 보면 시간이 좀 길런 기야. 들어가자마자 돈 얘기부터 할 수는 없을 테니까, 게다가 아버지는 지금 술에 취해 있을 거고. 기다릴게, 3시간이든, 4시간이든, 5시간이든, 아니 6시간, 7시간이라도 기다릴게! 하지만 이것만은 기억해두거라. 어떤 일이 있더라도 오늘 내에, 자정이라도 괜찮으니 카체리나에게 꼭 가야 해. 돈을 가지고 가든 빈손으로 가든 그녀에게 가야 한다. 그리고 '당신에게 작별 인사를 전하라고 했어요' 하고 말해야 한다. 네가 분명히 '형님이 당신에게 작별 인사를 전하라고 했어요'라고 해야 해."

"하지만 형님, 그루셴카 씨가 오늘 갑자기 나타나면 어떻게 해야 할까요? 오늘이 아니더라도 내일이나 모레 사이에 갑자기 여기 나타날 수도 있잖아요."

"그녀가? 그렇다면 훼방을 놓을 거야."

"그렇지만 만일……"

"만약 그렇다면 그냥 죽여야지. 내가 그 꼴을 보고 참을 수 있을 것 같냐?"

"누구를 죽인다는 거예요?"

"영감 말이야. 여자는 죽이지 않을 거야."

"형님, 무슨 말을 그렇게!"

"어떻게 될지는 나도 잘 모르겠다. 죽일 수도 있고, 안 죽일 수도 있겠지. 내가 두려워하는 건 바로 그때, 아버지가 갑자기 구역질 나게 보일 것 같다는 거야. 툭 튀어나온 울대, 코, 눈, 수치를 못 느끼는 웃음을 보게 되면 구역질을 못 참을 것 같아. 인간적인 혐오를 느끼게 될 거야. 나는 그게 무서워. 그건 도무지 참을 수가 없을 거야."

"어쨌든 다녀올게요, 형님. 하느님께서 그런 일이 일어나지 않도록 잘 보살펴주실 거예요."

"나는 이곳에 앉아서 기적이 일어나길 기다리고 있을게. 그러나 기적이 일어나지 않으면 그때는……."

알료샤는 슬픈 표정으로 아버지의 집으로 향했다.

6. 스메르자코프

 알료샤가 집에 들어가자마자 나주친 것은 식탁에 앉아 있는 그의 아버지였다. 집에는 식당이 따로 있었지만 응접실에 식탁을 놓고 음식을 차렸다. 응접실은 이 집에서 가장 큰 공간이었고, 언뜻 보면 고가구로 꾸며져 있는 것처럼 보였다. 매우 낡은 흰색의 가구에는 붉은 비단을 씌워놓았고, 창문 사이의 벽에 걸려 있는 거울도 흰색과 금박으로 테두리를 장식하고 구식 조각들이 새겨져 있었다. 하얀 벽에는 여러 군데 벽지가 찢어져 있었는데 초상화 두 점이 눈길을 끌었다. 초상화 중 하나는 30년 전 이 지방 출신이었던 장군으로 현지사(縣知事)를 지낸 어떤 공작을 그린 것이었고, 또 하나는 오래전에 죽은 대주교의 초상화였다.
 방문의 맞은편 구석에는 성상화가 몇 개 있었고, 날이 어두워지면 등불을 켰는데 신앙심 때문에 그러는 것이 아니라 단지 방을 밝히기 위해서였다. 표도르는 새벽 3~4시에 잠자리에 들었는데 잠들기 전까지 방 안을 서성이거나 안락의자에 앉아서 사색하는 것이 습관이었다. 하인들이 바깥채로 나가면 가끔 혼자 안채에서 잘 때도 있었지만, 대개는 스메르자코프가 그와 함께 방에 있었다. 스메르자코프는 현관에 놓인 큰 궤짝 위에서 잠을 잤다.

알료샤가 갔을 때는 저녁 식사가 끝났고 커피와 잼이 차려져 있었다. 표도르는 식사를 마친 뒤에 코냑을 마시면서 안주로 단것을 먹는 것을 즐겼다. 이반도 식탁에서 커피를 마시는 중이었다. 그리고리와 스메르자코프가 시중을 들었는데 주인들과 하인들 모두 전과 다르게 활기차 보였다. 표도르는 큰 소리로 웃으며 농담을 하고 있었다. 알료샤는 현관에서 귀에 익숙한 그 쇳소리 같은 웃음소리를 들었고, 아버지가 약간 취했을 뿐 만취 상태는 아니라는 것을 알 수 있었다.

"왔구나! 기다리는 중이었다."

표도르는 알료샤를 보고 웃으며 외쳤다.

"자, 이리 와서 같이 커피라도 들자꾸나. 우유는 안 넣으니까 괜찮을 거야. 따뜻한 게 아주 맛있다. 넌 수도 중이니 코냑은 권하지 않으마. 그렇지만 조금 맛보겠니? 아니다, 너에게는 리큐어가 낫겠어. 아주 괜찮은 리큐어가 있지. 스메르자코프, 찬장에 가서 가져오거라. 두 번째 선반의 오른쪽에 있다. 열쇠를 줄 테니 어서 빨리 가져와!"

알료샤는 리큐어를 거절하려고 했다.

"괜찮다, 네가 마시지 않으면 우리가 마시면 되니까. 그런데 너 저녁은 먹은 거냐?"

표도르는 활짝 웃으며 말했다.

"네, 먹었어요."

알료샤는 이렇게 대답했지만 사실은 수도원장의 주방에서 빵 한 조각과 크바스 한 잔을 마신 게 전부였다.

"하지만 따뜻한 커피는 마시고 싶어요."

"그래, 좋은 생각이다! 커피라도 마시겠다니 다행이구나. 어디 보자, 안 데워도 될까? 아직 끓는 중이군. 이건 참 고급 커피야. 스메르자코프 커피라고 부르지. 커피와 파이는 스메르자코프 솜씨가 최고지. 그리고 생선 수프도 진짜란다. 너도 언제 와서 생선 수프를 먹어봐야 해. 하지만 미리 기별은 주고 와야 해. 그런데 오전에 내가 이불과 베개를 전부 가지고 오라고 했었는데 가지고 온 거냐? 하하하……."

"아니에요. 안 가져왔어요."

알료샤도 웃으며 대답했다.

"아깐 놀랐지? 놀랐을 거다. 알료샤, 내가 어떻게 너를 모욕할 수 있겠니? 그런데 이반, 애가 내 눈을 바라보며 웃으면 도저히 그냥 앉아 있을 수가 없어. 속에서 웃음이 터져 나와서 정말 못 참겠어! 귀여운 녀석! 알료샤, 너에게 아비로서 축복을 내리마."

알료샤가 일어섰지만 표도르는 금세 마음이 변했다.

"아니야, 됐어, 지금은 그냥 성호를 긋기로 하자. 자, 그냥 앉아라. 그런데 네게 할 말이 있어. 네가 들으면 딱 좋아할 얘기야. 맘껏 웃어보렴. 다름이 아니라 우리 발람의 나귀*가 갑자기 입을 열었다! 더구나 말도 얼마나 잘하는지!"

발람의 나귀란 스메르자코프를 칭하는 것이었다. 그는 스물네댓 살이었지만 사교성은 전혀 없었고 입이 워낙 무거웠다. 본디 내성적이거나 수줍음 때문이 아니라 오히려 그와 반대로 오만한 성격 때문이었으며 사람을 멸시하는 성격이었다. 스메르자코프에 대해 여기에서 설명해두고 넘어가겠다. 스메르자코프는 마르파와 그리고리 부부가 키웠지만, 그리고리의 말대로 '은혜는 전혀 모르고' 사람을 싫어했으며 구석진 곳에서 혼자 숨어서 세상을 엿보는 소년으로 자랐다. 어린 시절에는 고양이의 목을 졸라서 죽인 뒤에 장례식 놀이를 즐겼다. 그는 침대 시트를 상복으로 걸치고 향로와 비슷한 것을 골라서 고양이 시체 위에서 휘두르며 노래를 불렀다. 이런 짓을 할 때는 아무도 모르게 혼자 숨어서 했는데 그리고리에게 한번 들켜서 채찍으로 호되게 혼난 적도 있었다. 그는 그리고리에게 혼난 뒤에 방에서 나오지 않고 일주일 정도 눈을 흘겼다.

"저 녀석은 우리를 안 좋아해, 저 괴물 녀석 말이야."

그리고리가 마르파에게 말했다.

"세상 사람을 전부 미워하는 게 틀림없어. 너도 사람이 맞냐?"

---

* 구약성서의 〈민수기〉 22장에 나오는 내용으로, 발람의 불행을 사람의 말로 미리 알려주었다는 당나귀이다.

이번에는 직접 스메르자코프에게 말했다.

"너는 사람의 자식이 아니야, 목욕탕 수증기 속에서 잘못 만들어진…… 그런 애야."

나중에 밝혀졌지만 스메르자코프는 그리고리가 한 말을 잊지 않고 있었다. 그리고리는 그에게 글을 가르쳤고 열두 살 무렵부터 성경도 가르치려고 했지만 실패하고 말았다. 두 번째인지 세 번째 공부를 하던 중에 소년이 갑자기 히죽거렸던 것이다.

"왜 웃는 거냐?"

그리고리는 안경 너머로 그를 노려보며 물었다.

"아무것도 아니에요. 하느님은 첫째 날에 세상을 만드시고, 넷째 날에야 해와 달과 별을 만드셨다고 하는데, 그렇다면 도대체 첫째 날에는 어디에서 빛이 비춘 걸까 해서요."

그리고리는 어이가 없어 말문이 막혔다. 소년은 선생을 비웃으며 바라보았고 눈길에는 오만함이 담겨 있었다. 그리고리는 더 이상 참지 못하고 별안간 "바로 여기서다"라고 외치며 소년의 뺨을 때렸다. 소년은 말없이 뺨을 맞았지만 다시 며칠간 방에 처박혔다. 그러고 나서 일주일 뒤, 간질병이 처음 그에게 나타났는데 평생 그 병이 그를 따라다니게 되었다.

표도르는 이 소식을 전해 듣고 소년을 완전히 다르게 대했다. 표도르는 그전까지 소년에게 욕을 한 적도 없고 만날 때마다 1코페이카 동전을 주기도 하고, 기분이 좋으면 식탁 위의 사탕을 보내주기도 했지만 대부분은 소년에게 관심이 없었다. 그러던 표도르가 소년에게 간질병이 생겼다는 소식을 듣자마자 갑자기 부모라도 된 것처럼 의사까지 불러서 치료를 받게 했다. 하지만 완치가 될 수 없는 병이었다. 발작은 보통 한 달에 한 번 정도 일어났지만 불규칙하게 발생했다. 발작의 강도도 불규칙해서 가볍게 일어날 때도 있었고, 몹시 심하게 일어날 때도 있었다. 표도르는 그리고리에게 아이를 절대로 때리지 말라고 엄하게 일렀고, 소년에게 안채의 자기 방에 드나들 수 있도록 허락했다. 그리고 공부를 하는 것도 당분간 중단시켰다.

　소년이 열다섯 살이 되던 어느 날, 표도르는 그가 책장 앞을 오가며 유리창을 통해 책들의 제목을 읽고 있는 것을 보았다. 표도르에게는 100여 권이 넘는 제법 많은 책이 있었지만 책을 읽는 것을 아무도 보지 못했다. 그는 스메르자코프에게 책장 열쇠를 주고 "네 마음껏 읽어라. 뜰을 배회하는 것보다 책을 관리하며 독서를 하는 게 좋지. 일단 이걸 읽거라"라고 말하며 고골리의 《지카니카 근교 야화》를 추천해주었다. 그 책을 읽는 동안 소년은 불만이 생겼는지 전혀 웃지 않았고, 다 읽은 뒤에는 얼굴을 찌푸리기까지 했다.

"책이 재미없니?"

　표도르가 물었다. 스메르자코프는 대답이 없었다.

"바보같이 굴지 말고 빨리 대답해!"

"이 책은 거짓말뿐인걸요."

　스메르자코프는 미소를 지으며 중얼거렸다.

"맘대로 해! 그게 하인 근성인 거다. 가만있어 보자, 그러면 이건 어때? 스마라그도프의《세계사》다. 여기에는 전부 사실만 적혀 있으니 읽어보거라."

하지만 스메르자코프는 10쪽도 읽지 못했다. 도무지 재미를 느끼지 못했기 때문이었다. 마침내 책장문은 다시 닫혔다. 얼마 뒤, 마르파와 그리고리는 스메르자코프가 점점 결벽증이 심해지고 있다고 표도르에게 말했다. 수프를 먹을 때도 수프 안에 무엇이 있는 것처럼 숟가락으로 휘젓고, 등을 구부린 채 한참 들여다보는가 하면 한 수저 떠서 불빛에 비춰본다는 것이었다.

"바퀴벌레라도 있니?"

그리고리가 재차 물었다.

"아마도 파리일 거예요."

마르파가 한마디 했다.

갑자기 결벽증이 생긴 청년은 한 번도 대답하지 않았지만 빵이나 고기를 먹을 때나 그 외의 무슨 음식을 먹을 때도 그런 행동을 반복했다. 포크로 빵을 십은 뒤 마치 현미경이라도 들여다보듯 불빛에 비춰보며 자세히 살펴보다가 한동안 망설인 뒤에 결심을 하고 비로소 음식을 먹는 것이었다.

"쳇, 귀족집의 도련님보다 더 심하군."

그리고리는 곧잘 이렇게 불평했다. 표도르는 스메르자코프에게 이런 버릇이 생긴 것을 안 뒤 그가 요리사가 되면 좋겠다고 생각해서 모스크바로 유학을 보냈다. 그는 몇 해 동안 요리를 배웠고,

다시 돌아왔을 때는 사람이 완전히 달라져 있었다. 어떻게 된 일인지 지나치게 늙어 보였고, 나이에 어울리지 않게 주름살이 많았으며 안색까지 누래져서, 마치 강제로 거세당한 사내처럼보였다. 그러나 성격은 모스크바에 가기 전과 달라지지 않아서 여전히 사람을 싫어하고 누가 됐든 전혀 사람을 사귀려고 하지 않았다. 나중에 듣기에는 모스크바에 있을 때도 역시 말을 하지 않았다고 했다. 모스크바도 그에게는 그다지 흥미가 없었는지 모스크바에 대해서도 별로 알지 못했다. 자신과 직접적인 관련이 없는 것에는 전혀 관심을 갖지 않았던 것이다. 단 한 번 극장에 간 적이 있었는데 그때도 말을 전혀 하지 않고 불만스러운 표정으로 돌아왔다고 했다. 하지만 모스크바에서 돌아왔을 때, 그는 꽤 훌륭한 옷차림이었다. 하얀 셔츠에 말끔한 프록코트를 입고 하루에 두 번씩 정성스럽게 옷에 솔질도 했다. 멋진 구두는 송아지 가죽으로 만든 것이었는데 영국산 고급 구두약으로 닦아서 거울처럼 빛났다.

    요리사로서 그의 솜씨는 나무랄 데가 없었다. 그는 표도르에게 받은 봉급을 전부 옷차림과 포마드, 향수를 사는 데 썼다. 그런데도 그는 남성뿐만 아니라 여성도 경멸했고, 여성을 대할 때 예의를 갖추어 상대가 접근하지 못하게 했다. 표도르는 다른 시각으로 그를 바라보았다. 다름이 아니라 그의 간질병 발작이 심해지면 마르파가 대신 식사를 준비했는데 그것이 표도르의 입맛에는 전혀 맞지 않았기 때문이었다.

    "발작이 왜 점점 심해지는 거지?"

그는 새 요리사를 곁눈으로 흘겨보며 말했다.

"결혼을 하면 좀 나아질 텐데, 내가 중매를 서는 건 어떤가?"

그러나 스메르자코프는 화난 듯이 안색이 창백해져서 대답도 하지 않았다. 표도르도 할 수 없이 손을 한 번 내젓고 그에게서 물러났다.

하지만 중요한 것은 표도르가 그의 정직함을 믿고 무엇을 가로채거나 훔치지 않는다고 굳게 믿고 있었다는 것이다. 표도르가 언젠가는 만취해서 무지개 색깔의 100루블 지폐 3장을 정원 바닥에 떨어뜨린 적이 있었다. 다음 날, 그 사실을 알고 당황해서 호주머니를 전부 뒤지다가 책상 위를 살피니 잃어버린 돈이 고스란히 놓여 있었다. 대체 어떻게 된 일일까? 스메르자코프가 주워서 가져다놓았던 것이다.

"정말 나는 너처럼 정직한 놈은 본 적이 없어."

표도르는 이렇게 말하며 그에게 10루블을 건넸다.

그런데 여기서 주목해야 할 것은 표도르가 이 청년의 정직성을 믿었을 뿐만 아니라 무슨 이유에서인지는 모르지만 그를 사랑했다는 것이다. 하지만 풋내기인 이 청년은 다른 사람에게 하는 것과 마찬가지로 표도르를 곁눈질하면서 먼저 말을 걸지 않았다. 그럴 때 만약 누가 그의 얼굴을 바라보며 대체 이 청년은 무엇에 흥미를 느끼고, 무슨 생각을 하는지 알아내려고 해도 도저히 알 수 없을 것이다.

스메르자코프는 집 안에서든 뜰에서든 이따금은 길에서든 가끔씩 걸음을 멈춘 채 생각에 잠겨 10분 정도 서 있을 때가 있었다. 만약 관상가가 그의 얼굴을 자세히 본다면 그가 무슨 생각에 빠진 것이 아니라 명상에 잠겨 있다고 말했을 것이다.

화가 크람스코이가 그린 작품 중에서 〈명상하는 사람〉이라는 명작이 있다. 겨울 숲을 그린 그림인데 어떤 숲길에 다 해진 외투를 입고 짚신을 신은 농부 한 명이 외롭게 서 있다. 한적한 숲에서 길을 잃고 혼자 멍하니 서서 생각에 빠진 것처럼 보이지만 실제로는 아무것도 생각하지 않고 '명상'에 빠져 있는 것이다. 만약 그를 누가 건드린다면 그는 깜짝 놀라서 꿈에서 깬 것처럼 어리둥절하게 상대를 바라볼 것이다. 곧 제정신으로 돌아오겠지만, 혼자 서서 무슨 생각을 했는지 물어도 아마 기억해내는 게 없을 것이다. 그렇지만 그가 명상 중에 받은 인상은 그의 가슴속에 깊이 기억되어 그에게는 매우 소중한 것이 되고 자신도 알지 못하는 사이 마음속에 몰래 쌓아두게 될 것이다.

무엇을 하려는지, 무엇 때문에 그러는지 본인도 알 수 없는 중에……. 이렇게 오랫동안 그러한 인상들이 쌓이다가 갑자기 모두 내던지고 방랑과 수행을 하려고 예루살렘으로 떠날 수도 있고, 가끔은 별안간 고향 마을에 불을 지를 수도 있다. 어쩌면 그런 일들을 모두 한꺼번에 할 수도 있다. 사람들 가운데는 이런 식의 '명상하는 사람'이 많은데 스메르자코프도 분명히 이런 '명상가' 중의 한 명이었을 것이다. 그래서 자신도 무엇 때문인지 영문을 모른 채로 그러한 인상들을 게걸스럽게 모았을 것이 확실하다.

7. 논쟁

그런데 이 발람의 나귀가 갑자기 말을 하기 시작했다. 그 화제도 기이했다. 그리고리가 이른 아침 루키야노프의 가게에 물건을 사러 갔다가 어떤 러시아 병사에 대한 얘기를 듣고 왔는데, 그 이야기에 따르면 그 러시아 병사는 어딘지 모르는 먼 국경에서 아시아인들에게 포로로 잡혀서 기독교를 버리고 이슬람교로 개종하지 않으면 당장 죽이겠다는 소리를 들었다고 한다. 하지만 그는 자신의 신앙을 지키고 수난을 택했고 산 채로 가죽이 벗겨지면서도 그리스도를 찬미하며 죽었다는 것이다. 이 대단한 이야기는 그날 온 신문에도 실렸는데 식사 시간에 그리고리가 그 얘기를 했던 것이다. 표도르는 식사 후에 디저트를 먹을 때는 상대가 그리고리뿐이더라도 잠깐 재미난 이야기를 나누는 것을 즐겼다. 게다가 이날은 전에 없이 즐겁고 편안한 기분이었다. 코냑을 마시며 이야기를 들은 그는, 그런 병사는 성인으로 추앙해야 하며 거룩한 가죽은 수도원에 보내야 한다면서 이렇게 덧붙였다.

"그렇게 하면 참배자들이 몰려들어서 많은 기부금을 모을 수 있을 거야."

그리고리는 표도르가 러시아 병사의 얘기에 감동을 받기는커녕 평소처럼 벌 받아 마땅한 말을 하는 것을 듣고 인상을 찡그렸다. 그런데 바로 그때, 문 옆에 서 있던 스메르자코프가 무슨 생각을 했는지 히죽거렸다. 예전에도 그는 식사를 마칠 무렵에는 식탁 가까이에서 시중을 들었지만 이반이 이 고장에 온 뒤에는 점심 식사 때는 거의 매일 와서 시중을 들었다.

"너는 무엇 때문에 그리 웃는 거냐?"

표도르는 스메르자코프가 웃는 것을 보고 이렇게 물었다. 표도르는 스메르자코프의 웃음이 그리고리를 향한 거라고 생각했다.

"지금 그 이야기 말이에요."

스메르자코프는 갑자기 큰 소리로 이렇게 말했다.

"그 병사는 칭찬을 받는 게 당연하고 훌륭하지만, 그렇게 위급한 경우에는 그리스도의 이름과 자기의 세례를 부정해도 죄는 아닐 거라고 생각합니다. 그리스도를 부정해서 자신의 목숨을 구할 수 있다면 앞으로 착한 일도 할 수 있을 테고, 또 그런 선행을 지속하면 비겁했던 과거에 대해 보상할 수도 있으니까요."

"왜 죄가 아니라는 거냐? 헛소리 그만해. 괜히 그런 소리를 했다가 지옥에 끌려가서 불타는 고기가 되고 말 거다."

표도르가 얼른 대답했다.

이때 알료샤가 방에 들어왔다. 앞서 말한 것처럼 표도르는 알료샤를 보고 무척 반겼다.

"너에게 딱 맞는 이야기를 하고 있었다!"

그는 재미있는 것처럼 키득거리며 이야기를 전해주려고 알료샤를 자리에 앉게 했다.

"지옥불에 타는 고기라니요, 절대 그렇지 않습니다. 그런 말을 했다고 지옥에서 그런 벌을 받지는 않아요. 정말 공정하게 생각해본다면 말이지요."

스메르자코프는 진지하게 대답했다.

"공정하게 생각한다는 건 또 무슨 소리냐?"

표도르는 무릎으로 알료샤를 툭툭 치며 더욱 유쾌하게 외쳤다.

"비겁한 놈! 저놈은 원래 저렇게 생겨먹은 놈입지요!"

별안간 그리고리가 내뱉었다. 그는 화가 난 듯이 스메르자코프를 노려보았다.

"비겁한 놈이란 말은 나중에 하시지요, 그리고리 씨."

스메르자코프가 침착하게 말했다.

"무엇보다 당신 스스로 생각해보는 게 어떨지요. 만약 내가 기독교를 핍박하는 자들에게 붙잡혀서 하느님을 저주하고 세례를 부정하도록 강요받았다고 해도 내게는 이성에 따라 스스로 결정할 수 있는 권리가 있어요. 그렇게 하는 게 죄가 되지는 않습니다."

"그건 방금 한 말이잖아? 쓸데없는 소리는 그만하고 이유나 설명해보거라!"

표도르가 외쳤다.

"쳇, 부엌데기 주제에!"

그리고리가 경멸하듯이 속삭였다.

"부엌데기란 말도 나중에 하시지요. 욕만 하실 게 아니라 생각을 해보세요, 그리고리 씨. 내가 기독교를 핍박하는 자들에게 '맞습니다. 나는 기독교도가 아닙니다. 나는 신을 저주합니다' 이렇게 말하면, 나는 곧 하느님의 재판에 의해 특별히 저주받은 파문자(破門者)가 되어 이교도처럼 교회에서 아주 쫓겨나는 것이 아닙니까? 그런 말을 하는 순간, 또는 그리스도를 부정하려고 마음먹은 그때, 4분의 1초도 되지 않는 찰나에 나는 이미 파문을 당하는 것이지요. 안 그렇습니까, 그리고리 씨!"

그는 그리고리를 보며 만족스러운 표정으로 말했다. 사실 그도 자신의 말이 표도르의 질문에 대한 대답인 것을 잘 알고 있었지만 마치 그리고리가 그런 질문을 던진 것처럼 굴었다.

"이반!"

별안간 표도르가 말했다.

"네 귀를 좀 빌려주렴. 저놈이 너에게 칭찬을 받고 싶어서 저렇게 말하는 것 같으니 네가 칭찬을 좀 해주거라."

이반은 아버지의 유쾌한 귓속말을 심각한 표정을 지으며 들었다.

"조용히 해, 스메르쟈코프, 넌 잠시 조용히 해."

표도르가 다시 외쳤다.

"이반, 너의 귀를 한 번만 더 빌려주렴."

이반은 다시 심각한 표정으로 아버지에게 몸을 구부렸다.

"나는 알료샤와 마찬가지로 너도 사랑한단다. 내가 너를 미워한다고 생각하지 마라. 코냑 한 잔 더 마시겠니?"

"네, 주세요."

'이 양반, 벌써 많이 취했군.'

이반은 이렇게 생각하며 아버지의 얼굴을 빤히 바라보았다. 그와 동시에 그는 굉장한 호기심을 느끼며 스메르자코프를 유심히 쳐다보았다.

"너는 지금도 저주받은 파문자야. 그런데 네가 감히 그런 말도 안 되는 소리를 지껄인단 말이냐! 만일 네가……."

갑자기 그리고리가 소리를 질렀다.

"그만하게. 그리고리, 욕은 하지 마!"

표도르가 저지했다.

"잠시 기다려주세요, 그리고리 씨. 아직 제 말이 안 끝났으니 조금 더 들어보세요. 내가 하느님께 저주를 받는 순간, 바로 그 최고의 순간에 나는 이미 이교도가 되기 때문에 세례도 소용없어지고 그래서 아무런 책임도 없어지는 거예요. 이건 아시겠어요?"

"빨리 결론을 말하라니까, 결론!"

표도르가 이렇게 재촉하며 술잔을 맛있게 비웠다.

"그래서 내가 기독교도가 아니라고 하면 '너는 기독교인이냐,

아니냐'라고 핍박하는 자들이 협박할 때 내가 '아니다'라고 말해도 나는 거짓말을 한 것이 아닙니다. 왜냐하면 내가 말하기 전에, '아니다'라고 대답을 해야겠다는 생각을 한 순간 이미 하느님에게 기독교인의 자격을 빼앗겼기 때문이지요. 그래서 내가 이미 그 자격을 빼앗겼다면 저승에서 내가 그리스도를 저버린 것을 어떤 근거를 가지고, 무슨 정의에 의해 문책할 수 있습니까? 이미 기독교도가 아닌 나를요. 신앙을 버리기 전에 그렇게 생각한 것만으로 이미 세례 받은 것이 소용없어지는데 말입니다. 만일 내가 기독교도가 아니라면 나는 그리스도를 배신할 수도 없습니다. 나에게는 이미 배반할 것이 없으니까요. 그리고리 씨, 타타르인 같은 이교도가 만약에 천국에 가도 왜 너는 기독교도로 태어나지 못했냐고 문책당할 리는 없겠지요? 소 한 마리에서 두 장의 가죽을 얻지 못한다는 것은 천국에서도 알고 있을 텐데, 그런 이유 때문에 타타르인에게 벌을 주지는 않을 겁니다. 위대하신 하느님도 그 타타르인이 죽어서 심판을 받게 될 때, 이교도인 부모에게서 이교도인 자식이 태어나는 것은 당연하기 때문에 태어난 자식에게는 잘못이 없다는 점을 고려할 겁니다. 전혀 벌을 주지 않을 수는 없겠지만 벌을 주더라도 가벼운 벌을 주게 될 겁니다. 그리고 하느님이라 하더라도 타타르인에게 기독교도였다고 말하지는 못하겠지요? 그렇게 하면 거룩하신 하느님께서 거짓말쟁이가 되니까요. 우주를 지배하시는 하느님은 단 한 마디의 거짓말도 못하는 거 아닌가요?"

그리고리는 크게 놀라서 눈을 크게 뜨고 이 웅변가를 바라보았다. 그는 스메르자코프의 이야기들을 잘 이해할 수는 없었지만, 그래도 이 헛소리 중에서 무언가 짐작 가는 것이 있었던지 이마를 벽에 부딪친 듯한 표정을 지으며 그 자리에 멍하니 서 있었다. 표도르는 술잔을 비우고 크게 소리를 내며 웃었다.

"알료샤, 알료샤야, 들은 거니? 엄청난 궤변가가 아니냐? 이반, 저 녀석은 예수회 수도사들과 어울렸나 보구나? 이런, 젖비린내 나는 예수회 놈아, 도대체 넌 누구에게서 그런 말을 배운 거냐? 아무리 들어도 네가 하는 말은 전부 헛소리야! 이 궤변가야, 전부 헛소리다, 헛소리! 그리고리, 자네가 그렇게 의기소침할 건 없네. 저 놈의 말도 안 되는 이론 따위는 우리가 금방 부셔버릴 테니까. 이제 어디 대답해보렴, 이 나귀 녀석아. 만약 네가 기독교를 핍박하는 자들에게 한 태도가 올바르다고 해도 너는 역시 속으로 신앙을 부정한 순간 파문자가 된다고 했지? 네가 파문자가 되면 지옥에서 네가 파문당한 것을 위로해주고 쓰다듬어줄 거라고 생각하냐? 그런 거야? 거룩하신 예수회 양반!"

"마음속으로 신앙을 부정한 것은 사실이지만 그렇다고 해서 그런 행동이 죄가 되지는 않습니다. 혹여 죄가 된다고 해도 아주 평범하고 사소한 죄겠지요."

"뭐, 사소한 죄?"

"헛소리 그만해, 이 저주받을 놈아!"

그리고리가 씩씩대며 외쳤다.

"그리고리 씨, 자꾸 화만 내지 말고 생각해보세요."

스메르자코프는 자신이 승리했음을 확신하고 패배한 상대방을 불쌍하게 여기는 것처럼 차분하고 정중하게 말을 이었다.

"잘 생각해보세요, 그리고리 씨, 성경에도 나와 있습니다. 만일 사람이 조금, 겨자씨만 한 믿음이라도 있을 때 산을 향해 바다로 들어가라고 명령하면 산은 그 명령이 떨어지자마자 주저하지 않고 바다로 들어갈 것이라고요. 그리고리 씨, 나는 믿음이 없지만 당신이 쉬지 않고 나를 비난할 정도로 그렇게 훌륭한 믿음을 가졌다면, 어디 시험 삼아서 산에게 바다로 들어가라고 명령해보시지요. 이곳에서 바다는 멀리 있으니 바다는 아니더라도 우리 집 정원 뒤에 흐르는 냄새가 지독한 개천이라도요. 당신이 아무리 소리 질러도 아무것도 움직이지 않고 제자리에 있을 거라는 걸 당신도 금방 깨닫게 될 겁니다. 이거야말로 당신이 진정한 신앙도 없으면서 상대방에게 욕만 하고 있다는 증거입니다. 생각해보면 비단 당신뿐만이 아니지요. 세상에서 가장 훌륭한 사람과 쓰레기 같은 미천한 농부를 모두 포함해서 산을 바다로 옮길 수 있는 사람은 없습니다. 이 드넓은 세상에 단 한 사람, 아니 두 사람을 빼고 말이죠, 그렇지만 그 사람도 분명히 이집트 같은 사막에서 도를 닦고 있을 테니까 그 두 사람을 찾는 건 불가능한 일입니다. 만약 그 한두 사람을 제외하고는 모두 믿음이 없다고 가정한다면 지극히 자애로운 하느님께서 사막에 숨어 사는 한두 사람을 제외한 나머지 사람들, 즉 인류 전체를 저주하며 한 사람도 빠뜨리지 않고 용서하지 않을 수 있을지 말입니다. 하느님을 한 번 의심한 적이 있어도 회

개의 눈물을 흘리면 용서받을 수 있을 거라고 나는 믿습니다."

"잠시만."

표도르가 감격에 겨워 날카롭게 외쳤다.

"너는 그러니까 산을 바다로 움직일 수 있는 사람이 두 사람 정도 있다고 생각하는 거지? 이반, 잘 기억하고 있다가 기록해두어라. 이곳에 진정한 러시아인이 있다고 말이야!"

"네, 좋은 말씀입니다. 이것은 러시아적 특성을 가진 신앙 이야기네요."

이반이 만족스럽게 웃으며 동의를 표했다.

"동감이란 거냐? 네가 동감이라면 틀림없구나! 알료샤, 너는 어때, 안 그래? 완전한 러시아적 신앙인 거지?"

"아니요, 스메르자코프의 신앙은 러시아적인 게 절대 아닙니다."

알료샤는 정색을 하고 진지하게 말했다.

"나는 저놈의 신앙을 말하는 게 아니다. 그 특징 말이다, 그 두 사람의 은둔자가 있다는 걸 말하는 거야. 어때, 그건 틀림없이 러시아적이지? 맞지?"

"예, 그건 완전히 러시아적입니다."

알료샤는 빙그레 웃으면서 말했다.

"이봐, 나귀 녀석. 너의 말은 금화 한 닢을 받을 만한 가치가 있으니 당장 오늘 중으로 주겠다. 하지만 그 외의 말은 전부 헛소리야. 결국 헛소리란 말이다. 잘 들어라, 이 바보야. 이 세상에서 인간이 믿음을 갖지 못하는 건 경솔해서인데 그건 우리에게 그럴 만한 여유가 없어서야. 우선 할 일이 너무 많지. 둘째로, 하느님께서는 시간을 적게 주셨어. 하루가 24시간이니 회개할 시간은커녕 잠잘 시간도 모자라. 하지만 네가 기독교를 핍박하는 자들 앞에서 하느님을 부정한 것은 신앙 말고는 아무것도 생각할 것이 없었을 때이고, 그때는 자신의 신앙을 보란 듯이 보여주어야 할 때였잖아! 난 그렇게 생각하는데 어떠냐?"

"사실 그렇기도 하지만, 그래도 잘 좀 생각해보세요. 그리고리씨, 그래야 이쪽도 마음이 편해지니까요. 만일 그때 내가 인간으로서 당연히 가질 참된 신앙이 있으면서도 신앙을 위한 고통을 못 받아들이고 이교도인 이슬람교로 쉽게 개종한다면 분명히 죄가 되지요. 하지만 수난을 당하지는 않을 거예요. 왜냐하면 바로 그때 산이 움직여서 핍박하던 자들을 뭉개달라고 기도하면, 산은 즉시 움직여서 벌레를 짓밟는 것처럼 그자들을 깔아뭉갤 것이고, 그러면 나는 아무렇지도 않게 하느님을 찬양하며 무사히 돌아올 수 있을 겁니다. 하지만 만약 그때 모든 것을 시도한 끝에 눈앞의 산을 향해서 핍박하는 자들을 짓밟아주십사 외치고 또 외쳤는데도 산이 움직이지 않으면 내가 어떻게 의심하지 않을 수 있을까요? 게다가 생명이 위태로운 그런 절체절명의 순간에 말이지요. 안 그래도 천국에 가는 게 힘들다는 걸 알고 있는 마당에—내 뜻대로 산이 움직이지 않으면 천국에서는 내 믿음을 제대로 믿지 않는다는 뜻이고 그러면 저승에서도 내게 보상을 해줄 것 같지 않으니—나에게 아무런 이익도 없는데 왜 내가 내 가죽까지 벗겨주어야 하느냐는 것이지요. 이미 등의 가죽이 절반이나 벗겨지고, 아무리 외쳐도 산은 움직이지 않습니다. 당신은 의심을 하는 게 아니라 공포 때문에 이성까지 마비될 거예요. 그러면 무엇인가를 생각하고 판단하는 게 불가능해지겠지요. 그렇게 되면 이승에서도 저승에서도 자신에게 별로 이롭지도 않고, 보상도 못 받는다는 걸 알게 된 후에는 자신의 가죽이라도 소중히 여겨야겠다고 생각하는 게 그렇게 큰 죄가 될까요? 그래서 나는 하느님의 자비로움을 믿고 하느님은 분명히 모든 것을 용서하실 거라는 희망을 가질 수밖에 없다는 것입니다……."

8. 코냑을 마시며

 논쟁은 끝이 났다. 하지만 이상하게도 그토록 기분이 좋던 표도르는 논쟁이 끝날 무렵이 되자 갑자기 잔뜩 찌푸린 얼굴로 코냑 잔을 비워버렸다. 이제 완전히 과음 상태가 된 것이다.
 "이봐, 너희들은 다 나가버려. 예수회 놈들 같으니!"
 그가 하인들에게 소리쳤다.
 "나가봐, 스메르자코프, 오늘 중으로 약속한 금화는 보내줄 테니어서 물러가 있어. 그리고리, 자네도 울지 말고 마르파한테나 가 있으라구. 자넬 잘 위로해주고 잠도 재워줄 테니. 버르장머리 없는 놈들 같으니라구. 식후에 좀 조용히 앉아 있을 수도 없다니까."
 하인들이 풀리니자 그는 입맛이 쓴 듯 갑자기 이렇게 이반에게 내뱉었다.

"스메르자코프가 요즘 식사 때마다 여기 나타나곤 하는데 너한테 상당히 관심이 있는 모양이야. 그 녀석을 어떻게 꼬드긴 거냐?"

"뭐 아무것도 한 것이 없습니다. 괜히 저 혼자 나를 존경하고 싶은가 보죠. 뭐 그 녀석은 어디까지나 천박한 하인 놈에 지나지 않아요. 하지만 때가 되면 선두에 나설 놈이지요."

"뭐, 선두라니?"

"때가 되면 좀 더 훌륭한 사람들도 나오겠지만 저런 친구들도 나옵니다. 먼저 저런 위인들이 나온 뒤에 좀 더 훌륭한 사람들이 뒤따라 나타나겠지요."

"그래, 그런 때는 언제쯤일까."

"봉화가 오를 때가 바로 그때입니다. 그러나 그 봉화는 어쩌면 다 타지 못하고 꺼질지도 모릅니다. 현재 민중은 저런 무식한 놈들이 하는 말에 그다지 귀 기울이려 하지 않으니까요."

"그야 그렇겠지. 하지만 저 발람의 나귀 같은 놈이 늘 골똘히 생각한다는 건 여간 놀라운 일이 아니야. 대체 무슨 생각을 어떻게 하는 것인지는 모르겠다만."

"사상을 축적하고 있는 거겠죠."

이반이 히죽 웃었다.

"그런데 그 녀석은 누구한테나 다 그렇지만 특히 나를 싫어하는 것 같단 말이다. 너는 그 녀석이 널 존경하고 싶어 하는 것처럼 말하고 있지만 너 역시 싫어하는 건 마찬가지야. 알료샤는 더욱 심하지. 그 녀석은 알료샤를 멸시하고 있어. 하지만 녀석의 손버릇이

나쁘지 않아 다행이야. 입도 무거워서 집 안에서 벌어진 일을 밖에 나가 떠벌리는 법이 없거든. 파이 굽는 솜씨는 정말 보통이 아니지. 하지만 아무래도 좋아. 이야기할 만한 가치도 없는 놈 아니냐."

"물론 그럴 가치 자체가 없죠."

"그리고 그 자식이 하는 생각이 뭐 별거 있겠니? 아무튼 러시아 농민들은 두들겨 패야 해. 나도 언제나 그렇게 주장하지만 말이다. 우리나라의 농민들이라는 것들은 죄다 사기꾼이어서 전혀 동정할 가치가 없거든. 요즘도 가끔 매질을 하는 주인이 있는 건 다행이야. 러시아의 땅이 단단한 것은 자작나무 숲이 있기 때문인데, 만약 그 숲을 마구 베어버리면 러시아의 땅은 사라지고 말 거야. 나는 현명한 인간들을 지지한단다. 우리는 너무 현명해서 농민들을 매질하는 것을 그만뒀지만 그놈들은 여전히 저희들끼리 매질을 하고 있어. 하긴 잘하는 짓이지. '네가 헤아리는 것처럼 너도 헤아림을 받으리라.' 아니, 뭐라고 말해야 좋을까. 한 마디로 말해서 인과응보라는 것이지. 내가 러시아를 얼마나 증오하는지 너는 짐작도 못할 게다. 아니, 러시아 그 자체가 아니라 러시아의 모든 악덕을 싫어한다는 말이야. 하지만 뭐 그것이 바로 러시아 전체인 셈이지만 말이야. '그건 모두 부패에서 비롯되는 거야(Tout cela c'est de la cochonnerie).' 넌 내가 무엇을 좋아하는 줄 알고 있니? 나는 영리한 재치를 좋아한단다."

"또 한잔하셨군요. 이젠 그만하시죠."

"좀 기다려. 나는 또 한 잔, 그리고 나서 한 잔만 더 하면 되니까.

넌 내 말을 가로채지 말고 가만 있거라. 언젠가 내가 모크로예 마을을 지나는 길에 어느 노인에게 그 문제를 물어본 일이 있었지. 그랬더니 노인이 말하길 '우린 계집애들을 매질해주는 게 무엇보다도 재미있습니다. 매질하는 것은 젊은 총각들에게 맡기지요. 그런데 오늘 때려준 계집애한테 그다음 날이면 그 젊은 총각이 장가를 간답니다. 그래서 계집애들도 오히려 그런 벌을 좋아하는 형편이랍니다' 하는 거야. 어떠냐? 이것이야말로 사드 후작도 울고 갈 일이지 뭐냐? 어때, 재치가 넘쳐흐르지 않니? 어디 우리도 한번 구경 가볼까? 아니, 알료샤, 너 얼굴이 빨개졌구나. 애야, 부끄러워할 건 없다. 아까 수도원장의 오찬 자리에서 모크로예 마을의 계집애들 이야기를 해주지 않은 게 유감이구나. 알료샤, 아까는 내가 너희 수도원장에게 모욕적인 말을 마구 지껄여댔지만 그렇다고 너무 화를 내지는 말아라. 한번 화가 나면 참을 수가 없어서 그런 거다. 만약에 하느님이 있다면, 정말로 존재한다면, 그야 물론 내가 나쁘니까 어떤 벌이라도 달게 받겠지만, 반면에 하느님이 전혀 존재하지 않는다면 그자들을 그대로 내버려둘 수는 없지. 너희 그 신부들은 목을 자르는 정도로는 부족하단 말이다. 그자들은 진보를 방해하고 있는 거야. 아니, 너는 내 말을 믿지 않아. 그 눈에 다 나타나니까. 알료샤, 너도 사람들의 말을 믿고 나를 어릿광대로만 생각하고 있어. 알료샤, 너도 나를 어릿광대라고 생각하는 게냐?"

"아니요. 전 그렇게 생각하지 않습니다."

"네가 진심으로 그렇게 생각하고 있다는 건 나도 믿는다. 나를 보는 눈이 진지하고 말하는 품이 성실하니까 말이야. 그런데 이반은 달라. 이반은 거만하지. 그렇더라도 어쨌든 너희 그 수도원과는 아예 결판을 지어버렸으면 좋겠다. 러시아 전체에 퍼져 있는 그 신비주의 소굴들을 싹 쓸어버리고 싶어. 모든 어리석은 자들을 각성시키기 위해 그런 것들은 죄다 없애버리고 수도원을 폐쇄하고 싶다니까. 그렇게 하면 굉장히 많은 금과 은이 조폐국으로 쏟아져 들어갈 게다."

"아니, 구태여 없애버릴 것까진 없지 않겠습니까."

이반이 물었다.

"조금이라도 빨리 진리가 세상을 환하게 비추도록 하기 위해서, 바로 그것 때문이야."

"그렇지만 진리가 빛을 발할 경우에는 무엇보다도 먼저 아버지부터 알몸뚱이가 되고 수도원은 그다음에 없애게 되겠죠."

"아니, 뭐! 내가 한 대 얻어맞았군. 어쩌면 네 말이 옳을지도 모르지. 아, 결국 나야말로 나귀에 지나지 않는구나!"

표도르는 자신의 이마를 가볍게 툭 치고서 갑자기 큰 소리로 외쳤다.

"그렇다면 알료샤, 너희 수도원은 그냥 놔두기로 하자. 우리처럼 영리한 사람들은 따스한 방 안에 앉아서 그저 유쾌하게 코냑이나 마시면 되는 거야. 얘, 이반, 이건 하느님께서 일부러 그렇게 되도록 마련해놓은 게 아닐까? 이반, 어디 말해봐라. 하느님은 있는 거냐, 없는 거냐? 아니, 가만있어 봐라. 확실하게, 그리고 진지하게 대답을 해! 뭐가 우스워서 또 웃는 거냐!"

"제가 웃는 것은, 산을 움직일 수 있는 은둔자가 한두 사람은 있을 거라고 말한 스메르자코프의 종교관에 대해서 아까 아버지가 꽤 재치 있는 비판을 가했기 때문입니다."

"그럼 내가 지금 한 말도 그것과 비슷하다 그 말이냐."

"매우 비슷하지요."

"그러고 보면 나도 역시 러시아인이고, 러시아적인 뭔가를 가지고 있는 셈이군. 그러나 너 같은 철학자한테도 그것과 비슷한 특질을 지적할 수 있어. 원한다면 내가 찾아봐주마. 내 장담하지. 내일이라도 지적할 수 있으니까. 그건 그렇고 어서 대답해봐. 하느님은 있는 거냐, 없는 거냐? 단, 진지하게 대답해야 한다. 나는 지금 진지하게 묻고 있는 거니까."

"없습니다. 하느님은 없습니다."

"알료샤, 너는 어떠냐, 하느님은 있니?"

"하느님은 계십니다."

"이반, 그렇다면 불멸은 있는 거냐? 그 어떤 것이든 아주 하찮고 사소한 것이라도 좋으니 말이다."

"불멸이라는 것도 없습니다."

"전혀?"

"네, 전혀 없습니다."

"아니, 그렇다면 절대로 없다는 거냐. 아니면 무엇인가가 있기는 있다는 거냐? 그래도 무언가는 조금은 있지 않을까. 설마 아무것도 없을 리는 없지 않느냐 말이다."

"절대로 없습니다."

"알료샤, 불멸이 있다고 생각하니?"

"있습니다."

"하느님도, 불멸도 다 있다는 거지?"

"하느님도, 불멸도 다 있습니다. 바로 하느님 안에 불멸이 있습니다."

"흥! 아무래도 이반의 말이 옳은 것 같군. 아아! 인간이 이러한 공상에 얼마나 많은 신앙을 바쳤고 얼마나 많은 정력을 헛되이 소비했는지, 생각만 해도 끔찍하구나. 더구나 그런 걸 수천 년 동안이나 반복하고 있으니 말이다. 도대체 누가 인간을 이처럼 조롱하는 걸까? 이반, 다시 한번 마지막으로 확실히 말해다오. 하느님은 있는 거냐? 마지막으로 묻는 거다!"

"마지막으로 말씀드리지만 없습니다."

"그럼 누가 인간을 조롱하는 거냐, 이반?"

"아마 악마겠죠."

이반은 피식 웃었다.

"그렇다면 악마가 있다는 거냐?"

"아니요, 악마도 없습니다."

"그거 참 유감이군. 제기랄! 그렇다면 하느님을 처음으로 고안해낸 작자는 어쩌면 좋지? 백양나무에 목을 매달아도 부족할 그놈을 말이야."

"하느님이라는 존재를 고안해내지 않았다면 문명이라는 것도 전혀 없었을 겁니다."

"없었을 거라고? 그러니까 하느님이 없었다면?"

"예, 그리고 코냑도 없었겠죠. 어쨌든 코냑은 이제 그만 드셔야 할 것 같아요."

"아니, 기다려. 한 잔만 더 하고 끝낼 테니까. 내가 알료샤의 기분을 상하게 했구나. 하지만 너 화난 건 아니겠지? 내 귀여운 알료샤, 그렇지?"

"아니요. 화를 내다니요. 아버지 마음을 잘 이해해요. 아버지는 머리보다 마음씨가 훨씬 더 좋은걸요."

"머리보다 마음이 더 좋다구? 아아, 너 말고 누가 나에게 이런 말을 해주겠니? 이반, 너도 알료샤를 좋아하니?"

"그렇습니다."

"그래야지(표도르는 몹시 취해 있었다). 애야, 알료샤, 나는 오늘 너희 장로한테 실례를 범했어. 하지만 정말로 난 흥분해 있었단다. 그런데 이반, 넌 어떻게 생각하니, 그 장로에겐 재치라는 것이 있더구나."

"아마 그럴지도 모르죠."

"아니, 틀림없이 있어. 그자 속엔 피롱*의 모습이 있어(Il y a du Piron là-dedans). 그자는 예수회, 그것도 러시아식 예수회야. 고상

---

* 프랑스의 극작가이다.

한 사람이란 으레 그렇지만 억지로 성인 시늉을 내면서 마음에도 없는 연극을 해야 하기 때문에 가끔 자기 자신 속에 남모르는 울화가 치미는 거지."

"하지만 장로님은 하느님을 믿고 계십니다."

"조금도 믿고 있지 않아. 아니, 너는 그걸 눈치채지 못하겠니? 그자는 스스로 모든 사람에게 그렇게 말하고 있어. 하긴 모든 사람이 아니라 자신을 찾아오는 현명한 사람들에게 하는 말이지만. 현지사인 슐리츠에게는 '믿고 있습니다(credo), 그러나 무엇을 믿고 있는지 나 자신은 모르겠습니다' 하고 노골적으로 말했다는 거야."

"설마 그럴 리가 있나요."

"정말 사실이라니까. 그래도 나는 그자를 존경해. 그에게는 뭔가 메피스토텔레스다운 데가 있거든. 아니 그보다는 《현대의 영웅》*에 나오는 아르베닌**이라고나 할까. 아무튼 그자는 호색한이야. 만일 내 딸이나 마누라가 그에게 고해를 하러 간다면 나는 근심스러워 못 견딜걸. 그자가 어떻게 말을 풀어가는지 아니? 3년 전인가 그자가 우릴 리큐어를 곁들인 다과회에 초대한 적이 있어 (리큐어는 부인네들이 보내주지). 그때 그자가 옛날이야기를 시작했는데, 어찌나 웃기던지 우리 모두 배꼽이 빠지도록 웃어댔단다. 특히 그중에서도 재미있었던 것은 그자가 몸이 약한 어떤 여자를

---

* 레르몬토프의 마지막 소설이다. 주인공 이름은 페초린이다.
** 레르몬토프의 희곡 〈가면무도회〉의 주인공으로, 표도르가 《현대의 영웅》의 주인공으로 착각하고 있다.

고쳐주었다는 얘기였어. '내가 다리만 아프지 않다면 당신들한테 춤을 한번 보여드릴 텐데' 이런 말도 했지. 자, 어떠냐? '나도 젊었을 땐 꽤 몹쓸 짓을 많이 했지요'라는 것이었어. 그리고 그자는 데미토프라는 상인한테서 6만 루블을 슬쩍 가로챈 적도 있지."

"아니, 도둑질을 했다는 건가요?"

"그 상인은 그자를 믿을 만한 사람이라고 생각해서, '내일 가택 수색이 있으니 이걸 좀 맡아주십시오'라고 부탁했지. 그래서 그자는 그 돈을 맡게 되었는데 나중에 가서 한다는 말이, '그 돈은 우리 교회에 기부하신 것이 아닙니까?'라고 잡아떼더라는 거야. 그래서 나는 그자에게 비열한 악당이라고 말해줬더니 '나는 악당이 아니라 도량이 넓은 인간이오'라고 대답하더군. 아니, 그건 그자 얘기가 아닌 것 같은데. 그건 딴 사람 이야기야. 그만 다른 놈과 혼동을 하고 있구나. 내가 정신이 없구나. 자, 그럼 한 잔만 더 하고 그만두마. 이반, 술병을 치워라. 내가 허튼소리를 지껄이는데도 어째서 넌 말리지 않느냐. '그건 거짓말입니다'라고 왜 말해주지 않느냔 말이다."

"내가 말리지 않아도 아버지 스스로 그만둘 줄 아니까요."

"거짓말 마라. 너는 내가 싫어서, 그저 밉기 때문에 말리지 않은 거야. 너는 나를 경멸하잖니. 너는 나한테 와서 내 집에 얹혀살고 있으면서도 나를 멸시하고 있어."

"그러니까 곧 떠나도록 하겠습니다. 아버지는 지금 취하셨어요."

"체르마쉬냐에 하루나 이틀쯤 다녀오라고 말했는데 너는 아예

가볼 마음도 없는 거지, 응!"

"정 그렇게 말씀하신다면 내일이라도 당장 떠나겠습니다."

"가기는 뭘 가. 너는 나를 꼼짝 못하게 하려고 여기서 날 지키고 있는 거잖아. 못된 놈. 그래서 가지 않는 거야!"

노인은 좀처럼 진정할 줄 몰랐다. 그는 이제 완전히 취해버렸다. 이제까지 얌전하던 술꾼이라고 해도 갑자기 벌컥 화를 내고 한바탕 기염을 토하지 않고는 못 배길 만큼 취기가 올라 있었던 것이다.

"넌 왜 나를 노려보니, 그런 눈초리로? 네 눈은 나를 노려보며, '저 주정뱅이 상판 좀 보라니까'라고 말하고 있어. 네 눈은 믿을 수가 없어. 사람을 경멸하는 눈이야. 너는 속셈이 있어서 온 거지. 봐라, 알료샤도 너를 보고 있다만 저 눈은 얼마나 맑으냐? 알료샤는 나를 멸시하고 있지도 않아. 얘, 알렉세이, 이반을 좋아해선 안 된다."

"형한테 화내지 마세요. 형을 더 이상 모욕하지 말아주세요."

갑자기 알료샤가 애원하는 듯한 어조로 말했다.

"그래, 알았다. 그만하자. 아아, 골치가 아프구나. 이반, 코냑을 치워라. 벌써 세 번씩이나 말하지 않았니."

표도르는 잠시 생각하더니 갑자기 능글맞게 웃어대면서 말했다.

"얘, 이반. 폐인이 다 된 늙은이한테 화를 내진 말아다오. 나는 본래 누군가의 호감을 사기는 그른 놈 아니냐. 하지만 체르마쉬냐 에는 제발 좀 다녀와다오. 나도 뒤따라 선물을 갖고 갈 테니. 거기서 예전부터 점찍어둔 참한 계집애를 하나 보여주마. 아직은 맨발로 다니고 있겠지만, 뭐 맨발이라고 멸시해선 안 돼. 그야말로 흙 속의 진주와 다름없으니까!"

표도르는 이렇게 말하고는 자기 손에 가볍게 키스했다.

"나한테는" 하고 그는 대번에 술이 깨기라도 한 것처럼 갑자기 활기를 띠고는 가장 좋아하는 화제로 옮겨갔다.

"나한테는 말이다……. 이런 말을 해도 너희들 젖비린내 나는 애송이들은 잘 알아듣지 못하겠지만 나한테는 말이야……. 한평생 못생긴 여자는 단 한 사람도 없었지. 이게 바로 내 원칙이야! 이게 무슨 말인지 알아듣겠니? 아니, 어림도 없을 거다. 너희 몸속에는 피 대신 젖이 흐르고 있거든. 아직 솜털도 벗지 못했어! 내 원칙에 따르면 다른 여자에게선 찾아볼 수 없는 지극히 재미있는 점을 어떤 여자에게서든 반드시 발견할 수 있다는 거지. 그러나 그것을 찾아내는 방법을 아는 게 문제야. 이게 중요해! 바로 이게 재능에 속하는 문제야! 나한테는 못생긴 여자란 존재하지 않아. 여자라는 그 사실만으로도 벌써 매력의 반은 있는 거니까……. 아니, 이건 너희들이 알 리 없지! 아무리 관심을 못 받는 늙은 여자라 해도 세상 남자들이 오죽 눈이 멀었으면 저런 여자를 여태껏 몰라보고 저렇게 늙도록 내버려두었을까 하고 의아하게 생각되는 그 무언가를 끄집어내는 요령이 있거든. 맨발로 다니는 계집애나 못생긴 계집애는 아예 처음부터 깜짝 놀라게 해야 해. 바로 이게 그런 여자들에게 접근하는 비결이지.

아마, 너희는 이런 걸 몰랐겠지. 그런 것들은 깜짝 놀라게 해서 '이렇게 훌륭한 어른이 나 같은 비천한 계집애를 사랑해주시다니' 할 정도로 마음을 흔들어놓아야 하는 거야. 언제나 하인에게는 주인이 있듯이, 어떤 비천한 계집에게도 항상 주인이 있게 마련이지. 세상사가 다 그렇지. 인생의 행복을 위해 필요한 건 바로 그것밖에 없다니까! 얘, 알료샤, 나도 죽은 네 어미를 언제나 깜짝 놀라게 해주곤 했단다. 하긴 좀 색다른 방법이긴 했지만. 여느 때는 다정한 말 한 마디 건네지 않다가도 적당한 때가 오면 갑자기 있는 애정을 다 쏟곤 했지. 무릎을 꿇고 엉금엉금 기어 다니기도 하고 발에 키스를 하기도 해서 언제나 나중에는(그때 일이 바로 어제처럼 눈에 선하구나) 네 어미를 웃기고 말았지. 그 웃음소리는 또 얼마나 독특하던지, 가늘고도 신경질적으로 울리는 독특한 소리였지. 그렇게 웃는 사람은 네 어미 말고는 없었지. 그러나 그럴 때엔 언제나 병이 고개를 쳐들어서, 다음 날엔 반드시 히스테리 발작을 일으켜 고래고래 소리를 질러댔어. 그러니까 그 짤막한 웃음소리도 결코 기쁨의 표현은 아니었던 셈이지. 나중엔 내가 속았다는 걸 알게 됐지만 아무튼 그 순간만은 거짓으로나마 기뻐하는 것처럼 보였어. 어떤 여자에게서 그 나름의 매력을 발견하는 재능이란 바로 이런 걸 두고 하는 말이야!

한번은 벨랍스키라는 돈 많은 미남이 네 어미 꽁무니를 쫓아다니며 우리 집에 자주 드나들곤 했는데, 그놈이 느닷없이 내 뺨을 철썩 때렸단 말이야. 글쎄 네 어미가 보는 앞에서 말이야. 그러자 여느 때는 양처럼 순하던 네 어미가 나를 때리기라도 할 것처럼 맹렬한 기세로 악을 쓰며 나한테 대드는 거야. '당신은 지금 얻어맞았어요. 얻어맞았죠. 저 사람한테 맞았잖아요! 당신은 저 사내한테 나를 팔아버린 거나 다름없어요……. 내 눈 앞에서 감히 당신에게 손찌검을 하다니! 이제 다시는 나한테 오지도 마세요. 빨리 따라가서 결투를 청하세요!' 그래서 할 수 없이 나는 네 어미의 마음을 진정시키려고 수도원으로 데려가서 신부들한테 기도를 청했지. 그렇지만 알료샤, 맹세컨대 난 히스테리에 걸린 네 어미를 모욕한 적이 한 번도 없었다. 아니, 딱 한 번, 정말 단 한 번뿐이었다.

그건 결혼 첫해였는데, 그때 네 어미는 기도를 너무 열심히 해서 성모 마리아 축일 같은 때는 나더러 방해하지 말라며 서재로 쫓아냈지. 그래서 나는 네 어미의 미신을 타파해야겠다고 생각했지. '자기, 여길 봐, 여기 당신의 성상이 있지. 내가 이걸 꺼내서 어떻게 하나 똑똑히 보란 말이야. 당신은 이것이 기적을 만들어낸다고 생각하고 있지만, 나는 지금 당신이 보는 앞에서 여기다 침을 뱉을 테니 두고 보라구. 그래도 나한테 아무 일 없을 테니!' 네 어미가 나를 노려보는 모습이 당장에라도 나를 죽일 것만 같았지. 그러나 네 어미는 그저 벌떡 일어나 손뼉을 치더니 갑자기 두 손으로 얼굴을 가리고는 몸을 부들부들 떨다가 마룻바닥에 쓰러져……, 그대로 졸도를 해버리더구나……. 아니, 알료샤, 알료샤! 왜 그러니, 너 어떻게 된 거냐?"

늙은이는 깜짝 놀라며 튀어 일어났다. 알료샤는 아버지가 그의 어머니 얘기를 시작했을 때부터 조금씩 얼굴빛이 변하기 시작했다. 얼굴은 빨갛게 달아오르고 두 눈은 번쩍이고 입술은 경련을 일으킨 듯이 떨고 있었다. 술에 취한 늙은이는 아무것도 눈치채지 못하고 연방 침을 튀기며 떠들어대고 있는 중에 갑자기 알료샤의 몸에는 기이한 현상이 일어났다. 즉, 방금 아버지가 얘기한 '미치광이 여자'와 같은 현상이 알료샤에게도 일어난 것이다. 그는 식탁에서 벌떡 일어나더니 자기 어머니와 마찬가지로 손뼉을 치고 두 손으로 얼굴을 가리고서 밑동이 잘린 짚단처럼 맥없이 의자 위로 쓰러져버렸다. 그리고 갑자기 눈물을 쏟으며 히스테리 발작으로 온몸을 부들부들 떨기 시작했다. 이 모든 행동이 그의 어머니와 너무나 똑같아 노인은 화들짝 놀랐다.

"이반, 이반! 빨리 물을 떠오너라. 제 어미와 아주 똑같구나. 정말 똑같아. 그때도 꼭 저랬다니까! 얘, 입으로 물을 뿜어줘라. 나도 늘 그래주곤 했어. 이 애는, 제 어미 때문에, 제 어미 때문에 그만……."

표도르는 이반에게 횡설수설 중얼거렸다.

"하지만 알료샤의 어머니와 제 어머니는 같은 분이 아닙니까? 안 그래요?"

이반은 울컥 치미는 분노와 모멸감을 참지 못해 불쑥 이렇게 말했다. 노인은 이반의 광채 나는 두 눈을 보고 흠칫 몸을 떨었다. 그러나 이때 비록 짧은 순간이나마 아주 괴이한 착각이 일어났다. 알료샤의 어머니가 곧 이반의 어머니라는 것을 표도르는 까맣게 잊고 있었던 모양이다.

"뭐, 네 어미가 어쨌다고?"

그는 뭐가 뭔지도 알 수가 없다는 투로 중얼거렸다.

"도대체 지금 무슨 소릴 지껄이는 거냐? 그래 이 애 어미가……, 이런 제기랄! 그렇구나. 이 애 어미가 네 녀석의 어미도 되는구나! 이런, 염병할, 내 정신 좀 봐. 그전엔 이렇게 정신이 흐려본 적이 없었는데……. 용서해라. 이반, 나는 그저……, 헤헤헤!"

노인은 거기서 입을 다물었다. 술에 취한 듯한, 흐릿하고 길게 끄는 듯한 뜻 없는 웃음만 얼굴에 퍼졌다. 그러나 바로, 이 순간, 현관에서 우당탕탕 하는 요란한 소음과 함께 사나운 외침 소리가 들리더니 방문이 확 열리며 홀 안으로 드미트리가 뛰어 들어왔다. 노인은 공포에 질려 이반에게 달려갔다.

"날 죽인다, 날 죽여! 날 살려다오, 제발 날 살려다오."

그는 이반의 옷자락에 매달리며 이렇게 소리를 쳤다.

9. 음탕한 사람들

 드미트리 표도로비치를 뒤따라 그리고리 노인과 스메르자코프도 방으로 뛰어 들어왔다. 두 하인은 드미트리를 방 안에 들여보내지 않으려고 현관에서 한바탕 실랑이를 한 것이다(그들은 이미 며칠 전부터 주인한테서 그런 지시를 받았었다). 드미트리가 방 안에 뛰어들어 잠시 머뭇거리는 사이에 그리고리는 식탁 쪽으로 돌아가 안으로 통하는 입구 맞은편 방문을 닫아버렸다. 그리고리는 마지막 피 한 방울까지 바칠 각오가 되어 있다는 듯 두 팔을 벌리고 그 앞을 막아섰다. 이것을 본 드미트리는 고함 소리라기보다 오히려 절규에 가까운 소리를 지르면서 그리고리에게 달려들었다.
 "그년이 거기 있단 말이시! 그년을 저기다 숨겨두었어! 비켜, 이 죽일 놈 같으니라구."

그는 그리고리를 떠밀려고 했으나 오히려 늙은 하인에게 떠밀려버렸다. 머리끝까지 격분한 나머지 제정신이 아닌 드미트리는 주먹을 번쩍 들더니 그리고리를 내리쳤다. 노인은 맥없이 쓰러져버렸다. 드미트리는 그 위를 넘어 방문을 박차고 안으로 달려 들어갔다. 스메르자코프는 홀의 맞은편 구석에 얼굴이 새파랗게 질린 채 부들부들 떨면서 표도르 옆으로 바싹 다가섰다.

"그년은 분명 여기 있어."

드미트리가 소리쳤다.

"방금 이 집 쪽으로 돌아가는 걸 내 눈으로 똑똑히 봤어. 따라가 붙잡질 못했을 뿐이야. 그년 어디 있어? 어디 있느냐 말이야."

"그년 여기 있어!"라는 외침 소리는 표도르에게 말할 수 없이 강렬한 충격을 주었는지 그 순간 그토록 무섭던 공포심도 순식간에 사라져버렸다.

"저놈을 잡아라, 저놈을 잡아!"

그는 이렇게 외치며 드미트리를 뒤쫓아 달려갔다. 그러는 사이 그리고리는 방바닥에서 일어나 앉았으나 아직도 제정신이 아닌 것 같았다. 이반과 알료샤는 아버지의 뒤를 쫓아 안으로 달려 들어갔다. 방 안에서는 갑자기 어떤 물건이 마룻바닥에 떨어져 산산이 깨지는 소리가 들렸다. 대리석 받침 위에 두었던 커다란 유리 꽃병(그리 비싼 것은 아니었다)을 드미트리가 옆으로 지나가다 건드려서 깨뜨린 것이었다.

"저놈을 잡아라!"

노인은 비명을 질렀다.

"누구 없느냐?"

그제야 겨우 노인을 따라잡은 이반과 알료샤가 억지로 노인을 홀로 끌고 돌아왔다.

"어쩌자고 형을 쫓아가는 거예요! 정말 형의 손에서 죽고 싶어 그러시는 거예요?"

이반은 아버지에게 화를 내며 소리쳤다.

"이반, 알료샤! 그루센카는 여기 와 있어. 여기 와 있단 말이야. 이리로 들어오는 것을 저놈이 제 눈으로 보았다잖니······."

그는 숨이 차서 제대로 말이 나오지 않는 모양이었다. 오늘 그루센카가 찾아오리라고는 전혀 생각지 못했으므로 그녀가 여기 와 있다는 예기치 못한 소식에 그는 순식간에 미친 사람처럼 되어버렸다. 흡사 실성한 사람처럼 온몸을 부들부들 떨고 있었다.

"하지만 그 여자가 오지 않았다는 건 아버지 자신도 잘 알고 있지 않습니까?"

이반이 소리쳤다.

"하지만 저 뒷문이 있잖니, 저리 들어왔을 거야!"

"그 문은 잠겨 있어요. 아버지가 열쇠까지 갖고 계시면서······."

갑자기 드미트리가 다시 거실에 나타났다. 그는 지금 뒷문이 잠겨 있는 것을 보고 온 것이다. 그리고 실제로 열쇠는 표도르의 호주머니 속에 들어 있었다. 모든 방의 창문도 잠겨 있었기 때문에 그루센카가 들어오거나 빠져나갈 길도 없었다.

"저놈을 잡아라!"

드미트리를 보자 표도르는 다시 날카로운 쇳소리를 질렀다.

"저놈은 내 침실에서 돈을 훔쳤어!"

그는 이반의 손을 뿌리치고 드미트리한테 달려들었다. 그러나 드미트리는 두 손을 들어 노인의 관자놀이에 조금 남아 있는 터럭을 덥석 움켜잡고 쿵 하는 소리가 날 정도로 방바닥에 내동댕이쳤다. 그러고 나서도 그는 마루에 쓰러져 있는 아버지의 얼굴을 구둣발로 두어 번이나 걷어찼다. 노인은 숨이 넘어갈 듯이 비명을 질렀다. 이반은 자기 형처럼 완력은 없었으나 두 손으로 형을 끌어안고 사력을 다해 아버지에게서 떼어놓았다. 알료샤도 그 허약한 몸으로 앞에서 큰형을 붙잡고 있는 힘을 다해 말렸다.

"정신 나갔소? 아버지를 죽일 작정이오!"

이반이 소리쳤다.

"이 영감쟁이는 뜨거운 맛을 좀 봐야 해!"

드미트리가 숨을 헐떡이며 말했다.

"만약 죽지 않았다면 다시 와서 죽이고 말 테다. 나를 말릴 사람은 아무도 없어!"

"형님, 당장 여기서 나가주세요!"

알료샤가 위엄 있는 목소리로 말했다.

"알렉세이! 좀 알려다오, 너밖엔 믿을 사람이 없으니. 조금 전에 그년이 여기 왔니, 안 왔니? 그년이 골목길에서 울타리 옆을 따라 얼른 이쪽으로 기어드는 걸 내 눈으로 똑똑히 보았단 말이야. 내가 부르니까 도망치고 말았어……."

"정말로 여기 안 왔어요. 게다가 누구 하나 그 여자가 오리라고 기대한 사람도 없구요!"

"그렇지만 분명히 내 눈으로 봤는데……. 그렇다면 그년이 어디 있는지 내가 곧 찾아내고 말 테니……. 잘 있거라, 알렉세이! 일이 이렇게 됐으니 이 이솝 영감한테 돈 얘긴 꺼내지도 말아라. 그러나 카체리나 이바노브나한테는 지금 곧 가서 '형이 인사말을 전하라고 해서 왔습니다'라고 말해다오! 간곡히 인사를 전하더라고 꼭 말해야 한다. 그리고 여기서 일어난 장면도 자세히 설명해줘라!"

그러는 사이에 이반과 그리고리는 노인을 일으켜 안락의자에 앉혔다. 그는 얼굴이 피투성이가 되었지만 정신만은 말똥말똥해서 드미트리의 고함 소리에 열심히 귀를 기울이고 있었다. 그는 아직도 그루셴카가 정말 이 집 어느 구석에 숨어 있는 것처럼 생각한 것이다. 드미트리는 밖으로 나가면서 그를 증오에 찬 눈초리로 노려보았다.

"당신 같은 영감쟁이가 피를 흘려도 난 조금도 후회하지 않소!"

드미트리가 소리쳤다.

"영감, 꿈을 잘 간직하시오, 나에게도 꿈은 있으니까! 나는 당신을 저주해주겠어. 그리고 어차피 부자간의 인연은 내 쪽에서 먼저 끊어버릴 테니 그리 아시오……."

그는 방에서 획 나가버렸다.

"그루셴카는 여기 있어. 틀림없이 여기 와 있어! 스메르자코프,

애, 스메르자코프!"

노인은 손가락으로 하인을 가리키며 들릴 듯 말 듯한 목소리로 말했다.

"여기 없다니까요, 없어요! 정말 머리가 어찌 된 모양이군."

화가 난 어조로 이반이 쏘아붙였다.

"아니, 기절해버렸잖아. 빨리 물을 가져와. 수건도! 빨리 해, 스메르자코프."

스메르자코프는 물을 가지러 달려갔다. 노인의 옷을 벗기고 침실로 옮겨 침대에 눕혔다. 그들은 노인의 머리 위에 물수건을 얹어주었다. 코냑을 과음한 데다 마음의 충격 그리고 얼굴의 타박상 때문에 노인은 기진맥진한 상태로 베개에 머리를 얹자마자 곧 눈을 감고 의식을 잃어버렸다. 이반과 알료샤는 홀로 돌아왔다. 스메르자코프는 깨진 꽃병을 치웠고 그리고리는 침울한 표정으로 눈을 내리깐 채 우두커니 식탁 옆에 서 있었다.

"영감도 어서 가서 머리에 냉수찜질이라도 하는 게 좋을 것 같군. 침대에 가서 눕도록 해요."

알료샤는 그리고리에게 말했다.

"우리 둘이, 여기 남아서 아버지를 간호해드릴 테니. 형이 꽤 세게 때린 것 같던데…… 그것도 머리를."

"어찌, 그리 나한테 그러는지!"

그리고리는 침울한 어조로 느릿느릿 말했다.

"그 사람은 아버지한테도 '그런 짓'을 했으니 거기에 비하면 할

아범에게 한 짓은 약과야."

이반이 입술을 일그러뜨리며 말했다.

"어릴 때 내 손으로 목욕까지 시켜드렸는데……. 나에게 그렇게까지 하다니!"

그리고리는 거듭 중얼거렸다.

"쳇, 내가 형을 떼어놓지만 않았어도 정말 그 자리에서 죽여버렸을지도 몰라. 그까짓 이솝 영감 하나쯤 해치우는 게 형한테 문제가 되겠나?"

이반은 알료샤에게 속삭였다.

"아니, 무슨 말을 그렇게 하세요!"

알료샤는 소리쳤다.

"왜, 못할 말도 아니고."

이반은 여전히 음성을 낮추어 증오에 찬 얼굴을 찌푸린 채 말을 이었다.

"독사가 독사를 물어 죽이는 형국이야. 결국 둘 다 그렇게 될 수밖에 없는 거니까."

알료샤는 부르르 몸을 떨었다.

"그렇지만 물론 나는 절대로 살인이 일어나도록 방관하지는 않을 거야. 방금도 그대로 내버려두지 않았던 것처럼. 알료샤, 넌 여기 좀 남아 있어라. 난 뜰에 나가 산책을 좀 하고 올 테니. 머리가 좀 쑤시는구나."

알료샤는 아버지 침실로 가서 1시간 남짓 침대 맡 병풍 밑에 앉아 있었다. 노인은 갑자기 눈을 뜨더니, 무엇인가를 골똘히 생각해 내기라도 하려는 듯이 오랫동안 말없이 알료샤의 얼굴을 바라보고 있었다. 별안간 그의 얼굴에 형용할 수 없는 흥분의 빛이 떠올랐다.

"알료샤,"

노인은 걱정스럽게 물었다.

"이반은 어디 있니?"

"골치가 아프다고 뜰에 나가 있습니다. 거기서 우리를 지켜주고 있는 거예요."

"거울 좀 다오. 저쪽에 있는 거울 말이다."

알료샤는 장롱 위에 놓여 있는 접이식 둥근 거울을 집어 들었다. 노인은 거울을 자세히 들여다보았다. 코가 꽤 부어오르고 왼쪽 눈썹 위 이마에는 시퍼런 멍이 들어 있었다.

"이반은 뭐라고 하더냐? 하나밖에 없는 내 아들 알료샤야, 나는 이반이 무섭구나. 난 드미트리보다 이반이 더 무섭단다. 무섭지 않은 건 너 하나뿐이야."

"이반 형을 무서워하실 필요 없어요. 화를 내기는 했지만 그래도 아버지를 지켜드릴 겁니다."

"알료샤, 그런데 그 녀석은 어떻게 됐니? 곧장 그루센카에게 달려갔겠지! 내 귀여운 아들아, 제발 바른 대로 말해다오. 아까 그루센카가 왔었니, 안 왔었니?"

"그 여자가 온 걸 본 사람은 아무도 없는걸요. 그건 착각이었을 거예요. 아무튼 절대로 온 적이 없어요."

"그렇지만 드미트리 녀석은 그루센카와 꼭 결혼할 생각인 거야, 결혼 말이야!"

"그 여자는 형님에게 가지 않을 겁니다."

"암, 그렇고말고. 당연히 그렇고말고. 그 여자가 결혼할 리가 있나. 절대로 하지 않을 거야. 절대로."

지금 이 순간 이보다 더 기쁜 말은 없다는 듯이 노인은 온몸을 떨며 기뻐했다. 그는 기쁨에 넘친 나머지 알료샤의 손을 덥석 잡아 자기 가슴에 꼭 가져다댔다. 뿐만 아니라 눈물까지 글썽였다.

"아까 네게 말한 성모 마리아 상을 줄 테니 가지고 가거라. 수도원으로 돌아가는 것도 허락해주마……. 아침에 한 말은 모두 농담이니 화내지 말아다오. 아, 머리가 아프구나. 알료샤…… 알료샤, 제발 내 마음이 진정되게 진실을 말해다오."

"그 여자가 왔느냐, 안 왔느냐를 또 물으시는 겁니까?"

알료샤는 슬픈 표정으로 말했다.

"아니, 그게 아니다. 그건 네 말을 믿는다. 내가 말하려는 건 다른 문제야. 네가 그루센카한테 직접 찾아가든지 아니면 어떻게 해서라도 그년이 나와 그놈 중에 도대체 누굴 택할 셈인지 빨리 알아오라는 말이다. 되도록 빨리 말이다. 네가 직접 그 눈치를 확인해야 된다. 어때? 할 수 있겠니, 없겠니?"

"그 여자를 만나게 되면 물어볼게요……."

알료샤는 난처하다는 듯이 중얼거렸다.

"아니야. 그년이 너한테 바른 대로 말해줄 리가 없어."

노인은 말을 가로챘다.

"그년은 변덕쟁이니까 아마 너를 붙잡고 키스를 퍼부으면서 너한테 시집가고 싶다고 말할 게 뻔해. 그년은 거짓말쟁이에다 파렴치한 계집이야. 넌 안 돼. 네가 거기 가선 안 돼. 암, 안 되고말고!"

"어쨌든 제가 거기 가는 것이 좋은 일도 아닙니다. 아버지, 절대로 좋은 일이 아니에요."

"아까 그 녀석이 너보고 어디를 갔다 오라고 했지? 아까 달아나면서 '다녀오라'고 소리치던 것 같던데."

"카체리나 이바노브나한테요."

"돈 때문이겠지. 돈을 구걸하려구?"

"아닙니다. 돈 때문이 아니에요."

"그 녀석은 돈이 없어. 동전 한 닢도 없어. 그런데 알료샤, 나는 오늘 밤 자면서 곰곰이 생각해볼 테니, 너도 이젠 가봐도 좋다. 어쩌면 그루셴카가 올지도 모르니까……. 하지만 내일 아침엔 꼭 나한테 들러다오. 꼭 와야 한다. 내일 너한테 할 말이 있어. 꼭 와주겠지?"

"오겠습니다."

"내일 올 때는 내가 오라고 했단 말은 아무에게도 하지 말고 그냥 네 스스로 문병 오는 것처럼 하고 오너라. 특히 이반한테는 더욱 말해선 안 돼."

"알겠습니다."

"그럼, 잘 가거라. 너는 아까 내 편을 들어주었지. 그건 내가 죽어도 잊지 않겠다. 내일은 꼭 해야 할 말이 있어. 지금은 좀 더 생각을 해야겠다."

"지금 기분은 좀 어떠세요?"

"내일이면 일어날 게다. 내일은. 일어나서 걸을 수 있을 거야. 아무렇지도 않을 거야."

알료샤는 뜰을 지나다가 대문 옆 벤치에 앉아 있는 이반을 만났다. 이반은 수첩에다 무언가를 적고 있었다. 알료샤는 아버지가 의식을 회복했다는 것과 자기에게 수도원으로 돌아가도록 허락해주었다는 말을 했다.

"알료샤, 내일 아침에 너를 좀 보았으면 하는데."

이반은 일어서며 상냥하게 말했다. 이처럼 상냥한 태도는 알료샤에게는 참으로 뜻밖이었다.

"나는 내일 호홀라코바 부인에게 가봐야 하고……."

알료샤는 대답했다.

"그리고 오늘 카체리나 이바노브나를 만나지 못하면 내일이라도 거길 가봐야 할지도 모릅니다."

"그럼 너 지금 카체리나한테 가는 길이구나! '인사와 안부'를 전하기 위해서?"

갑자기 이반이 히죽 웃으며 말하자 알료샤는 기분이 상했다.

"나도 이제 아까 드미트리 형이 고함을 지르던 것과 지금까지 있었던 일들로 봐서 이는 성노 알 수 있을 것 같구나. 드미트리 형이 너를 거기 보내는 것은 필시 그 여자에게……. 아마 '마지막 인사'를 전하기 위한 것이겠지?"

"형님, 아버지와 큰형 사이의 이 무서운 사건은 도대체 어떻게 결말이 날까요?"

알료샤는 큰 소리로 물었다.

"확실히 말하기는 어렵지만 별다른 일 없이 흐지부지될 수도 있지. 그 계집은 짐승과 다름없어. 아무튼 늙은이를 집에 꼭 붙잡아 두고 드미트리를 절대로 집에 들이지 말아야 해."

"형님, 실례지만 한 가지 물어보고 싶은 게 있는데요. 한 인간이 세상 사람에 대해서 너는 살 자격이 있고 너는 그렇지 않다고 제멋대로 결정할 권리가 있을까요?"

"무엇 때문에 너는 이 문제에 자격의 결정이니 뭐니 하는 소리를 끄집어내는 거냐? 그런 경우는 자격 같은 걸 기초로 하는 것이 아니라 보다 자연스러운 다른 이유에 의해 사람의 마음속에서 결정되는 법이지. 하지만 권리 그 자체로 말하자면 희망의 권리를 가지고 있지 않은 사람이 어디 있겠니?"

"그렇다고 다른 사람의 죽음을 바라는 희망 같은 걸 뜻하진 않겠죠?"

"다른 사람의 죽음을 희망한다고 해도 할 수 없는 일이지. 게다가 모두가 그렇게 살고 있는데, 그 밖의 다른 방법이란 있을 수 없는데 구태여 자기 자신에게 거짓말을 할 필요가 어디 있겠니. 네가 그런 말을 하는 건 아까 내가 두 마리의 독사가 서로 물어 죽이려 하고 있다고 말했기 때문이지? 그렇다면 나도 너한테 한번 물어보

자. 너는 나도 드미트리 형처럼 이숩 노인의 피를 흘리게 할 수 있는, 다시 말해 죽일 수 있다고 생각하니?"

"무슨 말을 하는 거예요. 형님! 그런 건 꿈에도 생각해본 적이 없어요! 그리고 드리트리 형도 그런 짓을 못할 거예요."

"그렇게 생각해주는 것만으로도 고맙다."

이반은 문득 미소를 지었다.

"알겠니? 나는 언제나 아버지를 보호해드릴 거야. 그렇지만 이런 경우 나 자신의 희망 속에는 충분한 여유를 남겨두고 싶어. 그럼 잘 가거라. 내일 다시 만나자. 제발 나를 책망하지 말고 나를 악당으로 생각하지 말아다오."

그는 미소를 띠며 덧붙였다. 두 형제는 전에 없이 굳게 악수를 나누었다. 알료샤는 형 쪽에서 먼저 자기에게 한 걸음 다가온 것을 느꼈고 여기에는 반드시 무슨 의도가 있을 거라고 생각했다.

10. 두 여자가 한자리에

알료샤는 아까 아버지 집에 들어갈 때보다 더욱 마음이 허탈하고 괴로운 심정으로 그 집을 나섰다. 머릿속의 이성은 산산이 부서져 흩어져버린 것 같았다. 그와 동시에 그는 흩어진 조각들을 다시 주워 모아 오늘 하루 동안 겪은 갖가지 고통과 모순 속에서 하나의 일관된 결론을 내는 것조차 두려웠다. 그것은 알료샤가 일찍이 경험해보지 못한 절망의 한계 같은 것이었다. 가장 중요하고도 숙명적으로 해결할 수 없는 의문이 모든 것을 내려다보는 것처럼 가로막고 있었다.

그 무서운 여인을 둘러싼 아버지와 드미트리 형의 싸움은 도대체 어떻게 끝장을 볼 것인지 이제 알료샤 자신이 그 목격자가 된 것이다. 그는 직접 두 사람이 맞붙어 싸우는 것을 똑똑히 보지 않앉는가. 정말로 불행한 사람은 형 드미트리였다. 그 앞에는 의심할 여지도 없는 무서운 재난이 기다리고 있었다. 게다가 알료샤의 예상보다 훨씬 더 많은 사람들이 이 일에 연관을 맺고 있는 것 같았다. 어쩐지 수수께끼 같은 느낌마저 들었다. 이반 형은 알료샤가 원했던 대로 자기 쪽으로 한 걸음 다가왔다. 그러나 어째선지 이 접근에 알료샤는 불안함이 느껴졌다.

그렇다면 두 여자들은 어떤가? 이상한 일이지만, 알료샤는 아까 카체리나의 집을 향해 걸을 때는 마음의 혼란이 느껴졌는데 지금은 아무런 동요도 느껴지지 않았다. 오히려 그녀한테서 무슨 적절한 해결책이라도 나올 것 같은 기대를 품고 그녀의 집을 향해 발길을 서두르고 있었다. 그렇지만 드미트리가 부탁한 말을 그녀에게 전해야 한다는 것은 아까보다 더욱 힘들게 생각되었다. 3000루블을 해결할 길이 거의 사라진 드미트리는 지금 자신을 파렴치한 인간으로 낙인찍고 절망한 나머지 어떠한 타락의 구렁텅이 앞에서도 주저하지 않을 것임에 틀림없다. 게다가 그는 방금 일어난 사건을 카체리나에게 상세히 전해달라고 부탁하지 않았던가.

알료샤가 카체리나의 집에 갔을 때는 벌써 저녁 7시여서 어둠이 사방에 내리기 시작하고 있었다. 그녀는 볼쇼이 거리에 위치한, 무척 넓고 살기 편한 집을 빌려 쓰고 있었다. 그녀가 두 이모와 함께 살고 있다는 것을 알료샤는 알고 있었다. 그중 하나는 그녀의 이복언니인 아가피야의 이모인데, 그녀는 카체리나가 여학교를 졸업하고 아버지에게 돌아왔을 때 시중을 들어주었던 말수 적은 부인이었다. 또 한 이모는 가난한 집안 출신이면서도 제법 격식을 따지는 모스크바의 귀부인이었다. 그러나 들리는 말에 따르면 둘 다 카체리나의 말이라면 무엇이든지 순순히 복종하고 있어서, 세상에 대한 체면 때문에 시중꾼 삼아 조카딸 옆에 붙어 있는 데 지나지 않은 듯했다. 카체리나가 어려워하는 유일한 사람은 지금 몸이 아파 모스크바에 남아 있는 그녀의 은인인 장군 부인뿐이었다. 이 부인에게는 매주 두 통씩 편지를 보내서 자기의 근황을 상세히 알려주어야만 했다.

알료샤가 현관에 들어가서 문을 열어준 하녀에게 자기의 방문을 알려달라고 부탁했을 때, 벌써 안에서도 그의 방문을 알고 있는 것 같았다(어쩌면 창문에서 보았는지도 모른다). 갑자기 황급히 뛰어다니는 여자들의 소리며 옷자락 스치는 소리 같은 것이 언뜻 들려왔다. 아마도 2~3명의 여자가 다른 방으로 급히 달려가는 듯했다. 알료샤는 자신의 방문이 이 같은 소동을 일으키게 될 줄 몰랐기 때문에 적잖게 놀라지 않을 수 없었다. 이윽고 그는 집 안으로 안내되었다.

시골티가 전혀 나지 않는 우아한 가구들을 많이 갖추어놓은 큰 방이었다. 여러 개의 소파와 안락의자, 크고 작은 탁자 등이 놓여 있었다. 사면에는 벽마다 그림이 걸려 있고 탁자 위에는 몇 개의 꽃병과 램프가 놓여 있었는데 꽃도 많이 꽂혀 있었다. 그리고 창가에는 물고기가 든 커다란 어항까지 놓여 있었다. 해질 무렵이라 방 안은 다소 어두웠으나 알료샤는 조금 전까지 사람이 앉아 있었던 것으로 보이는 소파 위에 부인용 비단 코트가 걸쳐져 있는 것을 알아볼 수 있었다. 소파 앞 탁자 위에는 먹다 남은 코코아 두 잔과 비스킷 그리고 푸른 건포도를 담은 유리 접시 등이 놓여 있었다. 누군가를 접대하고 있었던 것이 분명했다. 알료샤는 자기가 방해가 된 것을 깨닫고 미간을 찌푸렸다. 그러나 바로 그때 방문에 드리운 커튼이 젖혀지더니 카체리나가 바쁜 걸음으로 들어섰다. 그녀는 기쁨에 넘치는 미소를 지으며 다가와 알료샤에게 두 손을 내밀었다. 그 뒤를 따라서 하녀가 불을 켠 촛대를 두 개 들고 들어와 탁자 위에 놓았다.

"당신도 드디어 와주셨군요. 정말 고마워요! 나는 온종일 당신만을 위해 하느님께 기도를 드리고 있었답니다. 자, 앉으세요."

카체리나의 아름다운 외모는 전에 만났을 때에도 알료샤에게 깊은 인상을 남긴 적이 있었다. 그것은 약 3주 전 그녀 자신의 열렬한 희망에 따라 드미트리가 처음으로 동생을 여기에 데리고 와서 소개해주었을 때의 일이었다. 그러나 첫 대면에서 두 사람 사이에 대화가 이루어지지 않았었다. 알료샤가 무척 수줍어하는 것을 알아챈 카체리나가 그를 배려하여 줄곧 드미트리하고만 이야기를 했기 때문이다. 알료샤는 입을 다물고 있었지만 그사이에 매우 많은 것을 자세히 살펴볼 수 있었다.

그때 그는 남을 지배하는 듯한 그녀의 고압적인 태도와 소탈하면서도 어딘지 모르게 느껴지는 오만함 그리고 자신만만한 태도에 놀라움을 느꼈다. 그가 받은 이러한 인상은 어디를 보아도 의심의 여지가 없었다. 더구나 알료샤 자신이 과장되게 생각한다고는 느끼지 않았다. 그 크고 정열적인 검은 눈이 무척 아름답다는 것 그리고 그 눈이 노르스름한 빛조차 띠고 있는 창백하고 갸름한 얼굴과 멋진 조화를 이룬다는 것을 발견했다. 그녀의 두 눈과 우아한 곡선을 그리고 있는 그 입술에 그의 형이 매혹당했으리라는 것은 충분히 짐작할 수 있었으나, 동시에 그 속에는 다른 사람을 오랫동안 사랑할 수 없는 그 무언가가 있었다. 이 방문이 있은 후 드미트리가 자기의 약혼녀를 보고 어떤 인상을 받았느냐고 끈질기게 물었을 때, 알료샤는 자기가 받은 인상을 솔직하게 털어놓았다.

"그 아가씨와 함께라면 형님은 무척 행복하게 지낼 테지만, 그러나 그 행복은 평온하지만은 않을 겁니다."

"그래, 맞았어. 바로 그거야. 저런 여자는 언제나 제멋대로 하면서 운명에 맞서려고 하니까. 그래서 너는 내가 그 여자를 영원히 사랑할 수는 없다는 거지?"

"아니, 어쩌면 영원히 사랑할지도 모르죠. 그러나 영원히 행복할 수만은 없을 거예요."

알료샤는 그때 얼굴을 붉히면서 자신의 의견을 내놓았다. 그리고 형의 무리한 간청이었기는 해도 그런 '어리석은' 말을 입 밖에 낸 자기 자신이 원망스러웠다. 그런 말을 입 밖에 내자마자 자기 자신도 그것이 말할 수 없이 어리석은 의견이라는 것을 느꼈기 때문이다. 더구나 여자에 관해 자신의 생각을 드러냈다는 그 자체가 몹시 수치스러웠다.

이런 일이 있었기에 지금 자신에게 달려 나온 카체리나를 본 순간 그의 놀라움은 배가 되었다. 혹시 그때는 이 여자를 잘못 보지나 않았나 하는 생각이 들었을 정도였다. 지금 눈앞에 있는 그녀의 얼굴은 아무 꾸밈도 없는, 소박한 선량함과 솔직하고도 선한 표정으로 빛나고 있었다. 그때 그토록 알료샤를 놀라게 한 '자신만만함과 오만함'은 온데간데없고 지금은 그저 용감하고도 고결한 에너지와 명랑하고도 굳센 신념이 엿보일 뿐이었다. 사랑하는 남자와의 관계에서 생겨난 자신의 비극적 위치는 그녀에게 있어 아무런 비밀도 아니었다. 어쩌면 그녀는 이미 모든 사실을 전부 다 알고 있을지도 모르는 일이었다.

알료샤는 그녀의 얼굴을 보는 순간, 그리고 그녀의 입에서 나오는 몇 마디 말을 듣는 순간 이런 느낌을 받았다. 그러나 그럼에도 불구하고 그녀의 얼굴에는 미래에 대한 신념과 기대가 흘러넘치고 있었다. 알료샤는 갑자기 자기 자신이 그녀에게 일부러 크나큰 죄를 저지르고 있는 게 아닌가 걱정스러웠다. 그는 순식간에 그녀에게 압도되고 매료되어버렸다. 더구나 그녀의 몇 마디 말을 듣자마자, 그녀가 그 어떤 강렬한 흥분, 그녀로서는 좀처럼 있을 수 없는 거의 환희와도 비슷한 흥분 상태에 놓여 있다는 것을 깨달았다.

"제가 그토록 당신을 기다린 것은 지금 나에게 모든 진실을 숨김없이 말해줄 사람이라곤 오직 당신밖에 없기 때문이에요. 정말이지, 당신 말고는 아무도 없답니다."

"제가 온 것은……" 하고 알료샤는 머뭇거리며 이야기를 시작했다.

"형의 심부름으로……."

"아, 그분이 보내셨군요. 나도 그럴 거라고 예상은 하고 있었어요. 이젠 나도 모든 걸 다 알고 있어요. 모두."

카체리나는 갑자기 눈을 빛내며 소리쳤다.

"잠깐만 기다리세요. 알렉세이. 내가 왜 그토록 당신을 기다렸는지 그것부터 먼저 말씀드릴게요. 어쩌면 나는 당신보다 훨씬 많은 것을 알고 있는지도 몰라요. 그래서 나는 당신한테서 새로운 정보를 얻고 싶은 게 아니에요. 나는 그저 당신 자신이 그이에게서 어떤 인상을 받았는지 알고 싶을 뿐이에요. 그러니까 제발 꾸밈없이 솔직하게 그분의 근황을 알려주세요. 무례한 이야기라도 괜찮아요(네, 아무리 무례하다고 해도요). 당신은 지금 그이의 마음이 어떤 상태인지 아시겠죠? 내가 그분에게 직접 설명을 듣는 것보다는 이렇게 당신한테 물어보는 것이 좋을 것 같아요. 그이는 나한테 오고 싶어 하지 않으니까요. 내가 당신한테 원하는 게 무엇인지 이젠 아셨죠? 그리고 우선 그이가 무슨 일로 당신을 이리로 보냈는지 단순하고 쉽게 말씀해주세요. 난 틀림없이 그이가 당신을 보낼 거라고 짐작하고 있었어요."

"형은 당신한테……, 인사를 전해달라고 하더군요. 이젠 두 번 다시 여기 오지 않겠다고 하면서……, 당신한테 작별 인사를 전해달라고 했습니다."

"작별 인사라고요? 그이가 그렇게 말을 하던가요? 정말 그런 식으로 말하던가요?"

"그렇습니다."

"아무 생각 없이 무심코 한 말일지도 모르지요. 무슨 말을 해야 할지 생각이 안 나서 그랬을 수도 있지요."

"아닙니다. 형은 당신에게 '작별 인사'를 꼭 전해달라고 말했습니다. 게다가 잊지 말라고 세 번씩이나 강조했어요."

카체리나의 얼굴이 울그락불그락해졌다.

"알렉세이, 그렇다면 제발 나를 도와주세요. 지금이야말로 당신의 도움이 필요해요. 내 생각을 당신에게 말씀드릴 테니 그걸 들으시고 내 판단이 옳은지 말씀해주세요. 아시겠지요? 만일 그분이 그저 지나가는 말로 작별 인사를 전해달라고 했다면, 그것으로 모두 끝나는 거예요. 그러나 만일 그분이 그것을 꼭 전하라고 강조했다면 그이는 몹시 흥분한 상태로 제정신이 아니었을지도 몰라요. 그런 결심을 하고서도 자신의 그 결심이 무서워진 것이 틀림없어요. 단호한 걸음으로 내 곁을 떠난 것이 아니라 가파른 내리막길을 그저 내닫는 대로 달려 내려간 데 불과해요. 그 말을 특히 강조했다는 것이 벌써 허세를 뜻하는 거예요!"

"맞습니다. 바로 그렇습니다."

알료샤는 갑자기 열을 내며 그녀의 말에 동의했다.

"저도 지금 그렇게 생각됩니다."

"만일 그렇다면 그이는 아직 기망이 없는 것이 아니에요. 그저 절망에 빠져 자포자기하고 있을 뿐이니까. 나는 지금이라도 그이를 구할 수가 있을 거예요. 그런데 참 그분은 당신한테 돈 이야기를, 3000루블 얘기를 하지 않던가요?"

"물론이지요, 했어요. 아마 형을 가장 괴롭히고 있는 문제가 바로 그 돈이니까요. 형은 이제 명예까지 상실한 이상 어떻게 되든 상관없다고 말하더군요."

알료샤는 열띤 어조로 대답했다. 그는 자기 마음속에 한 가닥 희망이 솟구쳐 오르는 것을 느끼고 어쩌면 자신이 형을 구원할 수도 있을지 모른다고 생각했다.

"그렇다면 당신은 그 돈에 대해 알고 있었던 겁니까?"

알료샤는 그렇게 말하고는 갑자기 입을 다물어버렸다.

"벌써부터 알고 있었어요. 잘 알고 있었지요. 모스크바에 전보를 보내서 돈이 도착하지 않았다는 걸 이미 오래전에 알았지요. 그분은 돈을 부치지 않은 거예요. 그렇지만 난 아무런 내색도 하지 않았어요. 지난주에야 비로소 나는 그분에게 돈이 필요하다는 것과 지금도 돈 때문에 몹시 고통 받고 있다는 사실을 알게 되었지요. 나는 그래서 한 가지 목표를 세웠어요. 즉, 그분이 결국 누구에게 돌아가야 하는지, 자신의 진실한 벗은 과연 누구인지 스스로 깨닫게 하자는 거죠. 그런데 그분은 내가 자기에게 가장 충실한 친구라는 사실을 믿어주지 않는 거예요. 내가 어떤 사람인지 알려고도 하지 않고 그냥 한 여자에 불과하다고 생각하고 있죠. 그분이 그 3000루블을 써버린 일을 수치로 여기지 않게 하려면 도대체 어떻게 하면 좋을까 하고 지난 한 주일 내내 애를 태우며 걱정했어요.

세상 사람이나 자기 자신에게 수치를 느끼는 것은 몰라도, 나에게만은 그런 일로 수치심을 느끼지 않도록 하고 싶었어요. 그이는 하느님에게는 부끄럼 없이 모든 것을 고백할 거예요. 그런데 어째서 그이는 내가 자기를 위해서라면 무슨 일이라도 감내할 수 있다는 걸 몰라주는 걸까요? 그이는 어째서 내 마음을 알아주려 하지 않는 걸까요? 나는 어떻게 해서라도 그이의 영혼을 구해주고 싶어요. 나를 약혼녀로 생각하지 않아도 좋아요. 그런데도 그분은 내 앞에서 자신의 명예만 근심하고 있으니! 알렉세이, 당신한테만큼은 모든 것을 토로했을 테죠? 그런데 왜 나는 지금까지 그만한 대우도 받지 못하는 걸까요?"

카체리나의 마지막 말은 거의 울음소리 같았다. 그녀의 눈에서는 마침내 눈물이 흘러내렸다.

"저도 당신에게 꼭 전해야 할 얘기가 있습니다."

알료샤는 떨리는 목소리로 입을 열었다.

"바로 조금 전에 아버지와 형 사이에 벌어진 사건입니다."

그는 오늘 아버지 집에서 일어난 사건을 처음부터 끝까지 모두 얘기해주었다. 돈 때문에 아버지에게 갔던 일이며, 거기에 형이 나타나서 아버지에게 폭행을 가한 일, 그다음에 형이 자기한테 '작별 인사'를 전하러 가달라고 거듭 강조한 일 등을 모조리 들려주었다.

"그런 다음 형은 그 여사에게 갔습니다."

알료샤는 낮은 목소리로 덧붙였다.

"당신은 내가 그 여자를 미워한다고 생각하시는군요. 아니 형님도 내가 그 여자를 미워한다고 알고 있겠지요. 그렇지만 결국 그분은 그 여자하고 결혼하지 않을 거예요."

갑자기 카체리나는 신경질적으로 웃음을 터뜨렸다.

"그런 정욕이 카라마조프의 집안에서 영원히 불탈 수는 없을 거예요. 그건 정욕이지 사랑은 아니니까요. 형님은 결혼하지 않아요. 무엇보다 우선 여자 쪽에서 형님하고 결혼하려 들지 않을 테니까요."

카체리나는 한 번 더 기묘한 미소를 지었다.

"아마 형님은 결혼할 겁니다."

알료샤는 눈을 아래로 내리깔면서 슬픈 듯이 중얼거렸다.

"절대로 결혼하지 않을 거라고 내가 지금 말하잖아요! 그 처녀는 천사와 같은 사람이에요. 당신은 그걸 알고 계시나요?"

갑자기 그녀는 이상하리만큼 열에 들뜬 목소리로 소리쳤다.

"그 여자만큼 개성 있는 여자는 세상에 둘도 없을 거예요. 나는 그 처녀가 얼마나 매력적인지 알고 있지만 또한 그녀가 얼마나 선량하고 의지가 굳고 고상한 성품을 지녔는지도 잘 알고 있어요. 왜 그런 눈으로 나를 바라보나요? 알렉세이 표도로비치? 내 말에 놀라신 모양이군요. 아마 내 말이 믿어지지 않는가 보죠? 아그라페나 알렉산드로브나!"*

---

* 그루센카의 정식 이름이다.

그녀는 갑자기 옆방을 향해 누군가를 불렀다.

"이리 나오세요. 여기 계시는 분은 알료샤예요. 우리에 대해 모든 것을 알고 계시니 나와서 인사하세요."

"커튼 뒤에서 당신이 불러주시기만을 기다리고 있었어요."

상냥하면서도 감미로운 여자의 목소리가 들렸다. 커튼이 들리더니 다름 아닌 그루셴카가 기쁜 듯이 웃으며 탁자 옆으로 다가왔다. 알료샤의 몸속에서 뭔가 경련이 이는 듯했다. 그는 그루셴카에게서 눈을 떼지 못한 채 못 박힌 듯 움직이지 않았다. 이 여자가 바로 작은형이 '짐승'이라고 했던 바로 그 무서운 여자다. 그러나 지금 알료샤의 눈앞에 보이는 여자는 지극히 평범하고 소박해 보였으며 선량하고 사랑스러운 모습을 하고 있었다. 그녀는 물론 아름답기는 했으나 세상의 아름다운 여성들과 별로 다를 것이 없는 평범함이었다. 어쨌든 그녀가 무척 아름다운 것만큼은 사실이었다. 많은 사내들로부터 열렬한 사랑을 받을 수 있는 러시아적인 아름다움이었다. 키도 꽤 큰 편이었으나 카체리나보다는 조금 작았다. 카체리나가 유난히 키가 컸다. 토실토실한 몸집과 부드럽고 감미로운 몸동작은 그 목소리가 그렇듯이 나긋나긋했다. 그녀는 카체리나의 힘차고 성큼성큼 걷는 걸음걸이와 달리 소리 없이 사뿐사뿐 다가왔다. 발이 마룻바닥에 닿아도 전혀 소리가 나지 않았다. 그녀는 호화로운 검정 비단옷을 사각사각 스치면서 가벼운 몸짓으로 안락의자에 앉더니 고가의 섬은 보석 숄로 우유처럼 희고 풍만한 목과 넓은 어깨를 살포시 감쌌다. 그녀의 나이는 스물둘이었다. 그리고 그 얼굴은 나이에 딱 어울려 보였다. 얼굴은 말할 수 없이 희지만 그 볼에는 발그레한 홍조가 감돌고 있었다. 얼굴 윤곽은 좀 큰 듯하고 아래턱이 약간 나와 있었으며 윗입술은 무척 얇았지만 도톰하게 나온 아랫입술은 두 배가량이나 두꺼워서 흡사 부어오른 것처럼 보였다. 그러나 아름답고 풍성하게 물결치는 밤색 머리칼과 검은담비처럼 새까만 두 눈썹, 기다란 속눈썹과 매혹적인 잿빛 눈동자는 아무리 혼잡한 인파 속을 무심히 거닐다가도 그녀에게 자연히 시선이 이끌려 우두커니 서게 만들 만했다. 그리고 누구든 그 예쁜 모습을 오랫동안 마음에 새겨둘 수밖에 없을 것 같았다. 그 얼굴에서 무엇보다도 알료샤를 강하게 사로잡은 것은 그녀의 어린애처럼 티 없이 맑고 순진한 표정이었다. 그녀는 어린애 같은 시선으로 무엇이 우스운지 천진난만하게 웃고 있었다.

　사실 그녀는 기쁜 듯이 탁자 앞으로 다가왔지만, 그 얼굴은 마치 호기심에 가득 찬 어린애가 뭔가 재미있는 일이 있나 하며 기대하는 표정이었다. 그녀의 눈초리에는 무언가 사람의 마음을 들뜨게 하는 것이 있었다. 알료샤도 그것을 느낄 수 있었다. 그 밖에도 그녀에게는 무언가 자신이 이해하지 못하는, 이해하려고 해도 이해할 수 없는 뭔가가 있었다. 그것은 다름 아니라 부드럽고 나긋나긋한 몸놀림과 고양이처럼 조용한 움직임에서 비롯되는 것이었다. 그녀의 육체는 풍만하고도 활력이 넘쳐흘렀다. 숄 밑으로 싱싱하게 높이 솟아오른 젖가슴이 느껴졌다. 그녀의 육체는 그야말로 밀로의 〈비너스상〉을 재현한 듯한 모습이었다.

지금도 다소 과장된 느낌을 주는 그 균형 속에서 이미 그것을 예측할 수 없는 것은 아니지만 러시아의 여성미를 연구한 사람이라면 그루셴카를 보고 틀림없이 자신 있게 예언할 수 있을 것이다. 젊음이 넘치는 이 싱싱한 육체의 아름다움도 서른 살이 되면 이미 곧 조화를 잃어 뚱뚱해지고, 피부는 늘어지고 눈가와 이마에는 잔주름이 생기고 얼굴빛은 윤기를 잃은 채 불그스름하게 변해버릴지도 모른다고. 그녀의 아름다움은 단적으로 말해 러시아 여성들에게서 흔히 볼 수 있는 이른바 찰나적인 아름다움, 소위 덧없는 아름다움인 것이다. 물론 알료샤가 그 순간에 그런 것을 생각하고 있지는 않았다. 오히려 그녀에게 매력을 느낀 것도 사실이지만, 내심 어딘가 불쾌하고도 유감스러운 기분이 들었고 어째서 이 여자는 자연스럽게 말을 하지 못하고 저렇게 자꾸만 말꼬리를 길게 늘이는 것일까, 하고 자기 자신에게 물어보는 중이었다. 보아하니 이렇게 낱말과 음절을 길게 끌며 달콤하게 이야기하는 것을 그녀는 무슨 매력으로 여기는 것 같았다. 그러나 그것은 그녀의 낮은 교육 수준과 어릴 때부터 몸에 밴 저속한 예절 습관을 드러내주는 증거에 지나지 않았다. 그녀의 이러한 발음이나 억양은 어린애처럼 순진한 얼굴 표정이라든가 고요하고도 온화한 눈빛과는 거의 어울리지 않을 정도로 어색하기 그지없었다.

카체리나는 그녀를 알료샤 맞은편 안락의자에 앉게 하고는 그 웃음 띤 입술에 여러 번 열렬한 키스를 퍼부었다. 마치 그녀에게 홀딱 반하기라도 한 것 같았다.

"알렉세이 표도로비치, 우린 오늘 처음으로 만났어요."

그녀는 기쁨에 들뜬 어조로 말문을 열었다.

"나는 이분을 만나서 어떤 사람인지 알고 싶었답니다. 그래서 내가 먼저 찾아가려던 참인데 이분이 내 초청을 받아들여 스스로 찾아주신 거예요. 이분과 함께라면 어떤 문제라도 다 해결할 수 있을 거라고 난 확신했어요. 어쩐지 그런 예감이 들더군요. 내가 이렇게 결정했을 때 모두들 그렇게 되지 않을 거라 했지만, 나는 그 결과를 예감하고 있었죠. 결과적으로 내 예감은 틀리지 않은 셈이죠. 그루센카는 모든 것을 설명해주었어요. 자기의 미래 계획까지도요. 이분은 착한 천사처럼 이 집에 날아와서 우리에게 위안과 기쁨을 안겨주었답니다."

"당신은 나 같은 여자도 결코 경멸하지 않으셨어요. 정말 훌륭하신 분이에요."

여전히 아양을 떠는 듯한 기쁜 미소를 지으며 그루센카는 노래하듯 말끝을 길게 늘였다.

"내 앞에서 농담으로라도 그런 말은 하지 마세요. 당신처럼 아름답고 매력적인 여자를 어떻게 경멸할 수 있겠어요! 자, 당신의 그 아랫입술에 입 맞추게 해주세요. 당신 입술은 통통하게 부어오른 것 같으니 이왕이면 더 부어오르게 해야겠어요. 한 번 더, 한 번 더……. 알렉세이 표도로비치, 저 웃는 모습을 좀 보세요. 저 천사 같은 얼굴을 보면 저절로 마음이 즐거워진다니까요."

알료샤는 얼굴이 빨개져 눈에 띄지 않을 정도로 가늘게 몸을 떨고 있었다.

"아가씨는 그토록 나를 귀여워해주시지만 어쩌면 나는 그만한 자격이 없는 여자인지도 몰라요."

"자격이 없기는요! 이분에게 그럴 자격이 없다니!"

카체리나는 여전히 들뜬 어조로 소리쳤다.

"알렉세이 씨, 이분은 현실에서 벗어나 있지만 그 대신 고상하고 자유분방한 마음을 가지고 있어요. 알렉세이 표도로비치, 이분이 얼마나 고결하고 관대한 분인지 몰라요. 이분은 그저 한때 불행했을 뿐이에요. 너무나도 일찍 보잘것없는 경박한 남자 때문에 너무 일찍이 모든 희생을 감수했을 뿐이에요. 훨씬 전, 한 5년 전쯤의 이야기예요. 이분에게는 한 남자가 있었답니다. 그도 역시 장교였는데, 이분은 그를 사랑하게 되어 모든 것을 바치고 말았지요. 그런데 그 남자는 이분을 저버리고 다른 여자와 결혼을 하고 말았답니다. 최근에 와서야 아내가 죽었으니 다시 이 고장으로 오겠다는 편지를 보냈답니다. 그런데 아시겠어요. 이분은 여태까지 그 사람만을 사랑해왔고 지금도 오직 그 사람만을 사랑하고 있답니다. 그 사람이 돌아오면 그루센카도 다시 행복해질 수 있겠지만 지난 5년 동안은 그저 불행의 연속이었어요. 하지만 도대체 누가 이분을 나무랄 수 있겠어요? 또 누가 이분의 관대한 마음씨를 칭찬할 수 있을까요? 그것은 지금 병석에 누워 있는 저 늙은 상인 말고 또 누가 있을까요! 하지만 그 사람은 이분의 아버지나 친구나 혹은 보호자라고 하는 편이 나을 거예요. 그 노인은 애인한테 버림받고 절망과 고뇌에 빠져 있을 때 구세주처럼 나타나서 이분을 구해준 거예요! 그러니까 그 노인은 이분을 구해준 거라구요!"

"아가씨, 아가씨는 지금 저를 너무 감싸주시려고 애쓰시지만 모든 면에서 너무 서두르시는 것 같아요."

그루센카는 또다시 말꼬리를 길게 늘이면서 말했다.

"당신을 감싸다니요. 어떻게 내가 감히 그런 짓을 할 수 있겠어요? 천사 같은 그루센카. 당신의 손을 이리주세요. 알렉세이 표도로비치, 이 작고 토실토실한 매력적인 손 좀 보세요. 자, 이 손이 바로 나에게 행복을 가져다주고 나를 소생케 해주었답니다. 자, 지금 이 손에 키스할 테니 보세요. 손등에도 손바닥에도 입 맞추는 걸 봐주세요. 자, 이렇게, 그리고 또 이렇게!"

카체리나는 기쁨에 들뜬 것처럼 매력적인 그루센카의 손에 세 번이나 키스를 했다. 그루센카는 자기 손을 내맡긴 채 낭랑하게 울려 퍼지는 간드러진 웃음소리를 내면서 이 친절한 아가씨의 거동을 지켜보고 있었다. 그녀는 이렇게 자기 손에 입을 맞추는 것을 무척 좋아하는 눈치였다.

'아무래도 자기 기분에 너무 도취된 것 같아' 하는 생각이 문득 알료샤의 머릿속을 스치고 지나갔다. 그는 얼굴을 붉혔다. 왠지 모르게 엄습하는 불안감 때문에 마음이 편치 못했다.

"아가씨, 알렉세이 표도로비치 앞에서 이렇게 키스를 하시면 내가 부끄러워져요."

"내가 뭐 당신을 부끄럽게 하려고 이러는 줄 아세요?"

카체리나는 다소 의외라는 듯이 말했다.

"아아, 당신은 내 심정을 이해하지 못하시는군요!"

"아니에요. 오히려 아가씨가 제 마음을 모르실 수도 있어요. 나는 당신이 생각하는 것보다 훨씬 나쁜 여자일지도 모르니까요. 나는 마음이 삐뚤어진 데다가 또 고집쟁이예요. 저 가엾은 드미트리 씨만 해도 그저 한번 장난삼아 유혹해본 것에 지나지 않으니까요."

"하지만 지금 당신은 스스로 그이를 구해주려 하고 있지 않나요? 당신이 그렇게 약속하셨지요. 당신은 오래전부터 다른 사람을 사랑해왔는데 지금 그 사람이 당신에게 구혼하고 있다는 것을 솔직하게 알려서 드미트리의 눈을 뜨게 해주겠다고요……."

"저런, 그렇지 않아요! 난 그런 약속을 한 적은 없어요. 그건 아가씨 혼자서 하신 말씀이지 내가 약속한 게 아니에요."

"그럼 내가 잘못 알았단 말인가요?"

카체리나는 얼굴빛이 창백해져 낮은 목소리로 중얼거렸다.

"당신은 분명히 그렇게 약속했는데……."

"천만에요. 아가씨, 나는 아무것도 약속하지 않았어요."

그루센카는 여전히 명랑하고도 순진한 표정으로 거침없이 말을 이었다.

"이젠 아셨죠. 아가씨. 당신에 비해 내가 얼마나 비열한 심술쟁이인가를……. 나는 마음만 내키면 무엇이든 당장 해치우고 마는 성미니까요. 아까는 내가 설말 무슨 약속을 했는지는 모르지만……. 다시 생각해보니 갑자기 그이가 다시 좋아질 것 같군요,

그 미차가 말이에요. 전에도 한 번 그분이 무척 마음에 들었다니까요. 지금이라도 돌아가서 당장 오늘부터 우리 집에서 함께 살자고 말할지도 모르겠어요……. 나는 원래가 이렇게 변덕이 심한 계집이랍니다."

"아까 당신이 한 말은……, 그와는 전혀 다른 말이었는데……."

카체리나가 간신히 이렇게 중얼거렸다.

"아, 아까는 정말! 나는 마음이 무척 약한 어리석은 여자예요. 그분이 나 때문에 얼마나 많이 괴로워했을까 생각하기만 해도 그만! 이제 집에 돌아가서 갑자기 그이가 불쌍하다는 생각이 들면 그때는 나도 어떻게 할지 몰라요."

"정말 뜻밖이군요……."

"아가씨는 정말 나 같은 여자에 비하면 너무나도 친절하고 훌륭하신 분이에요. 그러니 이제 나같이 변덕 많고 못돼먹은 계집에겐 싫증이 나셨을 테죠. 아가씨, 이번엔 아가씨의 손을 이리 좀 주세요."

그루센카는 다정한 어조로 말하면서 카체리나의 손을 공손하게 잡았다.

"자, 아가씨, 이번에는 아가씨 손을 잡고 아까 내게 해주신 것처럼 키스를 하겠어요. 당신은 세 번 해주셨지만 나는 300번은 해야 할 거예요. 그게 당연한 일이죠. 다음엔 하느님의 뜻대로 완전히 당신의 노예가 되어 무슨 일이든 당신이 원하시는 대로 봉사하고 싶어질지도 모르지요. 우리가 무슨 약속이니 협약이니 하는 걸 하지 않아도 하느님께서 정해주신 대로 될 테니까요. 아, 이 손, 어쩌면 이렇게도 예쁠까! 귀여운 아가씨, 당신은 너무나도 아름다우세요!"

그루센카는 정말 키스에 '보답한다'는 기이한 목적으로 그녀의 손을 살그머니 자기 입으로 가져갔다. 카체리나는 그 손을 뿌리치지 않았다. 그녀는 매우 이상한 표현이긴 하지만 노예처럼 봉사하겠다는 그루센카의 마지막 약속을 듣고, 아직도 한 가닥의 희망을 놓지 못하고 있었던 것이다. '어쩌면 이 여자는 지나칠 정도로 순진해서 그럴지도 몰라!' 이런 희망이 카체리나의 가슴속을 스치고 지나갔다. 한편 그루센카는 '아가씨의 예쁜 손'에 반하기라도 한 듯 천천히 그 손을 자기 입술로 가져갔다. 그러나 바로 입술에 닿으려는 바로 그 순간 갑자기 무언가를 생각하는 듯 그 손을 2, 3초가량 그대로 붙잡고 있었다.

"그런데요, 아가씨."

그루센카는 더욱 달콤하고 부드러운 목소리로 말꼬리를 끌며 말했다.

"모처럼 당신 손을 잡긴 했지만 키스는 그만두는 게 좋겠네요."

그러고는 재미있어 죽겠다는 듯이 키득키득 웃어댔다.

"원하는 대로 하세요……. 근데 대체 뭣 때문에 이러는 거죠?"

카체리나는 흠칫 몸을 떨었다.

"어쨌든 이것만은 잘 기억해두셨으면 좋겠네요. 당신은 내 손에 키스를 하셨지만 나는 결코 아가씨 손에 입을 맞추지 않았다는 걸 말이에요."

갑자기 그루센카의 눈이 번쩍거렸다. 그녀는 카체리나의 얼굴을 뚫어지게 쳐다보았다.

"건방진 것 같으니!"

순간 뭔가를 깨달은 듯이 카체리나는 이렇게 뇌까리고는 얼굴이 새빨갛게 되어 자리에서 벌떡 일어났다. 그루센카도 천천히 몸을 일으켰다.

"곧 미차한테 가서 얘기해줘야겠군요. 아가씨는 내 손에 키스를 했지만 나는 한 번도 하지 않았다고요. 아마 그이는 굉장히 재미있다고 하면서 웃어댈 거예요!"

"더러운 계집 같으니, 어서 나가버려!"

"저런, 부끄럽지 않으세요, 아가씨! 당신 같은 분께서 그런 상스러운 말을 입에 올리시다니, 전혀 어울리지 않는군요."

"빨리 꺼져버려, 이 창녀 같은 년!"

카체리나는 악을 썼다. 흉하게 일그러진 그녀의 얼굴은 경련이라도 일으킨 듯 바르르 떨고 있었다.

"네, 창녀라도 좋아요. 하지만 그런 소리를 하는 아가씨 역시 처녀의 몸으로 돈이 탐나서 늦은 저녁에 젊은 사내를 찾아가지 않았느냔 말예요. 그 예쁜 얼굴을 팔러 간 거죠! 난 모두 알고 있어요."

카체리나가 악을 쓰면서 그루센카에게 달려들려 했으나 알료샤가 있는 힘을 다해 그녀를 붙들었다.

"가만 계세요! 한 마디도 대꾸하지 말고 상대하지 마십시오! 저 여자는 곧 돌아갈 겁니다. 지금 당장요."

바로 이때, 카체리나의 이모들과 하녀가 고함 소리를 듣고 방 안으로 달려 들어왔다.

"네, 그럼 이만 돌아가지요."

그루센카는 소파에서 코트를 집어 들며 말했다.

"알료샤, 날 좀 데려다줘요."

"가세요, 빨리 돌아가주세요!"

알료샤는 간청하듯 그루센카에게 두 손을 모으면서 말했다.

"귀여운 알료샤, 그러지 말고 좀 데려다줘요! 가는 길에 아주 재미있는 얘기를 하나 들려드리겠어요! 지금은 그저 당신을 위해 한바탕 연극을 해보인 것뿐이에요. 자, 나를 좀 데려다줘요. 그러면 반드시 잘했다고 여길 거예요."

알료샤는 두 손을 불끈 쥐고 얼굴을 옆으로 돌려버렸다. 그루센카는 깔깔 웃어대면서 집에서 뛰어나갔다. 카체리나는 미친 듯이 흥분하여 발작을 일으켰다. 그녀는 흐느껴 울고 있었다. 그리고 경련 때문에 숨이 막히는 것 같았다. 모두 갈피를 못 잡고 어찌해야 좋을지 몰라 허둥지둥했다.

"그래, 내가 뭐라고 했니!"

나이 많은 이모가 입을 열었다.

"그래선 안 된다고 내가 그만두라고 했는데……, 너는 너무 성미가 급해서 탈이란 말이야……. 그런 쓸모없는 짓을 왜 하는지! 너는 그런 부류의 여자들이 어떤지 잘 모를 거다. 사람들 말에 따르면 그 여자는 아주 몹쓸 년이라는구나. 너는 너무 고집이 세서 탈이야!"

"호랑이 같은 년!"

카체리나가 소리를 꽥 질렀다.

"알렉세이, 왜 당신은 나를 붙잡았나요? 당신만 아니었으면 그년을 마구 때려줬을 텐데!"

카체리나는 알료샤 앞에서도 자기 자신을 자제하지 못했다. 아니, 어쩌면 자제심을 발휘하고 싶지 않았는지도 모른다.

"그런 년은 교수대에 올려놓고 망나니들을 시켜 실컷 채찍질을 해야 해요. 사람들이 모두 지켜보는 앞에서!"

알료샤는 자신도 모르게 방문 쪽으로 뒷걸음질쳤다.

"그렇지만 아, 아!"

카체리나는 손바닥을 찰싹 때리며 외쳐댔다.

"그이가, 그이가 그렇게까지 양심이 없는 사람이라니, 어떻게 그렇게까지 몰인정할 수 있어요! 그이가 그 창녀에게 모든 이야기를 했을 줄은 정말 몰랐어요. 그 저주할, 영원히 저주할 숙명적인 그날의 일을! '아가씨, 당신도 그 예쁜 얼굴을 팔러 가지 않았던가요?' 그년은 모든 걸 알고 있어요. 알렉세이, 당신 형님은 정말 비열한 사람이에요!"

알료샤는 뭐라고 말하고 싶었으나 한 마디도 입 밖으로 낼 수가 없었다. 그는 가슴이 죄어오는 것 같은 통증을 느꼈다.

"그만 돌아가주세요, 알렉세이 표도로비치! 나는 부끄럽고 또 무서워요! 내일……, 제발 내일 한 번 더 와주세요. 제발 부탁할게요. 나를 너무 나쁘게 생각하지 말아주세요. 이제부터 어떻게 해야 할지, 나도 잘 모르겠어요!"

알료샤는 비틀거리는 걸음으로 그 집을 나서 거리로 들어섰다. 그녀와 마찬가지로 그도 역시 울고 싶은 심정이었다. 이때 갑자기 카체리나의 하녀가 뒤쫓아 나왔다.

"아가씨께서 이걸 전하시는 걸 잊으셨답니다. 호흘라코바 부인께서 부탁하신 편지인데, 아까 점심때부터 맡겨두었던 거예요."

알료샤는 조그만 장밋빛 봉투를 기계적으로 받아서 호주머니 속에 찔러 넣었다.

11. 또 하나의 짓밟힌 명예

 마음에서 수도원까지는 기껏해야 1km 남짓한 거리였다. 이 시각이면 지나는 사람 하나 없는 밤길을 알료샤는 바쁜 듯이 걸어갔다. 이미 캄캄한 밤이라 30보 앞도 분간하기 어려웠다. 중간쯤 되는 곳에 사거리가 하나 있었다. 그 갈림길에 한 그루 외로이 서 있는 버드나무 아래 사람의 그림자 같은 것이 언뜻 보였다. 알료샤가 거기 다다르자마자 그 그림자가 확 덤벼들면서 벼락같이 소리를 질렀다.
 "목숨이 아깝거든 돈을 내놔라!"
 "아니, 형님 아니세요!"
 알료샤는 질겁하고 놀라다가 겨우 정신을 차리고 이렇게 말했다.
 "하하하! 놀랐지? 너를 어디서 기다릴까 생각해보았지. 그 여자의 집 앞에서 기다릴까 하는 생각도 했지만 거기는 세 갈래로 길이 갈라지니까 너를 놓칠 수도 있어서 여기서 기다리기로 했지. 수도원으로 가는 길은 이 길밖에 없으니까 반드시 여길 지날 거라 생각했지. 자, 어서 그 집에서 있었던 얘길 해다오, 내 체면이 바퀴벌레처럼 납작해져도 좋으니……. 어서 솔직하게 말해봐. 아니, 너 왜 그러니?"

"아무것도 아닙니다. 형님……. 하도 놀라서 그만……. 하지만 형님! 아까 아버지의 피를 보고서도……."

알료샤는 울음을 터뜨렸다. 실은 아까부터 목구멍까지 치밀어 올라와 있던 울음이 형을 보자 갑자기 터져 나오고 만 것이다.

"하마터면 아버지를 죽일 뻔하고서도……, 아버지한테 저주를 퍼붓고도 지금……, 여기서 목숨이 아깝거든 지갑을 내놓으라고, 그런 장난을 하시다니!"

"그래, 그게 어쨌다는 거냐? 무례하단 말이냐? 지금의 내 처지에 도저히 맞지 않는 일을 저질렀단 말이지?"

"아니요, 그런 것이 아니라 나는 다만……."

"잠깐만 기다려봐. 자, 이 밤의 경치를 좀 살펴보렴. 얼마나 음산한 밤이냐! 저 짙은 구름, 게다가 몰려오는 바람까지! 나는 여기 이 버드나무 밑에 숨어서 너를 기다리다가 문득 이런 생각을 했단다. 이렇게 된 이상 무엇을 우물쭈물 기다리느냐! 여기 버드나무도 있고, 손수건도 있고 셔츠도 있으니 당장 꼬아서 노끈을 만들 수 있다. 게다가 바지에는 멜빵까지 달려 있으니 나 같은 구차

한 인간이 더 이상 대지를 더럽힐 필요가 어디 있느냐! 바로 그때 네가 걸어오는 발소리가 들려온 거야. 그러자 갑자기 내 머리 위로 뭔가가 날아 내린 것 같은 느낌이 들었어. 그래, 나에게도 가장 사랑하는 사람이 있다. 저게 바로 그 사람이다. 세상에서 가장 사랑하는 동생이 있지 않느냐! 이렇게 생각한 순간 나는 네가 더욱 사랑스럽게 여겨져서 당장 너를 꼭 껴안아주고 싶어졌어. 그런데 다음 순간 바보 같은 생각이 떠올랐어. '저 녀석을 한번 놀라게 해줘야지, 그것도 재미있을 거야.' 그래서 다짜고짜 강도 흉내를 냈던 거야. 어리석은 짓을 해서 미안하다. 용서해다오. 하지만 그건 어디까지나 장난이고 내 마음속은 정말 심각하거든. 하지만 그런 건 아무래도 상관없다. 그보다도 거기 갔던 얘기나 들려다오. 내가 놀라 자빠질 정도로 그녀가 화를 냈겠지, 그렇지?"

"아니요, 그렇지 않았어요……. 그런 일은 절대로 없었어요. 형님, 거기서 나는……, 두 여자를 모두 만났어요."

"두 여자라니, 누구 말이냐?"

"카체리나와 그루센카 말이에요."

드미트리는 장승처럼 멍하니 얼어붙었다.

"그럴 리가 있나! 너 무슨 꿈을 꾸고 있니? 그루센카가 그 집에 가다니, 어떻게 그런 일이!"

드미트리가 소리쳤다.

알료샤는 카체리나 집에 들어간 순간부터 자기가 보고 들은 것을 모조리 이야기했다. 유창하고 조리 있게 설명하지는 못했지만 중요한 말이나 동작을 정확히 짚어가며, 때로는 자기가 받은 인상과 느낌을 요령 있게 섞어가면서 모든 것을 전달했다. 그의 이야기는 거의 10분이나 지속되었다. 드미트리는 꼼짝도 하지 않은 채 묵묵히 귀를 기울이면서 동생의 얼굴을 뚫어지게 바라보고 있었다. 알료샤는 형이 모든 것을 알아채고 모든 사실의 진의를 정확하게 파악했다는 것을 짐작할 수 있었다. 이야기가 진행됨에 따라 드미트리의 얼굴은 점점 침울해졌을 뿐만 아니라 나중에는 무서울 만큼 험악한 형상으로 변하고 있었다. 그는 눈살을 찌푸리고 이를 악문 채 이야기를 듣고 있었다. 움직임 없는 그의 시선은 더욱 무서운 느낌을 주었다. 그런데 별안간 놀랍게도 그처럼 무서운 표정을 짓고 있던 그의 얼굴이 순식간에 변하더니 굳게 다물었던 입술이 벌어지며 갑자기 폭소를 터뜨렸다. 그것은 말 그대로 참을 수가 없어서 배꼽을 잡고 웃어대는 형상이었다. 그는 웃음 때문에 한참 동안 말을 제대로 하지 못했다.

"그래, 그 손에 끝내 입을 맞추지 않았단 말이지! 결국 키스를 하지 않고 그냥 달아나버렸단 말이지!"

그는 마치 어떤 병적인 쾌감을 느끼면서 이렇게 소리쳤다. 그 기쁨이 그토록 솔직하고 자랑스럽지가 않았다면 그것은 오만한 쾌감이라고 할 수도 있었을지도 모른다.

"그래, 그 여자가 호랑이라고 고함을 쳤다고? 하긴 틀림없는 사실이지. 교수대에 올려야 한다고? 그럼 딩연하지. 나도 동감해. 벌써 오래전부터 그렇게 해야만 했어. 그건 그렇고 알료샤, 교수대도 좋지만 우선 마음의 병부터 고칠 필요가 있지 않을까? 어쨌든 수치심을 모르는 여자의 마음은 나도 이해할 만해. 그 여자의 정체는 바로 그 손에 드러나 있는 거야. 방탕한 여자의 본성 말이야. 그 여자는 모든 방탕한 여자들의 여왕과 같다고. 그래서 방탕한 기쁨을 느끼는 거야! 그래, 그년은 곧장 제집으로 돌아갔니? 그럼 나도 당장 그리로 가봐야겠다. 알료샤, 제발 나를 비난하지 말아다오. 그년은 목을 졸라 죽여도 시원치 않을 년이라는 점에서 나도 동감하는 바니까."

"하지만 카체리나 이바노브나는!"

알료샤는 슬픈 목소리로 소리쳤다.

"그녀의 심정도 잘 알겠다. 속속들이 알게 되었어. 이제야 그 여자를 잘 알게 된 건 이번이 처음이야. 이건 신대륙 발견과도 같은 거야. 아니, 사대주가 아니라 오대주였던가? 어쨌든 놀라운 일이야. 이것은 다름 아닌 그때의 카체리나의 이야기야. 아버지를 구하려는 고결한 이상 때문에 무서운 모욕의 위험을 무릅쓰고 추잡한 난봉꾼 장교에게 달려갔던 그때의 여학생 바로 그대로거든! 아, 그 무서운 자존심, 모험에 대한 욕구, 운명에 대한 도전, 지칠 줄 모르는 끝없는 도전! 그 이모가 말렸다고 했었어. 그래도 그 이모라는 여자가 모스크바에 있는 장군 부인의 친동생인데 고집이 여간 아닐 텐데. 자기 언니보다 더 콧대가 쎈 여자였지만 남편이 공금 횡령죄로 토지고 재산이고 모두 몰수당한 뒤 그처럼 거만하던 그 여자의 콧대가 꺾였지. 그때 이후 비굴한 생활을 하고 있는 거야.

그래 그 이모가 말렸는데도 카체리나는 듣지 않았었지. '내가 정복할 수 없는 건 이 세상에 아무것도 없어요. 모든 것을 내 마음대로 할 수 있어요. 그러니까 내가 하려고만 한다면 그루셴카쯤은 얼마든지 꼼짝 못하게 할 수 있다니까요.' 하며 허세를 부려본 거야. 그러고는 자신의 힘을 믿고 자기 자신에게 배짱을 부린 거겠지. 그러니 누구를 원망하겠어. 그 여자가 그루셴카의 손에 먼저 입을 맞춘 데는 무슨 속셈이 있어서라고 생각하니? 천만의 말씀. 그 여자는 정말 마음속으로부터 그루셴카한테 반해버린 거야. 아니, 그루셴카가 아니라 자신의 꿈과 공상에 반해버린 거지. 왜냐하면 그루셴카의 꿈과 공상을 자신의 것으로 알았으니까. 그러니 반하지 않을 수 없지. 그런데 알료샤, 넌 용케도 그 여자들한테 도망쳐 나올 수 있었구나. 그곳을 어떻게 도망쳐 나왔니? 그 수도복 자락을 치켜들고 도망쳐온 거니. 하하하!"

"형님은 카체리나 아가씨한테 얼마나 큰 잘못을 했는지 모르시는 것 같군요. 형님은 그날 일을 그루셴카에게 모두 이야기했죠! 그루셴카는 아까 카체리나 씨에게 대놓고 이렇게 말했어요. '당신도 그 예쁜 얼굴을 팔러 밤중에 젊은 사내를 찾아가지 않았던가요?' 형님, 이보다 더 큰 모욕이 어디 있겠어요?"

알료샤가 무엇보다 가슴 아프게 생각한 것은 카체리나가 받은 모욕을 형이 오히려 기뻐하고 있는 것처럼 보인다는 점이었다.

"아참, 그렇구나!"

갑자기 드미트리는 잔뜩 얼굴을 찡그리며 손바닥으로 이마를 딱 때렸다. 그는 조금 전에 알료샤한테 이 모욕에 대한 이야기를 듣고 카체리나가 '당신 형은 비열한 사람이에요'라고 외쳤다는 사실을 이제야 비로소 깨달았던 것이다.

"그래, 난 분명히 그 '저주받을 운명의 날'에 있었던 일을 그루센카한테 얘기했어. 그래, 얘기했어. 이제야 생각나는군! 그건 바로 그때 모크로예 마을에 갔을 때였어. 완전히 술에 취해버렸고 집시들은 노래를 부르고 있었지. 그때 난 울고 있었어. 흐느껴 울면서 카체리나에게 속죄의 기도를 했단다. 그루센카도 나를 이해해주더군. 지금도 생각나지만 그때 그녀는 모든 걸 다 이해하고 자기도 함께 눈물을 흘려주었어. 그런데, 젠장! 이제 와서 이런 말을 한들 무슨 소용이 있겠니! 그때는 눈물을 흘리던 계집이 이제 와서 가슴에 비수를 꽂다니! 계집이란 언제나 그런 동물이야."

그는 시선을 내리깔고 잠시 생각에 잠겼다.

"그래, 난 비열한 인간이야! 암, 어디를 봐도 비열한 인간이지!"

그는 갑자기 침울한 목소리로 입을 열었다.

"그때 내가 울었건, 울지 않았건 모두 마찬가지야. 어차피 비열한 인간인 것은 변함없으니까. 카체리나에게 가거든 이렇게 전해다오. 만일 그걸로 화가 풀린다면 나는 얼마든지 비열한 놈이란 말을 듣겠노라고. 자, 이제 얘기는 그만두기로 하자. 더 이상 말해봐야 소용이 없으니까. 자, 그럼 너는 네 갈 길을 가고 나는 내 갈 길을 가는 거야. 이제 마지막 순간이 올 때까지 더 이상 만날 일이 없을 거다. 그럼 잘 가거라, 동생아!"

드미트리는 알료샤의 손을 꼭 쥐더니, 여전히 눈을 내리깔고 고개를 숙인 채 억지로 그 자리를 뿌리치기라도 하듯이 몸을 돌려 읍내 쪽으로 황급히 걸어갔다. 알료샤는 형이 갑작스레 떠나버린 것이 믿어지지 않는 것처럼 멍하니 그의 뒷모습을 바라보았다.

"잠깐만, 알렉세이! 너에게 고백할 일이 한 가지 더 있다."

갑자기 드미트리가 되돌아와서 말했다.

"나를 좀 봐라, 나를 자세히 봐. 바로 여기서 무서운 파렴치한 행위가 일어나고 있는 거야(바로 여기라고 할 때 드미트리는 아주 야릇한 표정으로 자기 가슴을 쳐 보였다. 마치 그 파렴치한 행위가 가슴팍 어디에, 호주머니 속이나 아니면 목에 건 주머니 안에 들어 있는 것 같은 표정이었다). 너도 이제 알다시피 나는 세상이 다 아는 비열한이야! 그러나 이것만은 분명히 기억해다오. 내가 과거에 무슨 짓을 했고, 앞으로 무슨 짓을 벌이든 지금 이 순간 이 가슴속에 품고 있는 파렴치와 비교한다면 그것들은 문제도 되지 않아. 그 파렴치는 지금 막 일어나려고 하고 있지만 이것을 중지하느냐 실천하느냐 하는 건 오직 내 마음에 달려 있어. 알겠니? 이 점을 명심해달라는 거야. 그렇지만 결국 나는 그걸 해치우게 될 거라고 생각한단다. 이것도 역시 명심해다오. 아까 나는 모든 걸 죄다 털어놓았지만 차마 이것만은 말할 수가 없단다. 아무리 나라고 해도 그렇게 뻔뻔스럽지는 않으니까! 나는 아직 그것을 멈출 수는 있어. 만일 그렇게 한다면 니는 당장 내일이라도 *성실한 명예*의 절반쯤은 되찾을 수 있겠지. 하지만 나는 결코 멈추지 않을 거야. 그리고 그 비열한 계획을 그대로 실천해나가게 될 거야. 자, 네가 그 증인이 되어다오. 나는 그걸 미리 알고 너한테 이야기하는 거야! 파멸과 암흑! 뭐 그런 거지! 때가 되면 자연히 알게 될 테니까 지금은 입을 다물겠어. 악취가 풍기는 뒷골목과 세상에 둘도 없는 방탕한 여자라! 그럼, 잘 가거라. 나를 위해 기도할 건 없어. 난 그만한 가치도 없는 놈인 데다 그럴 필요도 없으니까. 암, 없고말고……. 그럼, 어서 가봐라!"

드미트리는 이렇게 말하고는 정말로 가버렸다. 알료샤는 수도원을 향해 걷기 시작했다. '도대체 형이 한 말은 무슨 뜻일까, 앞으로 다시는 형을 만날 수 없다는 것은 대체 무슨 뜻일까?' 알료샤는 자꾸만 이상한 생각이 들었다. '내일은 꼭 형님을 만나서 기어코 무슨 뜻인지를 알아내야겠다!' 그는 수도원 옆을 돌아 솔밭을 가로질러 곧장 암자로 걸어갔다. 이렇게 늦은 시각에는 아무도 암자에 들어가지 못하는 게 규칙이었지만 그만은 예외였기에 문이 열렸다. 장로의 방에 들어서자 그는 갑자기 가슴이 두근거리기 시작했다. '무엇 때문에, 아까 나는 이 방을 떠났던가? 무엇 때문에 장로님은 나를 속세에 내보냈을까? 여기는 정적과 거룩함으로 가득 차 있지만 거기는 혼란과 암흑만 있어서 발을 들여놓으면 곧 길을 잃고 방황할 수밖에 없는데…….'

장로의 방에는 견습 수사인 포르피리와 파이시 신부가 와 있었다. 파이시 신부는 오늘 하루 종일 조시마 장로의 병세를 알아보려고 1시간마다 드나들었지만 그의 병세는 점점 더 악화되어갈 뿐이었다. 이 말을 듣고 알료샤는 가슴이 덜컥 내려앉는 것만 같았다. 매일 하게 되어 있는, 수사들을 위한 저녁 간담회마저 오늘은 중지되었다는 것이다. 보통 때 같으면 저녁 예배를 마친 뒤 취침하기 전에 암자의 수사들이 장로의 방에 모여서 그날 하루 동안 범한 죄과며 죄스러운 공상, 사상, 유혹, 심지어 동료 사이에 있었던 말다툼까지 죄다 큰 소리로 장로한테 고백하는 것이 일과였다. 그중에는 무릎을 꿇고 고백하는 자도 있었다. 장로는 그것을 하나하나 해결하고 화해시키고 훈계를 내리기도 하며 일일이 축복을 내려 돌려보내곤 했다. 이러한 수사들의 '참회'에 대하여 장로 제도 반대자들은 그것을 성스러운 비밀 의식인 고해성사의 세속화라고 맹렬히 비난의 화살을 퍼부었고, 심지어는 그것을 신성모독과 다를 것이 없다고 부당한 주장을 했었다. 뿐만 아니라 이러한 참회는 결코 좋은 결과를 가져올 수 없으며 오히려 이 때문에 사람들을 죄악과 유혹으로 이끌게 된다고 교구장(敎區長)에게 진정서까지 제출하기도 했었다.

사실 수도사들 대부분은 장로의 암자에 저녁마다 모이는 것을 부담으로 여겼다. 그들은 남들이 모두 가니까 자기도 할 수 없이 간다는 수동적 태도로, 또는 자신만이 오만하고 반항적인 인간이라는 소리를 듣는 것이 두려워서 어쩔 수 없이 모이는 것이었다. 또 소문에 따르면 수도사들 중에는 그날 저녁에 모이기 전에 미리 '나는 오늘 자네한테 회를 냈다고 할 테니 자네도 적당히 맞장구를 쳐주게' 하는 식으로 서로 이야깃거리를 만들어 적당히 자기

순서를 떼우는 자들도 있었다. 알료샤는 간혹 이런 류의 사람들이 있다는 것을 실제로 잘 알고 있었다. 그는 또 장로가 수도사들에게 온 편지를 먼저 뜯어보는 관습에 대해 몹시 불만을 가지고 있다는 것도 알고 있었다. 물론 이 모든 것은 자발적인 복종과 지도를 받으려는 바람 아래서 자유롭고도 성실하게 이루어져야 한다는 것을 전제로 하고 있지만, 실제로는 매우 불성실하게 혹은 거짓되게 위선적으로 행해진 일도 있었다. 그렇지만 수도사들 중에서 나이 많고 경험 많은 이들은 '진심으로 영혼의 구원을 위해 이 수도원 담 안으로 들어온 사람들에게 이러한 복종과 고행이 유익한 구제의 힘을 갖고 있다는 사실은 의심할 여지가 없다. 그러나 반대로 그것을 고통으로 여기는 사람들은 수도사라고 할 수 없으니까 수도원에 들어온 것부터가 무의미하다. 따라서 그들이 있어야 할 곳은 수도원이 아니라 속세이다. 그리고 악마나 죄악으로부터 자신을 보호하는 것은 속세에서만이 아니라 수도원 안에서도 역시 마찬가지로 어렵기 때문에 죄악에 대해서는 전혀 묵인할 필요가 없다'는 견해를 고집하고 있었다.

"이젠 지나치게 쇠약해져서 혼수상태에 빠져 계신다."

파이시 신부는 알료샤를 축복해주고 나서 이렇게 속삭였다.

"깨워드리기조차 곤란할 정도야. 그럴 필요도 없기는 하지만 말이다. 아까 5분가량 눈을 뜨시고 모든 수도사에게 축복을 전해달라고 부탁하셨어. 그리고 모두에겐 저녁 예배 때 자기를 위해 기도해달라고 당부하고 내일 한 번 더 성찬을 받고 싶다고 말씀하시더구나. 그리고 알렉세이, 네 얘기도 물으시면서 이젠 아주 이곳을 떠난 거냐고 물으시기에 잠시 읍내에 나갔다고 대답했어. 그랬더니 '그래서 나도 그 애를 축복해주었던 거야. 알료샤가 있을 곳은 속세니까 당분간 여기 머물지 않는 게 좋아' 하고 말씀하시더라. 참으로 사랑과 배려가 넘치는 어조였단다. 너는 네가 받은 영광이 어떤 건지 알 수 있겠니? 그런데 장로님께서 너더러 당분간 속세에 나가서 지내라고 판단하신 것은 대체 무엇 때문일까? 그건 너의 운명에 대해서 무언가를 예감하셨기 때문일 거야. 그러나 알렉세이, 네가 속세로 돌아간다 하더라도 그것은 어디까지나 장로님께서 네게 내린 복종의 의무로 생각해야 한다. 결코 헛되이 경솔한 행동을 취하거나 속세의 향락을 취하라는 뜻이 아니라는 점을 명심해둬야 해."

파이시 신부는 밖으로 나갔다. 장로가 비록 하루 이틀쯤 더 살지라도 이제 곧 세상을 떠나리라는 것은 알료샤에게도 의심할 여지가 없는 사실이었다. 그는 아버지를 비롯하여 호흘라코바 모녀와 카체리나 그리고 형을 만나기로 이미 약속은 했지만 장로가 돌아가실 때까지 그 옆에 가까이 있어야겠다고 굳게 다짐했다. 그의 가슴은 조시마 장로에 대한 뜨거운 애정으로 불타올랐다. 그리고 이 세상에서 누구보다도 깊이 존경하고 있는 분을, 더욱이 임종의 자리에 남겨둔 채 읍내로 나가 잠시 동안이기는 했지만 그분의 일을 까맣게 잊을 수 있었던 자기 자신에 대한 책망에 사로잡혔다. 그는 장로의 침실로 들어가서 무릎을 꿇고 잠들어 있는 장로를 향해 이마가 마루에 닿도록 공손히 절을 했다. 장로는 아주 낮은 숨소리를 내면서 조용히 잠들어 있었다. 장로의 얼굴은 평온했다.

　옆방으로 물러난 알료샤는 구두만 벗은 채 옷도 제대로 갈아입지 않고 딱딱하고 좁은 가죽 소파 위에 누웠다. 그것은 오늘 아침 장로가 손님들을 맞아들였던 방으로, 알료샤는 벌써 오래전부터 베개만을 들고 와서 밤마다 이 소파를 잠자리로 사용하고 있었다. 아까 아버지가 집으로 가져오라고 소리쳤던 그 이불은 이미 오래전부터 사용하지 않고 있었다.

　그는 법의를 벗어 담요 대신 덮었다. 그러나 잠을 자기 전에 무릎을 꿇고 오랫동안 기도를 드렸다. 진실 되고 열렬한 기도 속에서 그가 하느님께 청한 것은 결코 자기 마음의 의혹을 풀어달라는 것이 아니었다. 다만 하느님을 찬양하고 난 다음에 언제나 찾아들던 기쁨에 찬 환희와 감동을 다시 되찾기를 갈망했을 뿐이다. 잠자리에 들기 전의 기도는 언제나 하느님에 대한 찬양으로 충만했었다. 그리고 이러한 환희의 감동은 언제나 그에게 상쾌하고 평온한 꿈을 가져다주고는 했다. 그는 지금도 그런 식으로 기도를 하고 있는데 문득 호주머니 속에서 뭔가 감촉이 느껴졌다. 그것은 아까 카체리나의 하녀가 뒤쫓아와서 그에게 전해준 조그만 장밋빛 봉투였다. 그는 마음이 산란해진 가운데서도 끝까지 기도를 마쳤다. 이윽고 그는 잠시 머뭇거리다가 봉투를 뜯었다. 봉투 속에는 프랑스어로 '리즈'라고 서명한 편지가 들어 있었다. 리즈란 바로 오늘 아침 장로 앞에서 그토록 알료샤를 놀려주었던 호흘라코바 부인의 어린 딸이었다.

알렉세이 표도로비치, 저는 아무도 모르게 어머니한테도 숨겨가면서 이 편지를 쓰고 있어요. 물론 이것이 얼마나 나쁜 짓인지 잘 알지만 제 마음속에 생긴 이것을 당신에게 말하지 않고서는 단 하루도 못 살 것만 같아요. 그러니까 이 일은 우리 두 사람 이외에 그 누구도 알아서는 안 돼요. 그렇지만 제가 말하고 싶은 것을 어떻게 당신에게 전해야 좋을까요? 종이는 얼굴을 붉히지 않는다고 하지만 그건 거짓말이에요. 종이는 지금 저와 같이 새빨갛게 되어 있으니 말이에요.

그리운 알료샤, 저는 당신을 사랑하고 있어요. 제가 아주 어렸을 때부터, 당신이 지금과는 전혀 달랐던 모스크바 시절부터 저는 당신을 사랑해왔어요. 그리고 앞으로도 한평생 당신을 사랑할 거예요. 저는 당신과 한몸이 되어서 늙어가며 이 세상을 떠나겠다고 결정했어요. 물론 여기에는 당신이 수도원을 반드시 떠나야 한다는 조건이 있어요. 우리들의 나이가 아직 어리다면 법률로 정한 나이가 될 때까지 기다리기로 해요. 반드시 그렇게 될 거예요.

이만하면 제가 얼마나 신중하게 생각했는지 아시겠죠. 그렇지만 꼭 한 가지는 아무래도 알 수가 없어요. 이 편지를 읽고 당신이 저를 어떻게 생각하실까 하는 점이에요. 저는 밤낮으로 웃거나 장난치기를 좋아해서 오늘 아침만 해도 당신을 화나게 만들었어요. 그렇지만 저는 펜을 잡기 전에 성모 마리아께 진심으로 기도를 드렸죠. 지금도 울고 싶은 심정으로 기도를 드리고 있어요.

이제 저의 비밀은 당신의 손에 있어요. 내일 당신이 오시면 나는 정말 당신을 어떻게 대해야 할지 모르겠어요. 아아, 알렉세이 표도로비치, 제가 만약 당신의 얼굴을 보고 있다가 또 오늘 아침처럼 참지 못하고 바보처럼 웃어버리면 어떡하죠? 당신은 아마 제가 남을 놀릴 줄밖에 모르는 개구쟁이니까 이 편지도 혹시 장난이 아닐까 의심하실 거예요. 그러니까 부탁드리고 싶어요. 제발 우리 집에 오시면 저를 똑바로 바라보지 말아주세요. 당신과 눈이 마주치면 저는 틀림없이 웃음을 터뜨리게 될 테니까요. 더구나 당신은 그 기다란 사제복을 걸치고 계시니까요. 지금도 그 생각만 하면 오싹하게 소름이 끼쳐요. 그러니까 방에 들어오시거든 얼마간은 저를 보지 마시고, 어머니나 창문 쪽을 보도록 하세요.

드디어 저는 당신에게 이렇게 사랑 고백 편지를 쓰고 말았군요. 아아, 제가 무슨 짓을 하고 있는 걸까요. 알료샤, 제가 이런 짓을 한다고 제발 경멸하지는 마세요. 만일 저의 행위가 몹시 어리석은 짓이어서 당신을 괴롭혀드렸다면 제발 용서하시기 바랍니다. 이제 이 편지로 저의 명예는 당신의 수중에 들어 있습니다. 어쩌면 저의 명예는 영영 파멸되어버렸는지도 모르겠네요.

저는 오늘 틀림없이 울고 말 거예요. 그럼 '두려운' 우리의 재회까지 안녕!

리즈

추신 : 알료샤, 무슨 일이 있어도 내일 꼭 와주셔야 해요!

알료샤는 놀라움 속에서 편지를 읽었다. 그리고 다시 한번 끝까지 읽어보고는 잠시 생각에 잠겼다가 갑자기 조용하고도 감미로운 미소를 입가에 지었다. 그러다가 갑자기 흠칫 몸을 떨었다. 지금의 미소가 죄악처럼 여겨졌기 때문이다. 그러나 잠시 후 또다시 고요하고도 행복한 미소를 지었다. 그는 천천히 편지를 봉투 속에 넣고는 성호를 그은 다음 자리에 누웠다. 그러자 마음속의 동요는 씻은 듯이 사라져버렸다.

'하느님, 오늘 제가 만나고 온 모든 사람들을 불쌍히 여기시어 마음의 평안을 잃은 그 불행한 이들을 구원해주시옵소서. 그리고 그들의 마음을 올바른 길로 인도해주시옵소서. 모든 길은 주님의 손 안에 있음을 믿사오니 주님의 길로 그들을 인도해주시옵소서! 주님의 사랑으로 모든 이들에게 기쁨을 내려주옵소서!'

알료샤는 이렇게 중얼거리며 다시 성호를 긋고 포근하게 잠이 들었다.

(2권 계속)

옮긴이 장한

한국외국어대학교에서 체호프 연구로 문학 석사, 박사 학위를 받았다. 현재 한국외국어대학교에서 러시아어와 러시아 문학을 강의하며 초빙 연구원으로 활동 중이다. 주요 논문으로 〈안톤 체홉의 '초원' 연구〉(1994) 〈체호프의 심리묘사 연구〉(1999) 〈체홉 산문에 나오는 깨달음의 테마〉(2000) 〈체홉의 문학과 생태공경 사상〉(2000) 〈체홉 소설에 나타난 자연과 자연관 연구〉(2000) 〈체홉의 롯실드의 바이얼린 연구〉(2001) 〈불가코프의 거장과 마르가리타: 풍자와 알레고리의 환상소설〉(2006) 이 있다. 번역서로는 《톨스토이의 세 가지 질문》 《신의 입맞춤, 도스토옙스키 소설 번역집》 《초원, 체홉 소설 번역 선집》, 저서로는 《러시아문학사》 《러시아어, 이제 동사로 표현하자》가 있다.

카라마조프가의 형제들 1

초판 1쇄 펴낸 날 2018년 9월 30일
초판 2쇄 펴낸 날 2021년 1월 10일

지은이	표도르 도스토옙스키
옮긴이	장한
펴낸이	장영재
펴낸곳	(주)미르북컴퍼니
자회사	더스토리
전화	02)3141-4421
팩스	02)3141-4428
등록	2012년 3월 16일 (제313-2012-81호)
주소	서울시 마포구 성미산로32길 12, 2층 (우 03983)
E-mail	sanhonjinju@naver.com
카페	cafe.naver.com/mirbookcompany

* (주)미르북컴퍼니는 독자 여러분의 의견에 항상 귀 기울이고 있습니다.
* 파본은 책을 구입하신 서점에서 교환해 드립니다.

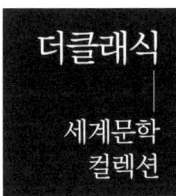

1 | **노인과 바다** | 어니스트 헤밍웨이
  1953년 퓰리처상 수상작 / 1954년 노벨문학상 수상 / 미국대학위원회 선정 SAT 추천도서

2 | **동물 농장** | 조지 오웰
  미국대학위원회 선정 SAT 추천도서 / 〈타임〉지 선정 현대 100대 영문소설
  한국 문인이 선호하는 세계명작소설 100선 / 서울시 교육청 추천도서
  논술 및 수능에 출제된 책(1998~2005)

3 | **어린 왕자** | 앙투안 드 생텍쥐페리
  전 세계 1억 부 이상 판매 기록 / 16개국 언어로 번역

4 | **사람은 무엇으로 사는가(톨스토이 단편선 1)** | 레프 니콜라예비치 톨스토이
  영어권 문학가들이 가장 좋아하는 작가 / 전 세계 거의 모든 언어로 번역된 필독서

5 | **더 레이븐(포 단편선)** | 에드거 앨런 포
  포 최고의 미스터리 세계를 보여 준 호러 문학의 걸작

6 | **예언자** | 칼릴 지브란
  대한민국 대표 명사 혜민스님 추천작

7 | **젊은 베르테르의 슬픔** | 요한 볼프강 폰 괴테
  세기의 철학가와 문인들의 찬사를 받은 대표작

8 | **독일인의 사랑** | 프리드리히 막스 뮐러
  잊히지 않는 낭만적 사랑의 향기 / 독일 낭만주의 시인 막스 뮐러의 유일 순수문학 작품

9 | **이방인** | 알베르 카뮈
  노벨 연구소 선정 최고의 세계문학 100선 / 1957년 노벨문학상 수상작
  대한민국 명사 101인의 대표 추천작 / 연세대학교 필독도서 / 미국대학위원회 선정 SAT 추천도서
  〈타임〉지 선정 세상을 움직인 책 100권

10 | **데미안** | 헤르만 헤세
1946년 노벨문학상 수상 작가 / 20세기 일대 센세이션을 일으킨 성장 소설의 고전
서울시 교육청 추천도서

11 | **그리스인 조르바** | 니코스 카잔차키스
미국대학위원회 선정 SAT 추천도서 / 한국간행물윤리위원회 선정추천도서
한국출판인회의 출판인이 선정한 100권의 도서

12 | **위대한 개츠비** | 프랜시스 스콧 피츠제럴드
〈타임〉지 선정 현대 100대 영문소설 / 어니스트 헤밍웨이가 인정한 완벽한 일급 작품
20세기 100대 영문소설 1위 / 미국대학위원회 선정 SAT 추천도서 / 뉴욕 공립도서관 추천도서
대한민국 명사 101인의 대표 추천작 / WTO 북클럽 추천도서

13 | **도리언 그레이의 초상** | 오스카 와일드
미국대학위원회 고교 추천도서 101 / 대한민국 명사 101의 대표 추천작

14 | **벨 아미** | 기 드 모파상
모파상의 가장 매력적이고 파격적인 작품 / 19세기 파리를 뒤흔든 파격 스캔들
2012년 개봉한 영화 〈벨 아미〉 원작

15 | **이상한 나라의 앨리스** | 루이스 캐럴
난센스와 판타지의 대표작 / 아카데미 '미술상' 수상한 영화의 원작
19세기 가장 유명한 영국 아동문학 작가

16 | **두 도시 이야기** | 찰스 디킨스
영국이 낳은 가장 위대한 소설가 / 영화 〈다크나이트〉의 모티프
미국대학위원회 선정 SAT 추천도서 / 서울시 교육청 선정 청소년 필독도서

17 | **햄릿** | 윌리엄 셰익스피어
대한민국 명사 101인의 대표 추천작 / 서울대학교 권장도서 100선 / 서울대학교 동서고전 200선
연세대학교 필독도서 / 미국대학위원회 선정 SAT 추천도서 / 국립중앙도서관 선정 청소년 권장도서

18 | **오페라의 유령** | 가스통 르루
4대 뮤지컬 〈오페라의 유령〉 원작 소설 / 프랑스 최고 추리소설 작가

19 | **1984** | 조지 오웰
〈타임〉지 선정 세상을 움직인 책 100권 / 〈텔레그라프〉지 완벽한 도서관을 위한 권장도서 100
세계 3대 디스토피아 미래 소설 / 〈가디언〉지 권장도서 / 뉴욕 공립도서관 추천도서
하버드 대학생이 가장 많이 산 책 1위

20 | **수레바퀴 아래서** | 헤르만 헤세
대한민국 명사 101인의 대표 추천작
헤르만 헤세의 사춘기 시절 경험을 바탕으로 한 자전적 소설
1946년 노벨문학상 / 국립중앙도서관 선정 청소년 권장도서

21 22 23 | **안나 카레니나 1~3** | 레프 니콜라예비치 톨스토이
톨스토이 생애 최고의 리얼리즘 소설 / 서울대학교 권장도서 100선 / 서울대학교 동서고전 200선
연세대학교 필독도서 / 미국대학위원회 선정 SAT 추천도서 / 오프라 윈프리 북클럽 권장도서
논술 및 수능에 출제된 책(1998~2005)

24 | **오즈의 마법사 1 - 오즈의 위대한 마법사** | 라이먼 프랭크 바움
미국대학위원회 선정 SAT 추천도서 / 연세대학교 필독도서 / 국립중앙도서관 선정 우수 번역서

25 | **리어 왕** | 윌리엄 셰익스피어
대한민국 명사 101인의 대표 추천작 / 서울대학교 권장도서 100선 / 연세대학교 필독도서
미국대학위원회 선정 SAT 추천도서 / 〈가디언〉지 권장도서 / 세인트존스 대학교 권장도서
논술 및 수능에 출제된 책(1998~2005)

26 27 28 29 30 | **레 미제라블 1~5** | 빅토르 위고
저명한 문학비평가들이 극찬한 세기의 걸작 / WTO 북클럽 추천도서
2013년 개봉한 영화 〈레 미제라블〉의 원작 / 전자책 베스트셀러 1위(2013)

31 | **월든** | 헨리 데이비드 소로
미국대학위원회 고교추천도서 101 / 미국대학위원회 선정 SAT 추천도서
박원순 서울시장이 선택한 책 50권

32 | **눈의 여왕**(안데르센 단편선) | 한스 크리스티안 안데르센
어린이문학에 꽃을 피운 불멸의 작가 / 세계를 움직인 100권의 책 선정
노벨 연구소 선정 세계 100대 문학 작품

33 | **오만과 편견** | 제인 오스틴
서울대학교 동서고전 200선 / 연세대학교 필독도서 / 세인트존스 대학교 권장도서
〈텔레그라프〉지 완벽한 도서관을 위한 권장도서 100 / 〈가디언〉지 권장도서
미국대학위원회 선정 SAT 추천도서 / 국립중앙도서관 선정 청소년 권장도서

34 | **로미오와 줄리엣** | 윌리엄 셰익스피어
서울대학교 동서고전 200선 / 미국대학위원회 선정 SAT 추천도서
칼리지보드 선정 고교생 필독서 101권

35 | **바람이 분다** | 호리 다쓰오
미야자키 하야오의 애니메이션 영화 〈바람이 분다〉 원작

36 | **맥베스** | 윌리엄 셰익스피어
서울대학교 권장도서 100선 / 연세대학교 필독도서 / 미국대학위원회 선정 SAT 추천도서
국립중앙도서관 선정 청소년 권장도서

37 | **신곡 - 인페르노**(지옥) | 단테 알리기에리
서울대학교 권장도서 100선 / 국립중앙도서관 선정 청소년 권장도서
미국대학위원회 선정 SAT 추천도서 / 〈뉴스위크〉지 선정 100대 명저

38 | **외투·코**(고골 단편선) | 니콜라이 바실리예비치 고골
사실주의 문학의 지평을 연 작품

39 | **인간 실격** | 다자이 오사무
교육과학기술부 산하 사단법인 한국교육지원회 선정 아침독서 10분 운동 필독서
영화 평론가 이동진 추천도서

40 | **마지막 잎새**(오 헨리 단편선) | 오 헨리
서울대학교·연세대학교 추천도서 / 서울시 교육청 추천도서 / EBS 주최 북퀴즈 왕 선발 추천도서

41 | **오즈의 마법사 2 – 환상의 나라 오즈** | 라이먼 프랭크 바움
미국대학위원회 선정 SAT 추천도서

42 | **좁은 문** | 앙드레 지드
교육과학기술부 산하 사단법인 한국교육지원회 선정 아침독서 10분 운동 필독서

43 | **깨끗하고 밝은 곳**(헤밍웨이 단편선) | 어니스트 헤밍웨이
국립중앙도서관 선정도서 / 남산도서관 선정도서

44 | **벤자민 버튼의 시간은 거꾸로 간다**(피츠제럴드 단편선 1) | 프랜시스 스콧 피츠제럴드
전미비평가협회 선정 '톱 10 작품', 영화 〈벤자민 버튼의 시간은 거꾸로 간다〉의 원작
2013 화제의 영화 〈위대한 개츠비〉 작가, 피츠제럴드 단편선

45 | **광란의 일요일**(피츠제럴드 단편선 2) | 프랜시스 스콧 피츠제럴드
2013 화제의 영화 〈위대한 개츠비〉 작가, 피츠제럴드 단편선

46 | **천로역정** | 존 버니언
성경 다음으로 많이 읽힌 기독교 3대 고전 중 하나 / 2003년 국립중앙도서관 선정 고전 100선

47 | **세 가지 질문**(톨스토이 단편선 2) | 레프 니콜라예비치 톨스토이
영어권 문학가들이 가장 좋아하는 작가 / 전 세계 거의 모든 언어로 번역된 필독서

48 | **벚꽃 동산**(체호프 희곡선 1) | 안톤 체호프
미국대학위원회 선정 SAT 추천도서 / 서울대학교 권장도서 100선

49 | **개를 데리고 다니는 여인**(체호프 단편선 1) | 안톤 체호프
서울대학교 동서고전 200선 / 노벨 연구소 선정 세계문학 100선

50 | **귀여운 여인**(체호프 단편선 2) | 안톤 체호프
노벨 연구소 선정 세계문학 100선

51 | **폭풍의 언덕** | 에밀리 브론테
서울대학교·연세대학교·고려대학교 권장도서
1940 아카데미 상 최우수작 지명 〈폭풍의 언덕〉 원작

52 | **지킬 박사와 하이드** | 로버트 루이스 스티븐슨
2004 한국 문인이 선호하는 세계 명작 소설 100선

53 | **바냐 아저씨**(체호프 희곡선 2) | 안톤 체호프
서울대학교 권장도서 100선 / 노벨문학상 수상자 네이딘 고디머, 앨리스 먼로의 표본

54 55 | **이솝 이야기 1~2** | 이솝
어린이독서위원회, 서울 독서교육연구회 권장도서

56 | **오즈의 마법사 3 - 오즈의 오즈마 공주** | 라이먼 프랭크 바움
미국대학위원회 선정 SAT 추천도서

57 | **주홍색 연구**(셜록 홈즈 시리즈 1) | 아서 코난 도일
영국 BBC 제작, KBS 방영 〈셜록〉의 원작 / 대한민국 대표 추리 소설가 백휴의 작품해설 수록

58 | **네 개의 서명**(셜록 홈즈 시리즈 2) | 아서 코난 도일
영국 BBC 제작, KBS 방영 〈셜록〉의 원작 / 대한민국 대표 추리 소설가 백휴의 작품해설 수록

59 | **배스커빌가의 개**(셜록 홈즈 시리즈 3) | 아서 코난 도일
영국 BBC 제작, KBS 방영 〈셜록〉의 원작 / 대한민국 대표 추리 소설가 백휴의 작품해설 수록

60 | **공포의 계곡**(셜록 홈즈 시리즈 4) | 아서 코난 도일
영국 BBC 제작, KBS 방영 〈셜록〉의 원작 / 대한민국 대표 추리 소설가 백휴의 작품해설 수록

61 | **페스트** | 알베르 카뮈
노벨문학상 수상 작가 / 1947년 프랑스 비평가상 수상 / 서울대학교 권장도서 100선

62 | **무기여 잘 있거라** | 어니스트 헤밍웨이
〈타임〉지가 뽑은 20세기 최고의 문학 100선 / 미국 대학 위원회 선정 SAT 추천 도서

63 | **야간 비행** | 앙투안 드 생텍쥐페리
1931년 페미나 문학상 수상 / 작가의 경험이 들어간 직업 소설

64 | **톰 소여의 모험** | 마크 트웨인
미국 현대문학의 효시 마크 트웨인의 대표작 / 일본 후지TV 애니메이션 〈톰 소여의 모험〉 원작

65 | **프랑켄슈타인** | 메리 셸리
오늘날 SF소설의 선구 / 과학기술이 야기하는 사회적, 윤리적 문제를 다룬 최초의 소설

66 | **마음** | 나쓰메 소세키
서울대 권장도서 100선 / 일본의 셰익스피어 나쓰메 소세키의 대표작

67 | **노예 12년** | 솔로몬 노섭
2014 아카데미 시상식 3관왕 〈노예 12년〉 원작 / 노예 해방의 도화선이 된 작품

68 | **어머니 이야기(안데르센 단편선 2)** | 한스 크리스티안 안데르센
SBS 드라마 신의 선물-14일 메인 테마 도서 / 어린이문학에 꽃을 피운 불멸의 작가

69 70 | **제인 에어 1~2** | 샬럿 브론테
150년간 사랑받은 로맨스 소설의 고전 / 미국 대학위원회 선정 SAT 추천도서
영국 〈가디언〉이 선정한 세계 100대 최고의 소설 / 연세대학교 권장도서
영국BBC 조사 영국인들이 가장 사랑하는 소설 100선 / 현대 여성들이 가장 사랑하는 필독서

71 | **선 오브 갓, 예수 – 예수의 생애** | 찰스 디킨스
2014년 개봉 〈선 오브 갓〉 원작 / 종교철학자 헤겔의 사상을 만든 고전
대문호 찰스 디킨스의 숨은 명작

72 | **싯다르타** | 헤르만 헤세
대한민국 명사 시인 장석남이 강력 추천한 작품 / 출간과 동시에 10만 부가 넘게 팔린 역작
진정한 자아를 깨닫기 위해 늘 고민하던 헤르만 헤세의 자전적 소설

73 | **신곡 – 연옥** | 단테 알리기에리
서울대 권장도서 100선 / 미국대학위원회 선정 SAT 추천도서
국립중앙박물관 선정 청소년 권장도서 / 〈뉴스위크〉 선정 100대 명저

74 75 | **테스 1~2** | 토머스 하디
미국 영국 BBC 선정 영국인이 사랑한 책 100선 / 서울대 추천 고등학생 권장도서 100선

76 | **잠자는 숲속의 공주(샤를 페로 단편선)** | 샤를 페로
프랑스 아동 문학의 아버지 / 영화 〈말레피센트〉원작

77 | **미녀와 야수(보몽 단편선)** | 쟌 마리 르 프랭스 드 보몽
변신 모티프의 전형을 완성 / 미야자키 하야오와 디즈니 애니메이션 원작

78 79 80 | **웃는 남자 1~3** | 빅토르 위고
빅토르 위고가 최고로 자부한 걸작 / 출간 당시 전 유럽을 충격에 빠트린 문제작
뮤지컬, 영화 등 여러 매체로 알려진 〈웃는 남자〉의 원작
한국간행물윤리위원회 선정 청소년 권장도서(2007)

81 | **보바리 부인** | 귀스타브 플로베르
사실주의 문학의 거장 귀스타브 플로베르의 대표작 / 서울대학교 추천 도서 100선
외설적이라는 이유로 19세기 교황청 금서목록에 선정된 작품 / 〈뉴스위크〉지 선정 100대 명저

82 | **별(도데 단편선 1)** | 알퐁스 도데
자연주의와 인상주의의 절묘한 조화 / 서정적인 감수성과 아름다운 문체
부산시 교육청 선정 중학생 권장도서 / 포스코 교육재단 선정 중학생 필독도서

83 | **보이첵(뷔히너 단편선)** | 게오르그 뷔히너
세계 최초로 한국에서 뮤지컬화 된 〈보이첵〉의 원작 / 시대를 폭로하는 천재 작가의 현실감 넘치는 작품

84 | **오셀로** | 윌리엄 셰익스피어
셰익스피어 4대 비극 중 하나 / 뉴스워크 선정 100대 명저 / 서울대학교 권장도서 100선

85 | **변신**(카프카 단편선) | 프란츠 카프카
소외된 인간이었던 작가의 갈등과 고독을 반영 / 서울대 추천도서 100선 / 명사 101명이 추천한 파워클래식

86 | **피노키오** | 카를로 콜로디
월트 디즈니 인생 최고의 애니메이션으로 재탄생 / 스티븐 스필버그 감독의 2001년작 〈A.I〉의 모티브 /
260개 언어로 번역된 교훈적 내용

87 | **세상을 보는 지혜** | 발타자르 그라시안 · 쇼펜하우어
세기를 아우르는 저명한 철학자가 쓰고 철학자가 옮긴 대표적인 작품 /
세상을 살아가는 데 꼭 필요한 빛나는 지혜를 전수해 주는 인생 처세서

88 | **마지막 수업**(도데 단편선) | 알퐁스 도데
중 · 고등학교 국어 교과서 수록 작품 / 교육청 선정 청소년 권장도서 100선

89 | **키다리 아저씨** | 진 웹스터
출간 이래 100년 동안 사랑받아 온 스테디셀러 / 세상의 편견을 뛰어넘은, 편지 형식 소설의 대명사

90 | **키다리 아저씨 2 - 그 후 이야기** | 진 웹스터
미국 · 일본 · 한국에서 2차 창작된 작품의 속편 / 여성의 대외 활동을 고양시킨 사회적 걸작

91 92 93 | **피터 래빗 이야기 1~3** | 베아트릭스 포터
세상에서 가장 사랑받는 토끼 이야기 / 자연 보호와 동물 존중 사상이 담긴 작품

94 95 | **드라큘라 1~2** | 브램 스토커
지금까지 가장 많은 동명의 영화로 제작된 고딕 소설의 대명사
2004년 뮤지컬로 만들어져 브로드웨이 초연 이후 세계 각국에서 사랑 받아온 작품

96 97 98 99 | **카라마조프가의 형제들 1~4** | 표도르 도스토옙스키
신 · 종교, 삶 · 죽음, 사랑 · 욕망 등 인간 내면의 본성의 문제를 다룬 작품
정신분석학자 프로이트가 꼽은 세계문학사 3대 걸작 중 하나

100 | **하늘과 바람과 별과 시** | 윤동주 (양승갑 영작)
요절한 천재 민족 시인의 유고시집 / 대중성과 문학성을 겸비한 시인 김경주 추천작

101 | **정글북** | 러디어드 키플링
영미권 작품 최초, 최연소 노벨문학상 수상작 / 정글의 생명력을 담은 자연친화적 작품
작가의 아버지 존 록우드 키플링이 직접 그린 삽화 및 기타 삽화가든 그림 삽입

102 | **거울나라의 앨리스** | 루이스 캐럴
난센스와 판타지의 대표작 《이상한 나라의 앨리스》 속편
거울 속으로 떠난 앨리스의 두 번째 모험 이야기

103 | **마테오 팔코네**(메리메 단편선) | 프로스페르 메리메
프랑스 단편소설의 거장 메리메의 대표 단편선 / 비제의 오페라 〈카르멘〉의 원작자

104 | **빨강머리 앤** | 루시 모드 몽고메리
캐나다의 대표적인 소설가 몽고메리의 데뷔작 / 서울시 교육청 선정 청소년 권장도서
KBS TV '책을 말하다' 추천도서 / 일본 후지 TV 애니메이션 〈빨강머리 앤〉 원작

105 | **삶이 그대를 속일지라도**(푸시킨 시선집) | 알렉산드르 푸시킨
러시아 리얼리즘 문학의 선구자이자 러시아 국민시인 푸시킨의 대표 시선집

106 | **도련님** | 나쓰메 소세키
일본의 셰익스피어 나쓰메 소세키를 인기 작가 반열에 올린 작품
'책으로 따뜻한 세상 만드는 교사들(책따세)' 권장도서
서울시 교육청 '청소년을 위한 고전 콘서트' 도서 / 서울대학교 지정 수능필독도서

107 | **은하철도의 밤**(겐지 단편선) | 미야자와 겐지
일본이 가장 사랑하는 동화작가 미야자와 겐지의 대표 단편선
일본 후지 TV 애니메이션 〈은하철도 999〉의 모티브

108 | **자기만의 방** | 버지니아 울프
20세기 페미니즘 비평의 선구자 버지니아 울프의 수필집
국립중앙도서관 선정 권장도서 / 서강대학교 권장도서 100선

109 | **플랜더스의 개**(위다 단편선) | 위다(매리 루이스 드 라 라메)
멜로 드라마풍의 작품으로 유명한 영국의 아동문학가
서울시 교육청 선정 청소년 권장도서 / 일본 후지 TV 애니메이션 〈플랜더스의 개〉 원작

110 | **크리스마스 캐럴** | 찰스 디킨스
셰익스피어와 함께 영국을 대표하는 작가 찰스 디킨스의 중편소설
'책으로 따뜻한 세상 만드는 교사들(책따세)' 권장도서

111 | **탈무드**
5000년에 걸친 유대인의 지혜가 담긴 책 / 서울대학교 지정 수능필독도서
포스코 교육재단 선정 초등학교 필독도서 / 경북교육청 선정 청소년 권장도서
백인제기념도서관 교양도서

112 | **호두까기 인형** | 에른스트 호프만
1892년 차이코프스키 발레 호두까기인형의 원작소설
2018 디즈니 애니메이션 호두까기 인형과 4개의 왕국의 원작소설

113 114 | **곰돌이 푸 1~2** | 앨런 알렉산더 밀른
2018 영화 '곰돌이 푸 다시만나 행복해' 원작 동화 / 곰돌이 푸가 건네는 따뜻한 감성 메시지

115 | **인형의 집** | 헨릭 입센
여성 평등을 그린 선구자적인 작품 / 페미니즘 희곡의 대명사 / 노벨연구소 선정 세계 100대 문학

*더클래식 세계문학 컬렉션은 계속 출간될 예정입니다.

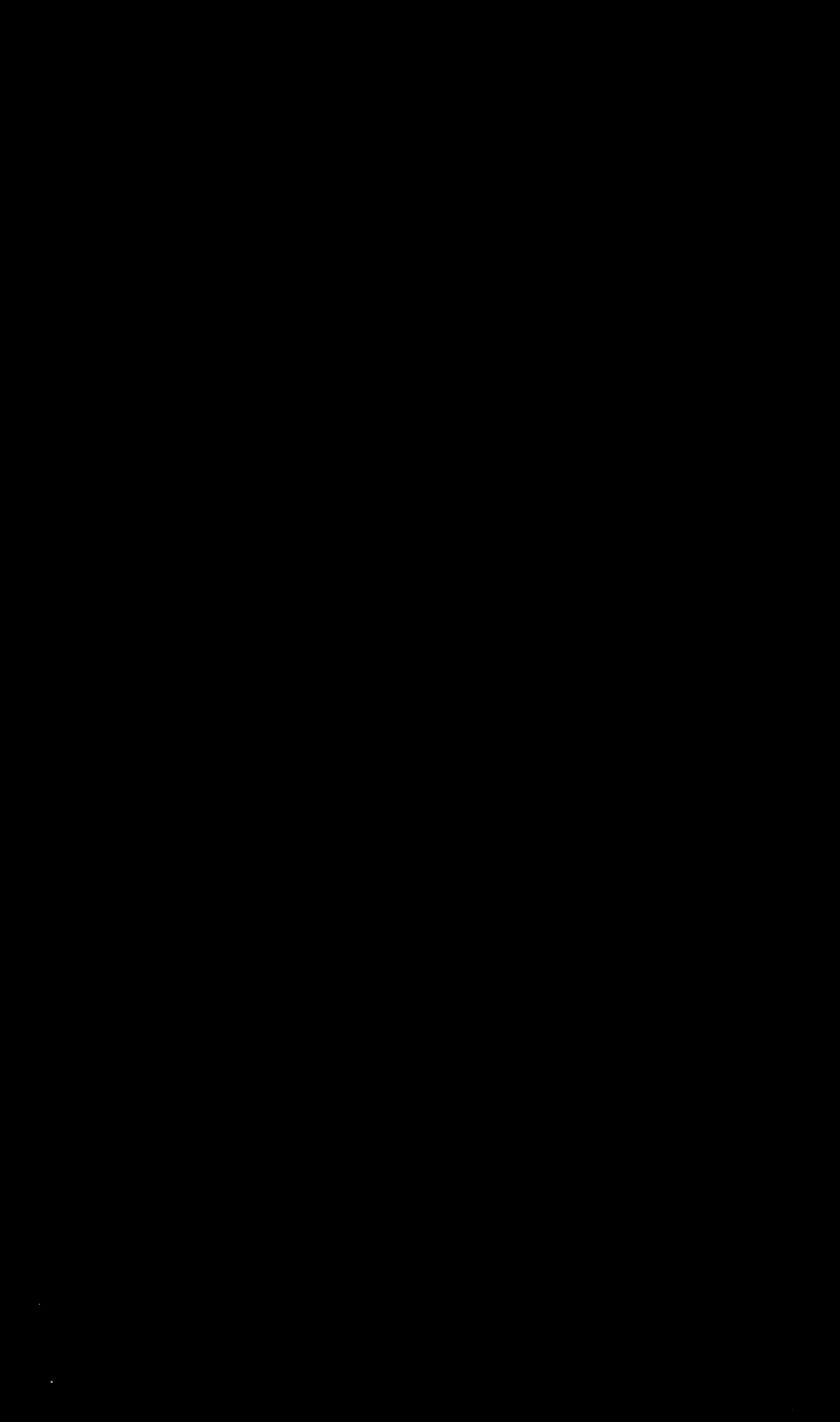

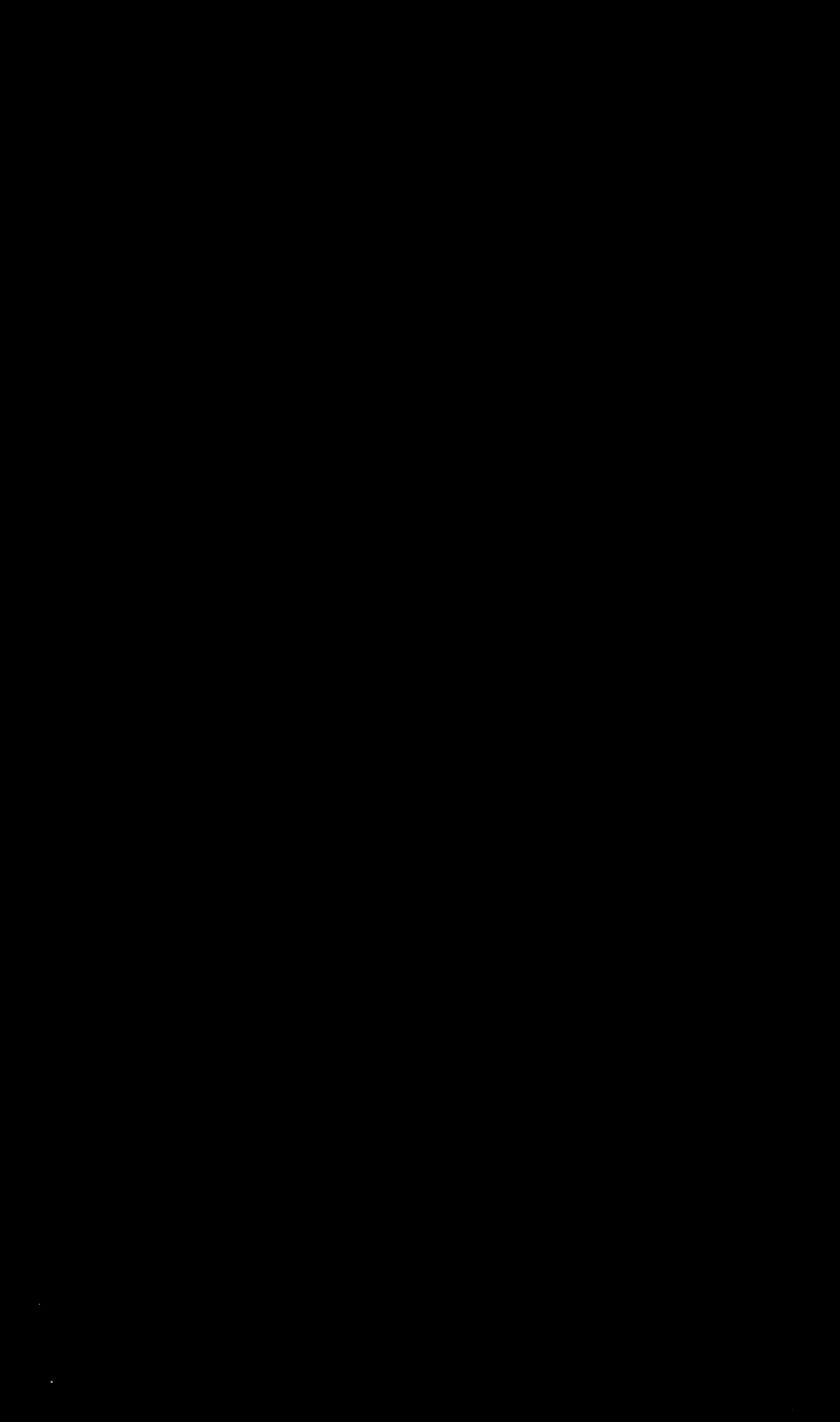